세미다큐 대하소설

코리아 광시곡

강씨가의 형제들

세미다큐 대하소설
코리아 광시곡 ❸

인쇄 2016년 5월 20일
발행 2016년 5월 26일

지은이 고려성
펴낸곳 지식서관
펴낸이 이홍식
주소 경기도 고양시 덕양구 보광로 174번길 17-7
Tel: 031-969-9311, Fax: 031-969-9313
e-mail: jisiksa@hanmail.net

편집 숨은길
표지장정 김경호

값 15,000원

* 잘못 만들어진 책은 바꾸어 드립니다.

세미다큐 대하소설

코리아 광시곡

강씨가의 형제들

고려성 지음

차례

제 2 부 조카와 서삼촌

제12장 공작원이 되다

46

이제 인민군 중사 강철부는 바야흐로 해외 공작원으로 변신하고 있었다. 당초엔 염기철에게 다짐했다시피 단순히 강제수용소에서 차출해 준 데 대한 보답 차원에서 훈련에 임했으나, 날이 갈수록 차제에 염기철이라는 노동당 간부를 등에 업고 뭔가를 이루고 싶은 욕망(이를테면 공명이나 출세)이 생겨났다. 더욱이 4년여의 군대생활과 그동안에 주입된 사상교육으로 인해 자신도 모르게 그의 목화송이같이 하얗던 뇌가 익은 고추처럼 빨갛게 무젖어 있었다.

강철부가 최초로 공작원 양성소인 금성정치군사대에서 받은 돌격대 간부 교육은 그로선 머리털 나고 처음 겪는 혹독한 훈련이었으나, 오직 염기철만을 생각하며 동료들에게 뒤처지는 일 없이 열심히 치러냈다. 또 별도로 유도, 태권도, 합기도 등의 투기 · 무술도 4,5단급에 이르기까지 수련했다. 이어서 특수부대에 들어가 독침뿌리기, 표창던지기, 오각별던지기, 극기훈련 등을 받았는데, 여기에 각별히 스릴을 느꼈던 철부는 거의 전 종목에서 수위를 차지해 표창까지 받았다. 한마디로 이제 그는 DPRK(조선민주주의인민공화국)라는 브랜드가 찍힌 살인 무기가 되어 있었다.

그러고 나서는 살인 무기와는 정반대로 평범한 인간, 아니 대한민국의 엘리트로 위장하기 위해 남한의 납북자나 월북한 군인으로부터 남한 말씨를 익히는 외에 영어를 비롯하여 유럽, 중동, 동남아 주요 국가의 언어를 배웠으며, 거기다가 암호문 송 · 수신 및 도청 기술까지 습득했다.

이 같은 해외 공작 교육은, 1970년대 중반 김정일의 지령(스파이 교육 현지화)에 따라 노동당의 '35호실(초기 명칭은 대외정보 조사부)'을 비롯한 해외 공작 부서에 새로 만들어진 외국인 납치 전담 조직이 본격 가동되면서 더욱 강화되었다.

철부에게 첫 지령이 떨어진 곳은 일본이었다. 임무는 일본 여성 납치, 북송.

몇 해 전 건조된 북송 여객선 만경봉호가 니가타 항에 접안하자, 철부는 동승했던 조총련 간부들과 함께 하선했다. 영문도 모른 채 부모를 따라 북송선에 몸을 실었던 14년 전의 꼬맹이 모습과는 달리, 이십대 후반의 어엿한 청년으로 니가타 항 부두에 첫발을 내디딘 철부는 감회가 새롭지 않을 수 없었다. 무엇보다도 도쿄행 고속열차에 몸을 실었을 때, 도시마다 차창을 통해 스쳐 지나가는 활기찬 인파의 행렬과 하늘 높이 솟은 즐비한 빌딩 숲을 보면서, 여태껏 자기가 살아온 '지상 낙원' 이라는 북한 땅에 비하면 여기야말로 '별천지' 가 아닌가 하는 생각이 들었다.

하지만 그러한 느낌도 잠시뿐, 이제부터 자신이 수행해야 할 지상 사명을 생각하니 순식간에 강박감이 전신을 엄습하는 것 같았다. 그도 그럴 것이, 철부로선 이번의 임무가 향후 해외 공작 활동의 능력을 판가름하는 시금석이나 다름이 없었다.

'무엇보다도 타의 추종을 불허할 정도로 일을 깔끔하게 처리하지 않으면 안된다. 자신감을 가지고 주도면밀하게.'

일본 도착 당일 하룻밤을 도쿄의 조총련 본부에서 지낸 철부는 이틀날부터 각 지역의 순찰에 들어갔다. 사냥감을 탐색하기 위해서였다. 그가 첫 사냥터로 선택한 곳은 오사카였는데, 그것은 자기가 태어나 유소년기를 보낸 고장으로, 지리적으로나 관습적인 면에서 가장 낯익은 곳이었기 때문이다. 이러한 선택은 예상외로 그의 임무를 수행하는 데 지름길을 열어 주었다.

그날 철부가 모리구치 시를 찾은 건 단순히 지난날 살던 옛 동네를 둘러보고 싶은 생각에서였다. 그런데 그곳에 도착해 보니 그가 살던 집은 물론 주변 일대가 재개발로 인해 2, 3층의 새 건물들이 들어서서 옛 모습을 볼 수 있는 건 하천과 가로수 정도였다.

'역시 세월이 모든 걸 바꿔 버렸구나!'

그는 옛날 아버지가 장사하던 오뎅집(2층 목조 건물이 5층 타일 건물로 바뀌어 있었다.) 앞을 지나 인도를 따라 유유히 걸어갔다. 이른 봄 한낮의 따사로운 양광을 온몸에 받으면서.

그가 예전에 전차가 통행하던 메인스트리트에 이르러 횡단보도를 건너려고 신호대기를 하고 있을 때, 가로 건너 길게 늘어뜨린 간판의 글씨가 정면으로 눈에 들어왔다.

'브라보 빠찡꼬!'

철부의 머리에 까마득히 잊혔던 생각이 퍼뜩 떠올랐다. '아직도 저것이 그냥 있다니!'

철부는 시선을 간판에 박은 채, 소학교 때 아버지를 따라 두어 번 파친코 장에 들렀던 옛일을 회상했다. 신호등이 파란불로 바뀐 것도 아랑곳하지 않은 채.

"요시(옳지)!"

철부는 새로운 각오로 부리나케 횡단보도를 건너갔다. 그는 잠시 건물 앞에 서서 위를 올려다보았다. 건물의 외관은 옛 모습 그대로였으나 간판은 갑절 크기의 산뜻한 네온사인으로 바뀌어 있었다. 건물 내부 역시 리모델링되어 옛날보다 3배 정도의 넓이로 트여 있는 데다 게임기도 그만큼 늘어나 있었는데, 거의 빈자리가 없이 들어찬 게임장은 온통 코인이 쏟아져 내리는 소리로 정신이 없었다.

철부는 검붉은 양탄자를 밟으며 맨 안쪽까지 들어갔다가 되돌아 출입구 쪽으로 나와선 카운터의 여직원에게 다나카에 대해 물어보았다. 예전(1960년대 초)에 기타구(北區) 상회조합 보호위원회 회장이던 다나카 히데요 씨가 아직도 이곳 일에 관여하느냐고 넌지시 에둘러서.

"네, 지금은 저희 사장님이십니다. 벌써 십년이 넘었는데요 뭘."

여직원은 그것도 모르냐는 투로 대답하며 철부를 쳐다보았다. "근데 무슨 용무로……?"

'결국 그자의 손에 들어갔구나!'

철부는 새삼 분기가 일어나면서도 시치미를 떼고 말했다. "예, 빠찡꼬 사업 관계로 상의할 일이 있어서……."

"아, 그러세요? 하지만 사장님은 나고야에서 새로 추진하는 관광 사업 때문에 근래엔 그곳에 머무시는 날이 많아요. 바쁜 용무시면 그쪽으로 가시는 게 빠를 겁니다."

"예, 그러시군요."

철부는 잠시 생각에 잠기는 듯 고개를 쳐들었다. 그때 출입문이 열리더니 이십대 중반으로 보이는 한 여자가 "안녕!" 하고 명랑하게 인사를 하며 들어왔다. 최신 유행의 화사한 니트블루종과 판탈롱에 다리까지 내려오는 머플러를 걸친 그녀는 진홍색 입술의 화장에다 짙은 샤넬슈트의 향내까지 확 풍기면서 철부의 시선을 이끌었다. 하지만 허리통이 밋밋한 데다 얼굴도 넙데데하고 광대뼈까지 두드러져, 복판에 오똑 솟은 코와 양 귓전 아래로 흘러내린 머리칼만 아니면 정말 볼품없는 모습이었다.

"아, 마침 과장님이 오시는군요."

여직원은 '사장님의 딸'이라고 나직이 말하며 일어서서, 다가오는 여자에게 철부의 용무를 알려주었다.

"아, 그렇습니까?"

사장의 딸은 목례를 하고 철부를 호의적인 눈으로 쳐다보았다. 헌거로운 풍채에다 준수한 이목구비, 유난히 예리해 보이는 눈빛은 그녀의 호감을 사기에 부족함이 없었다.

"초면에 실례가 많습니다. 저는 스즈끼 가즈오(鈴木邦夫)라고 합니다. 이번에 고베에 빠찡꼬장을 하나 차려 볼까 해서……."

미리 준비해 둔 명함을 건네는 철부의 말투는 신중했다.

"그러시면 일단 들어가시죠."

명함을 훑어보며 철부를 카운터 옆의 자기 방으로 안내한 여자는 "저는……." 하고, 구치(GUCCI) 브랜드가 박힌 악어 핸드백에서 명함을 꺼내 주며 탁자 건너편 소파에 앉기를 권했다. 명함에는 '브라보 빠찡꼬' 경리과장 田中京子(다나카 게이코)라 새겨져 있었다.

"제가 이번 주말에 아버지한테 갈 예정인데, 스즈끼 씨 얘기를 말씀드리겠어요."

여직원이 날라온 차를 나누면서 여과장이 말했다. 순간, 철부는 소파에 기댔던 허리를 세우고 찻잔을 놓으며 다급스럽게, 그러나 조심스레 물었다.

"실례지만 게이꼬 씨와 동행할 순 없을까요?"

"그 일이 그렇게 급하신가요?"

"급하다기보다 자금 사정이 넉넉지 못해서 오버되는 경우에는 다른 방면으로 알아봐야 할 것 같아 그럽니다."

철부는 짐짓 난처스러운 표정을 지었다.

"그러세요? 그럼 제가 생각해 보고 전화를 드리지요."

그녀는 철부와의 동행을 내심 반기면서도 신중해하는 양 명함의 전화번호를 보았다.(그 전화번호는 오사카의 조총련 공작원 임시 거처의 것이었다.)

"감사합니다. 아무쪼록 잘 부탁합니다."

철부는 여자의 마음을 꿰뚫으며 어디까지나 사의 표시를 잊지 않았다.

철부가 게이코로부터 전화 연락을 받은 것은 토요일 오후 서너 시 무렵이었다. 이튿날(일요일) 오전 열 시에 출발할 예정이니 그때까지 자기네 영업장으로 오라는 것이었다. 그러곤 전화를 끊으려는 걸 "잠깐!" 하고 철부가 상대편 말을 막고는 덧붙였다. "특별한 선약이 없으시면 제가 저녁을 대접하고 싶습니다. 빠찡꼬에 대한 노하우도 들어볼 겸……."

철부의 제의에 상대는 잠시 망설이는 듯하더니 "좋아요, 호의를 사양하는 것도 실례일 테니.” 하고 쉬이 승낙했다.

그날 저녁 철부가 게이코를 초대한 곳은 오사카에서 유명한 H호텔의 레스토랑이었다. 철부는 약속 시간 30분 전에 도착해 프런트에서 기다리고 있다가, 호텔 현관 앞에 이른 승용차에서 내리는 게이코를 발견하곤 얼른 달려나와 그녀를 친절히 맞이했다.

“참으로 아름답습니다!”

철부는 복고풍의 발목까지 오는 에스카르고(달팽이 무늬) 스커트로 휘감은 게이코를 감탄스러운 눈으로 바라보며 찬사를 아끼지 않았다. “신데렐라가 따로 없군요!”

“과찬은 실례라는 걸 모르세요?”

여자는 철부와 나란히 식당으로 들어서며 살짝 눈을 흘겼으나, 결코 싫은 기색은 아니었다. 웨이터의 안내에 따라 2층 창가 테이블에 자리한 두 남녀는 최고급 요리와 와인을 시켜 놓고, 마치 오랜 구면인 것처럼 스스럼없이 대화를 나누었다. 하긴 대화라고 해 봤자 사업 이야기라기보다는 각자 딴생각—철부는 기회 포착을 위해, 게이코는 남자의 관심을 끌기 위해—하에서 함께 하는 자리였지만.

어쨌거나 제삼자가 보기에는 청춘 남녀의 화기애애한 정담을 나누는 분위기로 비치기에 손색이 없었다. 특히 몇 잔째 와인을 마시고 난 여자 쪽이 상대를 바라보는 눈빛은 그윽하다 못해 열정을 발산하는 것 같았다. 그러기에 철부가 “내일 나고야행은 제 차로 모실까 하는데 괜찮겠습니까?”라고 물었을 때, “수고를 끼쳐도 괜찮으시다면…….” 하고 가볍게 고개를 끄덕였다. 게다가 그날 밤 집에 돌아온 그녀가 다음날 나고야로 출발한다고 아버지에게 전화를 했을 때, 그가 “이틀 후에 오사카로 돌아갈 것이니 올 필요 없다.”고 했는데도 딸은 일정을 철회하지 않았던 것이다.

이튿날 아침 열 시. 예정대로 ‘브라보 빠찡꼬’ 건물 앞에 승용차 한 대가 미끄러지듯 멎었고, 곧바로 차에서 내린 철부가 건물을 향해 몇 걸음 떼었을 때, 게이코가 튀어나오듯 유리문을 열고 환하게 웃으며 다가왔다. 오늘은 위아래가 하나로 이어진 점프수트를 입은 데다 캡까지 쓰고 있어 한결 스포티해 보였다. "오하요(안녕)!"

"기다리고 계셨군요, 게이꼬 씨!"

철부가 점잖게 맞이하며 게이코를 차로 안내했다. "자, 타시죠."

철부가 정중히 여자를 앞세워 차에 오르자, 운전석의 사나이가 바로 시동을 걸며 물었다. "어디로 모실까요?"

"나고야로. 직행해 주세요."

게이코는 사무적이면서도 낭랑한 목소리로 대답했다.

"예, 알겠습니다."

운전자는 백미러에 비친 여자의 화장기 짙은 모습을 흘긋 보며 액셀을 밟았다.

점차 시가지를 빠져나온 차는 교외로 접어들수록 속도를 더하더니, 이윽고 오사카 부계(府界)를 벗어나 나라(奈良) 분지를 관통하면서 시원스레 펼쳐진 과수 · 화훼 단지가 차창을 다채롭게 수놓았다.

"어마, 아름답기도 해라! 저 멋진 파노라마 좀 보세요."

게이코가 활짝 웃음을 지으며, 불상처럼 한 손으로 턱을 괴고 앉아 있는 철부의 옆구리를 손가락으로 콕 찔렀다. "무슨 생각을 그리 골똘히 하세요?"

"예……?"

일순 생각에 잠겨 있던 철부가 움찔했다.

"저 꽃들이 아름답지 않아요?"

"아, 예. 소학교 때…… '생각을 좀 하느라고.'"

철부는 목구멍까지 나온 뒷말을 가까스로 막았다.

"네? 소학교 때요?"

"소학교 때 수학여행 왔던 기억이 나서요. 그땐 이렇지 않았는데, 지금 보니 정말 아름답군요."

그는 황망히 차창 밖을 내다보며 얼버무렸다.

"그후론 여기 처음 와 보는 거예요? 그동안 외국 유학이라도 갔다 온 건가요?"

"그런 건 아니고, 칠팔년 간 국제 무역선을 탔었지요. 돈도 벌고 배포도 키울 겸 해서."

이번에는 거짓말이 한결 능청맞았다.

"아, 그래서 사업을 시작해 보시려는 거군요?"

여자는 철부의 말을 극히 예사로이 받아들였다.

그러는 사이 차는 미에(三重) 현으로 들어서 있었다. 탁 트인 화훼 단지 대신 곳곳에 높고 낮은 산지가 나타나면서 차는 좌우로 병풍을 두른 듯한 산림 속을 질주했다.

"모리(森) 씨, 음료수 가져온 거 있어요? 아까부터 갈증이 나는군."

"예, 여기 물 있습니다."

철부의 말에 앞의 운전자가 조수석 도어에 달린 그물망에서 플라스틱 병을 꺼내 한 손으로 뒤로 넘겼다. 철부는 그것을 받아 들고 "먼저 마실래요?" 하고 게이코에게 물었다. 그녀는 고개를 가로저었다.

"그럼."

철부는 차창의 유리를 반쯤 내리더니 플라스틱 병의 뚜껑을 열고는 양복 호주머니에서 손수건을 꺼내 창밖으로 내밀었다. 그러곤 손수건에다 물을 붓는가 싶더니 돌아앉으며 잽싸게 왼팔로 여자의 목을 힘껏 움키면서 오른손의 손수건으로 입과 코를 틀어막았다.

"아악!"

여자는 질겁하며 발악을 했으나 몇 초에 지나지 않았고, 강한 마취로 이내 상반신이 좌석 뒤로 축 늘어졌다.

"니가타로 갑시다!"

철부가 손수건에서 손을 떼지 않은 채 황급하게 말했고, 거의 동시에 운전자가 액셀을 밟자 속도계의 바늘이 100을 훽 지나며 북쪽을 향해 무섭게 질주했다.

그로부터 수 시간 후, 마취된 여인은 니가타 항에 정박 중인 만경봉호의 기관실에 처넣어졌다.

'네 아버지의 업보인 줄 알아!'

의식을 잃은 게이코를 만경봉호의 공작원에게 인계한 철부는 재차 피랍자를 흘끗 쳐다보고는 뒤돌아왔다.

"날래도 해치웠구만 그래."

"보통 재간이 아님메."

등 뒤에서 공작원들의 수군대는 소리가 들렸으나, 그보다도 철부가 신경을 곤두세우는 것은 이제 곧 게이코의 집안에 불어닥칠 소동과 충격이었다. 사회적인 여론의 들끓음은 차치하고라도.

'하지만 목숨만은 살려 두지 않았는가! 내 부모는 지 아버지 때문에 생죽음을 당했는데!'

철부는 부지불식간에 곤두서 오는 신경을 잠재우기 위해 자신의 죄책을 보복이라는 명분으로 애써 견강부회했다. 그는 부랴부랴 선내 계단을 올라와 공작 총책의 방으로 가서 납치의 경위를 상세히 보고했다.

"기래, 애 많이 써서. 앞으로도 기리케만 하라우!"

선실 벽에 걸린 김일성 초상 아래 테이블 가에 앉은 채 보고를 듣던 총책이 회전의자를 한 바퀴 빙글 돌리곤 철부에게 가까이 오라는 손짓을 했다. 장대한 체격의 어깨가 으쓱거렸고, 두툼한 입술과 부리부리한 눈가엔 흡족스러운 웃음이 번졌다.

"역시 염기철 동무의 눈이 보통이 아닙네다."

총책 가까이 있던 부하 공작원이 상관에게 말하곤 철부를 이끌며 엄지손가락을 치켜세웠다. "정말 이거야! 잘해서!"

"염기철 동무의 눈보다 강 동무의 솜씨가 보통이 아닌 거이디, 고럼!"

"아닙니다. 염 동지께서 여러 가지로 가르쳐 주신 덕분입니다."

회전의자에서 일어서서 자기의 어깨를 토닥이는 상급자를 마주 보며 철부는 가볍게 고개를 가로저었다.

"이거이 다 김정일 동지가 수립한 정책이니끼니 잘해 보라우. 앞으로 할 일이 많을 거이야."

"예, 알겠습니다."

"기래, 이자 좀 쉬라우. 이번 귀국자들을 태우고 출항하려면 아직 이틀 남아 있으니끼니. 몸조심을 잊디 말구."

총책은 뒷일이 신경 쓰이는 듯 '몸조심'에 악센트를 주었다.

"명심하겠습니다, 총책 동지!"

47

첫 지령을 예상외로 성공리에 수행하고 귀대한 철부는 상관들로부터 아낌없는 찬사와 격려를 받았다. 그러나 그에게는 또 다른 새로운 지령이 기다리고 있었다. 파견지는 홍콩, 역할은 한국의 여배우 납치였다. 더욱이 이번의 임무는 '김정일 부장 동지의 특별 지령'이니만큼 한 치의 실수도 있어선 안된다는 상관의 경고도 빼놓지 않았다.

지목된 주인공은 김정일이 그동안 줄곧 애완의 대상으로 점찍어 왔다는 미녀 스타 A · B · C.(철부가 받은 자료에는 각자의 전신 · 얼굴 사진과 함께 프로필도 기재되어 있었다.) 이 세 배우 중 적어도 한둘은 다음날 홍콩에서 개최되는 아시아 영화제에 참가할 터인즉, 현지에서의 신변 상황을 예의 주시하여 그들 중 하나를 쥐도 새도 모르게 낚아 오라는 것이었다.

한국 참가단의 일진이 홍콩 첵랍콕 공항에 도착한 것은 축제 개최일 이틀

전이었다. 서울에 잠입한 공작원으로부터 참가단 일행이 탑승한 항공기의 편명과 도착 예정 시각을 연락받은 철부는, 이미 한 시간 전에 공항에 와서 안내대 모니터를 확인한 후 로비 출구 쪽에서 기다리고 있었다. 그는 선글라스를 끼고 골프 여행자의 모습을 하고 있었다.

예정 시각 십 분이 지나, 그가 기다리던 여객기가 도착했다는 안내 방송이 흘러나왔고, 곧이어 여행객들이 줄줄이 출구로 밀려나왔다. 철부는 눈에 불을 켜고 그들의 행렬을 주시하고 있었는데, 이윽고 최신 패션을 선보이듯 의상이며 헤어스타일이 돋보이는 남녀 한 무리가 담소를 나누며 걸어나오는 가운데 사방에서 플래시 세례가 터졌다. 그중에서도 유독 플래시를 집중적으로 받는 주인공은 화사한 웃음을 머금고 연신 좌우로 목례를 하는 삼십대 후반의 미녀였다. 바로 철부가 사진으로 익힌 셋 중 하나인 B였다. 또렷한 캐릭터가 넘치는 빼어난 미모에다 가슴 · 허리 · 둔부가 마네킹처럼 균형 잡힌 몸매가 사진 속에서 느꼈던 이미지보다 한결 아름답고 건강해 보였다.

'나루호도(과연)!'

철부의 눈의 초점이 B를 좇아 움직이는 동안, 그녀 일행은 청사 밖에 정차했던 공항 버스를 타고 시내로 향했다. 철부도 대기시켜 둔 택시에 올라 버스 뒤를 따랐다.

버스가 K호텔에 도착하여 B일행이 각자 카운터에서 체크인을 할 때, 골프가방을 맨 채 로비로 들어간 철부는 B로부터 몇 걸음 떨어져 차례를 기다리는 척하며 B의 방 번호를 엿들었다. 그러고는 얼른 카운터로 다가가 다른 직원에게 B의 방 맞은편 방을 체크인했다.

"신 감독님, 이따 지하 살롱에서 만나요."

B가 미소지으며 손을 살짝 흔들곤 엘리베이터로 다가갔지만, 철부에겐 그 말은 중요하지 않았다. D데이는 모든 행사가 끝나는 날이었기 때문이다. 오직 모든 신경을 그날에 집중해야만 했다.

이런 철부의 노림수와는 아랑곳없이 며칠 동안 아시아의 별들의 잔치—첫날의 미팅에서부터 각국 출품작의 시사회, 부문별 수상자 발표 및 시상식 등이 V컨벤션센터에서 성대하고 다채롭게 거행되었다. 하지만 그런 행사는 철부에겐 관심거리가 못 되었다. 아니, 관심을 가져선 안되었다. 오직 B의 행동반경 내에서 그녀의 일거수일투족을 주시하며 축제의 막이 내리기만을 기다려야만 했다. 이따금 하루에 두어 차례 누군가와 통화를 하는 것 말고는.

드디어 D데이.

주최측의 조직위원장이 차기 대회를 서울에서 개최할 것을 공표하곤 폐회를 선언하자, 장내에 들어찼던 관계 인사와 관객들이 부산스럽게 자리를 뜨기 시작했다. 그때, 마이크의 발성음에 이어 "지하 일층 홀에서 각국의 참가자를 위한 만찬 연회가 있으니 참석해 주시기 바랍니다."라는 안내 방송이 중국어와 영어로 잇달아 흘러나왔다.

"출출하던 참에 잘됐군요! 자, 내려갑시다."

한 중년 남우의 말에 B가 받았다. "전 감독상을 받으신 신 감독님이 한턱 내실 줄 알았는데……."

"그래, 좋아! 내가 2차로 거하게 쏜다구!"

신 감독이 주먹을 쥐고 팔을 흔들자, 주위 사람들이 "오, 원더풀!", "브라보!"를 연발하며 로비를 가로질러 엘리베이터로 향했다.

'시간이 좀 길어지겠군!'

근거리에서 그들의 대화를 엿듣고 있던 철부는 그곳에서 2백여 미터 떨어진 K호텔로 오면서 어딘가로 짤막한 무선전화를 한 후 자기 방으로 돌아왔다.

'드디어 행동 개시다!'

철부는 옷장 옆에 세워진 골프 가방의 지퍼를 열고 그 속에 들어 있던 클럽을 꺼내 옷장 속 구석에다 처넣고, 자신은 골프복으로 갈아입었다. 그러고는 화장실 변기에 걸터앉아 일을 보면서 궐련에 불을 댕겨 빼끔거리며 긴장을 발산시켰다.

그렇게 앉아 있기를 20여 분. 이윽고 화장실에서 나온 그는 방문을 빠끔히 열고 복도 좌우를 살펴보고 나서 맞은편 방으로 날렵하게 다가가 평소에 익힌 솜씨로 문을 따고 들어갔다.

B가 K호텔 자기 방으로 돌아온 것은 자정부터도 30분이나 지난 시각이었다. '또각 또각 또각' 하이힐 소리가 가까이 들려오자, 문가 보조의자에 앉아 있던 철부가 벌떡 몸을 일으켰다. 뒤이어 '떼꺽' 하는 금속성과 함께 문이 열리며 B가 발을 들여놓기가 무섭게 마취 수건이 그녀의 코와 입을 덮쳤다. 외마디 비명도 지를 새 없이.

여자는 잠깐 끙끙거렸으나, 침입자의 억센 입막음에 이내 조용해지면서 몸도 연체동물처럼 늘어졌다. 침입자는 재빠른 동작으로 여자의 하이힐을 벗기고 자기 방으로 안고 와선 미리 준비해 둔 골프 가방에 낭창낭창한 여체를 우겨넣고는 지퍼를 끌어올렸다. 그는 옷소매로 식은 땀을 훔치며 골프 가방을 둘러메었다.

그때, 여자 방의 전화벨이 요란히 울렸다. 침입자는 깜짝 놀라 멈칫했다. 당황하는 빛이 역력했다. 벨이 연속적으로 울렸다. 그는 엉겁결에 달려가 수화기를 들었다.

"한잔 더 할려고 했더니 왜 먼저 가 버렸어?"

다짜고짜 내뱉는 베이스였다. 취기가 어려 있었지만, 음색은 저녁때 들은 신 감독의 목소리임을 알 수 있었다.

'어쩐다……?'

"내 말 안 들려?"

이쪽의 반응이 없자, 송화자가 일방적으로 소리 질렀다.

"오우, 나 웨이터입니다. 손님이 방바닥에 오바이트를 해서 치우고 있습니다. 지금 토일릿에 있는데, 나오면 전화 하라 하겠습니다. 누구입니까?"

자기도 모르게 둘러대어진 임기응변이었다.

"나 신 감독인데…… 아, 아니, 됐어요! 원, 그 정도 마시곤……."

상대의 시큰둥한 음성이 수화기에서 멀어졌다. 철부는 '휴우' 한숨을 내쉬곤 주위를 살펴볼 겨를도 없이 자기 방으로 오자마자 골프 가방을 메고 부리나케 방을 나와 엘리베이터의 버튼을 눌렀다. 그가 위에서 내려오는 엘리베이터를 탔을 때, 스포츠형 머리에 블루진 차림의 두 서양 청년이 그를 흘긋거렸다. 이 오밤중에 웬 골프 가방이냐는 듯.

철부는 행여 가방 속에서 여자의 숨소리라도 새어나올까 싶어 짐짓 큰 소리로 "방금 친구한테서 연락을 받고 가는데, M호텔이 여기서 멀어요?" 하고 얼렁수를 썼다. 상대는 모른다며 어깨를 으쓱해 보였다.

엘리베이터가 로비에 이르자, 철부는 골프 가방을 멘 채 태연스레 카운터로 유유히 다가갔다. "방금 친구한테서 연락이 왔는데, 갑자기 부킹 일정이 변경돼서……. 미안하지만 체크아웃해 주시겠습니까?"

"예, 그러세요."

골프 가방에 클럽 대신 인체가 들어 있으리라곤 상상조차 할 리 만무한 카운터 직원은 고스란히 넘어갈 수밖에 없었다.

"감사합니다."

철부가 로비 출입문을 나온 지 일분이 채 못 되어, 캐딜락 한 대가 미끄러져 와서 그의 앞에 멈추었다.(이 차는 아까부터 호텔 앞 도로 건너편에 대기하고 있었다.) 즉각적으로 골프 가방이 차 트렁크에 실리고, 가방 주인이 운전자 옆 자리에 올라타자마자, 차는 살같이 내달았다.

이윽고 해저 터널을 통과해 홍콩 섬을 빠져나온 차는 계속 북쪽으로 질주해 주룽 반도 동쪽 다푸만 연안에 이르렀다.

"이자 다 왔습네다."

운전자가 차를 멈춘 곳은 각종 선박들의 맨 끝에 정박해 있는 쾌속정 앞이었다.

"수고 많았습메."

배에서 부두로 나온 공작원이 철부를 반갑게 맞이했고, 그를 따라 차로 다가온 한 사나이가 덮개가 열린 트렁크에서 골프 가방을 들어 배로 옮겼다. 이로써 이번 지령의 임무도 끝났다. 여기까지가 그의 역할이었던 것이다.

철부가 임무를 마치고 부대로 돌아오던 날, 몸소 정문까지 나와 그를 맞이한 사람은 염기철이었다.

"여, 강 동무! 수고가 많아서!"

차에서 막 내린 그는 철부의 양 어깨를 움켜잡아 흔들며 "자, 내 차에 타라우!" 하고 마당에 세워진 우와즈를 가리켰다.

'이제 또 어디로……?'

철부가 얼떨떨한 기분으로 조수석에 오르자 차는 급발진했다.

"이자 곧 좋은 일이 있을 거야."

의기양양하게 말하며 염기철이 철부를 데려간 곳은 뜻밖에도 35호실의 청사였다. "들어가자우."

그런데 위관급에서 장령에 이르는 여러 부서의 상관들이 철부를 반기는 기색이었으나, 실내 분위기는 다소 긴장된, 얼어 있는 듯한 상태였다. 철부는 내심 의아해하였으나 그의 의아심은 한 시간쯤 후에 풀렸다. 청사 앞에 최신형 리무진 몇 대가 스르르 멈추더니, 인민복 차림의 앙바틈한 사나이가 수행원들의 호위를 받으며 팔자걸음으로 들어왔다.

'앗, 김정일!'

철부는 오만스러운 이 내방자를 한눈에 알아보았다. 실내의 전원이 부동자세로 경례를 붙였다.

"누구레 강철부가?"

사나이는 단도직입적으로 물었고, 염기철이 '이잡니다, 부장 동지!' 라고 소개하려는 순간, 철부가 한 발짝 나서며 대답했다. "옛, 접니다!"

"……?"

말없이 철부의 전신을 머리에서 발끝까지 훑어보던 김정일이 손을 내밀며 말문을 떼었다. "나 강철부 동무를 기억하고 있가서. 앞으로도 우리 공화국을 위해 할 일이 많을 거야."

"옛, 열심히 하겠습니다."

철부는 상대의 거센 악력을 느끼며 목청을 높였다.

"앞으로 35호실의 조직을 확대하가서. 요원을 확충하라우. 그리고 강 동무의 훈장 수여도 바로 준비하구, 이?"

그는 어깨에 별 두 개가 달린 장령을 쳐다보며 지시했다.

"예, 알갔습네다."

"아, 염기철 동무, 내레 L각(閣)에다 연락해 놓을 테니 이번에 수고한 요원들을 데불고 가서 실컷 먹으라우. 난 오늘 바쁜 일이 있어서 이담에 자릴 같이하자우."

"예, 고맙습네다, 부장 동지!"

염기철은 뒤돌아서는 김정일의 등 뒤에다 소리치며 경례를 했다.

며칠 후, 철부는 '공화국 영웅' 칭호와 함께 국기훈장 1급의 휘장을 받았다. 또한 그가 활약한 영향으로 염기철도 소좌로 특진됨과 동시에 35호실로 영전되었다.

그날 저녁, 강철부와 염기철은 L각의 조용한 방에서 오랜만에 단둘이서 앉았다. 그들은 고급 요리와 주류를 앞에 놓고 정겹게 대화를 나누었다. 마치 맏형과 막내동생과 같이.

"자, 동생이 한잔 받으라우! 철부야, 내레 이자 널 동생이라 불러도 되갔디?"

몇 잔의 조니워커로 불콰해진 염기철이 호연한 기분으로 술잔을 철부에게 건넸다.

"아, 그럼은요. 염 대위, 아니 염 소좌님만 괜찮으시다면 저로선 영광입니다."

철부 역시 알코올 기운이 그의 혀놀림을 자유롭게 했다. "저에겐 형님이나 아버지만큼 고맙고 은혜로운 분이시니 말입니다. 제가 두고두고 은혜를 보답하겠습니다."

"은혜라고까지 할 게 뭐 있네. 거저 동생이 할 일만 충실히 수행하면 되는 거이디, 고럼. 기릭하구 말이야……."

염기철은 술잔을 든 채 은근한 톤으로 말끝을 달았다. "동생이 일급 훈장을 받았것다, 이번 참에 김정일 동지의 눈도장까지 받았으니끼니 순풍에 돛 단 거나 다름없지 안카서? 자, 마저 들라우!"

"두고 보십시오, 제가 형님의 기대에 어긋나지 않도록 할 테니. 그저 뒷받침만 해 주십시오."

철부는 술잔을 들어 한입에 털어 넣었다.

"염려 말라우. 내레 힘껏 밀어줄 터이니. 기래서 말인데, 이자부턴 외국어 공부를 많이 해 두라우. 동남아나 중동 국가의 말도 필요하지만 특히 영어, 독일어, 불어 들이 더 중요하게 쓰일 거야. 앞으로 우리 요원들이 구라파 쪽에서 공작 활동을 활발히 벌여야 할 테니 말이야. 그런 언어에다 그 나라의 지리와 문화까지 익히면 금상첨화디."

"예, 잘 알겠습니다. 이제부터 열심히 노력하겠습니다. 형님이 계셔서 정말 마음 든든합니다."

"기래, 좋아! 우리 잘해 보자우!"

염기철은 철부에게 잔을 마주 들게 하고는 소리쳤다. "우리 공화국과 김일성 주석님, 그리고 김정일 부장 동지를 위하여!"

제13장 드디어 독일 유학의 길로

48

"와! 정말 굉장하네!"

허리에 둘렀던 에이프런을 풀어 식탁 의자에 걸치고 거실의 TV 버튼을 누르자마자 인경의 입에서 흘러나온 탄성이었다. "유스티노(현교의 세례명), 잠깐 나와서 이것 좀 봐요! 독일이 통일됐대요!"

"아니, 뭐라구요!"

서재에서 논문을 정리하던 현교가 부스스한 머리에 재킷을 걸친 채 걸어나와 TV 맞은편 소파에 인경과 나란히 앉았다.

화면에는 헬무르 콜 총리의 통독 선언과 더불어 국민들이 "통일 독일 만세!"를 환호하며 흔들어대는 독일 연방 삼색 국기가 거리에 물결쳤고, 카페마다 너나없이 하얀 거품이 넘치는 맥주 잔을 높이 치켜들고 "브라보!"를 외치는 축제의 장면들이 역동적으로 비춰지고 있었다. 지난해 말 베를린 장벽이 무너지던 극적인 장면들이 간간이 오버랩되면서.

이날은 제2차 세계대전 후 동독과 서독으로 분단된 지 근 반세기 만에 재통일된 1990년 10월 3일이었다.

"참으로 부러운 광경이군!"

현교는 TV 화면에 박고 있던 시선을 아내에게 돌렸다. "독일인들에겐 그야말로 감격의 날이군요."

"우리나라엔 언제 이런 감격스런 날이 올까요? 어마, 저 좋아하는 모습 봐요!"

인경은 군중들이 환호작약하는 화면을 보며 덩달아 감격스러워했다.

"우리에겐 꿈같은 일처럼 느껴져요."

현교는 화면에 오버랩되는 베를린 장벽을 보며 지난날 군 복무 시절에 접했던 군사분계선의 냉엄한 철책들을 떠올렸다. '다 같은 벽인데…….'

그는 텔레비전 위쪽에 걸린 달력에 시선이 닿자 불현듯 격양된 목소리로 말했다. "오늘의 이 경사가 독일인이 아니라 우리 한국인의 일이었다면 개천절에 남북통일을 이루는 역사적인 사건이 될 텐데!"

"……?"

무심코 남편을 마주 보던 인경이 그의 시선을 따라 달력으로 돌리더니 이내 알아차리곤 입을 열었다. "아, 오늘이 10월 3일이군요. 단군왕검이 우리나라를 세운 날……. 참, 그러고 보니 오늘이 우리가 식을 올린지 꼭 십주년이 되는 날이네요."

"아니, 벌써 그리 됐나! 아 참, 그날이 체인(chain; 자전거의 양냥이줄과 같다는 뜻으로 현교의 인경에 대한 애칭)이 닥터스 디그리(박사 학위)를 따던 담담 날이었지요?"

현교는 감회가 새로운 듯 소파에 기댔던 허리를 일으키며 아내에게 눈을 주었다.

"아, 맞아요! 유스티노는 그것까지 기억하고 있었네."

인경도 맞장구를 치며 회심의 미소를 지었다. "세월이 살같이 흐른다더니 짜장 빠르기도 하지요?"

"정말 체인하고 함께한 시간은 정신없이 흘러간 것 같아요. 마치 꿈속을 달려온 것처럼."

현교는 아내의 마디 긴 가느다란 손을 살며시 잡았고, 인경은 남편의 어깨에 살포시 머리를 기대면서 속삭였다. "앞으론 우리, 세월을 안단테(느리게)로 보내요."

그런 상태로 두 부부는 꿈을 꾸듯 지난날의 감회에 젖어들었다.

49

'뜻이 있는 곳에 길이 있다.' 고 했던가. 현교는 '부선망(父先亡)의 독자' 라는 이유로 의가사 제대를 하고 복학한 후에도 독일 유학의 꿈은 여전히 마음속에 간직하고 있었다. 그런 가운데 1971년 8월, 이산가족찾기를 위한 남북적십자 예비회담 개최를 계기로 이듬해 남북한 당국 간에 '7 · 4 남북공동성명' 을 발표함으로써, 오랫동안 지속되어 온 남북 대결 상태에서 점차 해빙 무드의 조짐을 보이기 시작했다.

그러던 어느 날 저녁, 관할 파출소 경찰관과 사복 차림의 요원이 현교의 하숙으로 찾아와 그의 본적지를 비롯한 각종 신원을 캐묻고 돌아갔고, 그로부터 일주일 후 그는 어머니에게서 장거리 전화로 뜻밖의 희소식을 들었다. 도병무청으로부터 공문을 받았는데, 자신의 외국 유학에 대한 제약이 풀렸다는 것이었다.

"정말예요, 어머니?"

수화기에다 대고 부르짖은 제일성이었다. 도무지 믿기지 않으면서도 기분은 하늘로 붕 날아오르는 것 같았다.

"이제 한시름 놓은 것 같구나! 공문은 등기로 부쳐 주마."

화지 부인도 마음이 들뜨기는 아들과 다르지 않았다.

현교로부터 이야기를 전해 들은 장 여사와 장 노인도 안도와 기쁨을 감추지 못했다.

이튿날 일찌감치 등교한 현교는 먼저 주임교수실부터 찾았다. "선생님, 이게 어떻게 된 걸까요?"

현교는 어머니에게서 들은 공문서 내용을 주임교수에게 말하곤 물어보았다.

"그래? 어쨌든 잘됐군! ……가만있자, 내 친척이 병무청 직원을 잘 아는데 한번 알아볼까?"

수첩을 뒤져 전화번호를 알아낸 교수가 수화기를 들고 다이얼을 돌리더니 상대에게 정황을 물었다. 의문은 두어 단계 더 거쳐서 다음날에야 밝혀졌다. 주임교수의 친척이 알아본 바에 의하면, 일의 실마리는 예기치 못한 데서 풀려 나갔다. 현교의 중학교 동기생인 고기헌의 사촌형(중앙정보부 제주 지부 K정보원)이, 연전에 일본을 방문하고 귀국한 지방 유지의 조총련 공작원과의 연루 사건을 내사하기 위해 오사카에 파견됐는데, 조사 과정에서 우연히 강달표(현교의 조부)의 참사를 접하게 되었다. 현지 경찰의 말에 따르면, 60년대 초 일본 자위대의 경비정에 의해 해면에 떠다니는 십여 구의 시체를 발견하고 수습한 후 경찰에 인계했으나, 신원이 파악된 시신은 4, 5구밖에 되지 않았다는 것이다. 그러면서 당시의 서류를 보여줬는데, 그중에 강씨의 예전 모리구치 주소와 본적지가 기록된 것을 K정보원은 확인할 수 있었다.

"신원이 파악된 것만이라도 유족에게 알려주었으면 좋았을 텐데……."

그가 유창하지는 못하나 상대가 알아들을 만큼 천천히 일본어로 아쉬움을 표하자, 담당 경찰관은 수긍은 하면서도 분명한 어조로 말했다.

"하지만 당시엔 일 · 한 협정이 이루어지지 않았을 뿐 아니라 북송 사업의 초기이기도 해서 여론을 의식한 나머지 사건을 쉬쉬한 채 시체마저 화장 처리해 버렸지요."

"아, 그랬었군요. 그럼 이 명단을 한 장만 복사를 부탁해도 될까요?"

K정보원은 상대의 눈치를 살피며 신중히 물었다.

"하지만 외부 유출은……. 만에 하나 나중에 문제라도 생기면……."

상대는 고개를 한쪽으로 틀며 적이 난색을 표했으나, K정보원은 명단 중의 한 사람이 자기 지인의 신원 파악에 중요한 증빙이 된다는 점을 역설했다. 그가 전부터 사촌동생을 통해 현교의 딱한 처지를 알고 있었기 때문이었다. 그러면서 그는 복사물은 자기 선에서만 처리한다는 다짐을 빼놓지 않았다.

K정보원이 손으로 제스처를 써 가며 진지하게 설득하자, 직업과는 달리 사

람 좋아 보이는 이 경찰관은 서류를 들고 사무실 구석의 제록스 쪽으로 가서 스위치를 넣었다.

"당신의 그 분명한 다짐말이 내 머릿속에 입력되어 있다는 걸 잊지 마시오."

경찰관은 복사물을 건네며 입가에 엷은 미소를 흘렸다.

이리하여 일본 출장에서 돌아온 K정보원은, 현교의 조부 강달표가 북한에서 해상 탈출 중 북한군에 피격되어 사망했다는 사실(복사물 첨부)과, 이로써 강현교의 해외 유학 결격 사유가 소멸되었음을 제주 지방 병무청에 통보했고, 이 보고서가 마침내 국방부 본청에까지 전달된 것이었다.

"결국 할아버지가 자네 앞길을 터 주신 거야! 망자 분은 안되셨지만."

주임교수는 자신이 들은 대로 자상스레 설명해 주고는 목소리를 높였다.

"우선 이 낭보를 미카엘 신부님께 전하고, 자네도 준비를 서둘러."

"네, 알겠습니다, 선생님!"

"그리고 방과 후 저녁때 무교동 거기에 가 있어. 일곱 시까지 갈게."

"네, 선생님."

그리하여 그날 저녁 카페에서 만난 두 사제는 오랜만에, 아니 단둘이선 처음으로 축배를 들면서 현교의 유학 문제에 대해 진지하게 논의했다. 그런 가운데 주임교수는 최근에 독일의 서석순 교수가 '게오르크 아우구스트 대학(G.A.Univ. : 괴팅겐 대학의 정식 명칭)' 으로 전근했으며, 현교의 편입학 역시 자기 학교로 주선하고 있다는 사실도 알려주었다.

50

연좌에서 풀리면서 현교의 유학 수속은 순조로이 진행되었다. 편입학 원서에서부터 성적 증명서, 어학(독일어) 연수 수료증, 병역필증에 이르기까지 소정의 서류가 모두 갖추어져 이제 몸만 떠나면 되는 것이었다.

〈일체 수속 완료. 8월 31일 출국 예정〉

세종로 국제전신국에 들러 미카엘 신부와 인경에게 같은 내용의 전보를 치고 나온 현교는 그길로 고향으로 날아갔다.

그는 제주시에 있는 기헌의 안내로 어머니와 함께 K 정보원의 집을 찾아가 정중히 감사의 인사를 드렸고, 상대 역시 현교의 장도를 진심으로 축하해 주었다.

그리고 그날 저녁, 현교는 기헌의 주선으로 연락이 닿는 10여 명의 중·고교 동기생들이 베풀어 준 환송 파티에 참석한 후, 다음날 어머니와 함께 서울로 올라왔다. 두 모자가 대문 안에 들어서자마자 장 노인과 장 여사는 여느 때와 달리 화지 부인을 마치 동기간이라도 맞이하듯 별 스스럼없이 반기었다.

"그동안 마음고생이 많았지요, 현교 어머니? 자, 이쪽 시원한 대로 앉으세요."

장 노인이 까칠한 손으로 화지 부인의 손을 부여잡으며 선풍기 옆 소파에 앉혔다.

"저보다도 얘가 속을 많이……."

화지 부인이 현교를 보며 입을 떼자, 아들이 옆의 보조의자에 앉으며 어머니의 말을 끊었다. "이제 그런 고뇌도 씻은 듯이 사라졌어요. 지내 놓고 보니 그것이 제겐 주님의 은총을 받을 수 있는 준비였던 것 같아요."

"그래, 현교야. 고통과 시련도 주님의 은총이란다."

장 여사가 현교의 의자 옆 소파 끝에 앉으며 말을 이었다. "은총의 사람은 시련을 겪게 마련이지. 그걸 겪고 난 뒤에야 '천상의 선물', 그러니까 '고통과 시련'이라는 포장지에 싸인 '주님의 선물'을 받게 되는 거야."

"……!"

현교는 감격스러운 표정으로 장 여사를 바라보았다. 옆의 두 여인도 잠잠히 지켜보는 가운데 장 여사가 말끝을 달았다. "좀 더 쉬운 예를 들면, 가브리엘 천사가 동정 마리아께 나타나 '은총이 가득한 이여, 기뻐하여라.' 하는 인사말에서 기쁨의 이유가 '은총' 임을 암시하는 거야."

"은총이 가득하면 기쁨도 가득하다는 말인가요?"

"그렇지!"

"저야말로 '천상의 선물'—은총을 받은 사람이군요!"

마냥 감격스러워하는 현교의 말을 장 노인이 바로 받았다. "그 은총을 우리 인경이와 함께해야지!"

"아, 네, 여부가 있겠어요!"

설렘과 기쁨에 겨워하는 아들의 모습에 흐뭇해하는 어머니를 번갈아 보던 장 여사가 시선을 장 노인에게로 돌렸다. "주님께서 두 사람에게 은총을 가득히 내려 주실 거예요, 언니. '마리아와 요셉' 과 같이."

어느새 앞마당 감나무에서 한가로이 울어대던 쓰르라미 소리가 뜸해지고 늦여름의 햇살이 서녘으로 기울어 있었다.

"현교 어머니 시장하시겠다."는 장 노인의 채근에 이른 저녁을 마치고 난 네 사람은, 화기애애한 대화—현교와 인경의 장래, 화지 여사의 서울로의 이사 등에 대한—를 나누느라 날이 새는 줄도 몰랐다.

다음날과 그 다음날은 이들 넷이서 서울 시내에 있는 창경원을 비롯한 여러 고궁과 유원지를 관광하며 기념촬영을 하고, 오후 나절에는 오장동 함흥냉면집 등 몇몇 유명 식당에서 갖가지 미각을 돋우어 보기도 했다. 그리고 현교가 떠나기 전 마지막 날 저녁에는 장 여사의 안내로 수유 성당에 가서 저녁 미사에 참례했다.

51

"현교 씨! 여기!"

프랑크푸르트 공항 카운터에서 체크아웃을 마친 현교가 출입구 쪽을 향하며 두리번거리고 있을 때, 귀에 익은 반가운 음성이 그의 시선을 고정시켰다. 인경이 화사하게 웃으며 손을 흔들고 있었다.

"오!"

현교가 보스턴백을 든 채 단걸음에 인경에게 다가가자, 인경도 두 팔을 벌려 마주 다가들더니 현교의 풍채와 얼굴을 뜯어보며 말했다.

"군에 갔다 오더니 더 늠름해진 것 같아요."

"인경 씨도 의대생이 되니 전보다 한결 세련돼 보여요."

현교는 목덜미까지 단정하게 늘어뜨린 인경의 단발머리에 눈길을 주며 화답했다.(인경은 야간 대학 졸업과 동시에 간호사직을 접고, 지금은 M의대 의예과 2년생이었다.)

"정말 그래 보여요? 하지만 이제부터가 문제예요. 고생문이 훤히 열렸으니까요."

인경은 현교를 출입문으로 이끌며 덧붙였다. "아 참, 미카엘 신부님은 갑작스런 사목 때문에 지방에 가셨다가 내일 오전에 마인츠로 오신댔어요. 현교 씨 편입학과 숙소 문제는 신부님 만나뵈면 자세히 알 수 있을 거예요."

인경의 말은, 그러니까 오늘은 자기와 단둘이서 보내야 함을 암시하고 있었다. 그녀는 발걸음을 멈추고 손목시계를 보더니 "뱃시간이 빠듯하겠네. 현교 씨, 저리로 가요." 하며 앞장서 택시 정류장 쪽으로 향했다.

보스턴백을 택시 트렁크에 실은 후 두 사람이 나란히 뒷좌석에 앉자마자 인경이 운전사에게 행선지를 알렸다.

"마인츠 유람선 선착장으로 가 주세요."

구레나룻투성이의 운전사는 뒤를 힐끗 쳐다보곤 시동을 걸었다.

"현교 씨 배고플 텐데 조금만 참으……."

'꼬르르륵!'

갑자기 현교의 배 속에서 새어나온 가죽피리 소리가 인경의 말끝을 끊었다.

"어머! 현교 씨 몹시 시장한 거구나!"

인경의 말에 현교는 멋쩍은 웃음을 지었다. "창자가 체면도 모르고 주인의 스타일을 구기는구먼!"

"아녜요, 현교 씨. 정상적인 생리작용이에요. 소화기의 창자가 자기 임무를 충실히 수행하는 거라구요."

"'우는 아이 젖 준다.' 이건가요?"

"간(肝)과 같은 무언의 장기보다 솔직하잖아요?"

둘은 마주 보고 소리내어 웃어댔다.

"조금만 기다리세요. 갑판 위에서 상을 차려 올릴 테니. 멋진 풍광을 맘껏 즐기면서 말예요."

"예전에 내가 못한 구경을 오늘 하게 되나 보군요."

현교는 고개를 끄덕이며 한 손으로 복부를 쓰다듬었다. '위장들아, 좀만 기다려라.'

이윽고 두 사람은 라인 강 연안의 유람선 선착장에 내려졌다. 인경의 예측대로, 그날 오후 마지막으로 출항하는 로만티크 라인(마인츠~코블란츠)을 놓치지 않고 가까스로 잡아탈 수 있었다.

"전망이 좋은 데를 골라 봐요, 현교 씨."

현교를 인도하듯 갑판으로 올라온 인경은 많은 유람객들 사이에 드문드문 비어 있는 자리를 둘러보며 말했다.

"가만 보자……."

잠시 갑판 위를 살펴보던 현교가 우현 중간쯤에 비어 있는 테이블을 발견하고는 "저기가 좋겠어요." 하며 백을 든 채 발을 옮겼다.

"오, 괜찮네요!"

원경을 바라본 인경이 의자에 앉더니 〈라인 강 유람〉 팸플릿을 현교에게 건네주며 "이걸 보고 있어요. 금강산도 식후경이잖아요." 하고 얼른 자리를 떴다.

현교가 팸플릿 표지를 열자, 마인츠에서 코블란츠까지(약 80킬로미터) 뱃길 유람 루트를 중심으로 좌우에 비스바덴, 빙겐, 뤼데스하임, 보파르트 등의 연안 도시와 함께 라인슈타인 성을 비롯한 많은 고성과 로렐라이 등의 명승 고적이 사진을 곁들여 양면 펼친그림으로 소개되어 있고, 독일인들은 이 하천을 '아버지 강'이라 부른다는 해설도 병기되어 있었다.

"아버지 강이라……!"

현교는 저도 모르게 뇌어졌다. 예로부터 게르만 민족의 얼과 역사가 서린 유럽 굴지의 국제 하천이자 독일의 대동맥, 패전 후 부흥의 기적을 낳았다는 바로 그 물줄기 위에 유람객의 일원으로 서 있다고 생각하니 왠지 외경스러운 느낌과 더불어 강박감 같은 것마저 들었다. '한강의 기적은……?'

잠시 생각에 잠겼던 현교는 인경이 커다란 플라스틱 쟁반을 테이블 위에 내려놓았을 때에야 퍼뜩 제정신이 들며 의자에서 일어섰다.

"이렇게 많은 줄 알았으면 같이 갔을걸."

현교는 쟁반에 수북이 담김 음식물(빵과 샌드위치, 쇠고기 통조림, 캔맥주와 콜라 등)을 살펴보면서 미안해했다.

"괜찮아요. 자, 앉아서 어서 들어요. 몹시 시장할 텐데."

인경이 현교 앞으로 음식물을 주섬주섬 옮겨 놓자, 현교가 캔맥주를 따서 인경에게 건네주고 자기 것도 터뜨렸다. "자, 우리의 재회를 위하여."

그덧 유람선은 물보라를 일으키며 서서히 전진하고 있었다. 둘이 음료를 곁들인 식사를 즐기는 가운데, 배는 시가의 연변을 벗어나 양쪽 기슭에 널따랗게 펼쳐진 포도밭을 조망하며 살같이 지나는가 싶더니, 긴 병풍처럼 연이어진 바위산과, 지났나 싶으면 다시 새롭게 좌우로 번갈아 나타나는 높다란 고성들이 하오의 여름 햇살을 받아 고색창연한 모습을 드러내며 유람객들의 눈길을 사로잡곤 했다.

그러기를 세 시간 남짓 지났을까. 강 우안 멀리 바위 언덕이 시야에 들어오면서, 이제껏 계속되던 고성에 대한 해설은 뚝 그치고 아름다우면서도 처연한, 귀에 젖은 멜로디가 고막을 울리기 시작했다.

"어? '로렐라이 언덕'!"

현교는 음향 쪽으로 귀를 기울이면서 눈은 인경의 얼굴을 향했다. 그녀는 미소를 띠고 있었다.

"현교 씨 좋아하는 곡이에요?"

"국민(초등)학교 육학년 때 담임선생의 십팔번이었어요. 그래서 우리도 곧잘 따라 부르곤 했었지요."

"여선생이었겠네? 예뻤어요?"

"네. 근데 우리가 졸업 후 다른 학교로 전근했는데, 폐결핵으로 돌아가셨대요."

"어머, 저런! 가엾기도 해라!"

인경은 다소 처연한 모습의 현교를 보며 위로하듯 말했는데, 그때 배가 그 큰 바위 앞을 지나갔고, 노래에 이어 '로렐라이 언덕'의 전설에 대한 해설도 흘러나왔다.

"저 바위 위에서 물의 요정이 노래를 불러 뱃사람을 물속으로 유혹했다잖아요."

인경의 말을 들으며 현교는 숲으로 덮인 거대한 바위를 유심히 바라보았고, 인경은 노랫소리를 나지막이 흥얼거렸다.

옛날부터 전해 오는 쓸쓸한 이 말이
가슴속에 그립게도 끝없이 떠오른다…….

유람선이 종착지인 코블렌츠 선착장에 도착한 것은 석양 무렵이었다. 저녁놀에 물든 라인 강 건너편에 10세기 말경 축성되었다는 '에렌브라이트슈타인 요새' 의 웅장한 모습이 첫눈에 들어왔다.

"현교 씨, 우린 이리로 가요."

유람객들을 따라 배에서 내린 인경은, 라인 강과 모젤 강의 합류 지점인 '도이체스 에크(독일의 모퉁이)' 에 세워진 빌헬름 1세의 거대한 기마상을 뒤로 한 채 강변을 따라 남쪽으로 발길을 향했다. 5분가량 둘이서 나란히 걸어가자 녹음이 우거진 아름다운 가로수 길이 트이면서 그 숲 속으로 고성의 모습이 보였다.

"여기가 라인안라겐이에요. 옛 선제후의 성의 후원(後園)인 셈인데, 연인들에게 맞갖은 로맨틱한 산책로로 알려져 있어요."

인경의 말대로 주위에는 쌍을 이룬 청춘 남녀들이 정겹고 행복스러운 모습으로 가로수 길을 한유하게 거닐고 있었다.

"현교 씨, 백 드느라 팔 아프겠네요. 저기 잠깐 앉았다 가요."

인경이 현교의 왼손을 잡고 가로수 아래 벤치로 다가가 나란히 자리했다. 인경의 민소매 블라우스 아래로 드러난 하얗고 부드러운 살결이 반팔 남방셔츠를 꿴 현교의 팔을 스쳤다.

"다들 명랑하고 생기발랄해 보이네요."

환한 웃음과 갖가지 제스처를 주고받으며 지나가는 젊은 남녀 군상들을 바라보면서 현교는 새삼스레 고국을 떠올렸다. "서울의 거리와는 확실히 다른 모습이네요."

"현교 씨도 그렇게 느꼈어요? 맞아요! 우리 민족은 예로부터 내려온 유교 사상 때문에 남녀유별을 중시한 나머지 남녀가 서로 웃음을 나누는 것조차 인색하지 않아요? 반면에, 일찍이 내면적 · 의지적 경향이 있는 독특한 사상과 문화를 발전시켜 온 독일인들은 어려서부터 자신의 의견을 확실하게 주장하도록 교육을 받는다고 해요. 때문에 그들은 대화를 마치 토론처럼 즐기는

가 하면, 만약 대화 중에 아무 말 없이 듣고만 있으면 자기 의견이 없는 것으로 여긴대요. 그만큼 독일인들은 대화를 중시하는 거예요. 뿐만 아니라 내가 겪어 본 바로는 독일인들은 근면성으로 널리 알려진 것은 물론이고, 유럽에서 가장 성실하고 의리 있는 사람들 같아요. 더욱이 동양인들에게 호감을 갖고 친절히 대해 주는 것도 우리로선 높이 살 만하구요."

"나도 예전엔 독일 사람들은 독일어 어감처럼 딱딱하고 투박스러운 줄 알았는데, 지난번 왔을 때 직접 접해 보고서야 그게 선입관임을 깨달았어요."

"내가 그동안 경험한 바로는 의학, 과학 분야는 물론이고, 법률, 문화, 예술 등에서도 배우거나 본받을 점이 많다고 생각해요. 단, 히틀러의 나치즘만 빼고!"

"그러니까 게르만 문물제도의 도입인가요?"

"이를테면 이런 거예요. 문익점은 원나라에서 붓두껍에 목화씨를 넣고 고려에 돌아왔지만, 현교 씨는 게르만 과학자들의 DNA를 담고 가는 거예요. 여기다가."

인경은 오른손을 들어 현교의 머리를 가볍게 토닥였다.

"그럼 인경 씨는요?"

"나요? 난 현교 씨가 도입한 유전형질을 번식시키면 되잖아요?"

고개를 돌려 현교의 얼굴을 쳐다보는 인경의 표정은 열없어서하기보다 오히려 당당해 보였다. "막스 플랑크나 하이젠베르크와 같은 물리학자들의 우수한 두뇌를 고스란히 복제하는 거예요. 우리 세대엔 한국에서도 노벨 물리학 수상자가 탄생해야 되지 않겠어요?"

"그런 꿈이 없는 건 아니지만, 지금으로선 감히……."

"세상의 모든 발명이나 발견은 꿈에서 비롯되었어요. 꿈이 없는 곳엔 발전도 없어요. 꿈을 원대하게 가져야 해요! 난 현교 씨가 능히 꿈을 이루어내리라 믿어요."

인경은 뭔가 각오를 한 듯한 태도로 보다 적극적으로 말을 이었다. "그래서 말인데 현교 씨, 앞으로 우리 만나는 시간을 절제하기로 해요. 지금의 여기에 오기까지 얼마나 많은 어려움이 있었어요? 이제부턴 심기일전하여 상아탑 안에서 연구에만 전념해요. 위리안치되었다는 각오로. 아마 미카엘 신부의 마음도 나와 다르지 않을 거예요."

인경의 말이 현교에겐 마치 미카엘 신부 뜻의 암시이기라도 한 듯 한층 무게 있게 들렸다. 현교는 씁쓸히 웃으며 말했다. "나더러 '유배생활'을 하라는 말이군요?"

"나나 신부님의 권유에 의한 게 아니라 현교 씨의 자발적인 유배가 돼야 해요. 오지로의 이배(移配)나 사약을 기다리는 절망적인 유배가 아니라, 영광스러운 금의환국이 기다리는—고독하면서도 마침내는 희망찬 미래가 보장되는— '탐구의 길'이니까요."

"인경 씨 말을 머릿속에 입력해 둘게요. 하지만 다른 건 다 괜찮은데 인경 씨 보고 싶은 것만은 못 참을 것 같아요. 내 고등학교 친구 중 한 놈은 대학입시 때 어려운 문제만 나오면 애인 생각이 딱 떠올라서 애를 먹곤 했대요. 결국 재수해서 붙었지만. 나도 그 짝이 나면 어떡하죠?"

"호호호, 재밌는 얘기네요. 하지만 현교 씬 자제력이 있잖아요? 일주일에 한 번쯤 전화 데이트 하면 괜찮을 거예요. 그리고 앞으로 연구에 몰입하다 보면 나보다도 책이나 실험 기구에 더 애착이 가게 될 거예요."

"설마 그러기까지야."

둘은 서로 웃음을 나누며 벤치에서 일어섰다. 가로수숲 속은 이미 어둠이 깔리고 강물에는 환히 불을 밝힌 유람선들과 수면에 대칭으로 반사된 불빛으로 아름다운 정경을 그려내고 있었다.

라인안라겐을 벗어나온 인경은 근처에 있는 V레스토랑으로 현교를 안내했다. 댄스를 보면서 식사를 즐길 수 있는 유명한 식당으로, 홀 안에는 벌써 손님들이 들어차 있었다.

인경은 메뉴판을 들고 죽 훑어보더니 생선스튜, 송아지고기 커틀릿, 믹스 샐러드와 와인을 주문했다.

두 사람은 허기가 졌던 참이라 무대의 댄스에는 별관심 없이 날라져온 요리를 칼질하는 데 바빴다. 와인도 목으로 잘 넘어가 한 병을 더 시켰다.

"정말 훌륭한 만찬이네요. 오늘 하루를 멋지게 마무리하는."

현교가 잔을 쳐들자, 그녀도 잔을 들어 맞부딪뜨렸다. "유스티노의 전도를 위하여!"

레스토랑을 나온 두 남녀는 시원한 라인 강의 밤바람을 쐬며 강변로를 거닐다가 근처의 호텔에서 참으로 오랜만에 진한 로맨스를 아낌없이 나누었다.

52

이튿날 아침 일찍 호텔을 나온 현교와 인경은 코블렌츠 중앙역에서 서로가 아쉬운 발길을 돌려야 했다. 현교는 마인츠행, 인경은 뮌스터행 열차로.

현교가 마인츠의 성당에서 미카엘 신부를 만난 것은 그곳에 도착한 지 40여 분 지나서였다. 한 시간 정도면 도착할 거라는 사무장의 말을 듣고는 책상 모퉁이에 기대앉아 머릿속으로 고향의 어머니와 수유리 장 여사에게 편지를 쓰고 있는데, 밖에서 자동차의 엔진 멎는 소리가 들리더니 곧이어 검정 수단 차림의 미카엘 신부가 문 안으로 성큼 들어섰다.

"신부님!"

현교는 오뚝이처럼 벌떡 일어서기가 무섭게 신부의 우람한 가슴에 파묻혔다.

"오, 현교!"

신부도 감격스레 그를 얼싸안았다. 서로가 고대해 마지않던 3년 만의 재회였다. 사무장과 젊은 여직원이 환하게 웃으며 두 사람의 극적인 장면을 바라보았다.

"그동안 마음고생이 많았지? 일단 내 방으로 가지."

포옹을 푼 미카엘 신부가 현교를 데리고 사무실을 나와 성당 별관의 사제관 2층으로 올라갔다.

"인경 씨하곤 아침에 헤어졌나?"

신부는 현교에게 의자를 권하며 예사롭게 물었다.

"아, 네. 아침에 뮌스터로 갔어요."

현교는 멋쩍게 대답하며 얼굴이 화끈함을 느꼈다. 그러나 미카엘 신부는 짐짓 무덤덤한 표정으로 말했다.

"앞으로 자주 만나게 돼서 좋아했겠군?"

"그게 아닙니다, 신부님."

"그게 아니라니?"

"저보고 스스로 위리안치되라는 거예요. 학원 바깥과는 담을 쌓으라는 거지요."

"현교를 유배시키겠다?"

"네."

"내가 하고 싶은 말을 인경 씨가 대신 해 줬구먼."

신부는 눈가에 의미 있는 웃음을 지었다.

"……?"

현교가 말없이 신부를 쳐다보자, 그는 표정을 가다듬고 부연했다. "이제부터 현교는 다시금 자신과의 고독한 싸움을 시작해야 할 거야. 지난날 고등학교 시절 고향에서 서울로 올라왔을 때의 각오, 아니 그 몇 배의 결단으로 학구에 몰두해야만 해. 그때와는 차원이 달라. 이번엔 세계적인 영재들과 경쟁해야 하니까. 세계 속의 한국을 위해서."

'역시 신부님의 말도 핵심은 인경 씨의 것과 다름이 없구나!'

"그렇다고 지레 강박관념을 가질 필요 없어."

현교의 다소 심각해 보이는 기색을 의식한 미카엘 신부가 차분한 목소리로 말했다. "내가 이런 말을 하는 이유는 다른 데 있는 게 아니야. 즉, 신학기가 시작되면 한눈팔지 말고 오로지 학문에만 정진하라는 거야. 특별한 경우가 아니면 인경 씨나 나하고의 만남도 극도로 자제하고, 되도록 구내에서 교수들과 접촉하는 시간을 많이 가지라는 거지."

그러면서 신부는, 며칠 전 G.A. 대학에 들러 편입학에 따른 등록금 납부를 다 마쳤으며(기숙사비까지), 아울러 서석순 교수를 만나 현교의 면학에 대한 지도와 편달을 부탁하고 왔다는 말도 덧붙였다.

그런데 현교의 면학에 대한 편달은, 개학 일주일을 앞두고 그가 서석순 교수의 연구실을 찾았을 때 한층 더 절감할 수 있었다.

"웰컴!"

교수는 연구실로 들어선 현교를 반갑게 악수로 맞으며 친히 소파까지 데려갔다. "엊그제 서울의 육 교수한테서 연락을 받았어."

"여러 가지로 애써 주셔서 감사합니다."

"아니야. 감사를 받을 사람은 미카엘 신부와 육 교수지."

서 교수는 고개를 가볍게 가로저으며 방 구석의 소형 냉장고에서 캔 음료를 꺼내다 현교에게 건네며 '시원하게 마셔.' 라는 말 대신 엉뚱한 질문을 던졌다. "자네 올해 몇이지?"

"네? 제 나이 말입니까?"

느닷없는 물음에 현교는 앙가조촘했다.

"그래, 나이."

교수는 캔 뚜껑을 픽 따면서도 시선은 현교를 향했다.

"스물다섯입니다."

"아인슈타인이 '특수 상대성 이론' 을 발표한 게 몇 살 땐지 아나?"

"그게 스위스의 베른 특허국에 근무할 때였으니까…… 서른 미만이긴 한데……."

현교는 중학교 시절 〈위인전기〉에서 읽었던 내용을 어렴풋이 떠올리며 어정쩡하게 대답했다.

"스물여섯이었어. 지금의 자네 또래지."

교수는 음료를 한두 모금 마시고는 덧붙였다. "그것도 직장일을 마치고 퇴근한 후 한 달 동안 밤을 꼬박 새우며 작성했어. 아내와 어린 아들까지 둔 몸으로."

"아, 이제야 생각이 납니다."

현교는 괜스레 주눅이 드는 기분으로 '상대성 이론'에 생각을 기울이는데, 다음의 질문 또한 럭비공처럼 뜻밖의 방향으로 튀었다.

"건 그렇고, 퀴리 부부가 라듐을 발견하기 위해 얼마나 엄청난 피치블렌드(역청 우라늄석)를 처리했는지 알고 있나?"

"네, 제가 한 책에서 읽은 기억으로는 1톤의 원광석에서 1그램도 안되는 라듐을 분리해 냈다던데…… 아닌가요?"

"그것도 틀린 말은 아니야. 하지만 좀 더 정확히 말하면 8톤의 피치블렌드에서 분리해 낸 라듐이 고작 0.1그램이었어. 그 극미량의 새로운 방사성 원소를 발견하기 위해, 한때 의대 학생들이 해부 학습실로 쓰던 버려진 창고—유리 지붕은 비가 새고, 여름에는 질식할 정도로 덥고, 겨울에는 난로를 피워도 혹독한 추위가 몰아치는—에서 무려 3년 동안이나 사투를 벌였지. 그 엄청난 양의 원광석을 잘게 부수어 종일 가마솥에 끓이고 긴 쇠막대로 저으면서 바짝 졸이는 그런 방대하고 어려운 일을 부부 단둘이서 말이야. 참으로 경탄스럽지 않은가!"

"전 그런 과정까진 관심이 미치지 못했던 것 같습니다. 교수님 말씀을 듣고 보니 정말 부끄럽군요."

"아니야, 아니야. 자넬 테스트하는 건 아니니까, 긴장 풀고 시원하게 쭉 들어."

열없어하는 현교에게 서 교수는 탁자 위의 음료를 손짓으로 권했고, 현교는 조심스레 캔을 들고 한 모금 마셨다.

"내가 이런 사례를 드는 건, 다른 학문도 마찬가지지만 물리학, 특히 이론 물리학이 그만큼 피나는 노력과 인고를 수반한다는 걸 강조하기 위해서야. 물론 자네의 뜻도 같겠지만 육 교수는 자네가 앞으로 핵물리학 분야에서 두각을 나타내길 열망하고 있더군. 자기가 이루지 못한 꿈을 자네가 대신 성취해 주기를 바라는 거야. 지나간 이야기지만 사실 그 친군 미국 유학 당시 좀 더 버티지 못하고 일찍 귀국해 버린 게 후회막급이라 하더라고. 고생이 되더라도 이휘소처럼 그곳에서 연구를 계속했어야 했다고 말이야."

"제게도 언젠가 그런 말씀을 하셨어요."

"알 것 같군. 그만큼 한이 큰 거겠지. 그 한을 자네가 한번 풀어 드려 봐. 물론 난관이 많은 가시밭길이겠지만. 나도 신신당부를 받았으니, 자네를 뒷받침, 아니 호되게 채찍질할 거야."

"네, 맞을 각오가 돼 있습니다."

"그래?"

현교가 의외로 선뜻 대답하자, 교수는 씩 웃으며 마음속에 예비했던 질문이기라도 한 듯 서슴없이 물었다. "자네, 수학의 귀재라며?"

"아이, 그저 다른 과목보다 좀 나은 편이죠 뭐."

현교는 쑥스레 대답했으나, 사실 그는 대입 시험 때 수학 점수가 교내 합격생 중 톱이었을 뿐 아니라, 재학 중에도 그 자리를 놓치지 않았다.

"오케이! 아인슈타인도 취리히 공과대학 입시에서 다른 과목 점수는 형편없었는데 수학과 물리 점수가 특출해서 학장 재량으로 합격시킨 거 알지? 수학 방정식은 '물리학의 언어' 라는 걸 명심하라구."

그러면서 교수는 성큼 일어서더니 서가에서 책 한 권을 뽑아 탁자 위에 던지듯 내려놓았다.

"입학 날까지 이걸 통독해 봐. 핵물리학 입문서라 생각하고."

현교는 얼른 책을 들어 제목부터 살펴보았다. 신사륙판의 양장본으로, 커버에 《groβ Physiker(위대한 물리학자)》라는 표제가 찍혀 있는 시리즈 중 〈양자역학 및 핵물리학 편〉이었다. 차례와 내용을 들추어 보니, 대표적인 이론물리학자들의 삶과 연구 실적을 이해하기 쉽게 약술한 것으로, 막스 플랑크를 비롯하여 아인슈타인, 닐스 보어, 볼프강 파울리, 베르너 하이젠베르크, 그리고 퀴리 부인, 어니스트 러더퍼드, 리제 마이트너, 오토 한, 엔리코 페르미, 존 오펜하이머 등이 수록되어 있었다.

제14장 막스플랑크 연구소

53

마침내 G.A. 대학교의 신학기가 시작되었다. 서양인 중심의 우수하고 지성적인 교수와 학생들, 고풍스러운 캠퍼스와 강의실, 기숙사 등 모든 것들이 현교에게는 새롭고 경이로웠으며, 이러한 새로운 환경 속에서 학업과 연구를 지속해 갈 것을 생각하니 가슴이 설레면서도 한편으론 수업을 제대로 따라갈 수 있을까 두렵기도 했다. 하지만 교수와 학생들이 활달하고 친절하며, 매너가 바른 점은 현교의 마음을 안도하게 했다.

개학 첫날, 현교는 주임교수인 빌헬름 서(Wilhelm Suh; 서석순의 독일 이름) 교수와 상의하여 수강 신청을 했다. 전공을 물리학으로 하고, 〈핵물리학〉과 〈현대 대수학〉을 비롯한 일곱 과목을 선정해 주면서도 "당분간은 강의에서 '듣기' 가 쉽지 않을 테니 그쪽에 많은 노력을 기울여야 할 거야."라고 걱정스레 말했다.

아니나 다를까, 주임교수의 우려는 첫 강의 시간부터 어김없이 그대로 드러났다. 교재를 읽거나 쓰는 것은 그런대로 별 어려움이 없었으나, 교수의 강의는 아무리 귀를 기울여도 반쪽밖에 '알아들을' 수가 없었다. 빗대어 말하면, 초등학생이 대학 강의실에 앉아 있는 형국이었다.

'이대로는 안된다! 타개책을 강구해야 돼!'

현교의 머리에 가장 먼저 떠오른 생각은 고3 대학입시 준비 때의 '사당오락(四當五落)' 이었다. 결국 수면 시간 단축밖에 없었다. 밤 두 시 취침, 아침 여섯 시 기상!

그날, 현교는 강의가 끝나는 그길로 곧장 서점으로 달려가, 독일어로 녹음

된 물리학을 비롯한 자연과학 위주의 학술 부문 카세트를 구했다. 그러고는 학교에서의 수강 때와 기숙사에서 숙제하는 시간을 빼곤 일상적으로 양 귀에 이어폰을 달고 다녔다. 동료 학생들의 별스럽게 바라보는 눈길도 아랑곳없이.

그러기를 약 한달. 현교의 언어 실력은 자타가 놀랄 만큼 향상되어 갔다. 일취월장이 아니라 일취주장(日就週將)—피나는 노력의 결과였다. 이제 '듣기'가 익숙해지면서 그동안 답답하고 난해하게만 여겨졌던 강의가 재미있고 만족스럽게 들리기 시작했고, 동료들과도 자유롭게 소통할 수 있게 되었다.

이러한 사실을 누구보다도 기뻐하며 격려해 준 사람은 빌헬름 주임교수였다. 하루는 그가 현교를 자기 연구실로 부르더니 만족스러운 표정으로 입을 떼었다.

"이제 이곳의 학습 분위기를 파악했겠지? 앞으로는 한국에서의 학습 태도를 싹 바꾸도록 해."

그러면서 이번엔 강의실에서와 같이 독일어로 말을 이었다. "먼저, 교수의 강의 내용을 받아 적으려고 애쓰지 마라. 그보다는 부단히 질문하고 창의적으로 사고하는 능력을 키워야 해. 독일에서는 학생들이 일찍부터 기초 사고 능력을 키우는 훈련을 받게 하지. 그러니까 학생들로 하여금 흥미롭고 독창적인 생각을 발전시킬 수 있도록 유연하고 자유로운 사고를 허용하는 문화의 조성을 중요시하는 거야. 그리고 지난번 내가 빌려 줬던 책 《위대한 물리학자》를 통해서도 봤겠지만 과학에서는 무엇보다도 국제화가 중요해. 국제적 연구 프로그램, 공동 연구에 참여하는 일 따위 말이야. 물론 향후 자네의 연구 수준이 일정 단계에 이르고 나서겠지만. 내 말 알아듣겠지?"

"교수님 말씀 가슴 깊이 새기겠습니다."

주임교수의 말에 한껏 고무된 현교는 수강 시간과 토론 때 외에는 도서관에 파묻혀 살다시피 했고, 인경과의 전화 교신도 두어 차례 주고받았을 뿐, 현교의 제의로 기말고사가 끝날 때까지는 잠정적으로 끊기로 했다.

그에 따라 현교의 실력은 하루가 다르게 혁혁히 발휘되기 시작했다. 그의 타고난 지능에다 무서운 집중력과 불같은 열성이 총화를 이루면서 잠재된 능력이 빛을 발하기에 이른 것이다. 중간고사 때에는 수강 과목 중 〈핵물리학〉과 〈현대 대수학〉만 A학점을 받고 나머지(전자기학, 이론물리학, 소립자론, 독일어, 유럽 문학)는 모두 B학점이었는데, 기말고사에서는 〈유럽 문학의 사조 및 발전〉만 B학점일 뿐 그 밖에는 올 A였던 것이다. 특히 〈독일어 작문〉에서 A학점을 받은 것이 현교로 하여금 더욱 자신감을 불러일으키게 했다.

성적표를 받던 날, 현교는 이 기쁜 소식을 편지에 실어 모교의 육 교수와 고향의 어머니에게 보냈다. 그리고 주말(토요일)에는 성적표를 들고 미카엘 신부를 찾아봤으며, 그 다음날엔 인경을 만나 그것을 보여주었다.

'역시 내가 제대로 보았어. 대단한 노력가야! 천재성에다 부단한 노력과 무서운 집념의 결과야.'

사제관의 책상 앞에서 미카엘 신부는 성적표에 적힌 학점들을 하나하나 눈으로 짚어 보며 내심 감탄하면서도 입으로의 표현은 달랐다. "엑설런트(잘했군)! 하지만 이제부터가 시작이야. 세계적인 선수들과의 장거리 경주 출발점에 선 거야. 정해진 결승점이 아니라 눈에 안 보이는 새로운 물리적 발견을 목표로 하는."

미카엘 신부는 순순(諄諄)히 말했으나, 그것은 격려이면서 달리는 말에의 채찍질이기도 했다. 이를 모르지 않는 현교 역시 여느 때의 겸양쩍어하던 태도와는 달리 드레지게 대답했다.

"신부님 말씀 알아듣겠습니다. 앞으로 지켜봐 주세요. 저도 유학 초기엔 기가 죽고 주눅들기도 했습니다만 이제는 '하면 된다'는 자신감을 얻은 것 같습니다."

"바야흐로 세계가 글로벌화하면서 과학을 포함한 모든 연구 분야에 국경이 사라지고 있어. 이제부터야말로 한국인 두뇌의 우수성을 세계적으로 발휘해 보일 때야."

미카엘 신부의 이 같은 독려와 자극은 이튿날 만난 인경이 역시 별반 다르지 않았다.

"와! 우리 현교 씨 역시나네!"

하노버의 마슈 공원 벤치에 앉아 현교의 성적표를 보고 난 인경이 기뻐 어쩔 줄을 모르며 그의 볼에 입을 맞추었다. 현교가 처음 서독에 왔을 때 둘이 처음으로 키스를 했던 그 자리였다.

"내 성적표는 다음 학기에 보여줄게요. 현교 씨와 좀 비슷하게 된 다음에."

"그렇게 해요. 궁금하긴 하지만."

"그래요? 그럼 구두로 알려줄게요. 대부분이 B이고 딱 하나가 A라는 것."

"그게 무슨 과목인데요?"

"유전공학."

"거기에도 여러 분야가 있잖아요?"

"'인간 게놈 프로젝트'란 거예요."

"나로선 생소한 분얀데요."

"쉽게 말해서 인체의 모든 유전 정보, 즉 한 사람의 DNA에 들어 있는 30억 쌍의 염기 서열을 해독해—유전자 지도를 만들어—불치병 치료 등 다양한 분야에 활용하는 거예요. 그냥 그 정도만 알고 있어요. 그보다도……."

화두를 돌린 인경은 가방을 열고 복사물 두 장을 현교에게 건넸다. "현교 씨한테 참고가 될 것 같아 복사해 뒀어요. 며칠 전 교수님 방에서 과학 잡지를 들춰보다가 한국 과학자에 관한 기사가 났지 뭐예요. 게다가 프로필을 봤더니 현교 씨 대학 선배더라고요."

"아, 《물리비평》을 미처 못 봤군요. 벤저민 리—이휘소 박사! 맞아요. 모교의 육훈수 교수, 그리고 지금의 서석순 주임교수와 S공대 선후배 사이예요."

현교는 복사물의 기사를 읽어 내려갔다. 개략적 내용을 보면, 이휘소 박사가 세계적으로 권위 있는 과학잡지 《물리비평》지에 백 번째로 발표한 논문으로, 소립자의 약작용(弱作用)과 전자기 작용을 통합하는 〈게이지장 이론(Gauge theories)〉이었다. 26세에 이미 펜실베이니아 대학 교수 및 프린스턴 고등연구소 정회원을 역임한 데 이어 38세에 시카고 대학 교수 겸 페르미 랩(Fermi lab.) 이론물리학부장으로서 미국의 대표적인 물리학자인 그의 백 번째 논문이 발표되자마자 세계의 주목을 받고 있다고 소개되어 있었다.(이 논문은 이후 과학 논문의 금자탑이라는 찬양을 받는 가운데, 소립자 물리학자들로선 꼭 갖추어야 할 논문 중의 하나가 된다.)

"페르미 랩이 어떤 곳이에요?"

현교 옆에서 기사를 넘겨다보던 인경이 물었다.

"시카고 대학에 있는 세계 최대의 물리학 연구소이자 실험실로서, 정식 명칭은 '페르미 국립 가속기 연구소' 예요 이탈리아 출생의 핵물리학자 엔리코 페르미가 1940년대에 '원자핵 연구소' 를 발족시켜 초대 소장을 지냈지요. 입자 가속기의 반경이 1킬로미터나 되는 거대한 설비인데, 주요한 역할은 '고에너지' 와 '소립자 이론' 을 실험하고, 각 대학 실험진에게 실험 설비를 개방하는 거예요. 이 분야의 연구를 위해선 막대한 경비를 필요로 하기 때문에 미국의 50여 개 대학들이 연합, 조직하여 공동으로 이용하고 있는데, 미국 원자력 위원회와의 계약하에 운영되고 있어요. 직원 수가 천 명이 넘고, 그중에 박사 학위를 가진 물리학자만도 백여 명이나 된다고 해요."

"어머나! 그런 세계 최대 연구소의 이론물리학부장을 맡고 있다니……, 그것도 아직 삼십대에. 현교 씨, 여길 보세요."

인경은 뒷장의 기사 하단을 손가락으로 짚었다. "노벨상 수상자 물망에도 오르내리고 있잖아요? 정말 뜻밖의 빅뉴스네요!"

"나도 최근에 들은 얘기지만, 프린스턴 고등연구소장을 지낸 오펜하이머는 '연구소를 거쳐 간 회원 중 아인슈타인보다도 벤저민 리가 더 뛰어나다.' 며 이휘소 박사를 총애했대요."

"와! 그렇게까지……! 우리나라가 최초의 노벨상 수상자가 탄생할 날도 멀지 않았네요."

"이휘소 박사 개인적뿐만 아니라 국가적으로도 얼마나 감격스럽고 영광스러운 일이겠어요!"

"하지만 이휘소 박사 한 사람으로 그쳐선 안돼요."

인경이 얼른 현교의 말을 잘랐다. "그 뒤로도 한국에서 제2, 제3의 노벨 과학상 수상자가 계속 배출되어야 해요. 난 다음 타자, 영예의 수상자가 현교 씨가 되기를 바라고 있어요. 아니, 믿고 싶어요."

"나를요……?"

비약적인 화제 전개에 현교는 뜨끔했다. 동시에 그는 인경이 《물리비평》지의 이휘소 박사에 관한 기사를 복사해 온 속뜻을 새삼 깨달을 수 있었다.

"아직 학사 학위도 못 받았는데 나로선 요원한 꿈이에요."

"알아요. 그러니까 내 말은 도약을 하라는 게 아니라 학사 과정은 물론 석사 · 박사 과정을 착실히 이수하고 나서 연구에 정진하면 반드시 꿈이 이루어질 거란 거예요. 향후 1, 2십년을 내다본 원망(遠望)이랄까, 나의 간절한."

"물론 나도 내 연구 분야에 한껏 노력이야 하겠지만, 워낙 세계적으로 내로라하는 쟁쟁한 후보자들이 등장하는 마당에, 그들 반열에 든다는 것만도 결코 쉬운 일이 아니잖아요. 그리고 역대 노벨상 수상자의 내력을 살펴보면, 능력도 능력이지만 때로는 모종의 영향력이나 행운도 뒤따라야 하는 것 같아요."

"그런 게 결국은 국력과 국위와 관련되는 거라고 봐요. 그러니까 비슷한 경쟁 조건일 경우에는 힘센 나라 쪽 과학자의 손을 들어 주는 거지요. 따라서 그 누구도 따를 수 없는 독창적인, 천의무봉의 논문을 발표하는 거예요."

인경이 진지한 태도로 현교를 똑바로 보며 첨언했다. "나의 전공 분야가 현교 씨와 같았으면 퀴리 부부처럼 서로 협력하면서 공동 연구를 할 수 있을 텐데."

"말만으로도 천군만마를 얻은 것 같네요. 나, 인경 씨의 몫까지 합쳐서 갑절의 노력을 기울일게요. 대신 인경 씨도 나름의 전공 분야에 매진하세요."

"나 역시 꿈은 갖고 있어요. 하지만 연구를 비롯한 모든 면에서 현교 씨가 우선이에요. 물론 가능성도 그렇고. 그러니 나에 대한 신경은 끄고 오직 현교 씨의 연구에만 정진, 또 정진하세요."

54

현교에 대한 미카엘 신부와 인경의 독려와 자극은 그의 가슴속에서 일고 있던 학구열에 기름을 부어 넣은 것과 같았다. 마치 공부를 위해 태어난 사람처럼 침식 시간 외엔 책에만 매달려, 온 열정을 학구에 불태웠다. 그러기를 한결같이 1년 6개월, 마침내 졸업생 중 최우수 성적으로 학사 학위를 취득할 수 있었다.

따라서 동(同) 대학원 진학과 함께 학비 전액이 면제되었을 뿐 아니라, 대학 조교로서 이학부 학생들에게 물리학의 기초 이론을 가르치고 지도함으로써 소정의 강사료도 받을 수 있었다. 총명하고 열성적인 외국인 학생들을 가르치는 것이 결코 쉬운 일은 아니었으나, 난생처음 학부 학생들을 교수한다는 게 보람 있는 일이기도 하려니와 은근히 긍지도 느껴졌다.

그런 가운데에서도 그 밖의 시간은 촌음도 소홀히 할 수가 없었다. 수강 내용이 학부 때보다 한 차원 높아졌을뿐더러 석사 학위 논문도 준비해야 하기 때문이었다. 그렇지 않아도 며칠 전 서 교수를 만났을 때 "논문 준비는 잘돼 가?"라는 질문을 받고는 얼떨결에 "예." 하고 대답은 했지만 아직 기초 자료조차 채 정리하지 못한 상태였다. 이제 또다시 각고의 노력과 상상력을 총동원하여 새로운 경지로 몰입하지 않으면 안되었다.

그리하여, 석사 과정이 끝나갈 무렵 논문 작성을 마쳤는데, 제목은 〈핵융합 반응을 위한 플라스마 연구—플라스마 성능의 극대화 및 내구성에 대하여〉였다.〔플라스마란, 기체가 초고온에서 음전하를 띤 전자와 양전자를 띤 이온으로 분리된, 즉 전기적 중성을 띤 입자 집단으로, 핵융합이 일어나려면 온도가 1억℃를 넘어 원자핵과 전자가 분리되는 상태(플라스마 상태)가 되어야 한다.〕

현교의 논문이 제출되자 지도교수는 물론 학내 물리학과 교수들이 혀를 내두르지 않을 수 없었다. "제2의 페르미가 탄생하는 게 아닐까?" 하는가 하면, "바야흐로 '핵융합 전기' 시대가 도래하겠군!", "아니, '인공 태양'의 시대를 맞을지도 몰라. 에너지 걱정이 필요 없는." 하고 극찬을 아끼지 않았다.

그런데 며칠 후 현교가 서 교수의 연구실에 들렀을 때, 커피를 함께 하며 농반진반으로 한마디 던졌다.

"자네 혹시 엉뚱한 생각을 하는 건 아니지?"

"……네?"

현교는 커피 잔을 허공에 든 채 서 교수를 쳐다보았다.

"자네의 연구 목적이 만에 하나 강화형 핵폭탄이나 수소폭탄을 만드는 데……."

"아닙니다, 선생님!"

현교는 일언지하에 서 교수의 말을 잘랐다. "그런 건 절대 아닙니다. 전 오직 인류가 유용하게 쓸 수 있는 미래의 대체 에너지를 목표로 하고 있을 뿐입니다."

"그래, 나도 그리 생각은 해."

서 교수는 정색을 하고 말하는 현교에게 짐짓 안도 어린 웃음을 지어 보였다. "다만 하나의 기우랄까 노파심에서 말했을 뿐이야. 하지만 자네도 알다시피 원래 핵 에너지란 게 야누스처럼 두 개의 얼굴을 하고 있지 않은가. 아인슈타인조차도 원폭의 위력, 그렇게 어마어마한 살상 무기가 되리라는 것을 상상하지 못했으니까."

"그렇다고 핵 에너지를 평화적으로 이용하는 것마저 손을 놓을 순 없잖습니까? 최근에 세계적으로 겪고 있는 '오일 쇼크'만 해도 그렇습니다. 전 세계가 언제까지 중동 같은 산유국의 화석 에너지에만 의존해야 합니까. 특히 석유 한 방울 나지 않는 우리나라 같은 경우는 국가 장래의 존망이 걸린 문젭니다."

"정말 잘 짚었어. 거기에는 동감이야. 문제는 핵 에너지를 문명의 이기로 쓰지 않고 무기화하는 데 심각성이 있지. 몇몇 국가들이 핵기술을 자기 우방에 아무 대가 없이 전해 주거나, 제삼국에 돈을 받고 팔아넘기기도 하거든. 원자폭탄만 해도 2차 대전 때 미국에 의해 개발된 이래 소련, 영국, 프랑스, 중국, 이스라엘, 인도 등으로 퍼져 나가더니, 최근엔 파키스탄, 남아공으로도 전해지고 있다잖은가. 심지어 북한마저 모스크바로 유학생을 보내 소련에서 핵기술을 배워 가고 있다니……. 이처럼 핵기술이 한갓되이 플랜트 설계 하나 수출하듯 쉽사리 전파되면서 지구상의 곳곳에서 핵무장 위협이 갈수록 커지고 있다는 거지."

"그렇지만 이미 수폭 실험이 성공한 마당에 앞으로 새로운 핵무기 개발이나 경쟁 또한 그치지 않을 겁니다. 크게 나누면 민주 진영과 공산 진영이 되겠지요. 하지만 이미 쌍방이 핵무기를 보유하고 있는 만큼 어느 쪽도 감히 그것을 사용할 순 없다고 봅니다. 전쟁은 서로 비대칭적일 때 일어나기 십상이니까요. 그런 면에서 볼 때, 북한이 소련에 유학생을 보내 핵기술을 도입하고 있다면 우리만 가만있을 순 없잖아요. 설령 우리가 핵 에너지를 평화적으로 사용한다 해도, 언제든지 북한의 상황에 따라 우리의 핵기술로 핵무기를 만들 능력이 충분히 있다는 것만은 저들에게 단단히 인식시켜 둬야 하지 않겠어요? '너희들이 핵무기를 들먹이며 까불면 그 몇 배의 위력으로 대응해 주겠다.' 고 말입니다."

"허허허, 기선을 제압한다? 어디선가 읽은 '전쟁을 결심할 수 있어야 전쟁을 피할 수 있다.' 는 논리와 일맥상통하는 말이로군. 자네 정말 놀랍구먼! 아인슈타인이 루스벨트 대통령에게 원자폭탄 제조를 편지로 건의한 것도, 나치 독일이 원폭을 만들고 있다는 정보를 알고, 미국이 선수를 써서 먼저 원폭을 확보하는 것만이 불행을 막는 최선의 방법이라는 생각에서였지. 단, 미국이 실제로 사용하는 일은 없기를 바라면서 말이야. 지금의 자네 생각도 그와 별로 다르지 않을 거야."

서 교수는 고국에서 온 이 천재 제자의 논문을 가볍게 뒤적이면서 일종의 두려움과 더불어 앞으로 새로운 연구의 든든한 파트너로서 최적임자라는 부듯한 기대감을 동시에 느낄 수 있었다. 그렇잖아도 같은 분야(핵융합의 길을 열어 놓은 원자핵에 대한 연구)를 연구하는 굴지의 석학들 가운데 지난해(1975년) 노벨 물리학상 후보자 중에서 자신만이 제외된 데 대하여 남모르는 애운함과 허탈감을 느껴 온 터였다.(수상자는 덴마크의 북유럽 이론 핵물리학 연구소 소장 오게 보어와 동 연수고 교수 모텔손 및 미국 컬럼비아 대학 교수 제임스 레인워터였다.)

서 교수는 새삼 '청출어람'이라는 고사성어를 머릿속에 떠올리며 기대에 찬 마음으로 힘주어 말했다.

"앞으로는 내가 적극적으로 서포트할 테니 그 분야로 더욱 천착하도록 하게나. 아 참, 우선 박사 학위 논문부터 준비해야겠지? 서두르지 말고 연구 테마부터 찬찬히 설정해 보게."

"네, 알겠습니다. 바로 착수하지요. 연구 계획서를 작성해 제출하겠습니다."

"그렇게 하게나. 그리고 다음달 초에는 내가 스위스 제네바에서 열리는 '국제 고물리학회'에 참석해야 하니까 그동안 도움받을 일이 있으면 닥터 브라운(지도교수)에게 부탁하게."

"알겠습니다."

55

이제 현교는 마지막 학위(박사)의 등용문에 오를 준비에 들어갔다. 하지만 향후 세계적인 물리학자의 반열에 오르기 위해선 그 정도는 앞으로 통과해야 할 수많은 관문 중 첫 번째 길목에 지나지 않았다.

무엇보다도 연구의 차원이 달랐다. 선배 학자들이 쌓아 놓은 지식과 이론을 습득하고 바탕삼기는 하되, 거기에 치중하거나 맹목적으로 수용하기보다는 지금까지 그 누구도 밝혀내지 못한, 자기만의 새로운 이론과 학설을 수립해 나가야만 했다.

현교의 연구 계획서를 검토한 브라운 박사는 그의 획기적인 테마 설정에 놀라움을 금치 못했다. “오, 훌륭해!”

학부 때부터 현교의 천재성을 눈여겨보아 온 브라운 박사는 제자의 재능을 십분 발휘할 수 있도록 적극적으로 도와주었고, 서석순 교수는 연구비 등 재정적인 면을 뒷받침해 주었다. 이에 힘입어 현교는 밤낮을 가리지 않고 연구에 몰두할 수 있었다.

이리하여 10여 개월 만에 완성된 논문이 〈핵융합 반응이 가장 안정적으로 일어날 수 있는 물리적 조건〉이었다. 논문은 심사위원회(커미티)에 회부되자마자 지대한 관심과 찬탄리에 통과되었다.

“이제 갓 석사 과정을 마친 약관임에도 이런 우수한 논문을 탄생시킨 것은 경탄스러운 일일뿐더러 우리 학교를 위해서도 영광이 아닐 수 없습니다.”

심사위원장인 서 교수의 만족스러운 논평에 이어 교수들의 찬사로 술렁였고, 그로부터 연일 하인리크 강(강현교의 독일명)이라는 이름이 교내 학생들과 교수들 간에 회자되었다. 게다가 2주일 후 논문이 《물리학 연보》에 발표되어 서독뿐 아니라 전 세계 물리학계에 커다란 반향을 불러일으키면서 그의 명성이 세계적으로 드러나기 시작했다. 특히 고무적인 것은, 대서양 건너 미국에 있는 이휘소 박사가 서석순 교수에게 장거리 전화를 걸어, 현교의 논문에 대해 극찬을 아끼지 않았다는 사실이었다.

“그런 천재적인 과학자가 그곳에 숨어 있었다니 정말 기쁘기 한량없네. 더욱이 우리 모교 후배라니 더욱 뿌듯해. 앞으로 우리 모교에서도 그런 인재들이 많이 배출되었으면 좋겠어. 아무튼 그 강현교란 후배, 자네가 책임지고 세계 물리학계의 기린아로 키워 내게. 나도 다음 번 유럽에서 열리는 학회가 있으면 그 참에 미스터 강, 아니 닥터 강을 꼭 만나보고 싶네.”

“알았네. 역시 모교에 대한 관심이 여전하군.”

"자네는 인덕이 많아!"

며칠 후, 연구실로 찾아온 현교에게 서 교수는 뜬금없는 한마디를 던졌다.

"네?"

현교는 어리둥절했다.

"자네를 격려하는 전화가 왔어. 이휘소 박사한테서."

"정말입니까! 뭐라시던가요?"

"자네를 만나보고 싶대."

"언제요?"

"유럽에서 열리는 물리학회에 참석하는 길에 들른다니까 금년이나 내년 중엔 만날 수 있겠지."

"아, 그렇습니까!"

현교는 갑자기 가슴이 부풀어올랐다. 그동안 말로만 들어 오던 한국의 천재 물리학자, 그것도 모교 선배를 직접 만나게 된다니, 현교의 마음속에선 '오 하느님, 감사합니다!' 라는 기도가 절로 우러나왔다.

"그리고 말이야, 미스터, 아니 닥터 강."

서 교수가 잠깐의 침묵을 깼다. "이번 막스플랑크 재단에서 우리 학교에도 새로운 연구소인 '이론물리 센터' 를 세우기로 했다네. 자네 같은 젊은 박사급 연구원들로 주니어 리서치 그룹을 만들어 미국의 '페르미 랩' 을 능가하는 세계 최고의 과학자의 전당 '드림 랩' 을 설립하려는 거지. 오는 신학기부터는 자네도 정식 교수 겸 연구원으로 임명되어 연봉까지 받게 될걸세."

"고맙습니다, 교수님!"

감격에 겨워 어쩔 줄 몰라하는 현교의 모습은 영락없는 어린아이였다.

"고맙긴, 이게 다 자네 노력의 결과지."

서 교수의 얼굴엔 진정으로 만족스러운 웃음이 가득히 번졌고, 현교의 가슴은 다시금 벅찬 설렘으로 고동치기 시작했다.

막스플랑크 연구소! 현교로선 책자에서나 간간이 접해 본 한갓 동경의 대상일 뿐, 높디 높은 그 울타리 안으로 발을 들여놓을 수 있으리라곤 꿈이나 꾸었겠는가!

여기서 막스플랑크 연구소(재단)의 연혁을 간략히 들여다보자. 양자(量子)역학의 선구자인 막스 플랑크의 이름을 딴 이 연구소는 제2차 세계대전 후인 1948년 '미래를 위한 연구'를 모토로 서독 정부가 설립했는데, 그 전신은 카이저빌헬름 연구소(1911년 설립)이다. 이름에 걸맞게 '기초 과학' 분야의 세계 최고 연구소로, 연구 과제를 수주하고 목적에 맞춰 단기적인 성과를 내는 여느 연구소와는 달리, 모든 연구가 독창성과 탁월성을 추구하며 독립적이고 자율적으로 이루어진다. 또한 석학보다는 잠재력 있는 젊은 연구자를 선호하며, 역대 연구소장도 삼십대 중반에서 사십대 중반이 많았다. 이러한 운영 체제가 결국 그 진면목을 발휘하여 이 연구소는 막스 플랑크를 비롯해 아인슈타인, 하이젠베르크 등 수십 명의 노벨 과학상 수상자를 배출함으로써 '노벨상 사관학교'로 불리기에 이르렀다. 오늘날 막스플랑크 재단에 속한 인원은 과학자만 1만 2천여 명에 이르며, 독일(서독 50여 개)을 중심으로 세계적으로 80여 개의 연구소를 두고 있는데, 본부는 괴팅겐에 있다.

"하지만 진짜 싸움은 이제부털세, 닥터 강!"

서 교수는 여느 때보다 친절히 '하게체'를 쓰며 호칭도 대우해 주었다. 그러나 그의 얼굴엔 어느새 미소 대신 냉엄한 채찍의 눈빛이 안경 속에서 빛나고 있었다.

기숙사로 돌아온 현교는 먼저 책상 위의 십자고상을 향해 경건히 '감사기도'를 올리고 난 후, 고향의 어머니에게 편지를 쓰기 시작했다. 박사 학위 논문이 통과되고, 다음 학기부터는 정교수 겸 막스플랑크 연구소 연구원으로서 연봉을 받게 되어 연구소에서 숙식을 해결할 수 있다는 점, 따라서 앞으론 미카엘 신부님의 도움을 받지 않고도 연구와 일상생활에 지장이 없다는 점, 그리고 주말엔 이 기쁨을 미카엘 신부와 인경이와 함께할 것이라는 말까지, 그야말로 희소식으로 가득한 사연들을, 오랜만에 아들의 낭보를 받아 보고 흐뭇해할 어머니의 모습을 눈앞에 그리면서 마치 소년처럼 설레는 마음으로 써 내려갔다.

이제 남은 일은 주말에, 오랜만에 모처럼 미카엘 신부와 인경을 만나 한마음으로 기쁨을 나누고 희망찬 미래를 설계하는 것이었다.

그런데 이 무슨 호사다마란 말인가!

이튿날 아침, 현교가 전에없이 콧노래를 흥얼거리며 식당에 들어섰을 때, 조간신문에 머리를 모으고 있던 학생들 중 하나가 현교를 향해 소리질렀다!

"선생님, 이것 보세요!"

무심코 그들 곁으로 다가간 현교는 학생이 내미는 신문을 받아 든 순간, 소스라치며 자신의 눈을 의심했다. 이휘소 박사의 상반신 사진과 함께 〈미국의 물리학자 벤저민 리 박사 교통사고로 사망〉이라는 그래픽 활자가 시신경을 자극하면서 뭔가로 뒤통수를 가격당한 듯한 아찔함을 느꼈다. 금명년간 유럽에서 만나게 되기를 마냥 기대해 마지않던 현교로선 청천벽력이 아닐 수 없었다. 그는 무너져 내리듯 엉덩이를 의자에 걸치면서 시선은 지면 위를 달렸다. 기사 내용을 간추리면 이러했다.

> 6월 26일, 벤저민 리 박사(42세)는 그날 오후 두 시에 미국 콜로라도 주의 아스펜에서 열릴 예정인 '페르미 연구소 기획자문위원회의 하계 회의'에 참석하기 위해 가족과 함께 여행을 겸해 시카고의 집을 떠났다.
>
> 그런데 이 박사의 차가 일리노이 주에서 가까운 케와네 시 근처 인터스테이트 도로 80번 상에 왔을 때, 맞은편에서 오던 대형 유조차가 갑자기 중앙 분리대를 넘어왔고, 그 차의 바퀴 하나가 빠져 굴러오면서 이 박사의 차와 정면으로 충돌했다. 이 사고로 차를 몰던 이 박사는 즉사했으나, 다행이 뒷좌석에 타고 있던 가족(부인과 아들, 딸)은 무사했다.

그러나 기사의 말미에는 기자의 추측성 보도도 덧붙여져 있었다.—최근 미국의 주한 미군 철수 움직임과 함께 시작된 한국 박정희 정부의 핵무기 개발에 벤저민 리 박사가 직접 개입해 결정적 도움을 제공했다는 소문이 나도는 가운데 발생한 사건인 만큼, 이번 사고는 단순 교통사고가 아니라 모종의 음모가 개입되었다는 설도 완전히 배제할 수는 없다. 따라서 향후 관계 당국의 철저한 수사에 의한 진상 규명이 반드시 필요하다는 것이었다.

'대명천지, 백주에 이럴 수가! 순수한 과학자를 정치의 희생양으로 만들다니……!'

현교는 애통하고 착잡한 심정을 걷잡을 수가 없었다. 또한 그 같은 애통함은 서 교수라고 해서 다를 리 없었다. 현교가 연구실로 찾아갔을 때, 서 교수는 브라운 박사와 탁자를 사이에 두고 어두운 표정으로 마주 앉아 있었다.

"기사를 읽은 모양이군."

"네."

현교는 맥없이 브라운 옆에 앉으면서 맞은편의 서 교수를 아연한 표정으로 바라보았고, 상대는 할 말을 잃은 듯 줄담배를 태울 뿐이었다.

이윽고 브라운이 무거운 침묵을 깼다.

"아무튼 우리 물리학계도 그렇지만, 한국으로서는 세계적인 과학자, 오펜하이머 박사마저 총애해 마지않던 그런 천재적 물리학자를 잃어 충격이 크겠어요. 특히 빌헬름 박사님과 닥터 강은 대학 동문이라 충격과 슬픔이 남달리 크겠습니다."

"너무나 갑작스런 비보라 이루 다 말로 표현할 수가 없군요. 작년 제네바 물리학회 때만 해도 식사를 함께 하면서 차기 학회 때 다시 만나기로 하고 유쾌하게 헤어졌었는데, 참으로 인생이 허무하다는 걸 절감하게 되는군요."

서 교수는 낮은 톤으로 말하며 눈시울을 붉혔다.

"너무 슬퍼만 마십시오. 이제 그 뒤를 후배들이 이어 나가게 되겠지요. 닥터 강 같은 우수한 인재가 있지 않습니까."

닥터 브라운이 서 교수를 위로하곤 현교에게 시선을 돌렸다. "닥터 강, 이제 벤저민 선배를 생각해서라도 더욱 분발해야 될 거요."

56

"신부님, 어서 오십시오."

커피숍 출입문에서 눈을 떼지 않고 있던 현교가 자리에서 벌떡 일어나 문 쪽으로 다가가며 미카엘 신부를 반갑게 맞았다.

"오, 강 박사! 이거 얼마 만이야! 길에서 스쳐 지나가면 몰라보겠군."

미카엘 신부는 대견스러운 표정으로 현교를 훑어보며 그가 안내하는 자리에 앉았다. 사실 그동안 몇 주에 한 번 정도 현교 쪽에서 안부 전화만 했을 뿐, 이처럼 둘이 대면하기는 학부 졸업식 때 자리를 같이한 지 2년여 만이었다. 그리고 그것은 현교가 막스플랑크 연구소에 입소한 후 2주째 주말에 갖는 첫 외출이기도 했다.

"설마 우리 둘이만 만나는 건 아니겠지?"

역시 농 어린 물음이었다.

"네, 인경 씨도 오기로 했어요."

현교가 손목시계를 보며 출입문 쪽으로 눈길을 돌렸을 때, 회전문이 열리며 낯익은 숙녀의 모습이 눈에 들어왔다.

"왔네요, 저기!"

현교의 반색하는 목소리에 고개를 뒤로 돌린 미카엘 신부의 눈이 휘둥그레졌다. 인경이 뒤를 이어 또 한 사람의 눈에 익은 여인이 들어왔던 것이다. 아녜스 수녀였다.

"아니, 수녀님이……!"

현교가 오뚝이처럼 발딱 일어섰고, 미카엘 신부도 덩달아 장신을 일으켰다.

"여기요, 인경 씨!"

주위 사람들에겐 아랑곳없이 현교의 입에서 저절로 격양된 일성이 흘러나왔고, 얼굴에 환한 웃음을 머금은 두 여인이 손을 들고 흔드는 현교 쪽으로 다가왔다.

"아녜스 수녀님, 어찌 된 일이에요, 예고도 없이?"

반가움에 겨운 미카엘 신부가 한발 다가서며 손을 내밀었다.

"일이 갑자기 그리 됐어요. 앉아서 얘기하지요."

아녜스 수녀는 마주 잡았던 손을 놓으며 미카엘 신부와 현교의 맞은편에 인경과 나란히 앉았다. 인경이 재치 있게 각자 원하는 음료를 물어보곤 주문을 한 다음, 말머리를 꺼냈다.

"지영이 언닌 현교 씨의 막스플랑크 연구소 입소를 축하해 주려고 우정 여기에 들른 거예요."

"얘는, 그런 게 아니라……."

아녜스 수녀는 미소를 띠며 인경에게 곁눈질을 한 뒤 신부에게 말했다. "실은 이번 오스트리아 린츠 가까운 곳에 수녀원을 신설하게 됐어요. 마침 그곳 출신 동료 수녀가 현장 상황 파악차 출장을 가게 되었는데, 출발 하루 전에 보조자 겸 동반자 한 사람이 필요하다고 해서 제가 자원해 나선 거예요. 이참에 현교, 아 참, 이젠 닥터 강이지. 강 박사하고 인경이, 그리고 신부님도 만나볼 겸 해서 말예요."

"잘 생각했어요. 역시 닥터 강에 대한 정성은 한결같군요."

미카엘 신부는 정겨운 눈길로 아녜스 수녀를 바라보았다.

"고맙습니다, 수녀님! 그동안 안부 드리지 못해 죄송합니다."

현교가 진정 어린 마음으로 인사를 했다.

"아니야. 과학자는 모름지기 그런 사소한 일보다 연구에 몰두해야지. 그리고 닥터 강에 대한 소식은 인경일 통해서 간간이 듣고 있어. 신경 안 써도 돼."

언제나 그렇듯 아녜스 수녀의 현교를 대하는 품은 피앗보다도 다정다감했다.

"나에게도 현교처럼 자상한 누나가 있었으면 얼마나 좋을까!"

짐짓 농담을 서슴지 않는 미카엘 신부는, 마침 날라져 온 커피 잔을 들며 수녀에게 물었다. "그럼 동행인도 이곳에 계신가요?"

"아녜요. 그분은 열차로 곧장 현지로 갔어요. 저도 오늘 중으로 뒤따라가야 해요."

"그렇게 빨리? 그럼 언닌 현교 씨랑 같이 시내 구경할 여유도 없겠네?"

인경이 아쉬워하자 미카엘 신부가 두 여인을 보며 말했다. "우선 차부터 마시고 일단 자리를 옮깁시다. 점식식사도 할 겸."

미카엘 신부가 자기 차에 세 사람을 태우고 몰고 간 곳은 도심에서 시간거리로 40여 분 떨어진, 네카어 강기슭에 있는 조촐한 별장이었다. 단층 건물 앞에 펼쳐진 3백 제곱미터가량의 잔디 정원이 자작나무 숲으로 둘러싸여 있고, 정원 정면으로는 가을 햇살을 받아 반짝이며 흐르는 네카어 강 줄기가 내려다보였다.

"와아, 이곳에 이런 운치 있는 곳이 있다니!"

차에서 내린 인경의 입에서 찬탄의 말이 새어나왔고, 현교는 시야에 들어오는 아름다운 자연 경관을 말없이 관상했다.

"어때요, 경치가?"

차를 파킹한 미카엘 신부가 일행에게 다가오며 아녜스 수녀에게 물었다.

"마치 한 폭의 풍경화 속에 들어온 느낌이네요!"

"우리 교회 평신도 회장의 별장이에요. 중요 행사가 있을 때 이따금 빌려쓰곤 하지요."

"할 수만 있다면 요대로 우리 수녀원 옆으로 옮겨 놓았으면 좋겠네요." 하고 말하는 아녜스 수녀의 잔잔한 웃음을 신부는 소탈한 웃음으로 받았다. "아녜스 수녀님의 머릿속 인화지에 고스란히 담아 가세요. 어딜 가나 볼 수 있게. 하하하."

그때, 별장 현관문이 열리며 새로운 목소리가 들려왔다. "신부님, 이제 준비할까요?"

네 사람의 시선이 일제히 그쪽으로 향했다. 한국인으로 보이는 사십대 중반의 여인이 문가에서 걸음을 멈추고 이쪽을 바라보았다.

"예, 시작하지요. 다들 배고플 때가 됐는데."

신부는 일행을 향해 그 여인을 소개했다. "아, 다들 같이 인사 나누세요. 우리 교회의 한국인 교포 신자, 박 율리아예요. 한국 요리를 장만하려고 오늘 하루 수고를 부탁했어요."

"아, 그러셨군요."

"수고 많으시겠습니다."

"감사합니다."

이쪽에서 각자 한 마디씩 인사하자, 상대쪽에서도 스스럼없이 답례했다. "아니에요, 수고랄 게 있나요? 오히려 오랜만에 한국 동포를 위해 우리 음식을 장만하게 돼서 즐겁지요 뭐. 특히 우리 강 박사님을 축하하기 위해서라도."

"날라다가 요리하는 건 우리가 다 할 테니 율리아님은 차례로 내놓기만 해 주세요."

"예, 그럴게요."

"자, 그럼 인경 씨와 아녜스 수녀님은 하꼬비(운반인) 노릇 좀 하세요. 그리고 우린 테이블부터 꺼내 오자구."

미카엘 신부는 현교를 데리고 정원 모퉁이에 있는 별채 창고로 가서 커다란 원형 탁자와 의자들을 차례차례 나뭇그늘로 운반해 놓고 물걸레로 깨끗이 닦았다. 그러고 풍로에 숯불을 피운 다음, 석쇠까지 갖추어 놓았다.

그러는 동안 인경과 아녜스 수녀는 율리아 아주머니가 냉장고에 마련해 두었던 음식물들을 하나하나 정원의 탁자로 옮겨 왔다.—양념 쇠갈비에서부터 저린 파, 마늘, 고추, 배추김치, 상추, 쌈장, 참기름, 소금, 후춧가루에 이르기까지 그야말로 서울의 이름난 한식당에 비해도 손색이 없으리만큼 제대로 갖추어진, 정갈하고 맛깔스러운 갈비구이 식단이었다.

드디어 네 사람이 탁자 주위에 둘러앉은 가운데, 양념 갈비가 석쇠 위에서 지글거리며 회백색 연기 줄기가 사방으로 흩날렸다.

"'한일관'이 따로 없네요."

인경의 감격스러워하는 모습에 아녜스 수녀도 덩달아 "정말 오랜만에 맡아보는 한식 냄새네요." 하며 숨을 깊이 들이쉬었다.

그때, 율리아 아주머니가 얼음으로 채워진 플라스틱 바가지를 들고 왔는데, 그 속엔 샴페인 병이 비스듬히 놓여 있었다.

"식사도 지금 드릴까요? 냉면 사리가 다 준비됐는데."

"아닙니다. 식사는 천천히……, 제가 깜빡했네요."

자리에서 바로 일어선 신부가 "미스터 강, 아주머니 따라가서 맥주부터 가져오지." 하고는, 자기는 부랴부랴 자동차 쪽으로 가더니 길쭉한 갈색 병과 진초록의 땅딸막한 병을 하나씩 들고 돌아왔다. 프랑스산 포도주 '보졸레누보'와 브랜디 '카뮈'였다.

이제 고기도 익고 음료수도 갖추어졌다. 먼저 미카엘 신부의 집례로 '주모경'을 마치고 나자, 그는 얼음 바가지 속에서 샴페인 병을 꺼내 힘껏 흔들고는 주둥이를 터뜨렸다. 하얀 거품이 공중으로 치솟음과 동시에 '브라보' 소리가 이구동성으로 터져 나왔다.

"자, 강현교 박사의 앞날과 여기 있는 모든 이들의 평화를 위하여 축배를!"

미카엘 신부의 선창에 따라 일제히 샴페인 잔을 높이 들어 "위하여!"를 외쳤고, 인경과 아녜스 수녀는 잇달아 기도를 바쳤다. "높은 데서 호산나!", "주님의 이름으로 오시는 분 찬미받으소서."

"자, 이제 한국 음식 성찬을 즐깁시다. 음료는 각자 좋아하는 걸로 드세요. 닥터 강과 나는 이걸로 하지. 괜찮겠지?"

신부는 먼저 현교의 잔에 카뮈를 따른 후 자기 잔에도 기울였다.

"정말 멋진 가든파티네요, 신부님! 안 그래요, 언니?"

아녜스 수녀의 잔에 포도주를 따르고 난 인경이 캔맥주를 따서 한 모금 마시며 진정으로 찬사를 보냈다.

"이게 다 신부님의 강 박사에 대한 배려와 시혜 아니겠어? 그렇죠, 신부님?"

포도주를 몇 모금 마신 아녜스 수녀가 미소 띤 얼굴로 빤히 신부를 바라보았다.

"하긴 진작 축하연을 베풀고 싶었어요. 박사 학위를 받던 그 주말에, 인경 씨와 함께 말이에요."

갈비 한 조각을 포크로 찍어 자신의 앞접시로 가져가던 신부가 포크를 든 채 말을 계속했다. "한데 공교롭게도 그 무렵에 이휘소 박사의 갑작스런 선종으로 강 박사 주변의 분위기가 침통한 데다 또 막스플랑크 연구소 입소 문제로 한동안 분망한 것 같기도 해서 차일피일 미뤄져 왔던 거예요. 그래서 일정을 오늘로 잡았던 건데, 가는 날이 장날이라고 아녜스 수녀님까지 동참하게 돼서 더욱 뜻있고 영광스러운 자리가 되지 않았습니까! 안 그래요, 인경 씨? 그리고 강 박사?"

"맞아요, 만일 오늘 이 자리에 언니가 없었으면 즐거움이 반감됐을 거예요. 현교 씨도 아쉬움이 한결 더했을 거고."

"난 오스트리아의 린츠 수녀회에 감사하고 싶어요. 그 덕에 아녜스 수녀님이 이곳까지 오시게 해 주었으니 말입니다. 수녀님, 체면 차리지 말고, 여기가 한국이라 생각하고 마음껏 드세요."

현교는 살이 두툼한 갈비 조각을 몸소 집게로 집어 아녜스 수녀의 접시에다 거푸 옮겨 놓았다.

"아니, 이래도 괜찮은 거야? 나보다도 인경이한테 많이 줘야지."

아녜스 수녀는 식탁 맞은편에 나란히 앉은 현교와 인경에게 눈길을 주며 웃어 보였다.

"인경 씬 앞으로 제가 두고두고 챙겨 줄 건데요 뭐."

"그러니까 언니도 독일로 와."

현교의 말을 재치 있게 이어받은 인경은 미카엘 신부에게로 시선을 옮겼다. "그게 힘든 건가요, 신부님?"

"그럴 수만 있다면 얼마나 좋겠어요! 하지만 수도자의 길은 일반 직장인처럼 그 거취가 용이하지 않아요. 우리로선 아녜스 수녀님이 지금 가시는 린츠에만 부임되어도 다행일 텐데."

"전 괜찮아요. 어디서고 주님의 복음을 전하면 되잖아요? 그리고 제가 아일랜드에 부임한 지 얼마나 됐다고. 시간이 흐르면 언젠가는 전임이 되지 않겠어요? 오늘처럼 이렇게 오랜만에 만나는 게 기쁨이 배가(倍加)될 수도 있어요. 자주 만나는 것보다 말예요."

"그래요. 시간이 해결해 줄 거예요. 오늘은 우리 모두 즐거운 마음으로 마음껏 성찬을 듭시다."

신부의 말에 각자의 손놀림이 분주해지면서 모처럼의 오붓한 식사가 화기애애한 분위기 속에서 무르익어 갔다.

"드시면서 잠깐만 저를 봐 주시겠습니까?"

느닷없는 현교의 한마디에 나머지 세 사람이 손놀림을 멈추고 그에게로 시선을 집중했다. 동시에 자리에서 일어선 현교가 양복 안주머니로 손을 넣어 직육면체의 상자를 집어내더니, 곧바로 자주색 융단 덮개를 열고는 내용물을 꺼내 들었다. 순금으로 만든 십자고상이었다. 가을 햇빛을 받아 반짝이는 황금 상을 바라보는 세 쌍의 눈망울이 갑자기 커졌다.

"신부님께 드리는 제 기념품입니다."

현교의 얼굴은 상기되어 있었고, 목소리는 다소 떨리었다. "오늘의 저를 있게 해 주신, 그동안 베풀어 주신 은혜에 대한 저의 조그만 성의입니다. 받아 주십시오."

현교는 꼿꼿이 선 채 순금 상이 담긴 케이스를 탁자 맞은편의 미카엘 신부에게 두 손으로 정중히 바쳤다. 순간, 누가 먼저랄 것도 없이 인경과 아녜스 수녀의 박수 소리가 이어졌다.

"받으세요, 신부님!"

"어서요, 신부님!"

너무나 감격스러운 나머지 잠시 말없이 십자고 상을 바라보며 서 있던 신부가, 두 여인의 권언에 가만히 케이스를 받아 들고 방사(放赦)를 하고 나서 입을 열었다. "기념 선물은 내가 해줘야 하는 건데……. 내 평생 이런 선물은 처음 받아 보는군! 앞으로 언제까지나 지니고 있으면서 현교를 위해 기도할 거야."

"감사합니다, 신부님!"

"한데 이토록 귀중한 선물을 나 혼자만 받아서 미안하구먼요."

신부는 옆의 아녜스 수녀와 맞은편의 인경을 번갈아 보며 말했다.

"아닙니다, 신부님."

대답한 쪽은 현교였다. "두 분 것도 따로 준비했어요. 아녜스 수녀님 것은 우편으로 보내드리려고 연구소에 놔 뒀지만."

그러면서 다른 쪽 안주머니에서 또 하나의 케이스를 꺼냈는데, 내용물은 역시 순금의 십자 목걸이였다.

"이건 인경 씨 거예요."

현교가 옆에 앉은 인경에게 선물을 건네주자, 그녀는 어린애처럼 기쁨을 감추지 못했다. "어머! 이런 귀중한 걸 언제 다 준비했어요?"

"정말 값지고 예쁘구나! 어디, 내가 걸어 줄까?"

아녜스 수녀가 옆에서 거들려 하자, 인경은 고개를 가로저었다. "아까워서 안돼요. 소중하게 간직해 둘 거야."

인경은 금십자가를 케이스에 넣고 덮개를 닫아 핸드백에 간수하고 나서 현교를 보며 넌지시 물었다. "언니 거는 뭐예요?"

"성모 마리아님 상이에요. 수녀님, 이따 가시는 길에 갖고 가세요. 우송하기보단 그게 나을 것 같아요."

"아이 참, 나한테까지 신경을 다 쓰다니……. 안 그래도 돈의 용처가 많을 텐데."

아녜스 수녀는 미안함과 고마움이 어우러진 표정으로 현교를 쳐다보았다.

"아녜요, 수녀님. 저도 이젠 교수 급여와 연구소의 연구비를 받아서 여유가 있어요. 숙식이 연구소에서 다 해결되니까 돈 쓸 일이 별로 없어요."

이미 한 잔 이상 마신 카뮈의 조장 탓일까, 현교는 조금 들뜬 기분으로 말을 이었다. "그래서 앞으론 제 용돈을 제외하고는 다 인경 씨에게 맡길 작정이에요. 그래도 괜찮죠, 인경 씨?"

"나한테요?"

인경의 눈이 똥그래지며 현교를 보았다.

"그래, 그게 좋겠네."

아녜스 수녀가 동의를 표했고, 미카엘 신부가 "'주머닛돈이 쌈짓돈'이란 건가요?" 하고 기꺼이 맞장구를 쳤다. 한바탕 함박웃음 속에 찬의로 뜻이 모아졌고, 다시 식사가 계속되었다. 그러나 아녜스 수녀는 아직 할 말이 남은 듯 포도주 잔을 든 채 현교와 인경의 눈치를 살피더니 이윽고 입을 열었다.

"돈을 맡기는 것도 좋지만, 보다 구체적이고 근본적인 방법을 택하는 게 상책이 아닐까? 다음 방학 때 둘이서 잠깐 서울에 가서……."

아녜스 수녀의 망설이는 말끝을 미카엘 신부가 달았다. "식을 올리라는 말이군요? 하지만 결혼식은 마음만 먹으면 여기서도 언제든 올릴 수 있어요. 그보다도 현교에겐 서독 영주권을 취득하는 게 급선무예요. 서독 내에서의 자유로운 연구는 물론, 국제 학술 세미나 등 폭넓은 연구 활동을 위해선 영주권이 중요해요. 영주권을 얻었다고 해서 한국 국적이 없어지는 것도 아니니까 꺼릴 것도 없어요."

"언니, 나도 결혼은 닥터 학위를 딴 후에 할 작정이에요. 물론 언니 생각을 모르는 건 아니지만."

인경은 아녜스 수녀에게 진심으로 미안스러워했다. '언니 생각'이란 고향의 이모와 어머니, 나아가 현교 어머니에게 서울에서의 결혼식을 선물하는 것이었다.

"그래, 네 마음이 그렇다면 할 수 없지. 고향 분들이 좀더 기다릴 수밖에."

아녜스 수녀는 못내 아쉬웠으나 내색하지는 않았다.

제14장 중 이휘소 박사에 대한 내용은 이용포 지음《이휘소: 못다 핀 천재 물리학자》(작은씨앗, 2008년)에서 일부를 인용 · 참조하였음.

제15장 부부 박사 탄생

57

인경이 가든파티 자리에서 아녜스 수녀에게 밝힌 소신은 건성이 아니었다. 그날 서로 헤어진 후로도 현교와 인경은 평소대로 각자의 연구에 몰두했는데, 가일층 박차를 가한 쪽은 인경이었다. 이미 초안을 잡은 박사 학위 논문을 완성하기 위해서.

이는 자신이 애초에 세운 목표이기도 하려니와 그날 아녜스 수녀가 현교의 연구소 부근까지 와서 마리아 상을 받아 갖고 헤어질 때 한 말이 줄곧 그녀의 머릿속을 채찍질했기 때문이었다.—"현교와 하루속히 결합하기 위해서라도 박사 학월 빨리 따길 바래. 하루가 다르게 노쇠해지시는 이모님(장 노인)을 생각해야지."

인경은 다시금 파독 초기의 억척같은 기질을 발휘했다. 조교로 임명된 그녀는 지도교수의 조수로서 논문 작성을 돕거나, 학부 학생들의 논문을 채점하는 한편, 나머지 시간은 자신의 박사 학위 논문에 온 정력을 쏟았다.

그러기를 1년 남짓, 마침내 논문이 완성되었다. 제목은 〈개인 게놈 정보 분석에 의한 발병 가능성의 예측과 맞춤 치료법〉. 지도교수의 찬사와 기대 속에 제출된 논문은 심사위원회에서 무난히 통과되었고, 급기야 과학 학술지 《네이처》의 자매지 《사이언티픽 리포트》에까지 게재되면서 세계 의학계의 이목을 집중시켰다.

그 반응들을 요약하면, 가장 우선적으로 거론한 대목이 머지않은 장래에 '개인 게놈 시대'가 도래한다는 것이었다. 쉽게 말해서, 개개인이 갖고 있는 모든 유전정보(DNA)에 들어 있는 30억 쌍의 염기 분자 순서(염기서열)를 해독하여 유전자 지도를 만들어 놓음으로써 의학을 비롯한 다양한 분야에 활용하는 편리한 시대를 맞이하게 된다는 것이다.

예컨대, 암을 비롯한 많은 불치병의 원인이 유전자의 고장(결함)에 있는 만큼, 유전자 지도만 있으면 치료가 용이해진다. 즉, 몇 번 염색체의 어느 위치에 무슨 문제가 있는지, 마치 지도상에서 지형을 판독하듯이 일목요연하게 알 수 있으므로, 망가진(불량) 유전자를 건강한(정상의) 유전자로 바꿀 수 있고, 미리 예방할 수도 있게 되는 것이다. 그러니까 한 사람마다 각 유전자의 특징에 따라 그 체질에 딱 맞는 개인 맞춤 의학의 가능성이 높아진 것이다.

그러나 개중에는 개인 게놈에 대해 반론을 제기하는 논평도 있었다. 즉, 개개인의 유전정보가 다 공개되면, 유전자 결함자는 기업체에서의 고용이나 승진, 또는 보험 등에서 불이익을 받게 될 뿐 아니라, 결혼을 앞둔 사람에겐 걸림돌로 작용하는 등 또 하나의 새로운 사회문제가 발생하게 될 것이라고 비판했다.

하지만 이러한 비판 속에서도 인경의 논문은 큰 반향을 불러일으키면서 하루아침에 일개 무명의 의학도에서 한국이 낳은 여류 의학박사로 떠오르며 학내 중진 원로 학자들의 인구에 회자되기 시작했다.

58

그 무렵 막스플랑크 연구소에 있는 현교의 연구실.

《네이처》의 자매지를 든 서 박사가 불쑥 찾아들었다. "이제 곧 부부 박사 가정이 탄생하겠군!"

벌써 현교와 인경의 관계를 알고 있던 그는 입가에 잔뜩 웃음을 머금고 축하와 고무와 격려를 아끼지 않았다, "이걸 부창부수라 해야 되나……? 이 영광을 말로는 다 표현 못 하겠군. 비록 분야는 다르지만 서로 힘을 모아 시너지 효과를 한껏 발휘해 보게. 한국이라고 해서 '퀴리 부부' 가 탄생하지 말란 법이 있나."

"채찍의 말씀으로 받아들이겠습니다."

"늘 하는 얘기지만 싸움은 이제부터일세. 이곳에 들어온 후 닥터 강도 느꼈을 거야. 표면상으로는 조용하고 평화로운 분위기에서 그 누구의 간섭도 받지 않고 혼자서 자유롭게 연구하는 최적의 여건을 갖춘 곳인데도, 각자의 연구실에선 찬바람이 감도는 것을. 그만큼 자신들의 연구 목표를 달성하기 위해, 보이지 않는 부단한 경쟁을 하고 있는 걸세. 자신이 하고 있는 연구 성과를 누군가가 앞질러 발표하는 날엔, 그동안에 들인 공과 노력은 도로 아미타불이 되고 마는 거지. 학문의 세계 또한 기업계 못지않게, 아니 어쩜 그보다 훨씬 더 경쟁이 치열하고 냉혹하단 말일세. 미국의 예이긴 하지만, 오죽했으면 프린스턴 고등연구소의 회원이었던 아널드 토인비가 한때 자신이 몸담았던 연구소를 일컬어 '학자들의 강제수용소' 라고 평했겠나."

"전 '입시 지옥' 이라는 말만 있는 줄 알았더니, 학자들에겐 또 그런 데가 있었군요."

"맹수들이 으르렁거리는 그런 밀림이 아니라, 표면상으론 드러나지 않는 '고요한 정글' 이지. 소리 없는 전장! 최고급 연구 시설에다 안온하고 쾌적한 환경만 접하고 있는 상태니까."

'고요한 정글? 소리 없는 전장?'

현교는 내심 되뇌면서 스승의 다음 말을 기다렸다.

"그리구 닥터 강……."

서 교수는 잠깐 사이를 두고 말을 이었다. "앞으로의 연구 활동과도 관계가 있어서 하는 말인데, 가급적 빨리 서독 영주권을 얻는 게 좋을 거야."

"네, 저도 그럴 참입니다."

현교는 지난번 미카엘 신부의 말을 상기했다.

"가정도 이뤄야겠지? 그게 영주권을 얻는 데에도 유리할 걸세."

"저 역시 그러고 싶습니다만……."

"고향 어르신들 때문인가? 굳이 한국에까지 가서 예식을 치를 필욘 없잖은가. 이곳 방식대로 교회나 야외에서 간소하게 올리고, 훗날 여건이 좀 더 여유로워질 때 서울에서 성대하게 연회를 치러도 되지 않겠나? 더구나 자네에겐 미카엘 신부 같은 후견인이 있으니 교회 예식이 안성맞춤일 걸세."

"잘 알겠습니다. 제 피앙세와 상의해 보겠어요."

그 주 토요일 오후, 현교는 마인츠로 미카엘 신부를 찾아가 결혼 예식 문제에 대해 의견을 구한 뒤, 그길로 뮌스터로 가서 영주권과 예식에 관한 일을 인경과 상의했다.

"현교 씬 우리 문제를 고향 어머님께 말씀드려 봤어요?"

현교가 화두를 꺼내자 인경이 물었다.

"인경 씨와 상의한 후에 알려드리려고요. 내일이라도 편지할 참이에요. 저희 사정을 잘 말씀드리면 어머니는 별달리 이의를 달진 않으실 테지만, 인경 씨네 집에서가 괜찮아하실지……?"

"우리 집에서도 만류하진 않을 거예요. 우리 어머니, 비록 연로하시지만 그렇게 소견이 좁은 분이 아니거든요."

"그렇담 안심이네요. 인경 씨도 집에 돌아가면 편지를 쓰세요."

그로부터 3주 후, 현교는 점심식사를 하고 연구실로 들어오다가 자신의 우편함에 꽂힌 편지를 발견했다. 고향의 어머니에게서 부쳐져온 답장이었다. 사연의 골자는 두 사람의 현지에서의 결혼식을 기꺼이 승낙한다는 것으로, 그 결정은 어머니가 직접 서울(수유리)로 올라가 인경의 집 어른들과 합의하에 이루어졌음을 분명히 하고 있었다. 아울러 말미에, 머지않아 시골의 가산을 정리하고 서울로 이사할 예정이라는 사연도 첨기되어 있었다.

'마침내 우리가 하나로 결합되는구나!'

59

두 사람의 결혼 준비는 순조롭게 진행되어 갔다. 미카엘 신부가 교회 사무장과 상의하여 혼례 일정과 장소 등을 결정하는 동안, 현교와 인경은 둘의 새 보금자리를 마련하느라 일요일마다 서로 만나 여러 지역을 톺아보았는데, 결국 괴팅겐과 뮌스터 중간쯤 되는 P시의 아파트를 세 얻어 들기로 결정지었다.

마침내 겨울방학이 다해 갈 무렵, 토요일 오후 두 사람은 미카엘 신부의 주례하에 혼인성사를 치렀다. 장소는 미카엘 신부가 봉직하는 마인츠 성당의 강당으로 장려하고 드넓었으나, 하객은 근소했다.—율리아 아주머니와 같은 성당의 교포 신자 대여섯 명과 현교가 처음 서독 여행 시 묵었던 하숙집 주인 내외분, 서 교수와 닥터 브라운을 비롯한 동료 교수 두어 명, 그리고 인경의 간호사 시절 절친했던 동료 서넛과 학부 때의 주임교수와 현 M대학 교수 두셋을 포함해 모두 스무 명 안팍이었다.

주모경을 시작으로 주례사, 신혼부부를 위한 기도, 축가 등 꽤 긴 의식이 끝나고 이들 커플이 단상에서 내려올 즈음, 앞쪽 좌우에서 플래시가 터지면서 질문 공세가 이어졌다. 거개가 지방지 기자였으나, 그중에서 두 신혼부부의 눈길을 끈 것은 한국 기자였다.

"박사 부부의 탄생을 축하합니다."

두 사람의 정면으로 다가온 그는, H일보 본(Bonn) 주재 방(方) 모 특파원이라면서 마이크를 현교와 인경에게 들이대었다. "박사 부부가 된 소감과 앞으로의 포부를 말씀해 주십시오.", "여기에 오기까지 가장 어려웠던 점이나 고비는 어떤 것이었습니까?", "앞으로 고국에 돌아가 후학들을 가르칠 생각은 없습니까?", "자녀는 몇을 두실 예정입니까?"

속사포 같은 질문에 둘은 정신이 멍한 가운데 의례적인 답변으로 대충 넘겼다. 그런데 기자는 취재에 응해 줘서 감사하다면서 인터뷰를 끝내는가 싶더니 "마지막으로 강 박사님께 묻겠습니다. 지금 연구 중인 '핵융합 반응'은 언제쯤 실용화될 수 있다고 보십니까?" 하고, 현교 코앞에다 마이크를 불쑥 내밀었다.

"그건……."

갑작스러운 질문에 현교는 정색했다. "연구의 기초 단계라 뭐라 말할 수 없습니다."

"한 십년, 아니 이십년쯤이면 가능할까요?"

"글쎄요, 빠르면 빠를수록 좋겠지요. 하지만 저로서도 예단할 수가 없어요. 이만 실례합니다."

현교는 상기된 얼굴로 기자를 뒤로한 채 인경과 함께 쫓기듯이 식장을 빠져나왔다.

그런데 이틀 후 국내의 H일보 조간에 〈서독 유학생 박사 부부 탄생〉이란 표제하에, 현교와 인경에 대한 유학 · 파독 내력, 박사학위 논문 등에 관한 기사가 사회면 머릿기사로 보도되었고, 이와 함께 〈1,2십년 내에 핵융합 발전소 시대 도래〉라는 관련 기사가 과학란 전면을 장식하고 있었다.

그러나 대부분의 독자들은 '박사 부부' 라는 데 눈길을 집중했을 뿐, 두 부부의 논문 주제에 대해 관심을 보인 것은 몇몇 관계 기관의 연구원이나 학계의 일부 과학자 등 극소수층이었고, 그나마도 상식 삼아 일독해 보는 일과성 뉴스거리에 지나지 않았다. SF를 보듯이 막연히 '언젠가 그런 시대가 올 수도 있겠구나.' 하는 정도로.

오히려 이러한 보도에 눈에 불을 켜고 민감한 반응과 극도의 관심을 보인 쪽은 외국, 아니 북한의 정보 기관(35호실, 대외연락부 등)이었다. 이들 기관의 요원들은, 남한에선 이미 한날 휴지 쪼가리로 구문이 되어 버린 기사 내용을 여기저기 붉은 줄을 그어 가며 면밀히 검토하고는 테러와 납치를 위한 중요 정보 파일로 비장하고 있었다.

"언니, 이것 좀 보세요!"

나들이하고 돌아온 장 여사가 달뜬 목소리로 외치듯 하며, 현교와 인경의 예식장 사진이 실린 신문을 장 노인 앞에 펼쳐 보였다. "박사 부부가 탄생했다고 이렇게 대문짝만하게 났잖아요!"

장 노인은 기사엔 아랑곳하지 않고 몽롱한 눈빛으로 사진만을 바라보더니 혼잣말처럼 중얼거렸다. "누구보다도 그 양반이 이걸 봤어야 하는 건데."

"형부도 이 영광스러운 광경을 하늘나라에서 보시겠지요. 이제 모든 게 형부 뜻대로 이루어졌으니 편안하게 복락을 누리실 거예요. 그러니 언닌 인경이와 현교, 참 이젠 사위 강 서방이지. 이들 둘을 바라보며 편안히 지내다가……."

"주님이 부르시면 네 형부 곁으로 가란 말이지?"

장 노인이 동생의 못 맺은 말끝을 달며 젖은 눈시울을 손등으로 훔쳤다.

"아 참, 이 뉴스를 현교 어머니도 알고 있을지 모르겠네. 어떻게 알아본다?"

장 여사가 화두를 돌리며 한 손을 머리 위로 가져갔다.

"저짝엔 전화가 없잖니?"

"가만, 그곳 이장 집으로 전화를 넣어 볼까? 연락을 부탁한다고."

장 여사가 장거리 전화를 걸기 위해 전화번호부를 뒤지고 있을 때, 마침 탁자 위의 전화벨이 울렸다. 송화인은 화지 부인이었다. "뉴스를 보셨습니까?" 라고 물어 온 것 역시 그쪽이었다.

이심전심의 절묘함이랄까, 한쪽은 "지금 이장 댁으로 전화를 걸려던 참이에요."였고, 다른 쪽은 "지금 이장님 댁에서 전화하는 중입니다."였다. 뉴스의 열기 또한 시골 쪽이 대단해서, H일보의 지국을 통한 신문 보도뿐 아니라 J 지방 방송국의 전파를 타는 바람에 현교네 좁은 초가집이 하루아침에 취재진으로 북새를 떨었다는 것이었다. 뿐만 아니라, 동네 돼지를 다 잡아서라도 성대하게 잔치를 벌여야 한다고 온 마을이 떠들썩하다며 즐거움에 겨운 목소리도 전선을 타고 전해졌다.

"현교 모친도 무척이나 좋으신가 보구나, 웃음소리가 나한테까지 들리는 걸 보니."

장 노인의 눈가 잔주름에 미소가 깃들었다.

"네, 지금 현교네 집은 난리도 아니래요. 방송국, 신문사 기자들의 취재에다 동내 방내 사람들이 몰려들어 법석을 떠는 바람에 안사돈이 어쩔 줄을 모르는 모양이에요."

"작은 시골 동네니 오죽할라구. 본인들이 와설랑 그런 환대를 받으며 기쁨을 나눴으면 얼마나 좋았을꼬!"

"머지않아 그런 날이 올 거예요. 언니, 조금만 기다리세요."

장 노인의 심적인 공허로움을 누구보다도 잘 알고 있는 장 여사는 진심으로 언니를 위로하면서, 자기 또한 미구에 서울에서의 감격스럽고 경사로운 회연을 가지게 되리라는 기대와 함께 그 실현을 믿어 의심치 않았다.

그러나 그날 이후로 이 같은 기대와 믿음과는 상반되는 징후가 나타나기 시작했다. 그동안 오직 딸(인경)의 장래만을 바라보며 유지해 오던 긴장의 끈이 풀린 탓일까, 아니면 딸에 대한 그리움에 지친 나머지 앞으로의 기대감마저 소진된 것일까, 장 노인은 하루가 다르게 혼모해지더니, 어느 날 저녁을 몇 술 뜨고 난 후 끝내 드러눕고 말았다.

"언니, 왜 이래요?"

웬만해선 침착을 잃지 않는 장 여사도 예기치 못한 상황에 당황스러움을 감추지 못했다. "어디가 아파요, 언니?"

그러나 장 노인은 시름없는 얼굴로 고개만 두어 번 저을 뿐이었다. 장 여사는 서둘러 동네 병원 원장에게 왕진을 부탁했다.

진단 결과, 특별한 증상은 나타나지 않았다. "워낙 노쇠하신 데다가 가족들, 특히 작은딸에 대한 소망과 그리움이 오랫동안 마음속에서 사무치다가 전번 뉴스를 접하고는 한시름 놓으면서 일어난 긴장이완 현상인 것 같군요.

며칠 안정을 취하시면서 조섭을 잘 해 보세요. 그래도 차도가 없으면 대학병원에서 정밀 진단을 받아 보도록 하시죠."

"네, 그렇게 하지요."

원장이 돌아가고 나자, 장 여사는 벽시계를 보곤 시간을 가늠하며 재빨리 전화기를 들었다.

전화를 받은 사람은 선경이 아니라 그녀의 남편인 닥터 최였다.

"웬일이십니까, 이모님?"

상대는 카랑카랑한 목소리로 응답하며, 집사람은 지금 의학 세미나 참석차 시카고에 가 있다고 했다. 그리고 장모(장 노인)의 병환에 대해선 "일단 S대 병원에 입원시켜서 정밀 검진을 받도록 하세요. 결과가 나온 다음에 전화 주시면 제가 담당 의사하고 상의해 볼 테니까요." 하고, 일반 환자 보호자를 대하는 듯한 사무적인 어조로 부언했다.

그러나 입원 기간은 오래가지 않았다. 이틀째 진찰을 한 담당 의사가 맥박과 호흡을 재며 연신 고개를 갸웃거리더니, 두어 가지 약물을 주사하고 나서 "따님들한테 연락하시는 게 좋겠군요."라고 했다.

60

인경이 장 여사의 전화를 받고 현교와 함께 서울에 도착한 것은 그로부터 사흘 뒤였다.

"어머니, 제가 왔어요! 인경이 왔다구요!"

안방으로 달려들어온 인경이, 혼수상태로 누워 있는 장 노인의 베갯머리에 꿇어앉으며 소리 질렀다.

"장모님, 저 현굡니다!"

현교도 인경의 곁에 같은 자세로 앉으며 침통하게 말했다.

"언니, 눈을 떠 보세요. 언니가 그토록 그리던 막내딸 인경이에요. 그리구 현교, 언니 사위도 함께 왔어요."

순간, 장 노인이 바스스 두 눈을 뜨더니 눈망울을 두어 번 굴렸다.

"어머니, 저 알아보시겠어요, 인경이? 이쪽은 현교 씨구요."

인경은 묵주가 쥐어진 장 노인의 삭정이 같은 손을 자신의 두 손으로 움켜잡으며 어머니의 얼굴 위로 상반신을 굽혔다. 장 노인은 웃음인지 울음인지 분간 못할 희미한 표정을 입가에 드리웠다. 하지만 그것이 끝이었다. 일순간 반듯했던 머리가 힘없이 옆으로 쓰러졌다.

"어머니!"

인경은 울먹이며 장 노인의 주검 위에 엎드렸다. 장 여사는 그런 조카의 상반신을 조용히 일으켜세운 뒤, 언니의 눈꺼풀을 쓸어내리고 턱을 괴어 입을 다물게 하고는, 임종을 한 몇몇 친척들과 함께 운명 예식을 치렀다. 이어 서둘러 병원과 교회, 그리고 미국 등으로 분주히 전화 다이얼을 돌려댔다.

"체인, 그만 진정해요."

상주로서 고인의 영정과 패 앞에 첫 분향을 한 현교는, 이슬 맺힌 눈으로 어머니의 영정을 응시하는 인경의 양 어깨를 살며시 잡고 그 앞에 앉혔다. 그런데 이상하게도 인경에게서 오열하는 모습은 보이지 않았다. 어머니의 죽음이 슬프고 가엾으면서도, 아버지 나 영감이 돌아갔을 때처럼 설움이나 눈물이 북받쳐 오르지 않았다. 이제 어엿한 사회인으로 성장해서일까, 아니면 미리 어머니의 죽음을 예고받았기 때문일까, 인경으로서도 자신의 감정을 정확히 헤아릴 수가 없었다.

이윽고 의사가 도착하여 사망진단서를 발부받았고, 뒤이어 소속 본당의 연령회원들이 참여하여 염습을 준비하기 시작했다. 그런 가운데 마당에는 문상객을 위한 천막이 쳐지고, 갖가지 장례 도구와 더불어 상제들의 예복도 갖추어졌는데, 상주가 된 현교는 그날 밤부터 검정 예복으로 갈아입고 빈소를 지켰다.

이튿날 오전에 어머니가 도착했으나, 장례를 앞둔 마당에 모자간에 회포를 푸는 건 고사하고 반색조차 제대로 나누지 못했다. 그건 며느리인 인경이나 사돈인 장 여사도 다를 바가 없었다.

문상객의 발길은 뜨음했지만, 여기저기서 들려오는 연도와 찬가 소리는 온종일 끊이지 않았다. 현교는 잠시 한산한 틈을 이용해 빈소의 벽에 기대앉자, 이내 꾸벅거리기 시작했다.

"여, 강형, 오랜만이오!"

백용남이 느닷없이 현교 앞에 나타난 곳은 브란덴부르크 문이 바라다보이는 티어가르텐 공원의 괴테 동상 앞이었다.

"아, 선배님!"

현교는 소스라치며 눈이 화등잔만 해졌다. "여긴 어쩐 일이십니까?"

"강 형이야말로 어인 일이오?"

"베를린 공대에 볼일이 있어 왔다가 잠깐 둘러보는 겁니다."

"아, 마침 잘됐군. 우리 훔볼트 대학(동베를린 소재)에서도 '고에너지 회의' 가 있다던데 한번 참관해 봐요."

백용남은 앞장서 공원을 걸어나오며 친근스레 제안했다.

"초청장도 없는데 어떻게 갑니까?"

"그건 염려 말아요. 내가 소개해 줄 테니."

"그래도……."

난색을 표하며 현교가 포츠담 광장 가까이 이르렀을 때, 폴크스바겐 한 대가 그들 앞에 멎더니 한 여인이 핸들을 잡은 채 아미를 숙이며 살짝 미소를 띠었다. 어디선가 본 듯도 하고 새로운 모습 같기도 하고, 현교로선 아리아리했다.

"백 선생님 친구신가 보군요. 타세요."

"일단 타요. 타고 가면서 얘기합시다."

백용남은 엉거주춤하는 현교를 밀어넣다시피 차에 태웠고, 여자는 가속 페달을 밟았다. 국민차는 동쪽으로 방향을 틀어 쏜살같이 달리더니 동 · 서 베를린의 분단 경계의 '체크포인트' 인 찰리에 이르렀다. 현교는 극도의 긴장감과 함께 덜컥 겁이 났다.

"저는 여길 넘어갈 수가 없는데요!"

여자 운전자가 검문을 받는 동안 현교가 떨리는 목소리로 말했다.

"괜찮아요!"

백용남이 퉁명스럽게 내뱉었고, 차는 '부웅' 하고 전진했다.

"안돼!"

동시에 건넌방에서 '따르릉' 전화벨 소리가 들렸다. 현교가 눈을 번쩍 떠보니 장 여사가 전화를 받고 있었다. 여사는 30여 초 통화를 하고 나서 현교를 부르곤 수화기를 넘겨주었다. 미카엘 신부였다. 그는 거듭 애도를 표하며(현교는 독일 출발 전에 신부에게 장 노인의 부음을 전했다.) 장례를 잘 치르고 무사히 돌아오라면서, 아울러 어머니(화지 부인)에 대한 안부도 잊지 않았다.

현교는 통화를 끝내고 제자리로 돌아왔으나, 방금 전에 꿈속에 나타났던 현상이 뇌리에 재현되며 사위스러운 생각이 들었다. 더욱이, 폴크스바겐을 운전하던 그 알 듯 모를 듯한 여인의 정체를 좇느라 신경이 곤두섰다. 하지만 꿈속의 여인은 여전히 몽롱했다. 본모습을 밝힐 수가 없었다.

"아, 언니 왔네!"

현교의 꿈속의 탐색을 정지시킨 것은 대청에서 들려온 인경의 목소리였다. 선경이 도착한 것이다.

"어서 오너라. 서둘러 오느라 힘들었지?"

선경의 도착을 누구보다도 반긴 사람은 장 여사였다. "닥터 최는 여전히 바쁜가 보지?"

"네, 이번엔 꼭 참례하려고 했는데, 하필 출발 서너 시간 전에 그이가 주치의를 맡고 있는 사우디아라비아 왕실의 VIP 환자가 급히 실려오는 바람에……. 이모님께 죄송하단 말씀 전해 달라고 제게 신신당부했어요."
"사정이 그런 걸 어쩔 수 없잖니. 네가 온 것만도 행심한 일이지. 우선 옷부터 갈아입거라."
장 여사는 선경을 자기 방으로 데려가, 준비해 둔 상복을 내주었다.
"수고가 많아요, 닥터 강."
상복으로 갈아입고 빈소로 들어온 선경이 현교에게 인사를 하고는 망모의 영정 앞에 꿇어앉아 분향했다. 그러고 고개를 들어 영정을 바라보았다. 환갑 무렵의 인자로운 모습이 눈시울이 젖은 딸의 얼굴을 말없이 내려다보고 있었다. '진작에 왔으면 널 보고 가는 건데.' 하고 아쉬워하듯이.

장례는 본당 주임신부의 집전으로 3일장으로 간소하게 치러졌다. 시신은 벽제에서 화장되었고, 유골은 먼저 간 남편과 같은 한강의 양화 나루 근처에 뿌려졌다.
"이제 하늘나라의 아버지 곁으로 갔으니 어머니도 편안해하실 거야."
인경이, 산골(散骨)하면서 줄곧 눈물을 흘리는 선경을 보며 위로했다.
그날 저녁 초우제를 지내고 친척들이 돌아가고 나자, 다섯 사람(장 여사와 선경 · 인경 남매, 현교네 모자)만이 오롯이 남았다. 모처럼 슬픔을 가누고 다 같이 커피를 들며 한담을 나눌 수 있었다.
"그나저나 이제 이모 혼자 적적해서 어떡하지요?"
먼저 말문을 연 사람은 선경이었다.
"글쎄 말이다."
입술에서 찻잔을 뗀 장 여사가 화지 부인을 쳐다보며 말끝을 달았다. "이건 내 생각입니다만, 이번 참에 사부인이 이사를 하셔서 나와 같이 지내시면 어떨까 싶은데……."
"그렇게 하세요, 어머님!"
반응이 나온 건 화지 부인보다 인경이 쪽이 먼저였다. 마치 이모의 말을 기다리기라도 했다는 듯. "전부터 생각해 온 거였어요. 어차피 서울로 올라오실 거면 외로움을 사면서 두 집 살림을 하실 필요가 없잖겠어요?"

"그래요, 사부인. 두 분 다 외로운 처지에 함께 지내시면 서로 더없는 생의 반려자가 될 거예요."

선경까지 나서서 거들자, 화지 부인이 조심스레 입을 열었다. "저 역시, 폐만 되지 않는다면 되레 제 쪽에서 고마워할 일이지요."

"폐라니요, 당치도 않은 말씀을. 우리가 남인가요?"

"그래요, 어머니! 너무 사양하지 마세요. 그게 좋겠어요."

장 여사의 말을 현교가 바로 이어받았다. "솔직히 말씀드리면, 첫째 경제적으로 이득이고요, 다음엔 이모님과 어머님의 정신건강상으로 좋구요, 나아가 멀리 떨어져 있는 저희로서도 한결 안심할 수 있으니, 일석삼조인 셈이 아닌가요?"

현교의 결론에 모두들 만족스럽게 한마디씩 했다.

"보세요, 강 박사가 얼마나 사부인을 걱정하고 있는지 아시겠지요? 이제 더 이상 망설이지 마시고 하루속히 올라오세요."

"제부, 그리고 인경아, 앞으론 장거리 전화만 걸지 말고 이 두 분을 그리로 모시고 여행도 시켜 드려. 건강하실 때 말이야. 나처럼 후회하지 말고."

선경이 현교와 인경을 보며 말했다. "그리구 참, 닥터 최가 두 사람의 학위 획득을 축하한다고 전해 달래. 둘에 대한 과학 학술지의 기사를 볼 적마다 세계적인 과학자로서 장래가 촉망된다는 찬사를 아끼지 않았어."

"에이, 그건 형부의 과찬이시겠지. 유스티노는 몰라도 나야 아직 한 발짝 걸음마를 뗀 것뿐인데 뭘."

인경이 가볍게 웃으며 손사래를 쳤다.

"아니야, 나도 읽어 봤어. 빈말이 아니라니까."

선경이 고개를 돌려 장 여사를 보았다. "그래서 말인데, 닥터 최 대신 제가 가까운 친척과 친지를 초대해 두 사람의 박사 학위 겸 결혼 축하 파티를 마련하는 게 어떨까요? 생각 같아선 두 사람이 턱시도와 웨딩드레스 차림으로 성대한 피로연을 베풀어 주고도 싶지만 그럴 수는 없고……, 이모님, 어떻게 생각하세요?"

"글쎄, 참으로 고마운 생각이다만, 그보다도 현교네 고향 마을 사람들도 두 사람의 잔칫날을 기다리는 걸로 알고 있는데……."

화지 부인에게 시선을 주며 신중해하는 장 여사의 말을 인경이 받았다. "이모, 그럴 시간이 없을 것 같아요. 유스티노가 국제 학술회의에 참석할 날이 며칠 안 남았거든요."

인경은 서울로 떠나오기에 앞서 프랑크푸르트 공항으로 가는 길에 현교와 함께 휴가 인사차 서석순 교수의 연구실에 들렀을 때 그가 한 말을 떠올렸다.—"일정이 묘하게 됐구먼. 닥터 강 집안일로는 참으로 안된 일이네만, 가급적 시일을 맞춰서 트리에스터 회의에는 참석하도록 하게. 연구소의 특별한 배려로 강 박사를 포함시킨 거니까."

그래서 인경은 화지 부인을 마주 보며 말했다. "어머님, 죄송해요. 고향 마을엔 다음번에 넉넉히 휴가를 받고 찾아가도록 할게요."

"그래요, 어머니. 이번엔 국제회의 참가가 예정된 상태에서 갑자기 오게 돼서 어쩔 수가 없군요. 이삿짐 정리도 거들어 드리지 못하고, 정말 죄송해요."

현교가 주석을 달았다.

"아니다. 너희에게 그보다 더 중요한 일이 어디 있겠니? 뒷일은 내가 알아서 다 처리할 테니, 신경 쓰지 말고 회의 일정에 늦지 않게 돌아가도록 하거라."

화지 부인은 아들과 며느리에게 담담하게 이르곤 선경에게 공손히 말했다. "여러 가지로 마음 써 주셔서 감사합니다."

"고마워, 언니. 말만으로도 그 베풂을 다 받은 것으로 생각할게. 그리고 갓 장례를 치른 마당에 밖으로 표나게 하는 건 친척들 눈에도 안 좋게 비칠 것 같아."

"사정이 그렇다면 어쩔 수 없구나. 더욱이 학술회의 일정도 타이트하다니…….”

선경이 다소 실망스러워하는 빛으로 말끝을 흐리자, 장 여사가 위안하듯 한마디 제안했다. “그럼 이렇게 하자꾸나. 내일 낮에 우리끼리만 괜찮은 레스토랑으로 가서 식사를 하고 기념 촬영도 하는 것으로.”

“그게 좋겠군요. 언니, 어때요?”

인경이 바로 찬성했고, 선경도 얼굴이 밝아졌다.

“사부인도 괜찮으세요? 강 박사는?”

장 여사의 물음에 두 모자도 좋은 생각이라며 기꺼이 받아들였다. 순식간에 방 안엔 화기로운 분위기가 감돌았다.

그런 데다 이튿날 아침, 전혀 예기찮았던 또 하나의 경사로운 일이 일어났다. 모두가 밥상에 둘러앉아 식사를 하던 중, 인경이 가벼운 욕지기를 하며 왼손을 입으로 가져간 것이었다. 순간, 수저를 놀리던 네 사람의 시선이 일제히 인경에게로 쏠렸다. 인경이 얼른 일어나 세면대로 가서 입을 가시고 돌아왔다.

“프레그넌시(임신)……? 몇 달이야?”

선경이 확신에 찬 어조로 물었다.

“두 달째 되나 봐.”

“그런 복음을 진작 알리지 않고?”

장 여사가 즐거운 핀잔을 주었다.

“좀 더 확실해진 다음에 말하려고 했는데…….”

인경이 열없어하는 걸 보고 장 여사가 화지 부인을 대하며 환하게 웃었다. “사부인이 머잖아 할머니가 되시겠군요.”

화지 부인의 얼굴엔 기쁨을 감추지 못하는 기색이 역력했고, 현교는 입아귀가 귀에 닿을 듯 함박웃음을 머금고 인경에게 눈짓을 주었다. ‘나한테만은 힌트라도 주지 그랬어요.’ 하고.

“앞으로가 많이 힘들 거야. 물론 학업도 중요하지만 무엇보다 몸을 우선시하도록 해. 현교, 네가 옆에서 많이 보살피고 거들어 줘야 할 거다."

화지 부인의 아들과 며느리를 타이르는 품은 순순하고 진지했다.

"너무 염려 마세요, 어머니. 저희들이 알아서 잘 할게요."

현교가 시원스레 대답했다. 그러고 식사가 끝났을 때, 장 여사가 말했다.

"이와 같은 은총을 내려 주신 주님께 다 같이 우리의 가정을 위해 기도를 드리도록 해요."

장 여사의 주도하에 일동은 두 손을 모으고 '가정을 위한 기도' 를 올렸다.

마리아와 요셉에게 순종하시며 탁월한 덕행으로
가정생활을 거룩하게 하신 예수여,
생명의 은총으로 우리 가정을 거룩하게 하시고,
도움의 은총으로 성가정을 본받으며
주의 뜻을 따라 착히 살게 하소서.
가정생활의 자랑이며 모범이신
성모 마리아와 성 요셉이시여,
우리 집안을 수호하시며,
모든 우환과 불행을 막아 주시고,
주의 은총과 축복 속에서 항상 주를 섬기며 살다가,
복된 생활 끝에 영원한 천상 가정에 들게 하소서.
아멘.

61

현교와 인경네 가족 일행이 H호텔의 양식부에서 오찬을 나눈 후 기념 촬영을 마치고 나온 것은 오후 세시 언저리였다.

"아 참, 유스티노는 은사님을 만나뵈야잖아요?"

손목시계를 들여다보는 현교를 보고 인경이 문득 생각난 듯 말했다. 오전에 집을 나오기 전 현교가 육훈수 교수와 통화하는 것을 들었기 때문이었다.

"그럼 저는 모교에 좀 다녀오겠습니다."

현교는 어른들에게 점잖게 인사를 하고는 그길로 택시를 잡아타고 신림동으로 달렸다.

'여기가 관악 캠퍼스?'

S대학교 본부 건물 앞 정류소에서 내린 현교는 잠시 선 채로 사위를 둘러보았다. 그는 한 학생에게 물어서 캠퍼스 동편에 있는 공대 건물 쪽으로 올라갔다.

"어서 오게! 기다리고 있었네."

현교가 32동에 있는 육훈수 교수의 방을 찾아 노크를 하자마자 문까지 뛰쳐온 교수가 제자의 손을 잡고 빨아들이듯 안으로 맞이했다. "와! 이게 얼마만인가!"

육 교수는 손을 꽉 잡은 채 제자의 얼굴을 감격에 찬 눈빛으로 한참이나 쳐다보았다.

"제가 72년도에 갔으니까 만 8년이 되나 봅니다."

현교도 육 교수의 주름진 얼굴을 유심히 살폈다. 이제 원로 교수가 된 스승은 검은 머리보다 파뿌리가 많았고, 이마의 인생 계급장도 특무상사만큼이나 늘어나 있었다.

"그래, 벌써 강산이 한 번 변할 만큼 세월이 흘렀군. 자네를 보니 실감이 나. 이제 완전히 틀이 잡혔네."

육 교수가 현교의 손을 풀고 소파에 앉으라고 권하곤 전화 수화기를 드는데 방문이 열리며 조교가 들어왔다.

"마침 오는군. 학생들이 얼마나 모였지?"

육 교수는 수화기를 도로 내려놓으며 물었다.

"강의실이 거의 다 찼습니다."

“알았어. 가서 학생들에게 강현교 박사가 곧 간다고 그래.”

“네, 알았어요.”

조교가 나가는 걸 보며 다소 어리둥절해하는 현교 앞에 육 교수가 앉았다.
“아침에 자네 전화를 받고 우리 학생들과의 대담 자리를 마련키로 했네. 내가 즉흥적으로 생각한 것이니 언짢게 여기진 말게. 학생들의 질문에 대해 자연스럽게, 꾸밈이나 과장함이 없이 대답해 주고, 또 그들에게 도움되는 말—꿈이나 비전—을 해 주게나. 절대 부담감 같은 거 갖지 말고 말일세.”

“알겠습니다. 제 소신껏, 느낀 대로, 겪은 대로 이야기하지요.”

“그래, 후배를 위해 수고 좀 해 주게. 그리고 우리끼리의 회포는 저녁때 실컷 풀도록 하세.”

서둘러 앞장선 육 교수는 교정의 몇 군데 계단을 오르고 올라 맨 끄트머리 꼭대기에 있는 301동 1108 강의실로 현교를 안내했다. 이 강의실은 공대에서 가장 큰 규모의 강의실인데, 3백석에 이르는 좌석을 메우다 못해 뒤쪽 입석에까지 학생들이 들어차 있었다. 육 교수가 아침결에 현교와 통화한 후 공대와 자연과학대의 각 과 주임교수들에게, 모교를 방문한 선배 교수와 대담을 희망하는 학생들은 참석하도록 전해 달라고 한마디 한 것뿐인데, 예상 밖으로 성황을 이룬 것이었다.

육 교수와 현교가 강의실로 들어서자, 왁자지껄 부산스럽던 장내가 물을 끼얹은 듯 조용해졌다.

“다들 주임교수한테 들어서 알고 있겠지만, 여기 서 있는 강현교 박사는 우리 학교 원자력공학과 재학 중에 서독으로 유학한 여러분의 대선배로서, 현재 G.A. 대학 교수이자 막스플랑크 연구소의 연구원으로 재직 중이에요. 이번에 잠시 모교 방문 길에 나의 부탁으로 여러분과의 대담 자리를 마련하게 되었으니, 아무쪼록 선후배 간에 기탄없이 유익한 대담을 나누길 바랍니다.”

육 교수의 소개말에 뒤이어 강의실이 떠나갈 듯한 박수소리를 들으며 현교는 강단의 마이크 앞으로 다가가 정중히 고개를 숙였고, 수많은 시선이 하나의 초점으로 집중되었다. 졸지에 맡게 된, 토크 쇼의 주인공 같은 역할에 다소 당황스럽기도 했으나, 그는 정신을 가다듬고 짤막하게 자기소개를 하였다.

사회자로 선정된 학생이 일동을 향하여, 선배 교수님께 궁금한 사항이나 듣고 싶은 조언, 유학 생활 중의 일화 등을 간단명료하게 질문을 드리라는 멘트를 했다.

첫번째로 마이크를 잡은 사람은 공대 화공과 3학년 학생이었다. "먼저, 일개 유학생의 몸으로 떠났던 선배님이 8년 만에 세계적인 과학자가 되어 고국을 방문한 소감부터 말씀해 주십시오."

"우선 그동안 우리나라가 여러 방면에서 급속한 발전을 이룩한 데 대해 놀라움과 함께 높은 긍지를 느꼈습니다. 내가 예전엔 볼 수 없었던 서울 시가의 빌딩 숲도 그렇거니와, 특히 과학 기술면에서 더 장족의 발전을 이뤘다고 봅니다. 예를 들면, 포항 종합제철 공장과 고리 원자력 발전소 준공이나, 서울의 지하철 개통과 장거리 자동전화 개통, 컬러 TV 생산 같은 거 말입니다. 이런 국내의 비약적 발전에 비하면 내가 서독에서 이룬 것은 아직은 뭐랄까, '새발의 피' 예요. 갈 길이 멉니다."

현교의 겸허한 표현에 학생들 사이에 웃음이 일었다.

"교수님, 교수님이 가르치는 서독 학생과 한국 학생과의 차이점이 있다면 어떤 것인지 말씀해 주세요."

아까부터 손을 반쯤 올렸다 내렸다 하던 안경 낀 여학생이 물었다.

"네, 아주 좋은 질문을 하셨네요. 우리나라 학생들—나도 그랬었지만—은 교수가 강의를 하면 그 내용을 적고 외우려고만 하잖아요? 하지만 서독 학생들은 안 그래요. 교수는 학생들로 하여금 끊임없이 질문을 하도록 하고, 창의적으로 생각하는 기술, 즉 기초사고 능력을 키우는 훈련을 시켜요. 특히 과학에서는 '기초사고 능력' 이 매우 중요한 만큼 이 점은 앞으로 우리가 본받아야 할 학습 방법임을 강조하고 싶어요."

현교는 '기초사고 능력' 에 악센트를 주었고, 학생들의 표정도 보다 신중해 보였다. 이번에 마이크를 받아 든 학생은 공대 원자력공학과 4년생이었다.

"교수님은 우리 대학에서 원자력공학을 전공하다가 유학 후 물리학으로 전과하신 걸로 알고 있는데, 특별한 이유라도 있는지 말씀해 주십시오."

예상치 못한 질문에 현교는 잠깐 탁자 위의 컵에 물을 따르고 목을 추겼다.

"특별한 이유라기보다 내 적성에 맞게 목표를 재설정했다고 말할 수 있어요. 대학 입학 무렵만 해도 나는 우리나라 원자력공학 분야의 유능한 엔지니어가 되는 것이 꿈이었어요. 그런데 막상 입학해서 공부를 하다 보니 응용과학보다 기초과학의 필요성이 절실함을 깨달았고, 내 적성에도 맞았어요. 솔직히 말하면, 테크노크래트나 교수가 되기보다 평생 연구에만 전념하는 과학자가 되고 싶어섭니다. 어디, 이걸로 대답이 되었나요?"

"네, 그럼 한 가지만 더 질문을 드리겠습니다. 교수님이 연구원으로 계신 막스플랑크 연구소는 기초과학 분야에서 세계 최고로 알려져 있는데, 그 요체가 무엇이며, 규모는 어떻습니까?"

"무엇보다도 이곳에서의 연구가 독창성과 탁월성을 추구하며, 독립적이고 자율적으로 이루어지는 데 있어요. 그리고 유명한 석학보다는 잠재력이 있는 젊은 연구자를 선호해, 연구소장 또한 삼십대 중반에서 사십대 중반 사이 연령층이 많아요. 한마디로 과학자의, 과학자에 의한, 과학자를 위한 '꿈의 연구소' 지요. 연구소의 규모로 말하면, 소속 과학자만 1만 명이 넘고, 연간 예산만도 우리 돈 3조 원을 상회하지요. 서독 각 지역에 50여 개 연구소가 있고, 본부는 괴팅겐에 있어요. 그리고 여러분 중에 아는 학생도 있겠지만, 1911년에 연구소가 설립된(당시 명칭은 카이저빌헬름 연구소) 이래 막스 플랑크와 아인슈타인을 비롯해 30여 명의 노벨상 수상자를 배출해서 흔히 '노벨상 사관학교' 라고도 불리지요."

그러자 방금의 질문자에서 두 자리 건너 앉은 같은 과의 동료 학생이 마이크를 빼앗다시피 넘겨받았다.

"그럼 교수님도 언젠가는 노벨상을 받을 수 있겠군요? 그에 대한 목표랄까, 가능성이나 기대에 대해 여쭤봐도 되겠습니까?"

"목표라고요?"

현교는 입가에 살짝 미소를 띠었다. "노벨상은 사법고시나 대학입시처럼 결심이나 의지에 따라 좌우되는 게 아니잖아요? 커트라인이 있는 것도 아니고. 해마다 각 분야별로 세계 제일인자가 수상하는 만큼, 세계 각국의 수상 후보자 물망에 오른 사람들 중에서 많은 공적이나 독창적이고 탁월한 업적을 인정받지 않으면 안돼요. 그러니, 자기 능력껏 일생을 연구에 전념하는 거지요. 이게 가능성입니다. 그런 가운데 '나라고 해서 노벨상 수상이 불가능한 것만은 아니다.' 하고 생각하는 게 기대이자 꿈이지요. 솔직히 말하면 나도 꿈은 갖고 있습니다. 됐나요?"

잠시 청중 사이에 웅성임이 일었으나, 장내의 중앙쯤에서 벌떡 일어선 학생이 그것을 잠재웠다. 질문자는 자연대 물리과 4년생이었다.

"교수님이 발표하신 '핵융합 기술' 에 관한 여러 논문이 세계 물리학계의 커다란 반향을 불러일으킨 것을 잘 알고 있습니다. 향후 핵융합 발전소 이용과 같은 핵융합 시대의 도래를 언제쯤으로 내다보십니까? 그리고 교수님께선 '한국 수소폭탄의 아버지' 로서 공헌하실 포부랄까 꿈 같은 것은 없으신지요?"

앞서 질문자들과 다른 진지한 자세와 어조에 현교 또한 진지해지지 않을 수 없었다. "내 논문에 관심을 가져 주어서 고맙고 반가운 일이군요. 여러분 중에, 태양이 에너지를 내는 원리인 핵융합에 대해 모르는 사람은 없겠지요? 중수소와 삼중수소와 같은 가벼운 원자핵이 합쳐져서 무거운 헬륨 원자핵으로 바뀌면 엄청난 에너지를 방출한다는 사실 말예요. 원리는 간단하지요. 한데 문제는 온도예요. 이 같은 엄청난 에너지를 방출하는 핵융합이 일어나려면 온도가 섭씨 1억도를 넘어 원자핵과 전자가 분리되는 '플라스마 상태' 가 돼야 해요. 지금 과학자들이 연구하는 핵융합 장치를 '지상의 인공 태양' 이라 부르는 것도 그 때문이지요. 따라서 핵융합 시대가 언제 도래하느냐는 플라스마 발생 장치를 얼마나 빨리 개발하느냐가 관건이라 할 수 있어요. 워낙 최첨단 대규모 설비라 어마어마한 건설비가 소요되는 만큼 미국이나 일본, 유럽의 여러 기술 선진국들이 공동으로 추진하는 게 좋을 거예요. 그래도 핵융합 발전의 실용화는 향후 4,5십년은 지나야 할 겁니다. 그리고 방금 '수소폭탄의 아버지'란 말을 했는데, 한마디로 나는 인간의 삶을 편리하고 윤택하게 하는 과학기술이 전쟁 무기 개발에 이용되는 걸 결코 바라지 않아요. 아니, 절대 반댑니다. 물론, 나의 능력이 그런 수준에 이르지도 못했지만 말이에요."

단호하게 말한 현교는, 제2차 세계대전 당시 루스벨트 대통령에게 미국이 독일보다 먼저 원자폭탄을 확보해야 한다고 권고한 아인슈타인이 일본에 투하된 폭탄의 위력과 그 참상에 깊은 충격에 빠진 나머지 평생을 핵전쟁 반대운동에 앞장선 사실이며, 미국 원폭 제조의 아버지라 추앙받던 오펜하이머도 원폭의 위력과 실상을 보고 극심한 정신적 고통에 시달렸을 뿐 아니라, 정부로부터의 수소폭탄 제조 권유를 거부했다가 간첩으로 몰려 비참하게 생을 마감했다는 일화를 부연 설명했다.

뒤이어 현교네 부부 박사의 서독 생활에 대한 두어 가지 문답이 오갔는데, 한 여학생이 뜬금없는 질문을 던졌다. 표정 하나 변함이 없이 당돌하게.

"부부 박사로서 연구에 몰두하다 보면 성생활에 영향 같은 건 없나요?"

장내는 웃음바다가 되었고, 현교는 다소 얼떨함을 느꼈다. 그러나 곧 입을 열었다.

"피뢰침 발명으로 유명한 미국의 과학자이자 정치가인 벤저민 프랭클린은 자신의 일상생활에 대한 13가지 '사명선언문'을 항상 수첩에 기록하고 다녔다고 해요. 그중 12번째의 '순결'을 보면, '성행위는 건강이나 자손을 위해서만 하라. 그것으로 인해 감각이 둔해지거나 몸이 약해지는 일이 없도록 하라.'고 되어 있어요. 우리 부부도 이에 따르고 있습니다. 훗날 여러분도 참고하면 좋을 거예요."

강의실 안엔 한바탕 웃음꽃이 피었고, 현교도 싱긋이 웃어 보였다.

이윽고 사회자가 마이크를 잡았다. "마지막으로 교수님께서 후배들에게 조언이랄까, 당부의 말씀이 있으시면 해 주시기 바랍니다."

"네, 좋습니다. 앞에서도 얘기한 바와 같이 무엇보다도 기초과학에 충실하길 바랍니다. 자고로 국부 창출이나 인류의 삶을 풍요롭게 만든 혁신적인 기술 개발이 기초과학을 통하여 이루어졌으니까요. 다만, 기초과학이 실용성과 융합되기까지는 오랜 기간, 십수년 또는 수십년이 소요되는 만큼 강인한 의지와 끈기가 필요합니다. 아울러 강조하고 싶은 것은 독창성과 창의성이에요. 어느 분야건 책이나 강의를 통한 지식 습득은 필요합니다. 하지만 과학도들은 남의 이론이나 학설을 무조건 받아들일 것이 아니라, 자기 스스로 판단하고 비판해 보는 자세, 그러니까 창의적으로 사고하는 능력을 키워야 합니다. 앞으로 여러분이 세계 선진국의 과학도들과 어깨를 나란히 하려면 대학입시 공부와 같은 방법은 일찌감치 접어야 해요. 나도 그런 식으로 《수학의 정석》, 《종합영어》, 〈종로학원〉에 매달려서 합격은 했지만."

학생들의 입에서 또다시 웃음이 터져 나왔다. 현교는 물 한 모금을 마신 다음 다시 말을 이었다.

"발휘를 하지 않아서 그렇지, 원래 우리 민족이 독창성이 우수하다는 건 여러분도 잘 알지요? 일례로 세종 대왕이 만드신 '한글'을 보세요. 자음글자 14자와 모음글자 10자로 모든 언어는 물론, 자연의 소리까지 나타내지 못하는 게 없으니 이 얼마나 과학적이고 독창적입니까! 초성, 중성, 종성으로 이루어진 글자의 얼개도 그렇거니와, 그 창제의 모티브가 당시 문자(한자)를 쉬이 깨치지 못하는 백성을 어엿비 여긴 데서 비롯되었다는 것, 그래서 글자의 명칭도 '백성을 가르치는 바른 소리'라는 뜻인 '훈민정음'이라 붙이셨으니, 독창성과 더불어 대왕의 '민본주의' 이념까지 오롯이 한글 속에 깃들어 있는 것이지요. 가령, 당시 세종 대왕이 일부 학자들의 주장에 밀려 한글 창제를 포기하고, 그 결과 우리 민족이 오늘날까지 한자를 쓰고 있다고 가정해 보세요. 배우고 쓰기에 어렵고 불편함은 말할 것도 없고, 반만년의 역사를 자랑하는 민족이 제 나라 글자 하나 만들지 못한 채 남의 나라 글자를 빌려다 쓰는 꼴이 되니, 영락없는 문화적 속국으로서 이보다 더 수치스러운 일이 어디 있겠습니까!"

장내엔 순식간에 박수소리가 울려 퍼졌다. 현교의 말이 더 높은 톤으로 이어졌다.

"또한 과학자를 발굴하는 데에도 탁월한 안목을 지니셨던 세종 대왕은, 한낱 지방의 관노비에 지나지 않던 장영실을 중앙 관아의 별좌로 발탁한 후, 혼천의, 해시계, 물시계, 측우기 등 수많은 과학 기구를 발명케 했잖아요. 아마 장영실이 19세기에만 태어났더라도 에디슨 못지않은 발명가가 되었을 거예요.

그럼 이번에는 가장 최근의 인물을 예로 들어 볼까요? 여러분도 한국이 낳은 천재적인 이론 물리학자 이휘소 박사님을 모르지 않을 거예요. 우리 학교의 대선배이기도 하니까요. 비록 연전에 애석하게도 교통사고로 타계하셨지만, 한국인의 독창적 우수성을 사계(斯界)의 과학자들에게 심어 주고 가셨지요. 긴 설명을 할 것도 없이, 약관 25세에 펜실베이니아 대학에서 박사 학위를 취득한 그분은, 이듬해에 동 대학 교수 겸 프린스턴 고등연구소 정회원을 거쳐, 38세에 시카고 대학 교수 겸 세계 최대 물리학 연구소인 '페르미 랩'의 이론물리학부장 직을 맡아보았어요. 그런 가운데 〈게이지장 이론〉 등 백여 편의 논문을 발표하여 세계 물리학계에서 명성을 얻게 되면서 계속 노벨상 수상 후보자 물망에 올라, 사실 그분의 수상은 시간문제였지요.

이휘소 박사님의 천재성을 좀 더 실감할 수 있는 일화를 말해 볼까요? 1957년에 노벨 물리학상을 받은 중국 출신의 양전닝(楊振寧)이 이 박사와 함께 젊은 과학자로서 오펜하이머 박사 문하에 있을 때, 그가 두 젊은 과학자에게 대수학 문제를 냈는데, 이 박사는 단 10분 만에 푼 것을, 양전닝은 20일 만에야 겨우 풀었다고 해요."

"와아!"

장내가 또 한 번 술렁거렸다.

"여러분, 우리도 할 수 있습니다. 주눅들거나 꿀릴 게 없어요. 앞으로 여러

분 중에서 제2, 제3의 이휘소가 나오지 말란 법 있습니까? 요는 여러분이 어떻게 마음먹느냐에 달려 있어요. 그리고 마지막으로 한 가지 덧붙여 당부하고 싶은 말은 외국어의 통달입니다. 굳이 글로벌리즘을 내세우지 않더라도, 과학에서 가장 중요한 것은 국제화입니다. 여러분도 접하다시피 오늘날 모든 학문의 주요 저널은 모두 영어로 되어 있는데, 과학 기술의 주 언어 또한 예외가 아니에요. 따라서 여러분은 원어 문헌을 직접 읽는 것은 물론, 연구실에서 원어민 교수와 대화하고 회의에도 참석해 문제를 해결할 수 있도록 완벽한 국제어 훈련을 해야 합니다. 물론 제2외국어(독일어나 불어)까지 자유자재로 구사할 수 있으면 금상첨화겠지요. 바야흐로 눈을 넓은 세계로 돌릴 때예요. 여러분의 위대한 도전, 부단한 정진을 바랍니다."

우렁찬 환성과 박수소리는 현교가 단상을 내려와 강의실을 나올 때까지 계속되었다.

"닥터 강, 자네 서독에 가서 웅변술도 공부했나?"

현교와 함께 자기 방으로 돌아온 육훈수 교수가 익살스레 물었다.

"네?"

"닥터 강이 그런 명연설가라는 걸 오늘 처음 알았다니까."

"제가 좀 오버했나요?"

"아니야, 훌륭했어. 우리 학생들이 많은 감명과 자극을 받았을 거야."

"그렇다면 저로선 보람스러운 일이고요. 아무튼 우리 학교 출신들이 해외에서 많이 두각을 나타냈으면 좋겠어요."

두 사제는 조교가 타다 준 커피를 마시며 이야기를 계속했다.

"그 선구자가 닥터 강이라는 걸 잊지 말게나. 닥터 강이 서독에서 일단 횃불을 높이 쳐들면 미국, 유럽 등의 곳곳에서 잇달아 봉화가 타오르지 않겠나. 핵융합 반응 연구는 잘 되고 있겠지?"

"네, 다음번 논문을 준비하다 왔습니다."

"아무쪼록 벤저민 리(이휘소)가 이루지 못한 꿈을 닥터 강이 꼭 이룩하도록 하게. 서 박사와 협력해서 말일세. 내 간절한 소망이야."

"지금도 수시로 서 박사님의 지도를 받고 있습니다. 저에겐 다시없는 멘토시지요."

"그래, 아주 멋진 팀워크야. 둘이서 노벨상을 공동 수상하면 국가적으로도 더없는 영광이지."

육훈수 교수는 기대에 찬 눈빛으로 제자를 격려하며 일어섰다. "자, 가세. 한잔하면서 그동안의 회포를 풀어야지."

건물 밖으로 나온 두 사람은 학교 통근버스로 광화문 네거리까지 온 후, 택시를 잡아타고 북한산 자락을 따라 성북동으로 향했다. 육 교수가 현교를 안내한 곳은 산울타리로 둘러싸인 입구 양쪽에 장명등이 졸고 있는 아늑한 한옥 요정이었는데, 초저녁 무렵에 시작된 회포 풀기는 자정 30분 전까지 이어졌다. 얘깃거리야 밤을 지새도 끝이 없을 터였지만, 통금시간이란 벽 때문에 두 사제는 아쉬움을 안은 채 뒤돌아설 수밖에 없었다.

다음날 오후.

마침내 석별의 정을 나눌 시간이 다가왔다. 떠나는 현교 부부와 선경이나, 떠나보내는 화지 부인과 장 여사 모두에게 속절없는 이별이었다. 하지만 다들 아쉬움은 내색하지 않고, 애써 밝은 표정을 드러내고 있었다.

"얘, 인경아, 연구도 중요하지만 몸속의 태아에 대해서도 늘 마음써야 한다. 알겠니?"

김포 공항에서 현교가 탑승 수속을 하는 동안 장 여사가 조카에게 말했다.

"염려 놓으세요, 이모. 닥터 임부인데 어련히 알아서 할라구요."

선경의 대답에 동생이 웃으면서 이어받았다. "이모도 제 성정을 잘 아시면서……."

그러고는 바로 옆에 있는 화지 부인에게 말했다. "어머님, 걱정마세요. 매사를 태아 발육에 지장이 없도록 할 테니까요."

"그래, 안다. 난 너를 믿으니까."

화지 부인은 진정으로 신뢰한다는 빛을 지어 보였다.

"닥터 강, 언제 짬을 내서 뉴욕에도 다녀가요. 몇 시간이면 대서양을 건널 텐데. 처음으로 동서끼리 만나 유익한 이야기를 나누는 것도 좋지 않겠어요?"

선경이, 탑승 수속을 마치고 돌아온 현교에게 말했다.

"네, 그럴 기회가 오겠지요."

현교의 말에 장 여사가 말곁을 달았다. "동서끼리 얘기도 좋지만 무엇보다도 아기가 태어나면 손주를 할머니께 뵈어 드리는 게 우선 아니겠어? 더불어서 고향 마을 사람들이 기다리는 잔치도 베풀고. 안 그래요, 사부인?"

"......"

"그럼은요, 당연히 그래야지요!"

화지 부인이 말없이 지켜보는 앞에서 현교가 호기롭게 대답하며 마음속으로 다짐했다. '어머니, 저를 믿고 기다려 주세요. 언젠가 제 꿈이 이루어지는 날, 금의환향하여 마을 사람들은 물론, 온 국민을 기쁘게 해 드릴게요.'

그는 몇 번이고 뒤돌아보며 손을 흔들었다.

제16장 35호실의 공작

62

조선 노동당 35호실.

해외 공작 총책 주강렬이 아까부터 잔뜩 긴장된 모습으로 연신 담배연기를 뿜어대다가 벽시계를 올려다보며 신경질적으로 내뱉었다. "전화 한번 해 보라우."

"예, 알겠습네다."

휘하 당원인 우동찬이 얼른 전화기로 손을 뻗쳤다. 그때 노크 소리에 이어 출입문이 열리며 반백의 오십대 사나이가 모습을 드러냈다. "안녕하십니까?"

"어서 오시라요, 부부장 동지."

주강렬은 언제 그랬냐는 듯이 굳어졌던 표정이 금세 누그러지며 친절스레 손을 맞잡고 상대를 응접세트로 맞아들였다. 그도 그럴 것이, 상대 인물은 당 군수공업부 제1부부장인 박송봉으로, 김정일의 전폭적인 지원하에 핵개발을 진두지휘함으로써 '북한 핵의 아버지'로 불리는 거물 과학자였던 것이다. 게다가 북한의 핵과 미사일을 전문적으로 연구하는 영변물리대학 학장이자 핵실험 고폭장치 전문가인 이명하와도 막역한 사이로 핵개발의 동반자이기도 했다. 이렇듯 상대의 비중이 비중인 만큼 주강렬도 그를 대하는 데 신중을 기하지 않을 수 없었다.

"연전에 우리 공화국에서 성공을 거둔 핵개발 실험은 잘 진척되고 있습네까?"

잠시 차를 나누고 난 주강렬이 제 딴엔 조심스레 운을 떼었다. 이 '성공을 거둔 핵개발 실험'이란 북한이 1989년 5월 8일자 〈로동신문〉에 보도한 내용으로, 당시 이 신문은 '김일성종합대학 연구 집단이 방 안 온도(실내 온도)에서 핵융합 반응을 실현시키는 데 성공했다.' 고 발표했었다. 즉, 김일성종합대학 연구진이 백금 전극과 팔라듐 전극을 중수 속에서 전기분해해 상온에서 핵융합 반응을 성공했다고 밝혔는데, 국제적인 검증 절차를 밟지 않아 세계 과학계로부터 인정받지는 못했다.

반면에, 같은 해에 미국 유타 대학의 스탠리 폰지 박사와 영국 사우샘프턴 대학의 마틴 플레이슈먼 박사가 중수소와 삼중수소를 상온에서 핵융합시켜 헬륨을 만드는 데 성공함으로써 세계 과학계의 핵융합 연구를 가속화시켰다. 그렇잖아도 일찍이 소련에 유학생을 보내는 등 핵개발(물론 핵무기)에 열을 올리고 있는 북한은 1987년부터는 핵융합 기술의 지속적인 발전을 '7대 첨단 분야 현대화 계획' 에 포함시켜 관련 연구에 집중하고 있었다.

그런데 이 같은 연구가 중점적으로 이루어지고 있는 곳이 김일성종합대학의 원자력과학부 핵물리학과와 플라스마 물리학과로, 이를 위해 북한 당국은 저명한 핵물리학자인 박관오 박사를 대학 총장으로 발탁하여 2000년대 초까지 운영토록 할 정도로 핵과학자들에 대한 대우가 각별했다.

"우리 공화국의 핵융합 연구는 지속적으로 잘 이루어지고 있습니다. 박관오 박사가 있잖습니까."

박송봉이 여유로운 웃음을 띠며 재떨이에 담뱃재를 떨었다.

"그런데 말입네다……."

주강렬이 엉거주춤 일어서더니 자기 책상 서랍에서 청색 플라스틱 파일을 꺼내다 박송봉에서 건넸다. "이걸 한번 보시라요."

별생각 없이 파일을 받아 든 박송봉이 겉장을 열어 본 순간, 뜻밖의 인쇄물에 눈꺼풀이 크게 움직였다. 영문으로 된 강현교의 논문 복사본이었다. 제목은 〈핵융합-분열 혼성원자로—그 개발의 전망과 무기화 가능성〉. 원문 다음에는 그 내용을 우리말로 요약 설명한 A4용지 두 장이 첨부되어 있고, 맨 끝에는 강현교와 서석순 교수의 타이핑된 이력서(각각 한 장)가 호치키스로 철해져 있었다. 우측 상단에 안면 윤곽이 뚜렷한 명함판 복사 사진이 붙은 채.

"나도 읽어본 논문이구먼요."

박송봉은 예사롭게 말했으나, 이런 서류가 그의 책상까지 올라간 데 대해 내심 뜨악한 기분이 들었다.

핵융합-분열 혼성원자로!

사실, '북한 핵의 아버지'로 불리는 박송봉으로서도 얼마 전《네이처》에 발표된 강현교의 논문을 접하고서야 알게 된 새로운 핵개발 기술이었다. 쉽게 말해 혼성원자로는 핵분열에 의해 사용된 연료를, 핵융합으로 발생한 중성자를 이용하여 재처리하는 원자로로서, 그 기술 개발에 따라—요컨대 마음먹기에 따라선— 강화형 핵폭탄이나 수소폭탄 제조도 가능한 것이었다.

"부부장 동지, 이 기술을 더 개발하면 수소폭탄도 만들 수 있다고 여기 설명되어 있는데 사실입네까?"

주강렬이 파일을 가리키며 톤을 높였다.

"리론상으론 가능합니다. 요는 실험에 필요한 시설과 실험 기간이 문제지요."

"그게 얼마나 됩네까?"

"시설비도 천문학적 숫자일 뿐 아니라, 실험 장치를 건설하고 안정적인 핵융합 기술을 개발하는 기간도 3,4십년은 좋이 소요될 겁니다."

"아니, 그렇게나 오래 말입네까?"

주강렬은 엄청 의외라는 듯 눈망울을 굴리더니 박송봉 쪽으로 상체를 기울이며 목소리를 낮추었다. "기래서 말인데, 이참에 강현교 그자를 우리 편으로 끌어들이는 게 어떻겠습네까?"

"예……!?"

박송봉의 등골이 섬뜩한 것은, 끌어들인다는 게 곧 '납치'임을 직감했기 때문이었다. 그의 눈이 휘둥그레지며 눈썹이 움찔거렸다.

"와 그리 놀라십네까?"

"놀라는 게 아니라……."

박송봉이 마음을 가누며 과학자답게 자신의 견해를 피력했다. "핵과학 분야라면 우리 공화국이 남조선보다 앞서 있습니다. 게다가 소련에서 유학한 그 분야(핵물리학, 플라스마 물리학 등)의 고급 인력 250여 명을 포함해 핵개발 연구 인력만도 2,3천 명에 이릅니다. 이런 상황에 굳이 남조선의 과학자를 끌어들일 필요가 있느냐는 겁니다. 더욱이 그는 서독 영주권까지 획득한 자입니다."

"하지만 기따윈 일없습네다. 우리 공화국이 수소폭탄 개발을 앞당기려면 핵과학자를 한 사람이라도 더 참여시켜야 합네다. 우리가 남조선과의 핵개발 경쟁에서 기선을 제압하고 미 제국주의와 당당히 상대하려면 그들과 같은 핵무기를 보유할 수밖에 없습네다. 스딸린을 돌이켜 보시라요. 부부장 동지도 잘 아시겠지만, 미국이 원자폭탄을 사용한 후에도 소련은 내폭장치를 만들지 못해서 쩔쩔매다가, 미국의 만하탄(맨해튼) 프로젝트에 참여했던 스파이 핵과학자로부터 원폭 개발 정보를 빼돌려 받은 덕분에 원폭을 완성하지 않았습네까. 또, 그러고 나서야 미국에 자신이 생긴 스딸린이 남조선 해방 전쟁을 하라고 했고 말입네다. 부부장 동지, 아시겠습네까? 이제는 핵무기의 힘입네다, 핵무기!"

주강렬은 혼자 신이 난 듯 기염을 토했다. 그러나 박송봉은 이미 다 알고 있는 사실을 자기 과시인 양 늘어놓는 것을 시쁘게 여기며 듣고만 있었다. '공자 앞에서 문자를 쓰고 있구먼!'

그런데 다음 화두가 그의 청각신경을 곤두세웠다.

"강현교 그자 문제는 우리가 알아서 할 것이고……."

주강렬은 뜸을 들이듯 상대를 잠깐 쳐다보다가 말끝을 달았다. "핵개발 얘기가 나왔으니 말인데, 부부장 동지도 압둘 칸 박사를 아시디요?"

"파키스탄의 핵물리학자 말입니까?"

"예, 그 '파키스탄 핵개발의 아버지'라는 학자! 그가 우리 공화국의 핵무기 제조를 도와주기로 했습네다."

"아니, 어떻게 그런 막중하고 어려운 일을……!"

박송봉은 놀라지 않을 수 없었다. 주강렬의 말이 사실이라면, 북한의 핵개발을 총괄하고 있는 그로서는 새로운 멘토를 얻은 거나 다를 바 없었다. 물론, 자신을 도외시한 채 이루어진 데 대해 자존심이 상하긴 했지만.

"기게 다 우리 공화국과 인민을 위해 애쓰시는 위대한 김일성 대원수님의 뛰어난 선견지명 아니겠습네까!"

"참으로 다행한 일입니다. 하지만 칸 박사가 쉽사리 핵개발 기술을 넘겨줄지에 대한 의문도 없잖습니다. 파키스탄 당국은 물론이고, 세계 제국주의들의 정보망도 워낙 물샐틈이 없어놔서."

"염려 마시라요, 부부장 동지. 벌써 우리 요원들이 그쪽 장성 출신 유력자를 통해 꼼짝 못하게 구워삶아 놨습네다. 거저 우리 과학자들이 칸 박사로부터 핵개발 기술을 넘겨받을 준비나 면밀히 해 놓으시라요."

사실상 그랬다. 나중에 밝혀진 사실이지만, 1990년대에 북한은 파키스탄의 퇴역 장성을 통해 압둘 카디르 칸 박사에게 3백만 달러를 전달하면서 핵폭탄의 설계도와 장비의 제공을 요구했다. 이에 칸 박사는 고농축 우라늄 프로그램에 사용되는 원심분리기, 유량계 등을 제공한 데 이어, 북한 기술자들에게 1급 비밀 시설인 원심분리기 공장을 견학시켜 줌과 동시에 기술 지도까지 해주었다. 게다가 그는 두 차례나 직접 북한을 방문하여 고농축 우라늄 핵무기 제조 기술과 장비를 건네주기도 했던 것이다. 북한 측에선 파키스탄에 장거리 로켓 기술을 제공하는 조건으로.

"아시갔디요, 부부장 동지? 남조선이 아무리 미제의 핵우산 속에 있다고 마음 놓고 있지만, 불원간 우리한테 꼼짝 못할 날이 올 겁네다. 하룻강아지처럼 철없이 굴었다간 하루아침에 남조선 전체가 불바다가 되고 말 테니 말입네다."

"칸 박사와 손을 잡게 된 건 우리로선 큰 영광입니다."

입 밖으로 나온 말은 그랬으나 박송봉의 기분은 마치 담배를 거꾸로 물고 불을 댕긴 듯 개운치 못하고 고약스러웠다. 북한의 핵개발 책임자로서, 칸 박사의 방북으로 인해 핵개발이 앞당겨질 수 있다는 건 더없이 다행스럽고 고무적인 일이었지만, 주강렬의 마지막 '불바다' 라는 말은 한 자연인 과학자의 가슴에 섬뜩함을 자아냈던 것이다.

63

그로부터 2주일 후, 군수공업부 제1부부장실에 북한의 핵심 과학자들(주로 핵 관련 학자 7,8명)이 모습을 드러냈다.

칸 박사의 방북을 며칠 앞두고, 방금 전 노동당과 국방위원회의 최고의 간부들과 함께 회동을 가진 후, 역할 분담에 대한 세부 사항을 논의하기 위해 과학자들만 별도로 모인 것이었다. 여기에는 박송봉을 위시하여 김일성종합대학 총장 박관오 박사, 얼마 전 영변물리대학 학장으로 부임한 이명하 박사, 그리고 평성 제2과학원(한국의 국방연구원에 해당) 미사일 전문가인 주규창도 자리를 함께하고 있었다. 이들은 장타원형 테이블 주위에 둘러앉았으나 하나같이 입을 다문 가운데 분위기가 자못 엄숙했다. 이윽고 테이블 상좌에 앉은 박송봉이 침묵을 깼다.

"이번 압둘 칸 박사의 방북은 우리 공화국의 핵개발을 앞당기는 데 절호의 기회가 될 것입니다. 영변 흑연 감속로로 추출하는 플루토늄 대신 고농축 우라늄으로 핵개발을 할 수 있게 되었으니 말입니다."

"그렇습네다. 이자 원심분리기를 확보하게 되었으니 핵시설에서 나오는 수증기도 관측되는 일 없이, 장기간 노출되지 않고 고농축 우라늄을 생산할 수 있을 테니까요. 앞으로 부부장 동지가 일을 훨씬 수월하게 추진할 수 있겠습네다."

테이블 좌측 중앙께에 앉은 오십대 중반의 김 박사란 자가 붙좇는 투로 말하자, 그의 맞은편에 앉은 이명하 박사가 응대했다.

"요는 칸 박사가 원심분리기를 몇 기나 주느냐가 문제지요, 안 그렇습니까, 박 총장님?"

"예, 원심분리기의 수량도 중요하지요. 하지만 거기엔 한계가 있고, 그보다도 원심분리기를 대량 제작하기 위한 알루미늄 튜브가 더 중요합니다. 그러니 부부장 동지는 칸 박사를 만나게 되면 그 점을 강조하셔야 합니다."

박송봉의 우측에 자리한 박관오 총장이 학자답게 차분히 말했다. 한데 그의 말에 응대한 사람은 박송봉이 아니라 미사일 전문가인 주규창이었다.

"총장님, 그거는 크게 염려 마시라요. 파키스탄 쪽에선 우리에게 장거리 로켓 기술을 건네주길 바라고 있으니끼니 흥정만 잘 하면 알루미늄 튜브를 최대한으로 받아낼 수 있을 겁네다. 그렇디요, 부부장 동지?"

"그렇습니다. 그건 주 원장의 말이 맞습니다. 밑지는 장사를 할 순 없지요. 차제에 우리 손으로 우라늄 농축에 필요한 가스 제조 공장을 건설해야 합니다. 이를 하루라도 앞당기기 위해선 전문 기술자가 많이 필요합니다. 그러므로 이번 칸 박사의 방문을 계기로 주요 대학과 연구 기관에서 핵심 과학자와 유망한 인재들을 파키스탄 현지에 파견해서 원심분리기 공장을 견학시키고, 필요하면 직접 기술 지도를 받도록 하세요. 인솔자로는 이명하 학장이 좋을 것 같습니다만, 여러분의 생각은 어떠신지?"

박송봉의 제의에 "좋습네다.", "잘 선택하셨습니다.", "제일 적임자지요." 하고 모두들 찬의를 표했고, 실내 분위기도 한결 화기로워지면서 서로 사담을 나누기도 했다.

그런 가운데 박관오 바로 옆자리에 앉은, 참석자 중 가장 연하(사십대 후반)로 보이는 안경잽이 입에서 느닷없는 화두가 튀어나왔다.

"박 총장님, 이번 《네이처》지에 실린 〈핵융합-분열 혼성원자로〉 논문을 보셨습니까?"

"아, 막스플랑크 연구소의 남조선 과학자가 발표한 것……, 이름이 강

뭐더라?"

"강현교입니다."

"그래, 강현교! 아직 약년이던데…… 대단히 뛰어난 리론이었소."

"그래서 말씀인데 총장님, 고농축 우라늄 제조 기술도 중요하지만, 저들의 핵융합 기술 개발을 보고만 있을 순 없잖습니까!"

좌중의 시선이 하나 둘 두 사람에게로 쏠리는 가운데, 김 박사란 자가 먼저 끼어들었다.

"백 박사, 나도 그 론문을 봤는데, 아직은 '페이퍼' 수준이오. 실제로 개발하려면 요원하오. 원폭 기술은 물론이고 핵융합 기술도 80년대부터 해온 우리가 남조선보다 앞서 있으니 염려 놓으시오. 안 그렇습네까, 박 총장?"

"현재로선 그렇긴 합니다만, 과학 기술이라는 게 언제 역전될지 모르는 거 아닙니까. 핵물리학자인 백 박사로서는 남다른 관심을 가질 수밖에 없지요. 그 충정을 김 박사가 헤아려 주세요."

같은 핵물리학 전공자인 박관오 총장은 후배뻘 되는 백 박사의 말에 공감이 갈뿐더러, 향후 원자력 분야의 중점 과제 중 하나로 '핵융합-분열 혼성원자로'를 선정해 연구하지 않으면 안된다고 생각했다.

그런데 바로 그때, 옆에서 듣고만 있던 박송봉이 말문을 열었다. "혼성원자로 얘기가 나와서 말인데……."

그는 옆에 앉은 사람들을 둘러보며 조금 톤을 낮추었다. "요전에 35호실에 갔었는데, 아마도 그 강현교를 우리 편으로 끌어들이려는 것 같았습니다."

"예에?"

"우리 편으로 끌어들이다니요?"

"이자 뭐라 했습네까?"

여럿의 입에서 한마디씩 튀어나오면서 일동은 대답을 기다렸다. 의외의 민감한 반응에 박송봉은 얼른 말을 잇지 못하고 좌중의 눈치를 살폈다. '내가 괜히 말을 꺼낸 건가?' 생각하는데, 도수 높은 안경을 쓴 백 박사가 눈을 곧추

뜨며 따지듯이 물었다.

"부부장 동지께서 직접 들으셨습니까? 대관절 그런 얘길 한 사람이 누굽니까?"

"누군 누구겠어요, 주강렬 총책 동지지. 강현교 그자의 이력까지 파악해 놓고 있었어요."

'주강렬'이란 한마디에 모두들 말대꾸를 하지 못했다. 노동당 중앙위원회의 직속 기구인 35호실의 기능과 위세를 너무나 잘 알고 있는 그들로서는, 주강렬의 지령하에 이루어지는 납치 공작이 비인도적인 만행인 만큼 그 중단을 주장하기는커녕, '우리 공화국에는 핵물리학과 플라스마 물리학을 비롯한 핵 개발 연구 인력이 수천 명이나 있고, 핵무기 개발도 이미 남조선을 앞질러 가고 있는데, 구태여 자칫 국제적 문제를 일으키기 십상인 납치극을 벌일 필요가 있습니까?'라는 건의조차 언감생심이 아닐 수 없었다. 어쩌면 개중엔 내심 이렇게 부르짖고 있을지도 모르리라.

'라이벌도 좋고 협력자도 좋지만, 각자 자유롭게 연구하는 과학자들 세계에서 도의적으로나 양심상 도저히 용납할 수 없는 처사다!'

'이제 곧 21세기로 접어드는 글로벌 시대에 흘러간 007 영화에서나 볼 수 있었던 만행을 저지르다니!'

특히, 유년기를 남한에서 보내고 청소년 시절을 일본에서 지내다 북송한 최연하의 백 박사는 '《1984》(조지 오웰의 작품)의 세계가 따로 없다!'라며 치욕감과 자괴감에 전율했다.

이렇듯 각자가 마음속으로 모놀로그만 할 뿐, 자기의 솔직한 소신을 피력하는 자는 아무도 없었다. 그도 그럴 것이, 어느 분야를 막론하고 요인들의 자택과 사무실, 연구실 등엔 도청 장치를 해 놓았을 뿐 아니라, 평상시의 측근도 언제 밀고자로 돌변할지 모르기 때문이었다. 오죽하면 '북한에서는 간부만 되면 측근이 없다.'고 말하겠는가.(미상불 그날 이후로 안경잽이 백 박사는 과학자들 회동에 단 한 번도 모습을 드러내지 않았다.)

그날 모임 마지막에 나온 말은 김 박사란 자의 이 한마디가 고작이었다.

"좌우당간 강현교란 자를 그냥 놔두면 우리 공화국에 위협적인 존재가 될 건 틀림없는 사실입네다. 남조선 사람 아닙네까?"

64

토요일 오후, 서석순 교수는 오랜만에 주말의 망중한을 틈내어 그동안 미뤄 놓았던 일간지를 뒤적이다가 한곳에서 손놀림을 멈췄다. 〈미국과 북한 간 제네바 기본합의서 체결〉이라는 표제가 그의 눈길을 끌었기 때문이었다. 아울러 '북한의 핵동결과 미국의 경수로 제공 맞교환' 이란 부제가 곁달려 있었고, 협상자인 미국측 대표 갈루치와 북한측 대표 강석주 제1부상의 악수 장면 사진도 게재되어 있었다.

서 교수는 천천히 합의문을 읽어 내려갔다. 골자인즉, 첫째는 북한이 영변의 플루토늄 생산을 동결하는 대가로 미국은 1천 MWe급 경수로 2기를 제공하며, 둘째는 합의 후 3개월 이내에 통신 및 금융거래 제한을 완화한다는 내용이었다. 그리고 기사 말미에는 미국의 클린턴 대통령이 한국 김영삼 대통령과의 통화에서 '북한이 합의를 어기면 단호히 응징할 것이다.' 란 언급도 실려 있었다.

'NPT(핵확산 금지조약)를 탈퇴하고 핵 위기를 조성하더니, 이렇게 끌고 가는구먼.'

그는 두세 번 고개를 가로저었다. '과연 여기서 끝날까? 갈루치(미국)가 순진한 건가, 어리석은 건가?'

모처럼의 망중한을 일시나마 맛보려던 서 교수는 예기치 못한 신문 기사에 신경이 쓰였다. 그런데 이러한 우려스러움은 얼마 후에 나타난 닥터 브라운에 의해 한층 고조되었다.

"마침 안 나가고 계셨군요. 전화를 하고 올까 했는데."

브라운은 서 교수의 맞은편 소파에 앉았다.

"닥터 브라운이야말로 오늘 같은 주말에 웬일이시오? 부부 동반 나들이라도 하지 않고."

그렇잖아도 심란해지려던 차에 동료 교수가 찾아온 것이 서 교수로선 짜장 반갑게 여겨졌다.

"안 그래도 아내와 함께 모임에 참석했다가 먼저 보내고 나 혼자 여기로 오는 길입니다."

브라운은 서 교수가 탁자 위에 펼쳐 놓은 신문을 반대쪽에서 거꾸로 바라보았다.

"그래 무슨 급한 용무라도 있나요?"

서 교수는 무덤덤하게 물었으나, 상대의 반문은 범상하지 않았다. "파키스탄의 압둘 카디르 칸 박사를 아시지요?"

"그 핵물리학자 말인가요?"

"예, '파키스탄 핵 개발의 아버지' 라 불리는 인물 말입니다."

"그 사람이 어쨌다는 거요?"

"그자가 노르트 코레아(북한)와 핵 커넥션을 맺었답니다. 북한이 파키스탄에 장거리 로켓 기술을 넘겨주는 대신, 원심분리기를 비롯한 각종 핵기술과 장비를 제공받기로 했다는 겁니다. 그러니까 엄연한 핵무기 밀거래지요."

"그걸 닥터 브라운이 어떻게……? 확실한 정봅니까?"

용수철처럼 곧추앉는 서 교수의 우려감이 흔들리는 목소리와 번득이는 눈빛에 묻어났다.

"소스는 칸의 부인인 것 같습니다. 그녀가 지금 독일에 살고 있잖습니까."

"그래서요?"

"그 미세스 칸이 한 클럽 모임에서 베를린 주재 북한 외교관 부인과 은밀히 나누는 얘기를 제 아내 친구(그녀의 남편은 독일 자연과학부 고위 관리였다.)가 흘려들었다지 뭡니까. 그래 아무래도 그 대화 내용이 저의 연구 분야와 관련된 듯 싶어, 오늘 모임 때 제 아내에게만 넌지시 귀띔해 주더랍니다. 물론 제 아내는 이 얘기를 심상하게 했습니다만, 저는 듣는 순간 범상찮은 일임을 직감했습니다. 특히 쥐트 코레아(남한) 입장에선 매우 심각하다는 걸 말입니다."

"역시 내 생각이 기우가 아니었군요. 북한의 '벼랑끝 외교'에 미국이 고스란히 말려든 거지요. 칸 부인 입에서 나온 정보가 사실이라면, 북한 정권은 겉으론 핵동결을 내세우면서 계획적으로 딴전을 벌이고 있었던 겁니다. 제네바 협의 싸인의 잉크도 채 마르기 전에 칸을 끌어들여 HEU(고농축 우라늄) 개발에 들어간 거지요. '눈 가리고 아웅' 식으로."

"그걸 방지하기 위해선 IAEA(국제 원자력 기구)로 하여금 북한에 대한 철저한 핵시설 사찰을 실시해야겠지요."

"다 소용없는 짓이에요. 우리나라 속담에 '열 사람이 한 놈의 도둑을 못 잡는다.'는 말이 있어요. 북한이 진정 핵무기 개발을 포기하지 않는 한 엘바라데이(IAEA 총장)가 아니라 엘바라데이 할아버지라 할지라도 북한이 숨겨 놓은 핵시설을 사찰하기가 어려울뿐더러 폐쇄 조치는 더욱 불가능합니다. IAEA가 북한 지리를 알면 얼마나 알겠어요. 폐쇄하기로 한 영변 원자로에서 이미 제조한 플루토늄도 문제려니와, 앞으로 만들어지는 원심분리기는 여러 곳에 분산 은닉할 수 있어 장기간 노출되지 않고 고농축 우라늄을 생산할 수 있으니까요."

"그럼 북한의 핵폭탄 제조는 시간문제 아닙니까?"

"그야 저들이 얼마나 많은 양의 플루토늄을 추출, 보관하고 있으며, 또 앞으로 우라늄 농축에 필요한 시설을 어느 정도 규모로 얼마만큼 신속히 건설하느냐에 달렸겠지요. 다만, 저들도 제네바 협의를 약속한 이상, 공공연히 핵물질을 만들진 못하겠지요. 십중팔구 두더지 작업—지하나 산악 터널을 이용한—을 전개할 겁니다."

"이 사실을 IAEA나 한국 정부에 알려야 하는 것 아닙니까?"

"가당찮은 말씀! 닥터 브라운은, 목표를 위해서라면 막무가내식으로 돌진하는 북한의 외교를 모를 겁니다. 엄연한 증거를 갖고 들이대도 '아니다' 라고 생떼를 쓰는 데 이골이 난 자들인데, 아무 물증 없이, 한낱 소문만 가지고 저들을 상대할 수 있다고 보세요? 어림없는 일입니다."

"그렇다면 방법은 하나! 남한에서 먼저 핵개발을 해서 기선을 잡는 겁니다. 제2차 세계대전 때 미국이 독일에 앞서 원폭을 만들어냈듯이 말입니다."

"그럴 수만 있다면 얼마나 좋겠습니까!"

"왜요? 닥터 빌헬름(서석순)이나 하인리크(현교)를 비롯하여 제2, 제3의 벤저민 리(이휘소) 같은 훌륭한 핵과학자들이 많이 있을 거 아닙니까?"

"핵과학자가 문제가 아닙니다. 핵무기 방위 체제상 우리 한국은 미국의 허락 없이는 단 1그램의 핵물질도 만들 수가 없답니다. 게다가 미사일마저도 사정거리 350킬로미터를 넘는 건 제조를 못하게 돼 있지요."

"아, 그렇습니까? 저로선 처음 듣는 얘기로군요!"

"그러니 북한 정권이 한반도 문제(특히 핵 관계)에서 아예 한국 정부를 제쳐둔 채 미국하고만 협상하려고 고집하는 거지요."

"그렇다고 한국 측에서 팔짱을 끼고 바라보고만 있을 순 없잖습니까?"

"그래서 답답한 겁니다."

"한국도 협상 테이블에 동석토록 하는 게 필요하겠지요. 미국도 그런 방향으로 이끌어가지 않겠습니까?"

"하지만 테이블에 같이 앉는다고 뭐가 달라지겠어요? 한낱 허수아비에 지나지 않는걸요. 한국전쟁 당시 정전협정 때도 우린 말 한마디 못하고 그저 들러리만 섰었지요. 얼마나 모멸스러운 일입니까!"

"제 생각으론 이를 극복하는 길은 자체적으로 '힘' 을 기르는 수밖에 없는 것 같군요. 안 그렇습니까?"

"자체적인 힘이요?"

"그렇습니다. 만일에 닥터 하인리크가 '핵융합-분열 혼성원자로' 개발을 성공했다는 사실이 세상에 발표되면 이제까지의 북 · 미 핵협상 국면은 하루

아침에 확 달라질 겁니다. 제 말을 이해하시겠지요?"

'강화형 핵폭탄이나 수소폭탄을 만들라? 이에는 이, 눈에는 눈이란 말인가?'

서석순 교수는 대답 대신 브라운을 향해 고개를 끄덕이며 자신의 생각을 강렬한 눈빛에 실어 보냈다.

이틀 뒤인 월요일.

낮에 서석순 교수에게서 연락을 받은 대로 현교는 퇴근 무렵에 교수의 연구실에 들렀다.

"다음 논문 준비는 예정대로 잘돼 가고 있겠지?"

서 교수는 여느 때와 달리 다소 사무적인 태도로 물으며 탁자 위 케이스의 담배를 꺼내 물었다.

"저번 닥터 브라운에게 말씀드렸습니다만, 이번 테마는 '핵융합로의 플라스마 성능의 효율화—온도의 극대화와 장시간의 지속적 운전(내부 벽면의 내구성)—에 대한 연구'로, 준비 작업이 수월치 않습니다."

"음……."

교수는 옆에 앉은 현교를 지그시 쳐다보면서 "그보다도……." 하고 잠시 뜸을 들이더니 운을 달았다. "아무래도, 아무리 생각해 봐도 말일세, 핵융합 발전보다는 핵융합을 이용한 무기화에 역점을 둬야 할 것 같네."

"네?"

현교는 서 교수의 뜻밖의 말에 상반신을 소스라뜨렸다.

"북한이 오래 전부터 소련으로부터 핵기술을 도입하는 줄은 알았지만, 최근 들어선 본격적으로 핵개발에 박차를 가하는 모양일세."

서 교수는 브라운에게서 들은 사실—압둘 카디르 칸 박사의 북한으로의 핵무기 제조 기술 제공 가능성을 시사하면서 그 심각성을 피력했다.

"압둘 칸이라면 1970년대 초 오스트리아의 게르노트 지페 박사에게서 '지폐형 원심분리기' 기술을 전수받은 사람 아닙니까?"

"그렇네. 그는 인도가 1974년에 핵실험에 성공하자, 파키스탄으로 돌아가 핵개발을 주도하지 않았나. 그런 그가 이제 와선 북한에까지 핵기술을 넘겨주고 있으니 보통 심각한 문제가 아니지 않은가!"

"플루토늄 대신 고농축 우라늄(HEU)으로 핵무기를 만들겠단 거로군요?"

"이른바 '우라늄농축 프로그램(UEP)' 개발이지. 겉으로는 영변 핵시설 가동 중단을 약속하면서, 암암리에 플루토늄보다 핵폭탄 제조와 은닉이 용이한 HEU를 개발하려는 속셈이지."

"정말 무서운 계획이군요!"

"핵무기를 자신들의 손으로 만들어냄으로써 대외적인 위상을 높이고 핵무기를 가진 군사적 대국임을 과시하려는 거겠지. 하지만 저들이 핵무기를 보유했을 경우, 남한의 한국인들로선 항상 핵폭탄을 머리에 이고 살아가는 형국이 되지 않겠나?"

"실로 생각만 해도 가공스럽고 끔찍한 일입니다."

"그래서 말인데, 우리 쪽에서 기선을 잡으면 어떻겠느냔 말일세."

"핵무기 개발을 말입니까?"

"고대 로마인들이 생활의 지혜로 삼았던 경구 중에 이런 말이 있네. '평화를 원하거든 전쟁을 준비하라.(Si Vis Paceum, Para Bellum.)' 좀 역설적이긴 하지만, 나는 이 말이 아직도 진리라고 믿고 싶네. 동서고금을 막론하고 질 줄 뻔히 알면서 싸움을 거는 바보는 없잖은가. 우리가 저들보다 핵 경쟁력이 우세하다는 걸 알면 섣불리 핵으로 우릴 위협할 순 없잖겠나. 따라서, 핵융합 발전 개발도 중요하지만 국가의 존망에 우선할 수는 없겠지. 튼튼한 안보 없이는 그런 뛰어난 연구도 결국 '죽 쒀서 개 주는' 꼴이 되고 말 테니까."

서 교수는 다시 권련에 불을 붙이며 말끝을 달았다. "그러니까 닥터 강, 이후로는 핵융합 실험 장치(핵융합로)보다 혼성 원자로, 즉 핵폭탄 개발에 역점을 두고 연구를 하도록 하게나."

"하지만 선생님, 설령 우리가 핵기술 개발을 한다 해도 우리 마음대로 핵폭탄을 제조할 수는 없는 게 아닌가요? 한 · 미 원자력 협정도 그렇고……."

"현실이야 그렇지. 그렇다고 마냥 손 놓고 있을 수만은 없잖은가. 방법을 모색해 봐야지. 우리의 연구가 본궤도에 이르면 본국 정부의 관계 요로와 긴밀한 협력하에 핵무기 생산에 만전을 기해야 하지 않겠나. 북한 핵에 대비한 안전장치로서 말일세. 언제까지고 미국의 핵우산 아래 안주할 수는 없는 것 아닌가. 미국이 아무리 우리 혈맹이지만 역시 한치 건너 두치일세."

"아아, 정말 북한이 핵을 보유하게 되는 겁니까? 이건 6 · 25와는 비교조차 할 수 없는 끔찍스러운 일이에요."

"그리 되면 우리 한국은 '고양이 앞에 쥐걸음'으로 북한에 끌려다닐 것이고, 언제든지 자기네가 필요할 때마다 핵을 협상용이 아니라 협박용으로 쓰겠지. 게다가 핵 보유국 행세를 하면서 미국과 맞장뜨려 하겠지. 교활한 기만전략으로 미국의 나이브한 외교진과 협상을 벌인답시고 시간만 질질 끌면서 자기들의 잇속은 다 챙기고……. 내 예측이 맞는다면, 이대로 가다간 아마 북한이 10년 안에 핵실험을 단행할걸세. 자네의 연구 과제에 대한 내 당부를 심사숙고해 보게나."

"네, 유념하겠습니다."

65

"미 제국주의와 그 추종 세력들이 우리 공화국을 털끝도 건드리지 못하게 하려면 핵무기를 보유하는 것뿐이야. 외국에 유학 중인 과학자들을 총동원해서라도 하루속히 핵폭탄을 만들라우요."

김일성이 사망한 후 '수령 독재 체제'를 더욱 강화해 온 김정일은, 1998년 9월 국방위원장에 취임한 첫날부터 제1부위원장과 위원들을 몰아세우며 '선군정치'의 기치 아래 '강성 대국' 건설을 역설했다.

그러더니 2000년 신년사에서는 〈로동신문〉을 통해 '위대한 당의 영도에 따라 강성 대국 건설에 결정적 전진을 이룩해 나가는 총진격의 해'로 규정하고, 사상 · 총대(무력) · 과학 기술을 강성 대국 건설의 3대 기둥으로 내세웠다. 이 3대 기둥 중 핵개발과 직결되는 '과학 기술'은 근간에 이르러 김정일이 더욱 역점을 두는 사안이었다. 향후 핵무기 보유는 대미 · 대남 전략상 더없는 카드로서, 북한의 '수령 절대주의 독재체제' 유지를 위한 최후 수단이라 치부하고 있기 때문이었다.

이러한 북한의 '나쁜 행동(비밀 핵개발)'을 아는지 모르는지, 한국의 김대중 대통령은 같은 해 3월 베를린 자유대학에서 〈독일 통일의 교훈과 한반도 문제〉라는 주제로 '한반도의 냉전 구조 해체와 항구적인 평화 및 남북 간 화해 · 협력을 위한' 이른바 '베를린 선언'을 발표하였다. 그리고 석 달 뒤인 6월, 김대중 대통령은 평양을 방문해 북한의 김정일 국방위원장을 만남으로써 역사적인 남북 정상회담이 이루어져, 통일 문제의 자주적 해결, 남측의 연합제와 북측의 낮은 단계의 연방제에 입각한 통일 지향, 남북 이산 가족 상봉, 경제 · 사회 · 문화를 비롯한 다방면의 교류 · 협력 등 4개 항으로 이루어진 '6 · 15 남북공동선언'이 발표되기에 이른다.

환한 웃음 속에서 두 정상이 포옹하는 모습이며, 대통령 내외가 화동으로부터 꽃다발을 받는 장면 등 화기애애한 영상들이 실시간으로 전 세계에 생중계되는 상황을 보면서 사람들은 한반도에 평화가 무르익는 듯한 느낌이 들었다. 특히 한국인들은 대통령이 평양에 도착하던 첫날의 제일성—"이번 방문으로 7천만 민족이 전쟁 공포에서 해방되었다."—을 떠올리며 한반도의 평화와 더불어 미구에 통일의 꿈도 이루어지나 보다라는 기대까지 불러일으키게 했다.

그 결과, 또 하나의 새로운 역사적 사건이 한국인을 놀라게 했다.—그해 10월 14일, 노르웨이 노벨 평화상위원회가 김대중 대통령을 노벨 평화상 수상자로 발표한 것이었다. 노벨위원회는 '한국과 동아시아의 민주화, 인권 신장을 위해 노력했으며, 특히 북한과의 평화와 화해를 위해 노력한 것' 을 높이 평가하여 상을 수여한다고 밝혔다.

그로부터 두 달 후인 12월 10일.

"와, 정말 멋지다! 이것 보세요, 어머니. 한국 대통령이 노벨 평화상을 수상하고 있어요."

좀 전부터 TV를 보고 있던 준호가 주방을 향해 소리를 질렀다.

"어디……?"

저녁을 준비하고 있던 인경이 에이프런에 손을 훔치며 거실로 나왔다. 마침 김대중 대통령과 베르겔 노벨위원회 위원장이 메달과 상장을 들고 포즈를 취하는 장면이 브라운관에 떠올랐다.

"이제야 한국 제1호 노벨상 수상자가 탄생하는구나!"

"한국인으론 처음 타는 노벨상인가요?"

"그렇단다. 전 분야를 통해서 처음이지."

두 모자는 교민들이 오슬로 시민들에 섞여 태극기를 손에 들고 환호하는 장면을 감격스레 바라보았다. 특히 인경의 마음속에는 선망과 더불어 한 가닥 아쉬움이 저도 모르게 은근히 피어올랐다. 근년에 이르러 남편 하인리크 강이 몇 차례 노벨 물리학상 수상자 후보 물망에 올라 왔기 때문이었다.

'머지않아 우리에게도 영광스러운 날이 찾아오겠지.'

내심 간절히 소망하는 어머니의 마음을 헤아리기라도 한 듯 아들이 한마디 했다. "언젠가는 아버지도 노벨 물리학상을 수상할 수 있겠지요?"

"희망을 갖고 기다려야지. 그리구 장차 너도."

"나까지요……?"

준호는 눈이 동그래지며 한 손으로 자기 가슴을 가리켜 보였다. 그는 올해 T대학 일학년으로 컴퓨터 공학 지망생이었다.

그 즈음, 연구소에서 퇴근을 반 시간쯤 앞두고 현교는 예상치 못한 뜻밖의 전화를 받았다.

"오랜만이오, 강현교 박사. 내 목소리 기억하겠소?"

송화자의 첫마디에 현교는 목소리의 주인공이 백용남임을 알아챘다. 그는 단도직입적으로 만나기를 청했다.

현교가 백용남과 통화를 하고 찾아간 곳은 시내 중심가에서 약간 벗어나 있는 조용하고 아담한 레스토랑이었다. 현교가 홀 안으로 들어서자, 창가 쪽 중간쯤에 앉아 있던 백용남이 일어서며 손을 번쩍 들었다. 현교는 잰걸음으로 다가갔고, 누가 먼저랄 것도 없이 서로 손을 뻗치고 맞잡았는데, 현교가 아픔을 느낄 정도로 상대는 악력을 가하며 힘차게 흔들었다.

"이게 얼마 만이오, 강형? 아니, 강 박사!"

밝게 웃으며 현교를 쳐다보는 백용남의 폼은 옛날과 다름없이 소탈스러웠다. 얼굴 모습도 턱 언저리에 살이 약간 붙은 것과 이마에 생긴 가느다란 몇 줄기 주름을 빼면 지난날과 달라진 게 없었다. 바뀐 것이 있다면, 정장에다 바바리코트까지 걸치고 있는 품이 성숙도와 세련미를 더해 주고 있다는 점이었다.

"그때가 60년대 말이었지요, 아마?"

이윽고 식탁에 마주 앉은 현교가 기억을 더듬자, 상대가 바로 말을 받았다.

"맞아요. 어느새 쓰리 데케이즈. 강산이 세 번 변한 거요. 물론 사람들도 많이 변했고. 강 박사처럼 아주 훌륭하게!"

"별 과찬의 말씀을."

"그렇지 않아요. 그동안엔 강 박사의 우수성을 학술지에서만 접했는데, 지지난 달 베를린 공대에서 열린 세미나에서 '핵융합 발전'에 대한 강 교수의 연구 발표를 청취하고 정말 감탄했어요."

"아, 선배님이 제 발표를 들으셨군요."

"내가 모처럼의 기회를 놓칠 수 있나요? 강 교수의 명성을 잘 알고 있었는데 말이오. 그날 선약만 없었으면 바로 만나보고 싶었지만, 뒷날로 미뤘던 거라오. 그래서 오늘 이렇게……."

"그러셨군요. 아무튼 고맙습니다. 그리고……."

현교는 잠시 뜸을 들인 후 말끝을 달았다. "그 옛날 본의 아니게 선배님을 곤경에 처할 뻔하게 했던 데 대해 진심으로 사죄합니다. 늦었지만 말입니다."

"아녜요, 별말씀을! 나도 그때 강 박사의 처지를 헤아리고도 남는다오. 당시는 그런 세상이었으니까. 그때 강 박사의 기민한 재치 덕분에 쇠고랑을 면하고 무사히 오늘의 여기까지 온 게 아니오."

백용남은 진정으로 관용을 베푸는 것 같았다.

"그렇게 생각해 주시니 정말 고맙습니다."

나름대로 일단 예를 갖추고 난 현교는 상대의 신분을 에둘러 물었다. "선배님은 지금 베를린에 계십니까?"

"그래요. 나 현재 여기 나가고 있어요."

그는 지갑에서 자신의 명함을 꺼내 현교에게 건넸다. 명함에는 '베를린 H대학 사회과학부 동양학과 교수'라는 직함이 새겨져 있었다.

현교는 "진심으로 축하합니다."라며 꾸벅했고, 상대는 "그게 강 박사 덕분 아니겠소?" 하며 미소지었다.

그때 웨이터가 비어칸즈를 들고 와선 맥주 잔을 식탁 위에 내려놓았다.

"자, 오늘은 먼저 축배부터 듭시다."

잔을 들어 올리며 권하는 백용남의 말에 현교는 약간 어리둥절했다. "……축배요? 무슨……?"

"대한민국 대통령이 그 영광의 노벨 평화상을 받은 날 아니오? 얼마나 감격스럽고 역사적인 날이오!"

"아, 오늘이 노벨상 시상식이 있는 날이었군요? 전 그것도 모르고…… 죄송스럽습니다."

현교는 다소 겸연쩍어하며 맥주 잔으로 손을 내밀었다. 사실, 그는 두어 달

전 노벨 과학상, 특히 물리학상 수상자가 발표되었을 때, 거기에 관한 기사는 관심을 기울이고 주의깊게 읽어 보았으나, 다른 분야는 별 관심이 없었다.

"나한테 죄송스러울 거야 있나요? 연구에 몰두하다 보면 그럴 수도 있지요. 자, 한잔 합시다."

둘은 잔을 들어 맞부딪고 한 모금 쭉 들이켰다. 그러곤 잔을 먼저 비운 백용남이 말을 이었다. "다음에는 강 박사가 노벨 물리학상을 받는 장면을 보고 싶소. 스톡홀름의 콘서트홀 수상식장에서 직접 말이오."

"선배님도 참, 그건 어디까지나 희망 사항이죠. 하기야 제 꿈이긴 합니다만."

"난 그 꿈이 앞당겨 실현되기를 바라는 것이오. 나도 힘이 될 수 있다면 강 박사를 돕고 싶소."

"선배님, 말씀만이라도 감사합니다."

둘은 주문한 요리가 식탁에 놓여졌는데도 포크 대신 잔으로 연신 손이 갔다.

"강의하랴, 연구하랴 물론 분망하겠지만, 우리 시간이 허용하는 범위 안에서 종종 만나는 기회를 갖는 게 어때요, 강 박사? 얼굴도 넓힐 겸……."

"좋아요, 선배님. 시간이야 만들면 되지 않겠습니까."

"그래서 말인데, 강 박사 혹시 우리 학교 물리학과 뮐러 교수를 아는지 몰라?"

"몇 년 전에 노벨 물리학상을 받은 프리드리히 뮐러 교수 말인가요?"

"맞아요, 그 사람."

"세미나에서 두어 번 인사한 적이 있어요. 선배님과 잘 아는 사입니까?"

"나하곤 꽤 교분이 오래된 사이요. 그런 인사에겐 얼굴을 익혀 두는 게 좋을 거요. 물리학계의 원로일 뿐 아니라 근래에 노벨상 추천위원으로 참여하기도 했다니까. 내가 언제 기회를 봐서 대화의 채널을 만들어 보리다."

백용남의 말은 한마디로 '눈도장'을 찍어 두라는 뜻이었는데, 그 같은 배려에 고마움을 느끼면서도 그리 내키지는 않았다.

"감사합니다. 선배님이 자리를 마련해 주시면 만나뵙도록 하지요."

"참, 듣자하니 서석순 교수님을 모시고 있다면서요?"

백용남이 마치 갑자기 생각난 듯 맥주 잔을 내려놓으며 물었다.

"네, 제 멘토십니다."

"아, 잘됐네요. 이왕이면 우리 모일 때 함께 만나봤으면 좋겠군요. 시간이 허락하신다면 말이에요."

"형편을 봐서 제가 한번 말씀드려 보지요."

"그래, 마음 좀 써 봐요. 우리 재독 학자들이 많지가 않아서, 앞으론 가급적 많은 사람들이 서로 만나 친목을 도모해 나가는 게 필요할 거예요."

백용남은 잔을 들어 목 안으로 쭉 넘기더니 곧바로 말을 이었다. "서 교수님은 독신이라 들었는데, 원래부터 싱글이었나요?"

전혀 예상 밖의 질문에 현교는 말문보다는 눈빛이 먼저 반응했다. '왜 그러시는 거죠?' 라는 듯. 하지만 그는 이내 말문을 떼었다.

"현재 선생님 혼자 지내시는 걸로 알고 있긴 합니다만, 처음부터 독신인지는 저도 모르겠습니다. 선생님 댁에 가 본 일도 없고. 한데 그건 왜 물으시는 겁니까?"

"왜냐구요?"

백용남은 남은 잔을 비우곤 웃음으로 받아넘겼다. "진짜 싱글이면 짝을 지어 드리려고요. 학문도 물론 중요하지만, 인간을 결합시키는 것도 보람 있는 일이잖아요?"

"제가 알기로 아마도 선생님은 평생을 학문과 결합하여 살아갈 겁니다."

"그럴까요? 어디 두고 봅시다……. 자, 이제 우리 민생고(식사)를 해결하면서 얘기합시다."

백용남은 양손에 포크와 나이프를 들며 현교에게도 권했다.

제17장 미인계

66

현교가 서석순 교수의 의사를 거듭 타진해 보고자 연구실을 찾아간 것은, 해가 바뀌고 겨울방학을 2주가량 앞둔 1월 중순 무렵이었다. 점심시간 후 백용남으로부터 '언제쯤 회동이 가능한가.'를 묻는 전화를 받은 것이다.

"선생님, 지난번 말씀드린 거 생각해 보셨어요? 베를린 H대 교수를 만나보는 거 말입니다."

"아, 그 뮐러 박사 말인가?"

서 교수는 백용남보다도 뮐러를 먼저 떠올렸다. 그럴 것이, 프리드리히 뮐러로 말하면 10여 년 전 서 교수 자신이 유력한 노벨 물리학상 후보였을 당시, 수상의 영예를 안은 주인공이었기 때문이다. 지금은 다 지난 일이지만, 한때의 라이벌이었다.

"뮐러 박사도 참석하는 자리라면 굳이 마다할 건 없겠지. 나나 강 교수가 초면도 아니고."

서 교수는 별 부담 없이 담담하게 응낙의 뜻을 표했다.

그래서 모임 약속은 어렵잖이 성사되었다. 회동 일시는 1월 마지막 토요일 오후 여섯 시, 장소는 베를린과 괴팅겐의 중간쯤 되는 라이프치히의 Z레스토랑이었다.

마침내 약속된 모임의 날이 왔다. 그런데 사실상 이날의 모임은 명분은 그럴싸했으나, 한 인간에겐 최후의 만찬이자 운명의 회동이었다.

그날 현교와 서 교수가 웨이터의 안내를 받아 홀 안으로 들어섰을 때, 미리

와 있던 백용남이 자리에서 일어나 다가오며 현교에 앞서 서 교수를 맞이했다.
"닥터 강을 통해서 서 박사님을 잘 알고 있습니다. 자, 우리 자리로 가시죠."

"고마운 일이군요. 참으로 반갑소."

서 교수는 백용남과 악수를 나누곤 그를 따라 현교와 함께 라운드테이블로 여남은 걸음 옮겼다.

"오, 닥터 서, 닥터 강, 어서 오시오. 정말 오랜만이오!"

만면에 웃음을 띠며 의자에서 성큼 일어나 손을 내민 사람은 백발의 뮐러 박사였다.

"이렇게 만나서 반갑습니다, 뮐러 박사!"

"저 역시 이런 데서 만나뵙게 되어 참으로 영광입니다."

서 교수와 현교는 차례로 뮐러 박사와 악수를 나누었다. 그때, 백용남이 "여기 제 이종매를 소개하겠습니다." 하며 테이블 가로 바짝 다가섰고, 동시에 뮐러 박사 옆자리에 마치 아프로디테 여신상처럼 앉아 있던 여인이 살며시 몸을 일으키더니 두 후래자를 향해 다소곳이 상반신을 숙였다. "처음 뵙겠습니다. 수잔 리라고 합니다."

"타국에서 우리 동포를 만나서 반갑군요."

서 교수의 답례와 동시에 두 과학자의 시선이 여인의 얼굴에 잠시 머문 건 그 미모가 범상치 않았기 때문이었다. 살짝 밖으로 굽이치며 어깨까지 흘러내린 머릿결로 에둘러진 계란형 얼굴 윤곽에 드러난 이목구비가 마치 조각을 해 놓은 듯 흠잡을 데가 없었다.

"다들 앉으시지요."

백용남이 서 교수와 현교의 표정을 읽으며 팔을 뻗쳐 자리를 권했다.

"우리도 앉읍시다, 수잔."

뮐러 박사의 '우리'라는 표현으로 보아 둘은 벌써 구면이거나 막역한 사이인 것 같았다.

"네, 박사님도."

수잔이 살짝 미소를 흘리며, 일어났을 때와 같이 살며시 앉았다. 동시에 원탁 맞은편에 자리한 현교와 일순 시선이 맞부딪쳤는데, 그녀의 살포시 짓는 미소와 그윽한 눈빛이 어딘지 낯설어 보이지 않았다.

"수잔 리도 베를린 H대에 나가십니까?"

의례적인 인사로써 서 교수는 그녀의 직업을 에둘러 물었다.

"아닙니다."

수잔이 고개를 저으며 대답하자, 곧바로 백용남이 뒷말을 이었다. "일본의 대표적인 전자산업체인 S상사의 베를린 지사에 근무하고 있어요. 저의 이모님이 재일 교포로서 도쿄에서 오래 생활하셨지요. 그리고 뮐러 박사님은 베를린 지사의 단골 고객이시고요. 마침 우리 동포들의 모임인 걸 아시고 뮐러 박사님이 에이코, 아니 수잔과 동행하게 된 겁니다."

그러고는 말미에, 일에 너무 열중하다 보니 그녀는 아직 '싱글'이라고 주석을 달았다. 서 교수에게 눈길을 주면서.

"아, 그래요. 아무튼 동포끼리 모임이니 잘됐습니다."

서 교수의 답례와 함께 인사로 통성명이 끝나고, 필스(맥주)에 이어 에셰조 그랑크뤼(와인) 등의 음료가 날라져 오면서 자연스레 분위기가 화기애애해졌고, 대담도 별 스스럼없이 오고 갔다.

"닥터 강의 핵융합 발전 연구는 꾸준히 진행되고 있지요?"

뮐러 박사의 일성에 나머지 사람들의 사담이 뚝 멎으며 시선이 문답자에게로 쏠렸다.

"네, 제 딴은 전력을 기울이고 있습니다. 서 박사님과 브라운 박사님의 지도하에 말입니다."

현교는 다소 긴장되는 느낌으로 신중하게 대답했다.

"대단히 훌륭한 연구요. 한데 지난번 《네이처》에 발표된 논문을 봤더니 테마가 '혼성원자로'로 바뀌었더구먼. 내 생각으론 핵무기 제조에 응용되는 혼성원자로보다는 순수한 핵융합 발전에 쓰일 핵융합로 연구에 시종일관하는 게 좋을 것 같은데. 앞서 발표했던 플라스마 성능의 극대화, 핵융합로 자체의 내구성 향상이나 단면 모양, 그리고 장시간 운전 기술의 개발 등에 대해서 말이오."

'내 새로운 의도를 꿰뚫어본 것인가!'

현교는 마치 커닝을 하다 선생에게 들킨 학생처럼 마음이 움찔했다. 이를 모를 리 없는 서 교수가 제자를 대변했다.

"그야 혼성원자로든 핵융합로든 핵융합 에너지 자체가 원래 양날의 칼 아닙니까? 평화적으로 이용하느냐, 살상 무기화하느냐는 결국 이용자의 손에 좌우되는 것이니까요. 아인슈타인 박사가 핵폭탄의 파괴력을 모르고 핵에너지를 개발했겠습니까?"

"그러니까 노파심에서 하는 소리지요. 핵으로 인한 재앙을 미연에 방지하려면 우리 핵과학자들부터 솔선해야 된다고……."

"뮐러 박사님!"

현교가 뮐러 박사의 말을 막았다. "뮐러 박사님은 제 논문의 혼성원자로 부분을 너무 과장해 보셨습니다. 저는 단지 북한이 이미 원자력 분야의 중점 과제로 수립, 연구 중인 혼성원자로가 강화형 핵폭탄이나 수소폭탄 제조로 이어질 수 있다는 일면을 서술했을 뿐, 저의 핵융합 에너지 이론은 어디까지나 평화적 이용(핵융합 전기 개발)에 목적을 두고 있습니다. 이 점만은 이 자리에서 분명히 밝혀 두고 싶습니다, 박사님!"

"알겠소. 기대해 보리다. 아무쪼록 획기적인 연구로 새 밀레니엄의 에너지 시대를 열기를 말이오."

그런데 그 말을 받은 것은 현교가 아니라 백용남이었다.

"잘하면 미구에 한국 최초의 노벨 물리학상 수상자가 탄생하게 되겠군요, 뮐러 박사님?"

좌중의 시선이 뮐러 박사에게 모아졌다.

"그야 업적이나 공헌이 결정하는 거지요. 세계적인 물리학 최고 공로자!"

그는 엄지손가락을 꼽아 보이며 진지하게 말했다.

"그 결정도 결국 사람이 하는 게 아니겠어요?"

옆에서 잠자코 듣고만 있던 수잔이 뜻밖에 말곁을 달았다. "가능하신 거라면 박사님께서 힘이 되어 주세요. 우리 한국을 위해서."

"허허, 내가 무슨 힘이 있다고."

멋쩍은 웃음을 짓는 뮐러 박사의 입가에 주름이 실룩거렸다.

마침 오르되브르가 날라져 오는 바람에 대화는 일단 그치고, 모두들 테이블로 몸을 바싹 다그었다. 뒤이어 수프가 끝나고 메인 요리가 나오기 시작할 때, 갑자기 현교의 휴대전화 시그널이 울렸다. 현교는 테이블에서 몇 걸음 떨어져 나와 폴더를 열었다. 송신자는 미카엘 신부였다.

"아녜스 수녀가 도착했어."라는 그의 제일성에 이어, 수녀가 새 부임지인 오스트리아 린츠로 가던 길에 프랑크푸르트 공항에 기착했는데, 열차로 환승하기 전에 네댓 시간의 여유가 있으니 만나볼 수 있겠느냐는 것이었다.

순간, 현교는 난감했다. 모처럼 마련된 첫 모임에서 중도에 빠져나가는 게 결례를 떠나 자신부터 내키지 않는 행동이기도 했거니와, 그렇다고 오랜만에 이루어지는 아녜스 수녀와의 상봉을 차후로 미룰 수도 없는 노릇이었기 때문이다. 하지만 선택은 하나. 오래 망설인다고 해결될 일도 아니었다. 그의 응답은 "여기 라이프치힌데 바로 프랑크푸르트로 출발하겠습니다."였다.

"여러분께 실례의 말씀을 드려야겠습니다."

테이블로 돌아온 현교는 정중히 인사를 하고, 예기치 못한 사적인 일로 급히 프랑크푸르트로 가 봐야겠다며 양해를 구했다.

모두들 섭섭함을 나타내면서도 "앞으로도 회동할 기회는 많을 테니 남은 사람들 신경 쓰지 말고 어서 가 보시라."는 말로 위안을 해 주었다.

"선생님, 즐거운 시간 보내십시오. 제가 모셔 드려야……."

현교가 서 교수에 대해 못내 송구스러워하자, 백용남이 얼른 말끝을 잘랐다. "염려 놓으세요, 닥터 강. 서 박사님은 우리가 편히 모셔 드리겠으니."

"감사합니다. 그럼 잘 부탁드립니다."

현교가 백용남을 향해 고개를 꾸벅이자, 수잔이 일순 그의 얼굴을 반짝이는 눈빛으로 바라보았고, 그녀 바로 왼쪽에 자리한 서 교수가 현교의 출발을 채근했다. "내 걱정은 말고 어서 가 보게나."

"그럼 월요일에 뵙겠습니다."

현교는 다시 한 번 인사를 하고 물러갔다.

이윽고 빌트, 슈바인학세 등 메인 요리가 잇달아 식탁에 올라오면서 입놀림이 활발해졌는데, 그중에 돋보인 것은 수잔이었다.

"이따 제가 괴팅겐까지 모셔다 드릴 테니 맘 놓고 드세요, 서 박사님."

그녀는 서 교수의 빈 잔에 와인을 따르며 곁눈질을 했고, 교수는 잔을 쥔 채 여인의 가지런한 아미 아래 눈가에 흐르는 미소를 황홀스레 감상했다.

"아니에요, 그렇게까지 폐를 끼칠 수야 없지요. 방향도 다른데. 나 혼자 열차로 얼마든지 갈 수 있어요."

"괜찮습니다, 서 박사님. 마침 저도 내일 오전에 카셀에서 볼일이 있어서 오늘 밤 그쪽으로 갈 예정이었어요. 폐라실 거 없어요."

수잔이 가볍게 고개를 저었고, 백용남도 그녀의 말을 거들었다. "그렇게 하시지요. 카셀이면 같은 방향 아닙니까. 가는 길에 서 박사님을 괴팅겐에 내려드리고 수잔은 그길로 곧장 카셀로 갈 수 있으니 안성맞춤이지요."

"서 박사, 오랫동안 연구실에서 찌든 머리를 오늘 밤 드라이브를 하면서 싹 클리닝하는 것도 정신위생상 나쁘지 않을 것 같군요. 허허허."

뮐러 박사마저 스스럼없이 베이스를 넣는 바람에 서 교수도 더 이상 사양할 수가 없었다.

"그럼 머릿속의 먼지를 씻어내는 셈 치고 이따가 어디 한번 신세를 질까요?"

"잘 생각하셨습니다, 박사님. 오늘은 모처럼 마련된 첫 모임이고 하니 마음껏 드시면서 즐기십시오. 자, 다 같이 브라보 합시다."

백용남의 구호에 따라 네 사람은 동시에 잔을 높이 들었다. 백용남은 잔을 기울이며, 앞으로 참석 인원이 늘어나면 이런 오붓한 분위기는 좀처럼 이루어지기 어려울 것이란 말까지 보탰다.

"그 인원이 얼마며, 어떤 사람들이오?"

서 교수의 목소리는 약간 흐트러져 있었다.

"아직 확정되지 않았습니다. 각 대학별로 지명도에 따라 체크 중인데, 명단이 확정되는 대로 보내 드리겠습니다."

"고마운 일이오. 정말 수고가 많겠소."

"뭘요, 누군가가 해야 할 일을 하는 것뿐이죠."

건배의 횟수가 늘면서 대화 무드도 무르익는 가운데 한순간 비상한 일이 벌어지고 있었다. 뮐러 박사가 '볼일'을 보기 위해 일어서자, 서 교수도 "제가 벗해 드리지요." 하며 뒤따라 일어서 자리를 비웠다.

그때, 수잔이 재빨리 핸드백에서 명함 반쪽만 한 비닐 봉지를 꺼내더니, 3분의 1쯤 남은 서 교수의 술잔에 백색 분말을 잽싸게 털어 넣고는 와인을 과반으로 채웠다.

"기회가 예상외로 일찍 왔군!"

테이블 맞은편에서 수잔의 동작을 지그시 주시하며 백용남이 가라앉은 목소리로 읊조리듯 말했다.

"하지만 상대는 과학자예요. 그것도 고희가 다 된."

수잔은 눈을 가늘게 흘겼다.

"그래서 이 동지 같은 팜므파탈의 역할이 중요한 거요. 남녀 관계엔 과학자도, 칠십대 도사도 한낱 수컷에 지나지 않아요. 이 동지도 아프로디테처럼 케스토스히마스(아프로디테가 매고 있는, 어떤 남성이든 유혹할 수 있는 '마법의 허리띠')의 위력을 발휘토록 하시오."

"시키는 일만 아니라 말까지 어렵군요."

"아무튼 하나에서 열까지 '주도면밀'! 이걸 명심……."

백용남이 말끝을 흐린 것은 화장실에 갔던 서 교수와 뮐러 박사의 말소리가 들렸기 때문이었다.

"……내가 가장 촉망하는 애제자니 뮐러 박사님이 각별히 관심을 가져 주십시오."

"말씀 유념하겠습니다."

두 노박사는 대화를 나누면서 돌아와선 제자리에 앉았다. 이 둘의 화두를 예의 귀 기울여 듣고 있던 수잔이 기회를 놓치지 않았다.

"아, 닥터 강에 대한 성원의 말씀이군요. 그런 뜻에서 우리 다 같이 닥터 강을 위해 건배를 들어요."

수잔의 제의에 따라 모두 잔을 들어 "다스 추트링겐(건배)"을 외친 후 입으로 가져갔다. 게다가 자기 잔 속의 변화를 모르는 서 교수는 절반 이상을 목구멍으로 흘려 넣곤 흔쾌한 듯 "당케, 당케."를 연발했다. 하지만 그의 잔을 예의 주시하는 백용남과 수잔의 날카로운 눈초리를 두 노박사는 눈곱만큼도 거니채지 못했다.

이 같은 음모의 씨를 배태한 회동이 끝난 시각은 밤 열 시 언저리. 백용남과 뮐러 박사는 열차편으로 베를린으로, 서석순 교수는 수잔이 타고 온 벤츠에 몸을 싣고 괴팅겐을 향해 출발했다. 운전자는 스포츠 머리의 삼십대 사나이였다.

그 무렵, 프랑크푸르트 중앙역 대합실. 미카엘 신부와 아녜스 수녀, 그리고 현교는 실로 오랜만에 감격스러운 재회의 기쁨을 나누고 있었다.

"나 때문에 모처럼 마련된 모임에서 빠져나오게 해서 어떡하지?"

현교에게서 오늘의 회동 취지를 들은 아녜스 수녀가 가느다란 은테 안경 속에서 자애로운 눈빛으로 미안함을 표했다. 이미 이순의 고개를 넘은 수녀의 얼굴엔 그 옛날의 풋풋한 윤기 대신 잔주름이 깔려 있었다.

"아닙니다, 수녀님. 그분들은 앞으로도 자주 만나게 될 텐데요 뭐. 그동안 안부도 제대로 못 드리고……. 신부님한테도."

"아니야. 인경일 통해서 간간이 소식을 듣고 있어. 강 박사의 명성도 잘 알고 있고."

아녜스 수녀는 현교의 손을 쓰다듬으며 정겨운 눈빛으로 바라보았다.

"시간 때문에 저희 집에 모시지도 못하고……. 새 임지에 가시면 짬을 내서 체인과 함께 수녀님을 찾아뵙겠습니다."

"그보다도 내가 이곳으로 오는 게 나을 거야. 거리상으로 가까운 데다 급행열차도 있으니 당일로 왔다 갈 만한 기회는 종종 생길 테니까."

"나는 아녜스 수녀님이 다음번 닥터 강과 만날 땐 독일이 아니라 스웨덴에서이길 바랍니다. 스톡홀름의 콘서트홀에서 말입니다."

미카엘 신부의 뜻밖의 발언에 아녜스 수녀는 영문을 몰라 잠시 벙벙했으나, 이내 말뜻을 헤아리곤 미소로 답했다. "네, 정말 그렇게 되었으면 얼마나 좋겠어요! 앞으로는 더 열심히 주님과 성모님께 기도를 드려야겠어요."

"감사합니다, 신부님, 수녀님!"

현교는 겉으론 인사성 밝은 대답을 하면서도 내심으로는 어깨가 한층 무거워짐을 느꼈다.

〈이제 곧 뷔르츠부르크, 뉘른베르크, 레겐스부르크, 파사우를 거쳐 빈으로 가는 고속열차가 출발하겠습니다…….〉

이윽고 린츠행 열차의 출발을 알리는 안내 방송이 흘러나왔다.

"신부님, 종종 전화드릴게요. 강 박사, 신부님의 소망이 이루어지도록 기도할게."

플랫폼에서 열차 계단으로 올라선 아녜스 수녀가 뒤돌아서서 한 손으로 난간을 잡은 채 살래살래 오른손을 흔들었다.

"이제 다시 이웃사촌이 됐으니 자주 연락합시다."

"고마워요, 수녀님. 격려 말씀 명심할게요."

플랫폼의 두 남자는 수녀에게 말하면서 마주 손을 흔들었고, NZ 특급열차는 서서히 레일을 미끄러져 갔다.

"오늘 저녁 모임을 주선한 게 백용남이란 사람이라 했나?"

현교가 P시행 기차표를 끊고 왔을 때, 미카엘 신부가 뜻밖의 질문을 했다.

"네, 신부님."

"베를린 H대 교수라고?"

"네, 동양사를 맡고 있대요. 같은 대학교 뮐러 명예교수님하고 절친한 사이더라고요."

"한국 속담에 '믿는 도끼에 발등 찍힌다.' 는 말 있지?"

미카엘 신부는 잠시 말을 끊었다가 진지한 어조로 다시 덧붙였다. "최근 슈타지(동독 비밀 첩보기관) 비밀문서가 공개되면서 알게 된 사실인데, 동·서독이 통일되기 전 동독의 슈타지에는 9만 5천 명의 정식 직원 외에, 동독에 17만여 명, 서독에 4만 5천여 명의 첩자가 암약했다는 거야. 그런데 내가 말하고자 하는 건, 당시 동독 사회에선 평소 흉허물 없이 얘기를 나누었던 친구나 동료, 심지어 남편이나 아내까지도 슈타지의 끄나풀이었다는 사실이야……. 사람을 아무나 믿지 말라구."

'혹시 백용남 교수를 경계하라는 말일까?'

현교의 뇌리엔 불현듯 30여 년 전 학생 시절 백용남으로 말미암아 서독 주재 한국 정보기관에 끌려가 곤욕을 치렀던 과거사가 떠올랐다.

"설마 세계 굴지의 학문의 전당에서까지 그런 불순하고 음험한 일이 일어날라구요."

"'설마가 사람 잡는다.' 는 말도 있잖나? 신분이 닥터 강쯤 되면 대인 관계에 신중을 기해야 한다는 거야, 내 말은."

"네, 신부님 말씀 명심하겠습니다."

현교는 표정을 밝히면서 손목시계를 보았다.

"열차 시간이 됐네요. 이제 아녜스 수녀님도 가까이 오시고 했으니, 저희가 한번 모시겠습니다. 신부님께서 날을 잡아 연락해 주세요."

"그래, 아녜스 수녀가 자리가 잡히면 상의해서 모임을 마련하도록 하지. 인경 씨와 그리고 준호 군까지 다 같이 말이야."

"좋아요! 연락 기다리겠습니다."

67

다음 주 월요일, 서석순 교수는 연구실에 출근하지 않았다. 아니, 안 한 것이 아니라 못했다는 게 맞으리라.

그가 어제(일요일) 자신의 아파트에 돌아온 것은 석양녘이었다.

"오늘 즐거웠어요."

그의 아파트 앞까지 동승시키고 온 수잔이 차에서 내리며 말했다.

"나 역시 즐거웠소."

외투를 팔에 걸치고 뒤따라 내린 서 교수가 응답했다.

"들어가세요. 또 연락할게요."

수잔이 손을 흔들어 보이며 차 안으로 몸을 숙이자, 서 교수도 선 채로 손을 마주 흔들었다. 곧이어 스무스하게 U턴을 한 벤츠 승용차는 살같이 시야에서 멀어져 갔고, 교수는 건물 입구로 걸음을 옮겼다.

그의 방은 3층에 있었다. 도어록의 비밀번호를 눌러 문 안으로 들어서자 차디찬 기운이 온몸을 휩쌌다.

그는 전등을 켜고 스팀을 틀었다. 그런 다음 전기 포트로 물을 끓이고 커피를 탄 후 소파로 가서 느긋이 기대앉았다. 탁자 위의 커피 잔에서 피어오르는 수증기와 함께 구수한 커피 향이 후각을 자극했다. 그는 잔을 들어 후후 불며 한 모금 마신 뒤, 담배 케이스에서 '세일럼' 한 개비를 집어 물고는 라이터를 켰다. 커피의 희부연 김과 담배의 보랏빛 연기가 서로 뒤섞이면서, 훈훈해지는 방 안의 공기 속으로 퍼져 갔다. 이 같은 기체의 혼합되는 모습을 무심중에 바라보면서 노교수의 마음엔 자성(自省)이랄까 회치(悔恥) 같은 잔물결이 일렁였다.

'도대체 어떻게 된 사연일까?'

먼저 그는 토요일 밤, 라이프치히 Z레스토랑을 생각해 보았다. 그러나 백용남과 뮐러 박사와 헤어지고, 괴팅겐으로 모셔다 드린다는 수잔의 차에 탄 것만 떠오를 뿐, 그 다음의 머릿속은 아무것도 없는 백필름이었다. 그리고 이어진 부분이 오늘 아침 신(scene)이었다.—자기는 하얀 포플린 가운을 두른 채 침대 위에 누워 있고, 저만치 경대 앞에선 방금 샤워실에서 나온 수잔이 연분홍 가운을 걸친 채 헤어드라이어로 머리를 손질하고 있었다.

눈을 뜬 서 교수는 머리맡을 살폈다. 자기 것 옆에 또 하나의 베개가 나란히 놓여 있고, 두세 가닥의 기다란 머리카락이 달려 있었다. 그리고 샤넬 향수 냄새도 풍겼다. '여기가 어디지?'

"편히 주무셨어요?"

수잔은 거울 앞에 선 채, 얼떨해하는 서 교수를 향해 미소를 지었다. "어서 샤워하세요. 어제 약속대로 아침식사 하고 시내 구경 해야지요."

'어제 약속……?'

자기가 지금 어디에 있는지조차 모르는 서 교수는 자신의 현 처지는 물론이고 수잔의 말에 얼떨떨하면서도 겉으론 태연스러움을 잃지 않으려고 마음 썼다.

"우리가 어딜 구경하기로 했더라?"

"하룻밤 새 잊으셨어요? 빌헬름스회헤 궁전이랑 그림 형제의 사적들을 둘러보자고 하시구선."

"아 참, 그랬지."

그제야 서 교수는 자기가 있는 곳이 카셀의 한 호텔임을 알아챘다.(그는 20년 전쯤 학교 동료 교수를 따라 그의 고향인 카셀을 방문한 적이 있었다.)

그는 얼른 몸을 일으켜 부랴부랴 샤워실로 들어가 대충 몸씻기를 마치고 옷을 챙겨 입었다.

"다 됐어요? 그럼 나가시죠."

서 교수가 외투까지 걸친 것을 본 수잔은 문을 열고 앞장서 나온 뒤, 미리 복도에 와서 기다리고 있던 마 기사에게 키를 건넸다. "나올 때 내 가방이랑 잘 챙겨 갖고 와요."

"예, 알겠습니다."

기사의 사무적인 대답을 등 뒤로 들으며 두 사람은 일층 식당으로 향했다.

"참으로 오랜만입니다."

"예전처럼 자주 이용해 주세요."

수잔과 서 교수가 식당에서 나와 프런트에 이르렀을 때, 호텔 지배인과 여직원이 친숙하게 인사를 했다. 서 교수를 흘긋 쳐다보면서.

"네, 앞으론 종종 들르게 될 거예요."

적이 거북스러워하는 서 교수와는 달리, 수잔은 주위의 시선엔 아랑곳없이 여유로운 웃음을 흘리며 로비의 출입문을 밀고 나왔다.

"왕래가 오랜 사이 같아 보이네요."

밖으로 나온 서 교수가 한마디 했다.

"네, 근년에 용남이 오빠의 알선으로 몇 번 투숙했었어요. 오빠가 대학 시절 이 호텔에서 아르바이트를 한 적이 있대요. 그래서 낯이 익은 셈이죠."

수잔은 천연덕스레 말했으나, 실은 공공연히 내세울 만큼 떳떳하거나 영광스러운 과거가 아니었다. 동베를린 사건 당시, 하노버에서 한국 정보원에게 검거되기 직전 현교의 도움으로 탈주에 성공한 백용남은 한동안 베저 강 연안의 한적한 숲의 도시인 한뮌덴에 은거한 적이 있는데, 그때 그는 가까운 카셀의 R호텔 주방에서 허드렛일을 했었다.(나중에 알려진 바에 의하면, 당시 그곳 주방장은 동독 슈타지의 끄나풀이었다.)

"그런 히스토리가 있었군요."

서 교수는 수잔을 따라 현관 가까이 주차된 차 쪽으로 걸어갔다. 이를 본 마 기사가, 운전석에서 두 팔로 핸들을 안은 듯한 자세로 기다리고 있다가 얼른 차에서 내려 뒷문을 열었다.
"오늘 가이드는 저예요."
서 교수를 앞세워 차에 올라앉은 수잔이 고개를 돌려 눈웃음을 지어 보였다.
"잘됐군요, 이곳을 자주 왕래했다니."
서 교수는 건성으로 대답했다. 그로서는 그녀와의 이 같은 동행이 썩 내키지 않았으나, 이왕지사 마다할 처지도 못되었다.
"마 기사, 시내 중심가로 가요. 그쪽부터 먼저 구경하고 다시 이쪽의 궁전 공원으로 돌아오게."
"예, 알겠습니다."
대답과 동시에 기사는 R호텔 구내를 빠져나와 동쪽으로 차를 몰았다. 도착한 곳은 카셀 중심부의 중심이라 할 수 있는 프리드리히 광장이었다. 이 광장 주변에는 많은 박물관과 미술관이 있었는데, 두 사람은 프리데리치아눔 미술관(유럽에서 가장 오래된 미술관으로 알려져 있다.)과 자연과학 박물관을 관람했다.
"박사님, 여기 온 기념으로 저 동상 앞에서 사진 한 장 찍어요."
이윽고 박물관을 나오자 수잔이 서 교수의 팔짱을 끼고 주립 박물관 앞에 세워진 그림 형제의 입상 앞으로 끌고 갔다. 그러곤 따라오는 마 기사에게 소리쳤다.
"마 기사, 와서 한 컷 눌러 줘요. 멋있게."
"허허, 나 때문에 괜히 그림의 폼만 구기는 게 아닌지 모르겠군."
서 교수가 마지못한 척 포즈를 취하자, 마 기사는 카메라 앵글과 자신의 위치를 바꿔 가며 셔터를 눌러댔다.
그들은 주립 박물관에서 수백 미터 떨어진, 풀더 강 기슭의 카를스아우에 공원을 거닐었다. 그러나 이러한 산책이나 박물관 관람이 서 교수에겐 진정 즐거운 데이트가 못 되었다. 그저 초면의 한 미녀에 의해—밤중에 무슨 말을 어떻게 했는지는 모르지만— 하릴없이 끌려다니는 형국이었다.
이런 기분은 오후에도 다를 바가 없었다. 서 교수의 계산으로 다소 늦은 점심을 하고 난 그들은 예정대로 R호텔 부근의 빌헬름스회헤 궁전 공원으로 되돌아왔다. 여느 때 같았으면, 유럽 최대 규모를 자랑하는 '언덕 공원'의 곳곳에 뿜어지고 흘러내리는 분수와 폭포들의 경관이며, 궁전 안의 고전 미술관에 전시된 렘브란트, 루벤스, 반다이크 등의 걸작들을 접하면서 감탄할 만도 하련만, 노 교수는 아무런 감흥이 없었다.

'문제는 어젯밤이야!'

서 교수는 새로 담배에 불을 댕기고 한 모금 깊숙이 빨고는 머리를 쥐어짜보았다.

'밀로의 비너스……?'

그의 시선이 벽에 걸린 푸생의 '전쟁 신 아레스와 아프로디테의 밀화'와 마주치면서 한 가닥의 실마리가 아스라이 떠오르는 것 같았다.

—이때는 그가 차 뒷좌석에 수잔과 나란히 앉아 10여 분 간 달렸을 무렵으로, 가슴이 울렁이면서 수잔에게서 눈을 뗄 수가 없었다. 반듯한 이마에서부터 소담스러운 턱에 이르기까지, 그야말로 미의 극치를 동원하여 빚어낸 듯한 이목구비의 수려함도 그러려니와, 차 안의 에어컨 온기 때문에 스카프를 풀어 젖히면서 드러난 뽀얀 목줄기며 V라인 사이의 앙가슴이 노 물리학자를 뇌쇄하고 있었다.

서 교수는 커피를 블랙으로 타 마시고는 또 한 대의 담배를 집어 물었다. 그러고 다시 기억을 더듬었다. "박사님은 훌륭한 제자 분을 두셨더군요.", "머리만 좋은 게 아니라 인물도 준수해서, 과학자가 아니었으면 은막계로 나갔더라도 성공했을 것 같아요."라는 여자의 말에 "그 방면이라면 수잔 씨야말로 딱인 것 같은데."라고 대답했던 게 어렴풋이 머릿속을 스쳤다. 그리고 뒤이어 "정말 어디 하나 나무랄 데 없는 아름다움이오. '밀로의 비너스'가 따로 없는 것 같소." "호호호, 제가 팔등신 아프로디테라고요? 박사님은 농담도 잘 하시네." "농담 아니에요. 진정이오." 등의 대화를 나눈 것도 떠올랐다.

—이때 수잔은 눈가에 웃음을 흘리며 교태를 부렸는데, 무아지경인 노 교수의 눈엔 그 모습이 더욱 고혹적으로 비쳤다. 그는 더 이상 자제를 못하고 여자의 손을 살그머니 잡았다. 좀 전에 와인과 함께 체내로 흡수된 최음제의 효력이 혈관을 타고 온몸에 퍼지면서, 퇴행하던 말초신경이 생기를 회복하고 욕정을 불태우고 있었다. 여자는 그것을 예의 감지했다. 손의 맥박에서, 거친 숨소리에서, 그리고 안경 렌즈 속에서 이글거리는 눈빛으로.

잠시 말없이 교수를 응시하던 수잔은 이윽고 몸을 30도가량 돌리며 잡히지 않은 다른 쪽 손을 사내의 윗도리 속으로 넣어 가슴을 애무했다. 방망이질하는 심장의 고동이 여자의 손바닥을 타고 진동했다. 수잔은 이번엔 교수의 손바닥 땀에 젖은 자기 손을 살며시 빼어 올리곤 남자의 뺨이며 입술을 어루만졌다. 상대는 엉거주춤 여자의 어깨를 얼싸안았고, 동시에 여자는 남자의 목을 힘껏 그러안으며 입을 맞추었다. 노교수는 수동적인 자세로 여자에게 입술을 맡긴 채 거친 숨을 몰아쉬었다. 이런 야릇한 정사와는 아랑곳없이 메르세데스 벤츠는 시속 130킬로미터로 메르헨 가도를 질주하고 있었다.

"박사님, 오늘 밤 제 아레스(전쟁의 신)가 돼 보시겠어요?"

서 교수의 머리에 이 토막말이 되살아난 건 담배를 세 개비째 붙이고 벽의 그림을 줄곧 뚫어지게 보고 있을 때로, 그 뒤의 말도 고구마 줄기처럼 줄줄이 이어져 나왔다. "그러다 절름발이 대장장이(아프로디테의 남편 헤파이스토스)가 만든 '눈에 보이지 않는 그물' 에 걸리면 어떡하려구?" "제겐 헤파이스토스가 없잖아요?" "그렇던가? 허허."

이윽고 포옹에서 풀린 서 교수는 나직한 목소리로 응답했고, 수잔은 말없이 핸드백에서 손수건을 꺼내 교수의 목과 이마에 흐르는 땀을 찍어냈다. 그리고 앞좌석을 향해 "마 기사, 카셀로 가요. 좀 빨리." 하고 지시하는 듯한 소리를 노 교수는 비몽사몽간에 들을 수 있었다.

기사는 액셀러레이터를 힘껏 밟았고, 속도계의 바늘은 금방 130에서 150으로 휙 회전했다. 차가 카셀 시에 들어서자, 수잔이 교수에게 이곳에 와 보신

적이 있느냐, 그림 형제와 인연이 깊은 곳인 걸 아시느냐는 등 여러 질문을 했으나, 교수는 오래 전에 한 번 와 봤으며, 그림 형제가 소년 시절을 보낸 도시로 그들의 발자취가 많이 남아 있는 곳이라고 그렁성저렁성 대답했다. 사실, 괴팅겐에서 남서쪽으로 30여 킬로미터 떨어진 카셀은 독일 7대 가도의 하나인 '메르헨 가도'의 중심 도시로, 교통이 편리할 뿐 아니라, 그림 형제가 중 · 고등학교 시절을 보냈고 만년에 생애를 마친 곳으로, 이들 형제의 박물관을 비롯한 그의 사적이 많은 문화도시로도 알려져 있다.

"다 왔습니다."

기사가 차를 멈춘 곳은 시가 서부, 빌헬름스회헤 궁전 공원 인근에 자리한 R호텔 마당이었다. 건물이 숲으로 둘러싸여 있어 호텔이라기보다는 아늑한 저택 같은 느낌이 들었다.

"박사님, 내리세요."

기사가 차문을 열자, 수잔이 서 교수를 쳐다보며 다리를 비껴 먼저 내렸고, 그 뒤를 따라 교수가 엉거주춤 몸을 빼었다. 그러나 이미 의식이 몽롱해져서 자신의 처지를 분간할 수가 없었을 뿐 아니라, 몸도 제대로 가누지 못해 흐느적거렸다.

"박사님, 조금만 힘을 내세요. 들어가서 샤워하면 정신이 드실 거예요."

수잔이 교수의 한쪽 팔을 부축하고 호텔 안으로 들어서자, 카운터의 여직원이 "오랜만에 오셨군요, 수잔 씨!" 하고 반가워하며 서 교수를 일별했다.

"내가 이용하던 방 비었나요?"

서 교수를 로비 한쪽 소파에 앉혀 놓은 뒤 수잔이 여직원에게 물었다.

"아, 305호 말인가요? 예, 비어 있어요. 그 방 하나만 쓰실 건가요?"

"네."

짤막하게 대답하고 키를 받아 든 수잔은 여직원 앞에서 마 기사를 손짓해 불렀다. "차 트렁크에서 내 백을 올려다 줘요. 아 참, 그리구 그 안에 있는 내 카메라 셔터가 말을 잘 안 듣는데, 손 좀 봐 줘요. 난 박사님하고 음료수 한잔

하고 있을 테니."

수잔은 기사에게 키를 넘겨주고는, 자동판매기에서 캔 음료를 빼 들고 서 교수에게로 와서 마주 앉았다. "자, 오렌지주스예요. 시원하게 쭉 드세요."

그녀는 캔을 따서 앞으로 내밀고 자기 것도 땄다. 그러나 교수의 정신은 점점 더 가물가물해져 가고 있었다.

'내가 호텔 방엘 어떻게 들어갔지?'

서 교수가 벽 그림에서 시선을 돌리며 생각을 가다듬는 순간, 어렴풋하게나마 로비에 나타난 기사의 모습과 그의 한마디가 머릿속을 스쳐갔다. "카메라 셔터는 잘 고쳐 놓았습니다."

'그 다음은……?'

서 교수는 단속적으로 떠오르는 필름 조각들을 모아 결말까지 엮어 보려고 안간힘을 다했으나, 필름은 거기—마 기사의 나타남—가 끝이었다.

68

서 교수가 부지중에 허방다리에 빠졌음을 깨달은 것은 이튿날 오후가 되어서였다. 그가 아침에 출근을 위해 방을 막 나서려는데 휴대전화 벨이 울렸다. 자판의 수신 부호를 누르자, 한국어 발음이 어눌한 외국인 사내의 목소리가 응답했다.

"수잔 씨 위험하니까 빠리(빨리) 오십시오."

그러면서 송신자는 서 교수에게 카셀의 모처로 급히 와 달라고 했다.

전화를 끊고 난 서 교수는 난감했으나, 그렇다고 나 몰라라 할 수도 없었다. 그는 깊이 생각할 겨를도 없이 연구소는 뒤로하고 카셀 방향으로 차를 몰았다. 그가 도착한 곳은 카셀 시의 변두리에 위치한 허름한 모텔이었다.

차가 모텔 앞에 멎었을 때 먼저 서 교수를 맞은 자는 중년의 대머리인 아랍인이었다. 그리고 그 뒤에 서 있는 사내는 뜻밖에도 수잔의 운전 기사 마기태였다. 아랍인은 큰 눈망울을 굴리며 압둘 카셈이라고 자기소개를 했고, 마기태는 어색한 투로 "와 주셨군요."라며 고개를 까딱했다.

"수잔 씨가 어떻게 됐습니까?"

서 교수가 둘을 번갈아 보며 황급히 물었다.

"일단 구출은 되었으니까 안으로 들어가서 말을 합시다."

손으로 건물을 가리키며 앞장서는 카셈을 따라 서 교수와 마기태가 모텔 지하의 한 방으로 들어갔다. 폐업을 했는지 건물 안팎엔 인적이 없었다.

"어젯저녁 박사님을 모셔다 드리고 R호텔로 돌아가던 도중 갑자기 나타난 알카에다의 테러범들에게 납치되어 이곳으로 끌려왔지 뭡니까. 그들은 우리를 감금해 놓고 거액의 몸값을 요구했는데, 마침 카셈 씨(그는 카셈을 자기네 지점의 단골 고객이라고 했다.)와 연락이 닿아 그의 중재로 일단 풀려나긴 했습니다만……."

세 사람이 탁자 주위에 앉자마자 마기태가 당시 상황을 그럴듯하게 주워섬겼다.

"수잔 씨는 어디 있습니까?"

서 교수는 탁자 위에 널려 있는 빈 양주병과 술잔들을 훑던 눈길을 마기태에게로 돌렸다.

"실장님의 요구로 R호텔로 떠났습니다."

"우리 직원 한 명이 테러범들과 같이 갔으니까 일단은 걱정 마십시오. 다만……."

마기태의 말을 받은 카셈이 뜸을 들이며 벌레 씹은 표정을 지었다.

"다만, 어떻다는 겁니까?"

"저쪽에서 요구하는 몸값이 너무 엄청난 액수라서……. 수백, 수천도 아니고 5백만 달러나 되니까……."

"그래, 그걸 나더러 어쩌라는 겁니까?"

서 교수는 고성이 나오려는 걸 간신히 억제했다.

"실장님이 박사님께 연락해서 도움을 청해 보라고 했습니다."

마기태가 대응하자, 다시 카셈이 말을 이어 받곤 "그래서 말하는 건데, 박사님……." 하고 한쪽 눈을 찡그리며 서 교수의 눈치를 살폈다.

"그래, 뭡니까?"

"박사님의 '핵융합-분열 혼성원자로' 프로젝트를 넘겨주시는 게 어떻겠습니까?"

그는 이번엔 독일어를 구사했다.

"……?"

카셈의 뜬금없는 제안에 생벼락을 맞은 듯 어안이 벙벙한 가운데 서 교수는 본능적으로 상대의 정체를 의심했다. "지금 뭐라 했소?"

"말 그대로입니다. 수잔 씨의 몸과 박사님의 설계도를 교환하자는 것이지요. 박사님이 그만한 거액을 감당하기란 불가능할 테니 말입니다."

"도대체 당신은 누구요?"

서 교수는 단도직입적으로 쏘아붙였다.

"미스터 마가 말한 바와 같이 난 미디에이터(중재인)입니다. 중간에 서서 피랍자를 구제해 주고 테러범들의 요구도 들어주는…… 그러니까 브로커 또는 해결사라고나 할까요?"

카셈은 짐짓 능청 부리는 투로 말하며 서 교수를 빤히 쳐다보았다.

"한마디로 그건 터무니없는 요구요. 수잔 씨에겐 참으로 미안한 일이지만."

서 교수는 단호히 말했다. "그 프로젝트는 아직 초기 단계인 데다 나 혼자서 하는 일도 아닐뿐더러, 설령 완성 단계라 하더라도 결코 테러범들과의 흥정의 대상이 될 수 없는 것이오."

"실장님이 살해될지도 모르는데도 말입니까?"

마기태가 높은 언성으로 끼어들며 도끼눈으로 노려보았다. 수잔과 서 교수의 앞에서 순종하며 고분고분해 보이던 어제의 모습은 찾아볼 수 없었다. 서 교수는 은근히 두려움을 느끼면서도 침착성을 잃지 않고 분명한 태도를 유지하려 애썼다.

"좀 더 가능성 있는 액수로 협상을 해 보시지요. 분명히 말하지만 지금 제시한 그런 조건은 수락할 수 없어요. 아니, 불가능한 일……."

"협상 따윈 없어요!"

카셈이 서 교수의 말을 잘랐다. "그들은 인질의 몸값을 너무 잘 알고 있으니까요."

"그렇다면 나도 어쩔 수가 없어요. 수잔 씨에겐 안타까운 일이지만……."

서 교수는 자못 실망스러운 기색으로 몸을 일으켰다.

"실장님께 변고가 생길 시에 박사님이라고 무사할 줄 아십니까?"

마기태가 노골적으로 겁박을 가했고, 카셈이 말을 이었다. "잘 생각하시고 현명한 판단을 내리길 바랍니다. 24시간 여유를 드리지요. 연락 기다리겠습니다."

카셈은 패스포트에서 명함 한 장을 꺼내 서 교수에게 내밀었다.

혼란스러운 정신에다 납덩이같은 몸을 이끌고 집에 도착한 서 교수는 여느 때와 같이 우편함의 우편물을 꺼내 들고 자기 방으로 올라갔다. 늘 하던 대로 우편물을 탁자 위에 던져 놓은 그는, 눈에 익은 신문과 학술지들 가운데에서 낯선 에어메일 봉투 하나를 발견하곤 무심코 집어들었다. 겉봉에는 한글로 〈서석순 박사 귀하〉라는 수신인만 타이핑되어 있을 뿐, 발신인도 없고 스탬프도 찍혀 있지 않았다.

'이게 뭐지……?'

덜컥 의아심이 들며 겉봉을 뜯어낸 순간, 서 교수는 아연실색하지 않을 수 없었다. 내용물이란 게 자신과 수잔이 함께 찍힌 전라 사진이 아닌가! 한 장은 베드신, 다른 한 장은 포옹 속에서 행하는 키스 신, 그리고 나머지 하나는 마네의 '풀밭 위에서의 식사' 처럼 둘이 침대 위에 나란히 다정하게 앉아 있는 모습이었다. 또한 이들 사진 외에 메모지 한 장이 들어 있었는데, 〈만에 하나 우리의 요구를 타인이나 수사 기관에 알리는 날엔 동봉한 것과 같은 사진들을 만천하에 공개할 것이니 그 점 각별히 유의하시오.〉라는 협박성 경고였다.

"이건 완전히 함정이다!"

서 교수는 미친 듯이 부르짖으며 소파 위로 고목처럼 쓰러졌다. 눈앞이 캄캄했다. 일찍이 SF나 007시리즈 영상물을 통하여 다양한 미인계의 유형을 보긴 했지만, 이렇듯 악질적인 수법도 처음이려니와 그 주인공이 바로 '자신'이 될 줄은 신인들 점쳤겠는가! 연유야 어찌 됐건 이런 해괴망측한 덫에 걸려들다니, 서 교수로선 일생일대의 실수가 아닐 수 없었다. 하지만 그렇다고 마냥 넋을 놓고 있을 수만은 없는 노릇. 뭔가 수습책을 강구해야 했다.

그는 반사적으로 탁자 위의 전화기를 앞쪽으로 끌어당겨 현교의 전화번호를 눌렀다. 상대가 수화기를 들자마자 던진 첫 질문은 "별일 없는가?"였다.

"네, 선생님. 별일 없어요. 안 그래도 뮐러 박사님이 지적한 논문 검토 문제로 선생님 방에 두어 차례 갔었어요. 근데 선생님, 무슨 일 있으세요?"

"아닐세. 그저 내 사적인 일로……."

그는 말끝을 흐리더니, 혹시 엊그제 토요일 저녁 모였던 사람들 중 아무한테서라도 전화를 받은 일이 없느냐고 물어보았다. '아무'라는 대명사는 곧 '수잔'을 지칭한 것이었다.

"아무한테서도 못 받았는데요. 왜요, 선생님?"

현교는 그다지 대수롭지 않은 투로 반문했다.

"아니, 혹시나 해서."

그러고는, 만일 그들이나 '수상쩍은 사람'한테서 전화를 받거든 곧바로 자기에게 연락해 달라고 당부했다. 그리고 개인적인 일로 하루 이틀 연구실에 못 나갈 것이라고 첨언하곤 수화기를 놓았다.

'그나마 다행이군!'

서 교수는 적어도 아직은 현교에겐 마수가 뻗쳐 오지 않은 데에 안도하면서, 별안간 수잔이란 여인의 정체에 대한 강한 의혹과 함께 가증맞은 분기가 치솟아올랐다. 그는 괜한 짓거리라는 걸 짐작하면서도 양복 윗주머니에서 그녀의 명함을 꺼내 통화를 시도해 보았다. 그러나 미상불, 예견대로 수신자 쪽 응답은 "그런 사람 없습니다."였다.

'역시 한낱 미끼에 지나지 않았군? 나를 덫으로 끌어들이기 위한…….'

서 교수는 자신이 미증유의 험악한 허방다리에 빠졌음을 다시금 확인하고 몸서리를 쳤다. 그의 수잔에 대한 의혹은 곧바로 백용남에게 옮겨지면서 불현듯 현교의 신변이 불안스러웠다. 동시에 애당초 자신들이 그들과 자리를 같이했다는 게 몹시나 사위스럽게 느껴져 견딜 수가 없었다.

'어쨌든 닥터 강에게 불똥이 튀는 것부터 막아야 한다!'

서 교수는 그날 밤을 거의 뜬눈으로 새었다. 그리하여 궁리해낸 것이 '지연작전' 이었다. 일단 발등의 불부터 꺼 놓고 보는 게 상책일 것 같았다.

그가 마음을 가다듬고 전화를 걸었을 때, 카셈은 연락을 긴절히 기다리고 있었던 듯 전화를 받기가 무섭게 곧바로 부하(아랍인)를 시켜 차를 보내왔다. 서 교수가 안내된 곳은 카셀 인근 도시인 한뮌덴 시 동쪽 끝자락, 베저 강 기슭의 성벽 가까이 있는 목조 건물이었다.

"어서 오십시오, 박사님!"

미리 와 있던 카셈이 구레나룻을 씰룩거리며 손을 내밀었고, 서 교수는 마지못해 맞잡았다. 둘은 이내 건물 안으로 들어갔다. 방 안은 외관과는 달리 탁자며 소파 등이 비교적 깨끗이 정돈되어 있었다.

"닥터 빌헬름이 도착하셨습니다, 캡틴."

벽면 중앙의 책상 앞에 앉아 있는 동양인을 향해 카셈이 보고하듯 말하자, 그가 고개를 똑바로 들어 서 교수를 뚫어지게 노려보았다. 나이는 마기태보다 열 살가량 위로 보였으나, 번득이는 눈초리가 날카로움을 한결 두드러져 보이게 했다.

"잘 오셨습니다. 기다리고 있있소."

캡틴은 의자에서 몸을 일으켜 방 가운데로 걸음을 옮기며, 서 박사에게 "앉으세요." 하고는 자신이 먼저 윗자리 소파에 앉았다. 서 교수와 카셈도 테이블 양쪽 소파에 서로 마주 보고 앉았다.

"그래, 결정을 하셨습니까?"

카셈이 먼저 입을 열었다.

"예."

"설계도를 넘겨주시는 겁니까?"

"헌데, 아무래도……."

"아무래도……? 무슨 말입니까?"

"시간이 좀 필요합니다. 아직 완성된 게 아니라서 말입니다."

순간, 캡틴이란 자의 눈에서 불꽃이 이는 듯했고, 이를 의식한 카셈이 즉각적으로 물었다.

"얼마나 걸릴까요?"

"앞으로 1, 2개월, 서둘러도 6, 7주는 필요합니다."

"발표되기론 이미 완성된 것으로 돼 있는데도 말입니까?"

캡틴이 매의 눈으로 서 박사를 노려보았다.

"그렇지가 않습니다."

서 박사는 짐짓 담담한 표정으로 말을 이었다. "논문에는 그러니까 이론적으론 다 완성된 것처럼 발표되지만, 실제로는 재검토와 수정 · 보완이 필요한 부분이 적잖습니다. 그 점을 헤아려 주셔야 합니다."

그러나 상대의 반응은 생뚱맞았다.

"박사님, 보내 드린 사진을 보셨지요? 털끝만큼이라도 허튼수작을 부렸다간 그 몇 배의 수모와 낭패를 당할지 모릅니다."

겁박을 서슴지 않는 캡틴의 무겁게 가라앉은 언성에서 관서 지방 특유의 억양이 묻어나왔다.

'이제 서서히 저들의 정체가 드러나는구나!'

'사진' 이라는 말에 서 박사는 한순간 수치심과 모멸감이 왈칵 치밀었으나, 가까스로 억제하며 내심 스스로에게 다짐했다. '결단코 저들의 요구를 받아들여선 안된다!'

그러면서 점잔스레 한마디 내뱉었다. "과학에는 왕도가 없다는 걸 아셔야지요. 도청 장치나 몰래카메라 설치하듯 간단한 게 아닙니다."

그는 캡틴을 일별하곤 짐짓 카셈 쪽을 향해 "준비가 되는 대로 연락하지요, 카셈 씨." 하며 자리에서 일어섰다.

제18장 서석순 교수의 결단

69

'선생님, 설계도가 완성됐습니다.'

'음, 됐네!'

'이제 어떡하실 겁니까?'

'저들에게 넘겨줘야지.'

'안됩니다!'

'이게 내 생명보다도 중요하단 말인가?'

'선생님의 생명도 중요하지만 그보다도 대한민국의 국운이 더 중요합니다.'

'그건 말이 안돼! 이리 주게.'

'절대로 안됩니다, 선생님!'

'달라니까!'

서 박사는 악을 쓰며 현교로부터 억지로 설계도를 움켜잡다가 꿈속에서 깨어났다. 옆자리의 중년 부인이 놀란 눈빛으로 그를 바라보았다.

"아, 죄송합니다. 제가 꿈을 꿨나 봅니다."

박사는 겸연쩍어하며 고개를 꾸벅했다.

"아녜요, 괜찮아요."

부인은 이해한다는 듯 빙긋이 웃었다.

IRE 열차는 괴팅겐의 중앙역에 다다르고 있었다. 이마의 식은땀을 손등으로 훔치며 내릴 준비를 하는 서 박사는 이제 새로운 고민을 하지 않을 수 없었다.

'이번 일을 닥터 강에게 어떻게 알려야 할 것인가? 아니, 알리지 않고 나 혼자서 처리해 버릴 순 없을까……? 하지만, 내 선에서 만족스러운 성과를 얻지 못할 경우, 필시 저들은 닥터 강에게로 검은손을 뻗쳐 올 것이다. 그리 되면 문제는 더욱 위험스럽고 복잡해진다. 모든 건 내 선에서 종결되어야 한다. 그렇더라도 닥터 강 역시 이에 대한 내막만은 알고 있지 않으면 안된다.'

역사에서 나온 서 박사는 택시 정류장으로 재빨리 발걸음을 옮기더니, 주위를 유심히 살핀 후 얼른 택시에 몸을 싣곤 연구소로 향했다. 하지만 차가 목적지에 가까워지자 박사는 갑자기 행선지를 바꿨다. "미안하지만 윤데 쪽으로 갑시다."

현교가 카페에 나타난 것은 저녁 여섯 시 조금 지나서였다. 두 사람이 막스 플랑크 연구소에 입소한 후 두어 번 같이 왔던 곳이라 현교는 쉽게 찾아올 수 있었다.

"아니, 선생님……!"

탁자를 사이에 두고 마주 앉은 현교는 반색 대신 놀라움을 드러냈다. 며칠 전과는 몰라보게 얼굴이 핼쑥하고 초췌해 보였기 때문이었다.

"그간 무슨 일이 있었나요?"

현교는 서 교수의 안경 속의 퀭한 눈을 걱정스러운 눈빛으로 바라보았다. "그러지 않아도 그날 저녁 제가 선생님을 모시고 오지 못하여 마음에 걸렸는데……."

"그럴 거 없네. 여기 이렇게 멀쩡히 있잖은가. 그보다도 우선 목이나 축이고 얘기를 함세."

서 교수는 현교의 화두를 비켜 가며, 웨이터가 가져온 코냑을 두 잔에다 따랐다. "자, 들게나. 자네와 단둘이 대작하는 게 꽤 오랜만인 것 같군."

현교는 한 모금을 목으로 넘겼으나, 교수는 단숨에 잔을 비웠다.

'왜 저러시지?'

여느 때와 다른 교수의 음주 태도를 이상스레 여기며 현교는 에둘러 물었다. "그날 밤, 다음 모임 얘기가 잘 안됐나요?"

"다음 모임……?"

서 교수는 냉소적인 말투로 반문하며 경계의 눈빛으로 주위를 살폈다. "그 후로 그들로부터 무슨 연락이 없었나?"

"아뇨, 오늘까지 아무한테서도 없었는데요. 왜 그러세요, 선생님?"

현교는 들었던 잔을 놓으며 서 교수의 표정을 읽었다.

"앞으론 그들과는 일절 상종하지 말게나! 면담이든 회동이든!"

"그들과 무슨 언짢은 일이라도……?"

"스파이……!"

교수는 현교의 말을 자르며 빈 잔에다 술을 부었다.

"북한 공작원의 끄나풀들이야!"

"네?"

현교는 어안이 벙벙하여 벌린 입을 다물지 못했다. "뮐러 박사도요?"

"거기까진 아직……."

교수는 거푸 자작자음을 하고는 경고조로 부언했다. "그러니 차후로 만에 하나 제3, 제4의 외국계 인물이 접선을 해 오더라도 일언지하에 단호히 뿌리쳐야 하네. 무엇보다도 닥터 강의 신변에 각별히 신경을 써야 할 거야."

"선생님은 괜찮으시겠어요?"

현교의 물음에 서 교수는 대답 대신 잔을 입으로 가져갔다.

"사실을 관계 당국에 알리는 게 어떻겠어요? 우선 한국 대사관에라도?"

"좀 더 두고 보세."

서 교수 역시 현교와 같은 생각을 안 해 본 것은 아니나, 그럴 경우 저들이 저지를 제2, 제3의 해코지와 음모가 몸서리치리만큼 두려웠던 것이다. 뿐만 아니라, 조사 과정에서 자신이 R호텔까지 가게 된 경위와 더불어 나체 사진의 공개도 면할 수 없는 노릇이고 보면, 지금 이 순간에도 서 교수는 현교 앞에서 얼굴이 달아오름을 어쩌지 못했다.

"닥터 강!"

교수는 마음의 괴로움을 알코올의 기운으로 가누려는 듯 단숨에 잔을 비우고 현교를 똑바로 바라보았다. "앞으로 나에 대한 어떤 불미스러운 기사나 추문이 나더라도 자네만은 나의 결백을 믿어 주기 바라네."

"대체 무슨 일인데요, 선생님?"

현교가 정색하고 물었다.

"아마 불원간 지상이나 입소문을 통하여 알게 될 거야. 요행히 표출되지 않고 넘어간다면 언젠가 내 입으로 그 전말을 털어놓을 날이 있을걸세. 내가 이런 말을 하는 건, 설령 그런 상황이 오더라도 닥터 강은 내 일에 괘념치 말고, 추호의 흔들림도 없이 오직 자신의 목표만을 향해 일로매진해 주길 당부하는 뜻에서일세."

점잖다 못해 근엄하기까지 한 서 교수의 말투는 현교에겐 마치 일종의 유언처럼 들렸다.

그 무렵, 베를린 주재 북한 대사관.

대사실 옆방에 세 사나이가 원탁 둘레에 정좌(鼎坐)해 머리를 맞대 숙의하고 있었다.

"필경 시간을 벌려는 수작일 거이야. 다시 불러내어 닦달해 보라우, 계(桂) 동무."

셋 중 연장자로 보이는 주걱턱의 사내가 왼쪽을 보며 말했는데, 이 계 동무는 카셈이 서 박사 앞에서 '캡틴'이라 호칭했던 자였다.

"하지만 너무 쎄게 나가다간……."

계가 마뜩잖아하며 "만에 하나 상대가 생각을 돌려먹는 날엔 목적이 틀어질 수도 있소."라고 했다.

"돌려먹다니, 어드렇게 말이가?"

주걱턱이 목청을 돋우었다.

"무턱대고 궁지로 몰아넣을 경우, 사진 공개로 인한 체면이구 뭐구 다 팽개치고 수사 기관에 진상 조사를 호소할 수도 있다 이 말이오. 그자의 신분이 신분인 만큼, 사건의 전말이 까발려지는 날엔 우리에게도 득될 게 없단 말이오."

"이거야 원, 구더기 무서워 장 못 담그겠다는 거 아니가!"

주걱턱이 이맛살을 찌푸렸다.

그때 소리없이 출입문이 열리더니 한 사나이가 들어왔다. 그는 말쑥한 정장 차림에 검은 뿔테 안경을 끼고 있었다. 앉아 있던 세 사람이 동시에 일어섰고, 주걱턱이 그를 맞았다. "어서 오시라요, 참사관 동지."

"역시 동무들도 상대가 녹록지 않은 모양이지비."

참사관은 문 밖에서 두 사람의 대화를 엿들은 모양이었다. "그래서리 방법을 좀 바꾸기로 했습메."

그는 벽 쪽에 있는 의자를 원탁 옆으로 끌어다 앉으며 세 사람을 번갈아 보다가 제삼의 사내 앞에서 시선이 멎었다. "이번엔 강 동무가 수완을 발휘해 보우."

이제껏 동료들의 말을 듣고만 있던 사나이가 눈을 번득이며 입을 열었다. "제 임무가 뭡니까?"

질문자는 강철부였다.

"남조선, 대학민국 국정원 요원이 되는 거지비."

참사관은 안주머니에서 두 장의 사진을 꺼내 강철부의 바로 앞 탁자 위에 나란히 내놓았다. 세 사내의 시선이 일시에 사진으로 쏠렸다. 두 장 다 수잔이 서 교수와 팔짱을 끼고 다정스레 미소를 띤 모습이었으나, 배경만이 서로 달랐다.—하나는 두 사람 뒤로 우람한 김일성 동상이 떡 버티고 있었고, 다른 하나는 색채가 선명한 인공기(人共旗)가 둘의 뒷면에 펼쳐져 있었다. 그러니까 서 교수와 수잔이 카셀에서 찍은 사진을 감쪽같이 몽타주 처리한 것으로, 전자는 헤센 주립 박물관 앞의 그림 형제를 김일성으로, 후자는 빌헬름스회헤 궁전 안의 렘브란트의 '야곱의 축복'을 인공기로 대치시킨 것이었다.

"이 정도면 연행 조건이 충분하겠지비?"

사진을 든 채 찬찬히 들여다보고 있는 강철부를 향해 참사관이 확신하듯 말했다.

"조건이야 어떻든 구미가 동합니다. 안 그래도 좀이 쑤시던 차에 특수한 역할을 맡게 돼서 말입니다."

강철부는 자족감을 느끼며 들고 있던 사진을 옆의 동료들에게 한 장씩 건넸다.

"그래서리 하는 말인데, 이번 일은 연(延) 동무(주걱턱)와 같이 하도록 하오. 계 동무는 그자와 면식이 있으니 여기선 빠지기요. 할 수 없지 아이오?"

"그럼은요, 내레 충분히 요해합니다."

순순히 따르는 계의 말을 주걱턱이 받았다. "맞습네다, 참사관 동지. 아무래도 이번 일은 강 동무와 제가 맡는 게 좋을 것 같습네다."

"그래, 둘이 철저한 남조선 국정원 요원으로서, 쥐도 새도 모르게 잡아들이도록 하오. 이번 '황제(빌헬름) 초대 작전' 은 35호실에서도 각별히 심사숙고해서 내린 지령이니 한 치의 실수도 있어선 아이되오."

참사관이 은근히 쐐기를 박았고, 이어서 계가 토를 달았다. "다시 말하지만 강 동무, 연 동무, '황제' 가 신뢰와 명예에 죽고 사는 학자, 그것도 세계적인 인물이라는 걸 명심하시오."

"알았소, 계 동무. 유념하리다."

"아니, 또 그 소리가? 염려 붙들어 매라우."

동료의 경고성 발언에 대한 강철부와 주걱턱의 응대는 딴판이었다. 게다가 남한 표준어의 구사도 서로 비교가 안될 정도였다. 그런 점을 의식한 듯 참사관이 일침을 가했다.

"연 동무는 강 동무와 동행을 하되, 가급적 입은 열지 마오. 제스추어로 표정 연기만 거들도록 하오."

"예, 알겠습네다, 참사관 동지."

주걱턱은 머쓱했으나 공명심이 이내 그런 기분을 날려 버렸다.

70

서 교수가 심한 갈증을 느끼고 잠에서 깬 것은 오전 열 시가 다 되어서였다. 엊저녁에 통음을 한 데다 귀가해서도 갖가지 상념으로 전전불매하다 새벽녘에야 눈을 붙였기 때문이었다. 몸을 뒤척이자 온 삭신이 뻑적지근했고, 머리도 납덩이같았다.

가까스로 몸을 일으켜 정수기로 다가간 그는 거푸 두 잔의 냉수를 받아 단숨에 들이켜고는 소파로 가서 털썩 주저앉았다. 차가운 기운이 머릿살에 퍼지면서 의식이 맑아지는 것 같았다. 그는 권련에 라이터를 댕겨 물고, 간밤에 구상했던 복안들을 반추해 보았다. 시나리오는 세 가지였다.

첫째 방법은 의사(擬似) 설계도였다. 전반적으로는 논문에 이미 발표된 내용대로 하되, 핵심적인 몇몇 부분만 교묘히 실제와 유사하게 위작하는 것이었다. 물론, 공작원이 그것을 인수해 간다 하더라도 결국엔 전문 핵과학자에 의해 위작임이 밝혀질 것이다. 그 결과에 대한 보복 조치는 보나마나다.

그렇다면 이참저참 안전한 곳으로의 은신이 절대적이리라. 그것이 둘째 방도로서, 우선적으로 떠오르는 피신처가 고국인 대한민국이었다. 물론 영예로운 귀국은 바랄 수 없을 것이다. 비록 생명의 안전은 도모할 수 있을지 몰라도 곧이어 터무니없는 보도가 매스컴을 통하여 활개를 칠 것이다. 일부 충동적인 주간지에는 누드 사진과 함께. 게다가 공작원들이 자신을 구렁텅이에 빠뜨리기 위해 핵원자로 프로젝트를 북에다 팔아넘겼다는 날조된 소문을 퍼뜨릴 개연성도 배제할 수 없었다. 하지만 이러한 문제는 자기만 참고 극복한다면 오래지 않아 허위임이 밝혀질 수 있는 일들이었다. 그보다도 더욱 서 교수의 신경을 파고든 것은 현교의 신변이었다. 자신을 겨냥하던 타깃이 현교로 바뀔 가능성이 충분했기 때문이었다.

이로 말미암아 떠오른 것이 셋째 방도로, 당국에 대한 고발이었다. 자신에 대한 추문이 독일은 물론 전 세계인, 특히 과학자들의 화젯거리로 등장하는 것이 생각만 해도 얼굴이 달아오르리만큼 수치스럽고 부도덕하고 불륜스러운 일이긴 하지만, 불원간 날조임이 드러나면 명예를 회복할 수 있는 일. 자신의 여생에 비하면 한순간의 시련일 뿐이었다. 특히, 진상이 밝혀짐으로써 자신과 닥터 강에 대한 신변의 안전 또한 보장되는 길이기도 했다.

'그래, 어차피 피할 수 없는 매라면 일찌감치 맞아 버리자.'

서 교수는 셋째 방법을 실천에 옮기기로 마음먹고는 몸을 벌떡 일으켰다. 그리고 소파 위에다 옷을 훨훨 벗어 던지곤 욕실로 들어갔다. 그는 샤워기를 들고 여느 때보다 더 오래 냉수와 온수를 번갈아 가며 머리와 몸통과 사지에 골고루 뿌려댔다. 온몸의 기운이 되살아나면서 머리도 차츰 맑아졌다. 그리고 용기도 북돋아졌다.

욕실에서 나오자 기분은 한결 개운했으나, 입맛은 여전히 깔깔했다. 그는 날계란 두 개를 깨어 입에 털어 넣은 뒤 팩에서 우유 한 잔을 따라 마셨다. 그로서는 아침을 겸한 점심이었다.

그는 옷을 갈아입고 외출 채비를 했다. 연구소에서 일단 현교를 만난 뒤 수사 기관을 찾아갈 작정이었다. 그가 외투를 걸치고 가방을 막 챙겨 들었을 때 초인종이 울렸다.

'이 시간에 누가……?'

등골이 섬뜩해지며 서 교수가 현관문을 열자, 바로 문 앞에 말끔하게 정장한 두 사나이가 서 있었다.

"어디서 오신 분들이신지……?"

서 교수는 안경 속에서 눈망울을 굴리며 독일어로 물었다.

"한국 대사관에서 나왔습니다."

점잖게 한국어로 대답하며 서 교수의 눈앞에 신분증을 들이댄 사내는 강철부였다. 서 교수는 얼떨결에 신분증에 찍힌 'NIS(대한민국 국가정보원)' 라는 이니셜을 보았다.

"저희와 함께 좀 가 주셨으면 합니다."

"한국 대사관으로요?"

서 교수는 내심 '차라리 잘됐다.' 싶어하면서 덧붙였다. "한데 무슨 일입니까?"

"가 보시면 알 겁네다."

강철부 뒤에 서 있던 주걱턱이 불쑥 내뱉었는데, 그의 어투에서 서 교수는 불현듯 알 수 없는 두려움과 함께 의구심이 일었다.

"여기서 말씀해 주실 순 없습니까?"

"아, 가 보면……."

주걱턱이 입을 열자, 강철부가 손으로 제지하며 말끝을 잘랐다. "박사님의 행적에 대해 몇 가지 조사할 것이 있어서요. 제보가 들어온 게 있어서."

"그게 뭡니까?"

거연히 서 교수는 그 악몽 같은 나체 사진을 떠올리며 순식간에 기대가 수괴(羞愧)로 바뀌었다. 그런데 다음 순간, 그는 수괴와는 비교할 수도 없는 충격에 눈앞이 아뜩했다.

"정 그러시면 이것부터 보시지요." 하며 강철부가 주머니에서 꺼내 보인 것은 기상천외하게도 김일성 동상 앞에 다정히 포즈를 취한 자신과 수잔의 모습이었던 것이다. 그리고 연이어 내보이는 인공기 배경의 동일한 한쌍. 서 교수는 두 장의 사진을 낚아채듯 눈앞으로 가져다 뚫어지게 살펴보았다. 누가 뭐래든 영락없는 카셀(그림 형제의 동상 앞)에서 찍은 것이었다. 말 그대로 하늘이 놀라고 땅이 요동칠 일이 아닐 수 없었다.

'이럴 수가……!'

서 교수는 비로소 자신에 대한 저간의 상황을 분명히 파악할 수 있었다. '천지간에 이런 함정이 다 있다니!'

그는 절망의 나락으로 빠지는 것을 뼈저리게 느꼈다.

"이제 아시겠습니까, 왜 가시자는지?"

강철부가 서 교수를 지그시 노려보았다. "우리와 함께 가셔서 그동안의 방북 사실과 대북 활동에 대해 솔직하게 말씀만 하시면 됩니다. 협조하시는 데 따라 정상 참작도 될 수 있을 테니까요."

불청객의 '병 주고 약 주는' 식의 겁박은 점입가경이었다.

"그래 어디로 가는 겁니까?"

서 교수는 짐짓 시치미를 떼고 물었다.

"어디는 어디요, 우리 공화국 대사관……."

주걱턱이 끝내 오발탄을 터뜨렸다가 '아차!' 싶은 듯 말끝을 뚝 자르곤 서 교수에게서 강철부 쪽으로 시선을 돌렸다. 세 사람 사이에 4, 5초 간 침묵이 흘렀다.

"김 형은 북한 공작원 행세가 몸에 배었구먼."

한순간 동료에게 향했던 매서운 눈씨를 누그러뜨리며 강철부가 태연스레 둘러댔다. "죄송합니다. 우리들 직업이 직업인 만큼 평소의 연습이 엉뚱하게 튀어나올 때가 있지요. 그냥 우리와 같이 한국 대사관으로 가는 겁니다."

"잘됐군요. 나도 사실대로 해명할 기회가 마련되어서."

서 교수는 겉으론 여유로움을 보였으나, 두 사나이의 행태에서 모골이 송연하리만큼 오싹함을 느끼면서, 간밤에 연상했던 세 가지 방법 외에 넷째 시나리오가 번개처럼 뇌리를 스쳤다. 자신에 대한 모든 것을 '죽음'으로 마무리하는 것이었다.

'이제 더 이상 피할 수 없는 막바지에 이른 것이다. 저들에게 끌려가는 날엔 더 깊은 수렁으로 빠져들어갈 것은 불을 보듯 뻔한 일이다. 마(魔)의 손길이 더는 뻗쳐오지 못하도록 내 선에서 사수해야 한다.'

"그럼 베를린까지 가야겠군요?"

서 교수는 걸쳤던 외투와 상의를 벗으며 소파로 돌아와 팔걸이에 내려놓았다. "용변을 좀 보고 갑시다. 잠시 여기 앉아들 계시오."

"잠깐만!"

강철부의 외마디와 동시에 신발 바람으로 거실로 들어선 주걱턱이 서 교수의 호주머니를 검색했다. 마치 공항 출구의 검색원처럼 능란한 솜씨로. 하지만 바지 호주머니에서 손수건과 휴지가, 와이셔츠 주머니에선 세일럼 담배와 던힐 라이터만이 나왔을 뿐이었다.(만에 하나 은밀한 연락을 의심한 것이었지만 휴대전화며 만년필, 수첩 등의 필기 도구는 모두 상의에 있었다.)

"좋습니다. 얼른 볼일 보고 나오십시오."

주걱턱이 멋쩍은 표정으로 고갯짓을 했다.

'끝까지 본색을 감추려 드는군!'

가증스러움이 극에 달한 서 교수는 그들을 애써 외면하며 변기가 있는 욕실로 들어갔다. 그리고 살며시 문을 잠그고 나서 세면대 옆 수납장 문을 열고 면도칼을 집었다.(그는 얼마 전까지도 안전 면도기 대신 종전 버릇대로 재래식 면도칼을 사용했었다.)

칼을 펼치자 두세 군데 검붉은 녹이 슬었을 뿐 날은 여전히 여리하게 반짝이고 있었다. 망설일 틈도 없이 왼팔 와이셔츠 소매를 걷어붙인 그는 세면실 바닥에 앉아 벽에 기댄 채 왼팔을 욕조 모서리 가까이 올려놓고는 오른손에 잡은 면도의 날을 파랗게 비치는 동맥 위에 세웠다.

'에잇!'

그는 두 눈을 감음과 동시에 팔목 위의 면도날을 힘껏 그었다. 선홍색의 피가 샘처럼 철철 솟아나면서 욕조 측면을 타고 안팎의 바닥으로 흘러내렸다.

'신이시여, 진정으로 존재하신다면 저의 죽음이 헛되지 않도록 해 주소서…….'

눈을 감은 채 서 교수는 머릿속에 신령을 떠올리면서 이승에서의 마지막 소망을 기원했다. '닥터 강과 브라운을 항상 가호해 주시고, 그들의 앞길에 환한 빛을 비추어 주소서.'

정신이 몽롱해지는 서 교수의 눈앞에, 현교의 얼굴 위로 알프레드 노벨의 초상이 오버랩되며 가물거렸다.

팔목에서 계속 흘러나온 피는 욕조의 하얀 타일 벽을 붉게 물들이면서 안쪽 바닥에 흥건히 고였고, 바깥쪽 타일 바닥의 홈은 피의 도랑을 이루고 있었다. 불과 2분여 만에 벌어진 상황이었다. 그래서인지 거실의 두 사내는 이따금 욕실 문으로 시선을 돌릴 뿐, 심상찮아하는 기색은 없었다.

"큰것(대변)을 보는 모양이구먼."

주걱턱이 혼잣말처럼 중얼거리며 탁자 위의 담배합에서 궐련을 꺼내 물었다.

"웬 용변을 이렇게……?"

강철부가 손목시계를 보며 욕실로 시선을 보낸 건 서 교수가 들어간 지 6, 7분이 지나서였다. 불현듯 불길함을 예감한 그는 황급히 욕실로 다가가 세차게 노크를 했다. 반응이 있을 리 만무했다. 연달아 더욱 세차게 두드렸으나 묵묵부답. 뒤따른 주걱턱이 문의 손잡이를 잡고 좌우로 틀었으나 열릴 턱이 없었다.

"당한 것 같소!"

강철부는 낭패를 직감한 듯 경직된 얼굴로 주걱턱을 주시했다. "얼른 여시오!"

"이 영감이 끝까지 말썽이구만 그래!"

주걱턱이 심히 못마땅한 투로 불평하며 주머니에서 맥가이버나이프 등이 달린 금속 고리를 꺼내더니, 먼저 면장갑을 낀 후 이골이 난 솜씨로 문 손잡이의 나사를 풀기 시작했다. 이내 문짝에서 손잡이 뭉치가 빠져나오며서 구멍이 생겼고, 그 공간으로 나이프를 넣어 안에서 닫아건 고리를 풀어냈다.

문을 밀치고 들어간 순간, 두 사내는 아연실색, 입을 열지 못했다. 저들 딴엔 용의주도한 계획하에 고스란히 납치하려던 세계적인 핵과학자가 삽시간에 주검으로 변해 버린 것이었다. 유혈로 피바다가 된 가운데, 두 다리를 뻗은 채 욕실 벽에 기대앉은 과학자의 머리는 욕조 쪽으로 기울어 있고, 욕조 모서리에 걸친 팔목에선 아직도 붉은 피가 솟아나고 있었다.

"다 틀렸소."

강철부가 씹어뱉듯 한마디 하곤 홱 돌아섰다. "빨리 나갑시다."

두 사내가 황망히 거실로 나왔을 때, 벨소리가 울렸다. 둘은 멈칫하고 소리 나는 쪽으로 고개를 돌렸다. 서 교수의 양복저고리 주머니 안의 휴대전화에서 나는 소리였다. 벨이 서너 차례 잇달아 울렸다.

"그냥 가자우요."

소파 위로 눈을 돌렸던 주걱턱이 고갯짓을 했다. 그러나 강철부는 동료의 말을 무시했다. 그는 상대를 힐끗 쳐다보곤 말없이 소파로 다가가, 서 교수 상의의 휴대전화를 빼내 들었다. 그 역시 먼저 가죽 장갑을 끼는 걸 잊지 않았다. 그가 가만히 수신부호를 누르고 귓가에 대자마자 송신자의 음성이 또렷하게 고막을 울렸다. "선생님, 접니다."

수신자는 휴대전화를 귀에 댄 채 잠자코 있었다.

"어젯저녁 헤어질 때, 오늘 나오신다고 하시잖았던가요? 기다리고 있습니다."

"알겠어요."

강철부의 입에서 얼떨결에 튀어나온 말이었다. 그리고 서 교수의 목소리를 흉내내어 말끝을 달았다. "내 급한 용무를 마치고 바로 가지요."

"알겠어요, 선생님. 기다리겠습니다."

"으음, 예, 그래요."

매사에 담대하다고 자신하는 강철부였으나, 즉흥적인 목소리 시늉에는 적잖이 당황스러웠다. 그는 휴대전화의 전원을 끄곤 방바닥으로 휙 던졌다.

"어찌 그런 실패를 당했지비!"

강철부와 주걱턱으로부터 보고를 받은 참사관은 이마에 잔뜩 지렁이를 그리며 둘의 얼굴을 쏘아보았다. "참으로 보통 낭패스러운 일이 아님메! 이걸 35호실에 어떻게 보고하면 좋단 말인가, 잉?"

"제가 좀 더 주도면밀하지 못한 탓입니다. 상부로부터 추궁을 받으면 전적으로 제가 책임을 지겠습니다."

강철부는 의연한 자세로 자기 뜻을 밝혔다. 그런데도 주걱턱은 슬금슬금 눈치만 볼 뿐, 자신의 '공화국' 발언의 실수에 대해선 입을 떼지 않았다. 그러나 이번 일에 동행하지 않았던 계상묵은, 내심 필시 주걱턱이 현장에서 실언이나 오버 액션을 저질렀을 것이라는 의혹을 지울 수 없었다. 한순간 침묵이 흘렀다.

"계 동무!"

앉은 채로 회전의자를 좌우로 돌리며 잠시 생각에 잠겨 있던 참사관이 갑자기 소리를 질렀다.

"예, 참사관 동지."

계상묵이 정색하고 대답했다.

"카셈은 지금 어디 있지비?"

"지금쯤 카셀에 있을 거외다."

"그자부터 처치하시오. 당장!"

참사관은 돌리던 의자를 뚝 고정시키며 매몰차게 명령했다. "만에 하나 그자가 입을 여는 날엔 세상이 발칵 뒤집힐 것임메. 지체 없이 그 입을 영영 막아 버리기요."

"맞습네다, 참사관 동지. 저도 오는 동안에 차 안에서 그런 생각을 했습네다."

주걱턱이 알랑거렸으나, 강철부는 고뇌 어린 표정으로 잠자코 듣고만 있었다.

71

이미 점심시간이 훨씬 지나고 오후 다섯 시가 가까워지는데도 서 교수가 모습을 드러내지 않자, 현교는 초조해지기 시작했다. 교수 쪽 핸드폰은 아예 불통이었고, 오후 들어 벌써 예닐곱 차례나 연구소의 구내 전화를 걸어 보았지만 시종 무응답이었던 것이다.

어젯저녁 주식자리에서 "내일은 내 방에서 닥터 강의 논문에 대해 최종적으로 점검해 보기로 하지."라고 약속하지 않았던가! 낮에 통화 때만 해도 '급한 용무를 마치고 바로 오겠다.' 고 했는데.

'그런데 왜 여태 오시지도 않고 종무소식일까?'

현교의 자심한 의문은 문득 낮의 통화 상대의 말의 '높임법' 에 대한 의혹으로 발전했다. 비록 무선 통화이기는 하나 음색도 어딘가 귀에 설고 부자연스러웠거니와, 평소 '하게체' 를 사용하는 서 교수가 '알겠어요.' '바로 가지요.' '으음, 예, 그래요.' 등의 '해요체' 를 구사한 것도 부지불식간에 현교의 의혹을 부채질했다. 더구나 '앞으론 그들과는 일절 상종하지 말게나! 면담이든 회동이든!', '북한 공작원의 끄나풀들이야!' 라던 서 교수의 말이 귓전을 울리면서 새로운 의혹들이 꼬리를 물었다. '북한 공작원이 선생님 집에 침입했을지 모른다. 전화상의 음색이나 말씨가 달라진 것도 필시 뭔가 심한 위협과 윽박지름 때문이었을 것이다. 어쩌면 감금 상태일지도 몰라.'

그는 벽시계를 보았다. 다섯 시 30분이었다.

걷잡을 수 없는 초조감이 일시에 그를 엄습해 왔다. 안절부절못하고 자기 방을 뛰쳐나온 현교는 부리나케 브라운 박사의 연구실로 줄달음쳤다.

현교와 브라운이 서 교수의 아파트에 도착했을 땐 사위에 어스름이 드리워져 있었다. 건물 현관엔 밍크 목도리를 두른 여인과 털모자를 쓴 노인이 들고 났을 뿐, 인기척은 드물었다.

현교와 브라운은 엘리베이터를 타고 3층으로 올라갔다. 문이 채 다 열리기도 전에 둘은 엘리베이터를 빠져나와 복도 바로 맞은편에서 오른쪽으로 세 번째인 서 교수의 방으로 황급히 다가갔다. 브라운이 초인종을 누름과 동시에 현교는 문의 손잡이를 잡고 돌렸다.

"문이 안 잠겼는데요?"

브라운의 반응을 기다릴 새도 없이 문을 젖히고 거실로 들어간 두 사람의 눈을 먼저 사로잡은 건 소파에 걸쳐진 서 교수의 외투와 상의였다.

"선생님!"

현교는 큰 소리로 부르며 침실 문을 열었다. 빈방이었다.

"어디 계세요, 선생님?"

부르짖듯 서재 문을 젖혔으나 매한가지였다.

"도대체……?"

허탈해하며 방바닥에 떨어진 핸드폰을 집으려고 허리를 굽혔을 때, 욕실 문을 열던 브라운이 소리를 질렀다.

"닥터 강!"

"……?"

얼굴이 사색이 된 브라운을 바라본 현교는 반사적으로 몸을 일으키며 냉큼 다가들었다. 둘은 욕실의 참상을 목격하는 순간, 자신들의 눈을 의심하지 않을 수 없었다.

"아니, 선생님이……!"

"오, 박사님……!"

비통에 잠긴 목소리와 함께 두 사람은 양말발로 타일 바닥에 낭자한 피를 밟고 서 교수의 몸 앞에 쭈그려앉았다. 현교는 스승의 콧구멍에 손가락을 대었고, 브라운은 오른손 맥을 짚어 보았다. 그러나 이미 숨결과 맥박은 끊어졌고, 왼쪽 팔목의 유혈도 멎어 있었다.

"현장은 이대로 두고 일단 신고부터 합시다."

망연해하는 현교를 보고 브라운이 몸을 일으키며 말했다. "내가 경찰에 신고할 테니 닥터 강은 연구소에 연락하세요."

이윽고 반장을 위시한 세 명의 수사 요원들이 현관 안으로 들어섰고, 브라운이 그들을 욕실로 안내했다. "이쪽입니다."

반장이 욕실 내부와 사체를 샅샅이 살펴보는 가운데, 요원 하나는 사체의 전신과 자상 부위를 비롯해 바닥에 떨어진 면도칼, 욕조의 혈흔과 유혈 상태 등을 '찰칵찰칵' 카마라에 담기에 분주했고, 또 다른 요원은 장갑을 낀 채 서 교수의 상의와 외투 속의 유류품과 거실 바닥의 핸드폰을 검사, 수거했다. 그런 다음 욕실 문 손잡이의 지문을 채취하려고 솔질을 하는 순간, '덜그덕' 하고 쇠뭉치가 헐겁게 비틀어졌다.

"반장님, 손잡이가 뜯겨 있어요!"

부하의 외침에 사체 팔목의 도흔(刀痕)을 살펴보던 반장이 확 돌아섰다.

"안에서 잠근 것을 범인이 손잡이뭉치를 빼내 문을 열고 들어온 것 같습니다."

카메라를 든 부하가 반장에게 말하며 카메라의 렌즈를 손잡이뭉치 가까이 대고 연방 찰칵거렸다.

"범인이 피해자를 살해한 다음 자살로 위장한 게 아닐까요? 목을 조르거나 독살을 해 놓고 말입니다."

지문을 채취하던 부하가 상관을 쳐다보며 말했다.

"그야 부검을 해 보면 바로 밝혀지겠지. 그런데 위장 자살로 보기엔 석연치 않은 점이 있어. 당초 범인의 목적이 살해였다면, 좀 더 빨리 절명할 수 있도록 목을 긋거나 배를 갈랐을 거야. 그리고……."

반장은 비틀어진 손잡이뭉치에 눈을 주면서 부연했다. "이 손잡이만 해도 그래. 범인이 끝내 자살 위장을 의도했다면, 이걸 원상태로 완벽하게 복구해 놓고 갔을 거란 말이야."

"그럼 저의 서 박사님이 자해를 하셨단 말씀인가요?"

옆에서 지켜보고만 있던 현교가 부정적인 투로 물었고, 덩달아 브라운도 펄쩍 뛰었다. "나인(아니오)! 닥터 빌헬름이 그럴 리가 없어요!"

"수사를 진행해 보면 알게 되겠지만, 현재 정황으론 그럴 개연성을 전혀 배제할 수도 없어요."

반장은 침착하면서도 단연한 어조로 말하며, 앞으로 수사에 대한 두 분의 협조를 부탁한다고 덧붙였다.

그때, 연구소 사무국장이 직원 한 명과 함께 현관으로 들어섰다. 브라운이 반장에게 그를 소개했다.

"슈뢰더입니다."

사무국장은 가볍게 목례를 하곤 반장을 따라 임시로 깔아 놓은 카핏을 밟으며 구둣발째 욕실로 들어갔다. 욕실 안을 한눈에 둘러본 그는, 사체 앞에서 아직 마르지 않은 핏물을 디딘 채 침통하다기보단 오히려 담담한 표정으로 같은 연구소의 연구원, 아니 절친했던 동료의 시신을 내려다보았다.

거의 동년배인 서석순과 슈뢰더는 서로 분야는 달랐지만—전자는 연구직, 후자는 행정직—G.A. 대학 재직 시절부터 콤비였다. 애주가이자 애연가인 둘은 비록 국적은 달랐지만 기질과 성품은 일맥상통하는 점이 적잖았다. 서 교수가 호방하면서도 불의에 참지 못하는 성격이라면, 슈뢰더는 소탈하면서도 매사에 합리적이었다. 일할 땐 광적으로 천착하고, 놀 땐 만사를 잊어버리는 습관도 매우 닮았었다. 우애 또한 피차간에 그에 못지않았다. 지난날 슈뢰더가 아내의 유암으로 상처하여 슬픔에 젖어 있을 때, 서 교수는 진정 어린 애도와 위로와 함께 재취를 권유한 끝에 새로운 가정을 꾸리는 데 일조했는가 하면, 서 교수가 노벨 물리학상의 유력한 후보자로 올랐다 최종 탈락하여 의기소침해 있을 당시 슈뢰더는 극진한 위로와 더불어, 누구에게나 세 번의 기회는 있는 거라고 격려하면서, 아울러 후학의 양성을 권유하기도 했었다.

"사인이 밝혀졌나요?"

사체 쪽으로 허리를 구부렸던 슈뢰더가 몸을 곧추세우며 반장을 보았다.

"외형상으론 자해인 것 같습니다만, 지금으로선 뭐라 단정할 수 없습니다. 사체 검시와 주변 정황을 좀 더 조사해 봐야 할 것 같군요."

"오랜 친구로서 참고로 한 말씀 드립니다만, 내가 아는 한 닥터 빌헬름은 자해할 이유가 없어요. 앞으로 해야 할 일을 생각하면 죽을 시간조차 아까워할 사람입니다. 평생을 학문하고만 살아온 훌륭한 과학자지요."

"예, 알고 있습니다, 슈뢰더 씨."

"알고 계시다니 말씀인데, 사망자의 신분이 신분인 만큼 철저히 조사해서 가해자가 있다면 끝까지 색출하여 중형에 처해야 합니다."

"당연한 말씀을……."

반장은 말을 끊고, 마침 운반구를 밀고 들어온 구급대원들에게 다가갔다.

"바닥이 미끄러우니 조심해서 옮기도록 해."

그러고 다시 슈뢰더 쪽으로 돌아서서, 자기들이 책임지고 사건의 진상을 규명할 테니 믿고 기다려 달라는 말을 남기곤 부하 요원들과 함께 현장에서 물러갔다.

제19장 BKA 수사관 크래머

72

"서 박사님이 어떻게 되신 거에요?"

사건 현장에서 사체가 실려나간 후, 현교가 브라운과 슈뢰더와 헤어져 집에 돌아왔을 때, 인경이 파랗게 질린 얼굴로 현관으로 달려나왔다. 방금 전 시작한 TV 종합뉴스에서 서석순 교수의 변사 사건이 오프닝 멘트로 보도되는 것을 막 접한 참이었다.

"일단 들어가요."

현교는 인경을 앞서 황황히 거실의 TV 앞으로 가서 선 채로 화면을 바라보았다. 마침 흰 천에 싸인 교수의 시신이 앰뷸런스에서 내려지는 장면과 평소 생전의 강의실에서의 모습들이 연이어 비치더니, 이윽고 상반신이 화면 가득히 클로즈업되었다.

"자살이라니, 어찌 된 사연이에요?"

인경이 남편의 손을 끌어 소파에 앉히며 물었다. "어젯저녁에도 술자리를 같이 하셨잖아요?"

"나도 뭐가 어떻게 된 건지 도통 종잡을 수가 없어요. 오늘 낮에 연구실로 나오신다고 하셨는데……."

현교는 만감이 교차하는 가운데, 오늘 낮에 있었던 일을 인경에게 설명해 주었다.

"근데 저것 보세요."

현교의 설명을 들으며 화면에서 눈을 떼지 않던 인경이 아나운서의 멘트와 동시에 비춰 주는 비틀어진 문손잡이를 가리키며 소리쳤다. "침입자가 있었어요! 자살이 아녜요!"

하긴 내가 선생님께 휴대전화를 걸었을 때 저쪽의 목소리가 귀에 선 거짓 음성이었어요. 그때 바로 달려가기만 했어도 최악의 상황은 면할 수 있었을 텐데."

현교의 표정엔 후회스러운 빛이 역력했고, 이를 대하는 인경의 얼굴에도 위구의 그림자가 서렸다.

"아무래도 일이 보통 심상찮은 게 아닌 것 같군요."

그녀는 잠시 생각에 잠겼다가 말을 이었다. "혹시 어제 서 박사님하고 대화를 나누면서 이상한 점을 느낀 건 없었나요? 평소와 다른 언질이나, 뭔가를 두려워하는 기색 같은……."

'역시 선생님의 당부가……!'

현교는 가슴이 철렁 내려앉았다. 아내의 물음과 동시에 어젯밤 서 교수가 마치 경고처럼 당부하던 말이 곧바로 연상되었기 때문이다.

"안 그래도 나 역시 낮 동안 선생님이 어제 하신 말씀을 반추하고 있었어요."

"그게 뭔데요?"

인경이 남편 쪽으로 홱 돌아앉았다.

"일전에 라이프치히 모임에서 얘기됐던 재독 한국 학자들과의 회동을 앞으론 일절 사절하라는 거였어요. 면담이나 전화 통화조차도."

"그날 모임을 백용남이란 분이 주선했다고 했지요?"

"그런 셈이죠."

"그 사람, 옛날 동베를린 사건 때 당신을 곤경에 처하게 만들었던 장본인 아닌가요?"

"하지만 시대가 바뀌었고, 또 함께 참석한 뮐러 박사하곤 같은 H대 교수고 해서……."

현교는 말투에 주눅이 들어 있었다. 그러나 인경은 이에 아랑곳없이 담담하면서도 심문처럼 갈피를 잡고 말을 이어 갔다. "그 자리에 여자 분도 동석했었다지요? 꽤 미인이었다면서요?"

"그야 그럴 수도 있지, 그게 뭐 대수겠소?"

"아녜요, 대수예요!"

인경의 어조는 결연했다. "당신이 미카엘 신부님으로부터 아녜스 언니가 도착했다는 전화를 받고 서 박사님을 회식 자리에 남겨둔 채 프랑크푸르트로 출발한 후 박사님 신변에 변화가 생긴 거예요. 이를테면 미인계에 의한 모종의 계략 같은 거……."

'그래, 아내의 말은 선생님의 암시와 다를 바 없어.'

현교는 아내의 예리한 추리에 공감하지 않을 수 없었다.

"그래 그후로 당신한텐 외부로부터 무슨 연락이라도 없었나요?"

인경이 리모컨으로 TV를 끄곤 조심스레 물었다.

"어저께 선생님도 물어보셨지만 아직까진 별거 없어요."

"유스티노, 앞으로 조심하세요. 아무래도 당신의 신변이 위구스러워요."

"어찌 체인도 그런 생각을……?"

"당신과 서 박사님이 〈핵융합-분열 혼성원자로〉 연구 논문의 공동 저자잖아요. 수사 결과를 지켜봐야겠지만, 범인은 박사님의 그것을 노렸던 게 아닌가 싶어요."

"논문이 아직 학계의 인증도 받지 않은 상태인데 뭐……. 너무 과민반응하는 거 아니오?"

"난 그렇게 생각지 않아요. 워낙 획기적인 프로젝트라 세계적인 관심이 그만큼 높다고 봐요. 특히 북한 쪽!"

"글쎄, 하지만……."

"그래서 말인데, 당신과 서 박사님에게 최근 일어났던 일을 수사 기관에 알리는 게 어때요?"

"신고를 하자는 말이오?"

현교는 뜻밖이라는 투로 반문했다.

“왠지 불길스런 예감이 들어서 그래요. 그 검은손이 당신에게까지 뻗칠까 봐.”

“그렇게 너무 극단적으로만 생각하지 말아요. 아직 그들에 대한 확정적인 단서도 없는데……. 신고 문제는 수사 결과를 본 다음에 결정합시다.”

이튿날, 현교는 연구소에 출근하긴 했으나, 논문의 마무리보다는 서 교수에 대한 수사 향방과, 그와 관련될지도 모를 ‘신고 문제’에 오전 내내 신경이 쏠려 있었다.

그런데 그가 뉴스 시간에 맞추어 TV를 켰을 때, 뜻밖에도 여자 아나운서의 오프닝 멘트는 서 교수 사건의 수사 상황이 아니라 또 하나의 새로운 살해 사건이었다.—오늘 오전 10시경, 동독의 이주민인 부동산업자가 괴팅겐과 인접 지역인 카셀의 한 폐건물 안에서 아랍계 남성의 시신을 발견하고 전화로 제보했는데, 피살자의 이름은 압둘 카셈, 나이는 40대 초반이라고 했다. 동시에 구레나룻에 덮인, 대머리 카셈의 안면이 클로즈업되었다가, 짙은 아미가 가볍게 흔들리는 여아나운서의 모습으로 바뀌면서 피살자의 사인이 흘러나왔는데, 한순간 현교는 전율을 금치 못했다. 현재의 정황으로는 사체에 외상이 전혀 없는 것으로 보아 독살로 추정되며, 곧 부검을 실시할 것이라고 했다.

하지만 현교의 뇌리에 더 큰 충격을 가한 것은 다음 장면이었다.—“놀랍게도 피살자의 소지품에서 어제 사망한 막스플랑크 연구소의 닥터 빌헬름과 함께 찍은 사진이 발견되었습니다.”라는 멘트와 함께, 사진의 배경을 이룬 예의 폐건물 외경이 페이드아웃되면서 카셈과 서 교수가 승용차 옆에 마주 서 있는 모습이 클로즈업되었다.(이 사진은 서 교수가 카셈을 처음 만나던 날, 차에서 내렸을 때 마기태가 어느샌가 찍어 둔 것이었다.)

“따라서 수사진은 이번 두 사람의 피살 사건이 필시 연관된 것으로 판단하고 있으며, 그런 만큼 새로운 관점에서 좀 더 수사 범위를 확대해 나가기로 했다 합니다.”고 여아나운서는 분명한 목소리로 부연했다.

'이게 어찌 된 셈인가? 선생님이 아랍인과 관련이 있다니!'

갈수록 오리무중—현교로선 도무지 종잡을 수가 없었다. 뿐만 아니라, '신고 문제'에도 혼선이 빚어지면서 좀 더 심사숙고하지 않으면 안되게 되었다.

한편, 이번 사건을 첨단 과학 기술 정보 탈취를 위한 밀거래자들의 소행으로 본 막스플랑크 연구소 측은 관계 기관에 철저한 수사를 요청했고, 이에 따라 수사진이 보강되어 BKA(독일 연방범죄수사국) 요원이 투입되었다.

요원들은 먼저 카셈의 신원 파악부터 착수했다. 그 결과, 그는 예멘 출신의 무기 브로커로, 소련의 붕괴 직전에 그루지야의 한 군수 공장에서 로켓포를 이라크 쿠르드족에게 중개한 적이 있고, 3년 전에는 북한에서 만든 박격포를 수단의 반군에게 밀거래시켜 준 사실이, 당시 그를 수행했던 하수인들에 의해 밝혀졌다.

하지만 카셈은 새로운 거래를 할 때마다 하수인은 물론 아지트까지 일시에 싹 바꿔 버렸기 때문에, 근래에 그의 행적과 함께 하수인의 종적은 좀처럼 찾아낼 수가 없었다.(며칠 후 하수인 알자이는 풀다 강 기슭에서 시체로 발견되었지만.) 특히 카셈은 하수인에겐 예의 그 폐건물에 머물게 하면서 자기는 수시로 거처를 옮겨 다니기 일쑤였다. 그런데 피살 당일(서 교수가 집에서 급습당하던 날) 저녁에는 알자이로부터 '닥터 빌헬름이 여기서 급히 만나자는 연락이 왔다.'는 휴대전화를 받고 '옳다구나!' 하고 부랴사랴 나타났다가 주걱턱과 계상묵에 의해 눈 깜짝할 새 당한 것이었다. 곧이어 알자이는 또 다른 공작조에게 쥐도 새도 모르게 끌려갔고.

그러니 카셈 살해 사건에 대한 수사는 가닥이 쉽사리 잡히지 않았다. 결국 수사의 초점은 다시 서 교수 사건에 맞추어졌고, 수사 팀은 공동 연구 팀원이자 최측근인 현교와 브라운의 진술에 의해 실마리를 찾을 수밖에 없었다.

현교로서도 그동안 고심하며 망설이던 '신고 문제'가 자연스레 이루어지게 된 것이 다행스러우면서도 한편으론 공연히 두렵기도 했다.

'어쨌든 솔직히 털어놓아야 한다.'

그는 참고인 신분으로 괴팅겐에 임시로 설치된 BKA 수사본부로 자진 출두하면서 내심 다짐했다.

"어서 오십시오. 크래머라고 합니다. 바쁘신데 이렇게 시간을 내 주셔서 감사합니다."

접견실 안쪽 소파에 앉아 있던 사십대 중반의 수사 요원이 보던 서류를 탁자에 내려놓으며 일어나 현교를 맞았다. "앉으세요."

"별말씀을. 당연히 협조해 드려야지요."

현교는 크래머가 가리키는 탁자 맞은편 의자에 앉았다. 상대는 다시 경찰에서 넘어온 조서를 훑어보면서 신문을 시작했다.

"혹시 근래에 피해자가 연구소 직원 이외의 사람과 만난 적이 있나요? 아는 사실이 있으면 말씀해 주세요."

"네. 얼마 전 저와 함께 몇이서 회식을 한 적이 있습니다."

현교는 사실대로 대답하면서 백용남과 수잔, 뮐러의 이름과 신분을 대었다.

"그게 언젭니까?"

"그러니까 지지난 토요일 저녁입니다."

"그렇다면……."

크래머는 수첩에다 회식 날짜와 참석자들의 이름과 신분을 메모하고는 신문을 계속했다. "피해자는 그 다음 주부터 결근을 한 셈이군요?"

"네, 선생님 말씀으론 개인적인 일로 하루 이틀 연구실에 못 나갈 것 같다고 하셨어요."

"개인적인 일이라……, 그게 뭐였을까?"

크래머는 혼잣말처럼 중얼거리며 10여 초 동안 생각에 잠겼다가 다시 물었다. "사건 당일 닥터 강이 피해자와 통화했을 때 말투가 석연찮았다면서요?"

"네, 평소와는 달리 어조나 음색이 어색했습니다."

"한데, 사건 전날 저녁을 함께 하셨다고 했죠? 술도 꽤 드신 것 같던데?"

"네."

"그 자리에서 피해자로부터 뭔가 수상쩍은 점을 못 느꼈나요? 평소와는 다른 말이나 행동 같은……?"

순간, 현교는 갑자기 긴장되었다. 수사 요원으로선 신문의 한 수순을 거치는 데 불과했으나, 현교로선 그 대목이 답변의 요지였던 것이다.

"사실은 그날 선생님으로부터 경계의 말씀을 들었습니다. 제가 오늘 자진 출두한 것도 그걸 알려드리기 위해섭니다."

"말씀해 보시죠."

"네. 결론부터 말하면, 전번 라이프치히 Z레스토랑에서 만났던 백용남과 수잔이란 여자가 북한 공작원의 끄나풀이라는 것입니다."

그러고는 '앞으론 그들과는 일절 상종하지 말라, 제3, 제4의 외국계 인물이 접선해 오더라도 단호히 뿌리쳐라, 선생님에 대한 어떤 불미스러운 기사나 추문이 나더라도 저만은 결백을 믿어 달라, 그리고 언젠가는 선생님의 입으로 일의 전말을 털어놓을 것이니 추호의 흔들림 없이 저의 목표만을 향해 일로 매진하길 바란다.' 는 등등의 당부를 했다는 데 대해 소상히 진술하였다.

"왜 진작 그런 사실을 말하지 않았죠?"

크래머는 의심스러운 눈빛으로 현교를 쳐다보았다.

"네, 그게……."

현교의 얼굴에 곤혹스러운 빛이 떠올랐다. "수사 기관에서 조사를 하는 과정에 아무런 확증도 없이 선생님의 말씀만 가지고 제보를 하기엔 사실 너무 막연했습니다. 아직까진 공작원의 저에 대한 접선 시도나 연락도 없었으니까요. 그래서 제 나름으로는 저들의 그런 시도나 징후가 보일 때 바로 신고를 하려 했지요. 그런데 낮 뉴스에서 카셈이란 자와 선생님이 관련되었음을 직감하고 제보를 서두르게 된 겁니다. 저의 단견에 대해 죄스럽게 생각합니다."

"그렇게 죄책감까지 느끼실 필욘 없습니다. 듣고 보니 이해가 가는군요. 조금 늦었지만 그나마 제보해 주신 게 우리에겐 큰 도움입니다. 사건의 윤곽이 잡힐 것 같군요."

크래머는 곤혹스러워하는 현교를 위안하며, 마치 수학 문제를 푸는 학생처럼 손가락으로 연신 볼펜 자루를 돌리더니 신문의 방향을 바꿨다.

"아까, 라이프치히에서의 모임을 주선한 사람이 백용남이라 했던가요?"

"네, 그렇습니다."

"닥터 강과는 어떤 관계죠?"

"제 모국인 대한민국에 있는 S대학교 선후배 사이입니다. 그쪽이 선배죠."

"대한민국 S대학 선후배 관계라……. 그럼 피해자인 닥터 빌헬름과 셋이 동문이시군요? 아, 그리고 그 유명한 벤저민 리(이휘소) 박사도 같은 모교인 걸로 알고 있습니다. 그분도 애석하게 의문의 죽음을 맞이하긴 했지만……."

"네, 맞습니다. 그것까지 알고 계셨군요."

"그런데 어쩌다 그 백용남이 그런 처지가 되었을까요?"

"저도 까맣게 잊어버렸다가 이번 선생님의 사건을 계기로 되살아난 기억입니다만, 그 선배가 독일이 통일되기 전인 60년대에 북한 공작원과 연루된 적이 있었지요."

"아, 한때 서독과 한국 간에 외교 논쟁으로까지 비화됐던 '동베를린 사건' 당시 말인가요?"

"그렇습니다. 그때 우리 둘은 학생 신분으로서 독일에서 처음 만났었지요."

그러면서 현교는 지난날 백용남과의 조우에서부터 그로 인해 당했던 불의의 봉변과 곤욕을 간추려 피력했고, 수사 요원은 현교의 진술을 경청하며 간간이 메모를 했다.

"그런 과거가 있었군요."

"하지만 나는 당시 '동베를린 사건'이 원만히 종결되고, 그후 독일의 통일과 더불어 냉전 시대도 이미 막을 내린 뉴밀리엄 시대에 이번과 같은 참극이 일어나리라곤 상상도 못했습니다. 더욱이 교수란 신분으로 동문의 선배 교수를 죽음의 구렁으로 몰아넣는 데 앞잡이 노릇을 했다면, 이유야 어찌 됐든 얼마나 끔찍스러운 일입니까!"

저도 모르게 현교는 얼굴이 상기되고 목청이 높아졌다.

"진상을 밝혀 보면 알겠지만, 만일 이번 사건에 북한 공작원의 개입이 드러난다면, 이건 한반도의 비극입니다. 아직도 남한과 북한의 대립이 종식되지 않은 거지요. 물론 표면상으론 남북 정상회담이 개최되어 '공동성명'까지 발표됐지만 말입니다."

"……?"

현교는 상대방 말의 진의를 잘 모르겠다는 듯 눈으로 물었다.

"내 얘기가 좀 빗나간 것 같군요. 그보다도……."

자기의 언급이 신문의 본질에서 벗어났음을 깨달은 크래머는 얼른 화두를 돌렸다. "수잔이란 여자는 전부터 아는 사인가요?"

"아닙니다. 그날 백용남의 소개로 첫인사를 나눈 정도지요. 그의 이종매라 하더군요."

"외국 상사원이라 했나요?"

"예, 제가 알기론 일본 S전자 베를린 지사 홍보실장이라던가, 아, 여기 명함이……."

현교는 지갑에서 수잔의 명함을 꺼내 요원에게 건넸다. "혹시 참고가 될까 해서 말씀드리는 겁니다만, 그녀가 그날 동행한 뮐러 박사님과 꽤 친숙해 보였어요."

"예, 그럴 수도 있겠지요."

수잔의 명함을 보고 메모를 하고 난 크래머는 그것을 돌려주며 물었다. "닥터 강은 뮐러 박사와는 전부터 구면이시죠? 같은 물리학계에서 두 분 다 저명하시니까."

"물론이죠. 나보다도 서 박사님하고가 오랜 지기였지요. 서로 선의의 라이벌이기도 했지만 말입니다."

"그날 이후로 그들에게선 연락이 없었나요?"

"네, 전혀요. 그 누구한테서도."

"알았습니다. 저들은 우리가 알아서 조사를 할 테니 차후 전화 연락이든 무슨 새로운 징후가 있으면 바로 알려주십시오."

"네, 알겠습니다. 아무쪼록 진상을 철저히 밝혀 주십시오."

현교는 크래머와 인사를 나누고 임시 수사본부를 나왔다.

73

이튿날부터 BKA 요원들은 백용남을 필두로 그 측근들의 내사에 착수하는 한편, 베를린 주재 북한 대사관 주변의 움직임을 예의 감시하기 시작했다.

크래머는 우선 백용남을 내사하기 위해 현지 한국 대사관의 협조를 요청했다.

BKA 요원들이 한국 대사관의 협조를 받아 조사한 바에 의하면, 백용남은 서독 N대학 재학 중인 1960년대 중반에 한 차례 평양을 다녀온 후, 재(在)서독 유학생 및 광부와 간호사 등의 명단을 입수, 북한 공작원에게 전달하는 한편, 이들 유학생 등에게 연립 정부 수립에 의한 평화 통일 방안을 선전하기도 했다는 것이다. 그리고 졸업 후에는 몇몇 대학에서 강사로서 동양사(주로 한국사) 강의를 하면서 '민족주의 비교연구회'와 연계를 맺기도 했다. 그러던 중 1990년 독일이 통일되면서 J대학의 조교수를 시작으로 L대학에서 다년간의 부교수직을 거쳐 작년 신학기에 베를린 H대학으로 옮겨왔는데, 희한하게도 이 대학들의 소재가 모두 통독 전 동독 지역이었다는 것이다. 게다가 조사 과정에서 몇 가지 더욱 심상치 않은 점이 밝혀졌는데, 그동안 당해 대학의 백용남 교수 임용에 한 동양계 여자의 로비가 작용했으며, H대학의 총장이 뮐러 박사와 같은 김나지움 동기이자 베를린 자유대학 동문이라는 사실이었다. 그리고 그 동양계 여자가 수잔이라는 것과, 그녀가 헬렌, 에이코 등 여러 이름으로 정 · 관계뿐 아니라 재계, 학계 등의 요로와도 폭넓게 사교해 왔음도 드러났다.

이로써 두 사람, 즉 백용남과 수잔에 대한 최근의 활동은 어느 정도 파악된 셈이었다. 문제는 이들이 이번 사건에 개입했는지, 했다면 어떤 역할을 했는지를 확증하는 것이었다. 하지만 확실한 증거도 없이 이들을 출두시키는 건 작잖이 부담스러운 노릇. 그래서 생각 끝에 크래머가 먼저 찾아간 곳은 뮐러 박사의 연구실이었다. 아무래도 그쪽이 자연스럽고 부담감도 덜 들어서였다.

"BKA에 있는 크래머입니다. 닥터 빌헬름과 오랜 지기시라는 걸 듣고 찾아 뵀습니다."

크래머는 책상 앞 회전의자에 앉아 있는 뮐러 박사에게 명함을 내밀었다.

"아, 그래요?"

뮐러 박사는 명함을 들여다보면서 의자에서 엉거주춤 일어섰다. "어려운 걸음을 하셨군요. 거기 앉으세요."

"예, 그럼 잠깐 실례하겠습니다."

두 사람이 탁자를 사이에 두고 마주 앉자마자 크래머는, 이번에 발생한 닥터 빌헬름 사망 사건에 대해 탐문차 들렀노라고 운을 뗀 뒤 질문을 시작했다.

"박사님께서는 고인과 오랜 지우시라면서요?"

"그렇습니다. 삼십대 때부터 교우(交友)해 왔으니까요."

뮐러 박사는 조용히 탄식조로 말했다. "우리 시대의 그런 탁월한 핵과학자 한 분을 졸지에 잃다니 애석하기 그지없는 일입니다."

"사건 며칠 전 라이프치히 Z레스토랑에서 고인과 몇이서 함께 회식을 하셨다면서요?"

"그래요. 닥터 빌헬름이랑 모두가 한국인이었어요."

"그런데 그날 밤 회식 도중에 닥터 하인리크는 먼저 자리를 떴다지요?"

"맞아요. 갑자기 급한 일이 생겼다면서 회식 초장에 먼저 나갔지요."

"나머지 분들은 끝까지 계셨구요?"

"예."

“그럼 회식이 끝나고 나서 각자가 뿔뿔이 헤어졌나요?”

“아닙니다. 수잔 씨와 닥터 빌헬름은 함께 갔어요. 우리하고 헤어지면서…….”

“왜요? 둘의 집이 같은 방향인가요?”

“그런 게 아니라, 그날 닥터 빌헬름이 과음을 하는 바람에 운신이 자유롭지 못해서 수잔 씨가 자신의 승용차로 모시고 간 거지요. 마침 자기도 이튿날 카셀에서 볼일이 있던 터에 잘됐다면서 동승하게 된 것이지요. 기사도 대동했었고 하니까.”

“그럼 백용남이란 분은요?”

“백 교수는 나와 함께 ICE편으로 베를린으로 왔지요.”

“아, 그랬군요.”

크래머는 뮐러 박사의 말을 수첩에다 메모하며 다시 물었다. “백 교수하고의 교우는 오래되셨나요?”

‘백용남이 어떤 사람인가?’를 크래머는 이렇게 에둘렀다.

“그렇지 않아요. 작년 신학기 때 내 친구인 H대학 에리히 총장의 소개를 받고부터였어요. 그리고 그때 마침 그 자리에 백 교수의 이종매인 수잔 씨도 나와 있어서 같이 소개를 받았지요.”

뮐러 박사는 아무 거리낌 없이 담담하게 대답하곤 조심스레 반문했다. “혹여 그들에게 의문점이라도 있나요?”

“아, 아닙니다. 참고 삼아 여쭤본 것뿐입니다.”

크래머는 수첩에서 눈을 떼고 상대를 바라보며 고개를 가로저었다.

“그동안 내가 겪어 본 바로는 그들은 동양인답게 예의바르면서도 매우 사교적이에요. 내가 알기론 그날 만남도 재독 한인 학자들끼리 친목 단체 결성을 논의하기 위한 자리였던 것 같아요. 첫 만남이라 나와 수잔 씨가 꼽사리끼긴 했습니다만.”

뮐러 박사는 마치 백용남과 수잔 두 사람이 이번 사건과는 무관하다고 감싸기라도 하듯이 묻지도 않은 말을 덧붙였다.

"그렇군요. 잘 알았습니다. 바쁘신 가운데 시간을 내 주셔서 고맙습니다."

크래머가 좀 더 질문을 하지 않은 것은, 그래 봤자 그 이상의 소득이 없을 뿐 아니라, 그보다도 모임 당일 회식 후 서 교수와 동승했다는 수잔에 대한 행적을 파악하는 게 급선무란 생각이, 뮐러 박사의 얘기를 듣는 사이 불시에 떠올랐기 때문이었다.

뮐러 박사의 방에서 나온 크래머는 동료 요원에게 전화로, 모임 당일 밤 서 교수가 아파트 집으로 언제 돌아왔는지 알아보도록 했다. 그리고 자기는 브란덴부르크 문을 지나 H대학에서 남서쪽으로 5킬로미터가량 떨어진 쿠어퓌스슈텐담가(街)로 차를 몰았다. 수잔의 근무처인 S전자 베를린 지점이 있는 곳이었다. 전자 상가를 비롯한 각종 쇼핑몰이 밀집한 지역으로 가로가 꽤 번잡했으나, 크래머는 어렵지 않게 목적한 간판을 찾아 상점 안으로 들어갔다.

"어서 오십시오."

화장기 짙은 삼십대 초반의 일인 여점원이 크래머를 고객으로 여기고 허리를 90도로 꺾으며 친절히 맞이했고, 그녀 맞은편의 현지인 여점원은 "뭘 찾으세요?"라고 물었다.

"아, 물건을 사러 온 게 아니라 사람을 만나러 왔어요."

크래머는 예리한 눈빛으로 매장 안을 살펴보며 대답했다.

"누굴요?"

현지 여점원이 다시 물었다.

"수잔 홍보실장을 만나려고요."

"수잔? 아, 에이꼬 씨 말인가요?"

"에이꼬 씨라니, 수잔 실장이 아닌가요?"

"아, 그건 그냥……."

여점원은 입가에 살짝 냉소를 띠었다.

"지금 어디 있습니까?"

"그만뒀어요."

"언제요?"

"3일 전엔가, 지점장님께 연락이 왔어요. 저희도 어제야 알았는데요."

여점원의 말이 끝나자마자 크래머는 결례를 무릅쓰고 곧바로 〈지점장실〉이라는 팻말이 붙은 방으로 들어갔다.

"실례합니다."

그는, 영문을 모르고 어리둥절해하는 지점장에게 명함을 들이밀고는 자신이 찾아온 목적을 간략히 설명했다.

"그렇습니까? 일단 앉으세요."

오십대 초반의 지점장은 크래머를 소파로 안내하며 여비서에게 차를 시켰다.

"에이꼬 씨로 말하면, 실은 저희 정식 직원이 아닙니다. 뭐랄까, 이를테면 프리랜서라고나 할까요?"

"어떻게 채용을 했는데요?"

"그러니까 그게, 우리 점포 단골 고객인 이곳 대학 교수가 천거를 해서 받아들이게 되었지요. 마침 그 무렵 에이꼬 씨의 알선으로 몇몇 대학과 공공기관에 우리 제품을 납품한 것을 계기로 해서 말입니다."

"그 대학 교수란 분이 뮐러 박사 아닙니까?"

"예, 맞습니다."

"그럼 홍보실장이란 직함도 뮐러 박사가……?"

"아닙니다. 그건 본격적인 PR 활동을 하려면 적당한 타이틀이 필요하다는 본인의 요청도 있고 해서 우리 지점에서 편의상 붙여 준 겁니다. 그간에 실적도 있고 해서. 자, 차를 드시면서 말씀하시죠."

지점장은 마침 비서가 날라온 커피를 권했다.

"예, 고맙습니다."

크래머는 손을 찻잔으로 가져가면서 눈은 여전히 상대의 얼굴을 향하고 있었다. "에이꼬라고 하셨는데, 원래 일본인인가요?"

"제가 들은 바로는 재일 한국인 동포 2세로 알고 있습니다. 그녀 입으로 직접 한 말이니까요."

"여기서 일하기 시작한 건 언제부터였죠?"

"그게 대학 신학기 직전이었으니까, 작년 9월 하순경일 겁니다."

"상근을 했나요?"

"아닙니다. 직무상 그럴 필요는 없었으니까요. 일주일에 두세 번, 중요한 결정 사항이 있을 때나 들르는 정도였고, 그 밖의 사소한 사항은 전화 연락으로 이루어졌지요. 따라서 보수도 일정액의 거마비 외엔 수당제로 지불했습니다."

"수당이 괜찮았나요?"

"괜찮은 정도가 아니었습니다."

지점장은 커피를 마시면서 입가에 웃음을 띠었다.

"에이꼬 씨가 재직한 몇 달 동안 받아 간 수당이 월평균 저의 고정 급료의 갑절이나 되었습니다. 그녀의 수완이 대단했지요."

"그런데 왜 갑자기 그만둔 걸까요?"

크래머는 커피 잔을 탁자 위로 내려놓으며 물었다. "그런 중요한 거취 문제를 단지 전화 한 통으로 말입니다. 그럴 만한 긴박한 사정이라도 있다고 하던가요?"

"글쎄요. 자세한 건 모르겠습니다만, 급한 일로 일본에 들어가 봐야 한다더군요."

"일본으로 들어간다고요?"

크래머의 목소리 톤이 높아지며 눈꼬리가 치솟았다.

"예. 그 이상 물어보기도 뭣해서 전화를 끊었습니다만."

"가만!"

크래머는 용수철처럼 벌떡 일어섰다. "그 여자의 거처를 알 수 있겠지요?"

"잠시만요."

지점장은 자기 자리로 가서 책상 서랍에서 파일을 꺼내 들추더니 수잔의 이력서를 빼어 크래머에게 건넸다. "여기 있군요."

A4 용지 한 장짜리로, 그녀의 주소와 함께 경력이 간략하게 찍혀 있었다. 급히 한눈으로 스쳐본 크래머는 복사 한 장을 부탁해 받은 후, 나중에 다시 찾아오겠다는 한마디를 남기곤 부랴부랴 뛰어나와 차에 올랐다.

한껏 액셀을 밟으며 향한 목적지는 베를린의 교외 도시 포츠담이었다. 그가 이력서의 주소지를 톺은 끝에 도착한 곳은 하펠 강 기슭의 한 3층 붉은 벽돌 건물 앞.

하지만 그의 포츠담행은 말짱 도로(徒勞)였다.

"여긴 그런 사람 없어요."

크래머가 이력서에 명시된 2층 방을 찾아 물었을 때, 칠순 노파의 대답이었다.

'결국 이것도 가짜였단 말인가!'

크래머는 허탈감과 함께 가증맞은 기분을 삭이며 노파에게 물었다. "할머니께선 여기 사신 지 얼마나 되셨어요?"

"한 2년이 돼 가나 보우."

"그 전에 여기 살던 사람들은 어떤 분들이었나요?"

"글쎄요, 한때 동양 사람이 살았었다고 듣긴 했지만서두. 우리가 이사왔을 땐 집이 비어 있었다우."

"내가 듣기로는…… 콜록콜록."

기침소리에 이어 노파의 남편 되는 노인이 방 안에서 나오며 운을 달았다. "노르트 코레아(북한)의 외교관이었다고 합디다. 콜록콜록."

"그후로 찾아온 사람은 없었나요? 남자든 여자든."

"예, 아무도."

"말씀해 줘서 감사합니다."

크래머는 의례적인 인사를 남기곤 모래 씹은 기분으로 서둘러 계단을 내려왔다.

그런데 그가 수사본부에 돌아왔을 때, 그의 의혹은 가일층 증폭되었다.

"그날 밤 닥터 빌헬름은 집에 돌아오지 않았답니다."

백용남 일행이 Z레스토랑에서 회식을 마친 후, 수잔이 서 박사를 동승시키고 괴팅겐으로 갔다는 날 밤에 박사는 귀가하지 않았다는 조사 결과를 동료 A요원이 팀장에게 보고했던 것이다. "닥터 빌헬름은 다음날 오후 늦게 집에 돌아왔대요."

"결국 그 사이 닥터 빌헬름과 수잔 두 사람은 함께 있었던 겁니다."

크래머는 뮐러 박사에게서 들은 얘기를 팀장에게 설명하곤 자신의 견해를 피력했다.

"역사는 밤에 이루어진다……?"

팀장은 시니컬한 웃음을 띠며 의미심장하게 한마디 흘렸고, 수사 요원들도 덩달아 한마디씩 던졌다.

"도대체 그날 밤 무슨 역사가 이루어졌을까?"

"007, 나를 사랑한 스파이?"

이런 농담 어린 분위기를 크래머가 깨뜨렸다. "팀장님, 아무래도 그 수잔을 수배하는 게 급선무일 것 같습니다."

"내 생각도 그래. 우선 그 여자의 출국 여부부터 확인해 보고, 아직 뜨지 않았으면 각 공항과 항만에 연락해서 출국을 금지시켜."

팀장은 부하 요원들에게 명령을 내리고 일어서 방을 나가려다가 뒤돌아서며 한마디 덧붙였다. "그리고 그 백용남이란 교수 말이야. 그의 신상에 대해 좀 더 자세히 조사해 봐. 특히 수잔과의 관계를 중심으로 그의 근래 행적, 이후로의 동태 등등을 면밀히 파악해 보라구."

"예, 알겠습니다."

요원들은 이구동성으로 대답했다.

그러나 수잔에 대한 뉴스는 이들 수사진에 앞서 언론을 통해 발표되었다. 다음날 아침, 카셀의 한 지방 일간지가 R호텔 종업원의 제보에 의해, 서 교수의 사망 3일 전 그가 수잔과 함께 R호텔에 투숙한 사실을 그녀의 사진을 곁들여 보도한 것이었다.

"또 한발 늦었군!"

크래머는 팀장의 지시에 따라 카셀의 R호텔로 향하며 찻속에서 혼자 웅얼거렸다. 그리고 가속 페달을 밟으면서 마음속으로 되뇌었다. '문제는 그녀의 행방이야, 행방!'

R호텔에 이른 그가 먼저 지배인을 찾아 자신의 신분을 밝히자, 지배인은 곧바로 이십대의 웨이터(신문기자에의 제보자)를 불렀다.

"자네가 당일 그 방 담당자였나?"

크래머가 위엄스레 물었다.

"네, 제가 맡았었어요."

웨이터는 무슨 영문이냐는 듯 눈망울을 굴렸다.

"한데, 여기 기사에 있는 내용 말고 우리 수사에 좀 더 도움이 될 만한 사실을 알 수 없을까? 우린 지금 그 여자의 행방을 찾고 있거든."

크래머는 주머니에 지니고 온 아침 신문을 웨이터에게 내보였고, 상대는 그것을 엉거주춤 받아 들었다.

"글쎄요. 저도 이튿날 아침 두 분이서 함께 나간 것까진 알겠는데, 그 이후론……."

웨이터는 약간 난색을 띠며 고개를 저었다. 그로서는 신문에 실린 내용, 그러니까 밤 10시 30분경에 서 교수가 간잔지런한 상태로 수잔과 같이 호텔로 들어섰고, 둘이 로비에서 음료수를 마시는 동안 기사가 그들의 방으로 트렁크를 운반했으며, 다음날 아침 10시 무렵에 둘이 같이 나간 후 기사가 와서

짐을 챙기고 나갔다는 사실 정도만 알고 있을 뿐, 당일 밤 사이 침실에서 어떤 일이 일어났는지는 알 수도 없으려니와 알 까닭도 없었다.

"나중에라도 생각나는 게 있으면 이리로 연락해 줘."

메모지에 연락처를 적어 준 크래머가 건진 거 없이 빈손인 채 씁쓸한 기분으로 돌아서려는데, 신문 기사를 훑어보고 난 웨이터가 갑자기 소리쳤다.

"아, 지금 생각해 보니 이거 한 가지 빠졌네요."

"뭔데, 그게?"

크래머의 귀가 번쩍 뜨였다.

"그날 아침, 제가 방을 정리하려고 문을 열었을 때, 운전기사가 의자 위에 올라서서 샹들리에에서 뭔가를 막 떼내고 있었어요. 급히 호주머니로 넣는 바람에 뭔지는 못 봤지만."

"그게 어디지? 가 보자구!"

"절 따라오세요."

웨이터의 안내로 크래머와 지배인은 수잔과 서 교수가 묵었던 예의 305호실로 올라갔다.

"여기예요."

웨이터가 손가락으로 샹들리에를 가리키자 크래머는 그 아래에다 재빨리 의자를 갖다 놓고 훌쩍 올라서더니 글로브형의 유리 전면을 좌우로 돌려 가며 유심히 살폈다. "역시 직감대로군!"

"뭐가 있나요?"

의자에서 내려서는 크래머에게 웨이터가 물었다.

"감시카메라를 설치했었군!"

대답을 하면서도 시선은 침대 주위로 굴리던 크래머는 잽싸게 침대 머리맡으로 다가가 전기스탠드의 갓을 벗기고 그 이면을 유심히 들여다보더니 지배인 쪽으로 불쑥 내밀었다. "여길 자세히 보세요!"

"무슨 자국이 있군요."

"도청장치를 달았던 흔적입니다."

크래머는 갓을 전등 위에다 도로 덮으며 실내를 예의 주시했다. "결국 두 사람의 베드신이나 밀어가 적나라하게 고스란히 비디오와 오디오에 담긴 겁니다."

"맙소사! 정말 이럴 줄은 몰랐습니다."

지배인은 고개를 절래절래 흔들면서 중얼거렸다. "그럼 전에도 이런 일이……?"

"전에라니요?"

크래머가 상대의 말을 인터셉트했다.

"그게 그러니까, 2년 전쯤에도 그 수잔이란 여자가 남자 손님하고 몇 차례 숙박했던 적이 있어요."

"어떤 남자요? 동양인, 아니 한국 남자였나요?"

"아닙니다. 처음 사람은 러시아어를 쓰는 중앙아시아인이었고, 나중 사람은 아랍어를 쓰는 베르베르인이었던 것 같아요. 한데 뜻밖에도 두 사람 다 한국어를 곧잘 구사했어요."

"그런 일이 있었군요."

크래머는 수잔의 비밀 공작 커리어가 결코 녹록지 않음을 새삼 절감하면서 지배인에게 말했다. "아예 자신의 공작을 위한 밀실로 점 찍어 둔 것 같군요."

"여기가 말입니까?"

"앞으로는 007 영화의 무대가 되지 않도록 신경 쓰시기 바랍니다."

방에서 복도로 나온 크래머는 계단 쪽으로 걸어가면서 지배인에게 당부했다. "앞으로 혹시라도 수상쩍은 손님이 들거나, 수잔에 대한 제보거리가 있으면 저한테 바로 연락 주세요."

그 즈음, 다른 수사 요원들은, 베를린과 프랑크푸르트 공항을 비롯한 독일 내 전 국제 항공 노선과 주요 항만의 그날(수잔이 지점장에게 전화로 사의를 표한

날) 이후의 출국자를 조사해 보았으나, 탑승자 명단에 '구스타프 수잔' 이나 '리노이에 에이꼬' 라는 이름은 없었다.

"그녀는 출국하지 않았습니다. 독일 안에 있는 게 분명합니다."

저녁 회의에서 자신이 파악한 수사 상황을 설명하고는 크래머가 단호히 말했다. "여간 주도면밀한 여자가 아닙니다."

"독일 어디에?"

의자에 다리를 꼬고 앉은 팀장이 고개를 쳐들었다.

"제 육감으로는 십중팔구 북한 대사관인 게 틀림없습니다."

"그렇다면 치외법권 지역이라 우리 손이 닿기가 어렵겠는데요?"

크래머 옆에 있던 A수사 요원이 난색을 표했다.

"그렇다고 백날 그 속에 처박아 두기야 하겠어?"

팀장은 낙관적인 태도를 보이며 운을 달았다. "이제부터 북한 대사관과 그 주변 접근 인물들을 밀착감시해. 통신망도 빈틈없이 검색하고."

"예, 하긴 하겠습니다만 꽤나 신경이 쓰이겠는데요."

B수사 요원이 고개를 꼬았다.

"물론 상대가 상대인 만큼 쉬운 일은 아니지. 워낙 불합리한 데다 매사에 억지투성이고 떼쓰기를 다반사로 하는 자들이니까."

팀장은 부하들을 둘러보다가 C요원에게 물었다. "게오르크, 백용남의 신상은 알아보고 있나?"

"예, 그의 연구실과 거처를 중심으로 탐문을 하고 있습니다만, 아직까진 별 용이점이 없어요. 그래서 좀 더 심층 수사를 위해 한국 대사관에 그의 고국에서의 신원을 의뢰했습니다. 머잖아 받아 보게 될 겁니다."

"그래, 그거 참 잘했군."

팀장이 싱긋 웃으며 게오르크의 어깨를 다독였고, 더욱 좋아한 쪽은 크래머였다. "하루빨리 그것을 받아 봤으면 좋겠구먼."

74

게오르크가 베를린 주재 한국 대사관의 국정원 요원으로부터 백용남의 신원명세서를 받아 본 것은 그로부터 10여 일이 지나서였다.

기록에 의하면, 백용남은 1944년 경기도 Y군 D면 면소재지의 한 소농 가정에서 2녀 1남의 막내로 태어났다. 어려서부터 신동이라 불릴 정도로 두뇌가 영민했던 그는, 지방의 고등학교 1학년 때 대입검정고시에 합격하여 이듬해 서울의 S대학교 문리대 정치학과에 과 수석으로 입학했다.

그러나 그해 5 · 16 군사정변이 일어나자, 지금껏 정밀(靜謐)했던 그의 뇌리에 정치에 대한 혼란과 갈등이 일면서, 그동안 순항하던 생이 격랑을 타기 시작했다. 전국 주요 대학에서 군사 쿠데타에 저항하는 시위가 잇따르는 가운데 서울의 동숭동 마로니에 캠퍼스에는 교수들의 강의 소리보다 끊일 줄 모르는 학생들의 성토의 고함으로 가득 찼다.

백용남도 이 대열에 거의 빠짐없이 참가했는데, 하루는 같은 과 선배가 자기네 서클에 동참하라고 권유했다. 주로 남녀 대학생들로 이루어진 동아리로, 이름은 '뉴 브나로드'라고 했다. 옛 러시아 시대의 이름 그대로 농민 공동체를 기반으로 사회주의를 실현한다는 것이 서클 활동의 취지였다.

낡은 벽돌집 지하실 분위기가 냉랭하고 음습하긴 했으나, 백용남은 선배의 첨밀(甛蜜)과 그럴듯한 논리에 설득당한 듯 그의 권유를 여과 없이 받아들였다. 뿐만 아니라, 학교에서 배우는 교재보다는 선배가 추천하는 서적—마르크스 · 엥겔스의 《자본론》이나 《공산당 선언》, 《자연변증법》 등에 심취하다시피 했다.

그러나 '지하활동' 과도 같은 그의 이러한 행각은 오래가지 않았다. 1962년 이른바 '김종필-오히라 메모'로 시작된 한 · 일국교 정상회담이 본격적으로 논의됨에 따라 '한 · 일협정' 반대 시위가 전국적으로 확산되고 급기야 대학가를 중심으로 정권 퇴진까지 요구하기에 이르자, 정부는 이듬해 비상계엄령을 선포(6 · 3 사태)하여, 대대적인 시위 주동자 색출 · 검거 선풍이 휘몰아쳤던 것이다.

결국, 내란죄 수괴로 지목된 백용남의 선배와 주동자들을 비롯한 6백여 명의 가담자들이 구속되어 서울의 필동 계엄사 군법회의 법정에 서는 신세가 되었다.(이들은 군법재판 두 달 뒤에 민간 법정으로 옮겨져 내란죄 대신 집시법 위반으로 주동자는 집행유예, 나머지는 공소취하로 풀려났다.)

당시 속칭 도바리꾼이었던 백용남은 용케도 검거망에서 벗어날 수 있었는데, 여기엔 큰누나의 도움이 크게 작용했다.—검거 선풍이 한창일 때, 고향의 Y경찰서 외사과에 근무하던 자형의 묵인하에 누나 집에 은거할 수 있었던 것이다. 그리고 그해 7월 말경 비상계엄령이 해제된 후 그는 또다른 생의 변곡점을 맞이하게 된다.

백용남의 외척으로 서독 K대학의 교수이자 한인회(당시 회장은 윤이상) 간부인 I씨가 겨울방학을 이용해 귀국했었는데, 그의 슈거코팅된 충동으로 백용남은 예기치 않던 서독 유학을 단행하게 된 것이었다. 물론 학비는 I교수가 뒷받침해 주었고, 생활비도 그가 알선해 준 아르바이트로 충당했는데, I교수에게서 흘러나오는 돈줄의 원천이 북한 대사관이란 사실을 백용남이 알게 된 것은 동베를린 사건이 터지기 직전이었다고 한다.(이상의 보고는 대학교 재학 시절 백용남의 클래스메이트로 함께 학생운동을 하다가 신군부 정권이 들어선 후 전향한 K신문사 P사회부장의 진술을 서울의 국정원 직원이 정리한 것이었다.)

그런데 그보다도 BKA 요원들의 시선을 끈 것은 신상명세서 말미에 적힌 그의 어머니 쪽 가족 사항—위로 오빠만 둘 있을 뿐, 언니나 동생이 없는 외딸이란 점이었다. 그러니까 백용남에겐 이모가 없으며, 수잔이 그의 이종매라는 말은 허위 사실이었다. 게다가 도쿄 주재 국정원 요원이 한국거류민단을 통해 조사한 결과, 리노이에 에이꼬(李家英子)라는 이름의 여자를 깡그리 조회해 보았지만, 모두 현지 거주자로서 수잔의 실체와는 거리가 멀었다.

"아무래도 그냥 넘길 수는 없잖겠습니까?"

팀장이 신상명세서를 다 읽고 나자, 옆에서 지켜보던 크래머가 조심스레 물었다.

"그래야겠군. 일단은 참고인 신분으로 불러들여."

팀장은 꽤나 신중을 기하는 태도였다. "가급적 언론에 노출되지 않도록 신경을 써."

"뭔가 냄새가 솔솔 풍기는 것 같긴 한데……, 안 그래요, 크래머?"

옆에서 게오르크가 부채질을 했다.

"냄새만 가지곤 안 돼. 스모킹 건을 포착해야지. 상대가 옴짝달싹 못하게."

팀장은 완벽한 수사를 시사했고, 이에 크래머가 결연한 의지를 나타내 보였다. "제가 반드시 그자의 정체를 밝혀내겠습니다."

그런데, 다음날 백용남을 소환하기는 했지만, 그의 입을 통해 혐의를 밝혀내기란 예상했던 대로 녹록지 않았다. 신문을 받을 때마다 마치 거기에 대한 모의 답변을 준비라도 한 듯이 일문도 주저 없이 받아치는 바람에 수사관이 되레 머리를 내두를 지경이었다.

"수잔 씨를 마지막으로 본 게 언젭니까? 아니면 전화 연락이라도?"

"그건 이미 뮐러 박사에게 들어서 알고 계실 텐데요, 그분과 함께 헤어졌다는 걸."

"타계한 닥터 빌헬름 들과 라이프치히 Z레스토랑에서 회식했던 날 말인가요?"

"그래요."

"하지만 백 교수님은 수잔 씨와의 관계가 뮐러 박사와는 다르지 않아요?"

"무슨 말씀이신지……?"

"두 분은 이종 간이 아니던가요? 그런 사이라면 해외로 나갈 때 전화통화 정도는 상례일 것 같은데?"

"아하, 그게 수사관들에게까지 곧이곧대로 전해졌다니 좀 면구스럽군요.

실은……."

백용남은 탁자 위의 컵을 들어 냉수 몇 모금을 마시고 말을 이었다. "제 은사님이 H대학 에리히 총장님께 나를 소개할 때, 좀 더 어필하기 위해—생판 모르는 사람보다 수잔의 인척이라는 게 유리하니까— 편의상 이종오빠라고 둘러댔는데, 그후로 주변 교수들에게 자연히 그리 알려졌고, 나 역시 굳이 나서서 그런 관계를 부인하지 않았어요. 그럴 필요도 못 느꼈고요. 하긴 예로부터 우리 한국에서는 같은 혈연이 아니더라도 서로간의 의리가 돈독하면 S언니(동생), S누나(오빠)라고 해서 의형제를 맺는 관습이 있기도 합니다만."

백용남의 답변은 진술이라기보다 담론 같았고, 거기다 노회하기까지 했다.

"그럼 수잔 씨를 알게 된 것도 그 은사님을 통해서였나요?"

"그런 셈이죠."

"그런 셈이라니, 무슨 뜻이죠?"

"그건 은사님이 직접 소개시켜 준 게 아니라, 그분이 주선한 한인회 모임에서 처음 인사를 나누었으니까요."

"아, 그러셨군요."

크래머는 보고서를 넘기면서 다시 물었다. "은사님이 L대학의 I교수인가요? 맞습니까?"

"맞아요. 그게 어때서요?"

"I교수가 외척이 된다면서요?"

"아니, 그것까지……!"

한순간 백용남의 안면 근육이 실룩거렸다. "이제 보니 한국의 국정원까지 나를 내사한 거군요?"

"수잔이란 여자가 당신과 이종 간이라고 해서 당신의 외가 계보를 조사하는 과정에서 얻어진 부산물이에요."

크래머는 짐짓 '교수' 대신 '당신'이라고 부르며 예리한 눈씨로 상대를 옥죄었다. 그는 'I교수가 북한의 평양을 여러 차례 방문했다지요?' 라고 물으려다가 얼른 생각을 바꾸고 "그보다도 우리가 이해하기 어려운 것은……." 하고 입을 떼었다. "수잔(또는 리노이에 에이꼬)이란 여자가 그동안 적잖은 활동을 해왔는데도 호적이나 주민등록상으론 독일은 물론 일본과 한국에도 존재하지 않는다는 사실도 그렇거니와, 자의든 타의든 한때나마 이종매로 행세하던 그녀가 떠난다는 말 한마디 없이 하루아침에 당신의 눈앞에서 사라져버릴 수가 있느냐 말입니다. 투명인간도 아니고."

"나 역시 그 점에 대해선 매우 의아스럽게 생각합니다. 필시 개인적으로 급작스런 사정이 생긴 게 분명한 것 같아요. 그렇지 않고서야, 내가 아는 한 그처럼 비상식적인 처신을 할 사람이 아닙니다."

백용남의 교언은 가증스러우리만큼 능청맞았다.

"그 '급작스런 사정' 이라는 게 뭘까요?"

"나 역시 궁금해하는 게 바로 그 점입니다."

"혹시 누군가의 지령에 의해 잠수를 탄 건 아닐까요?"

질문과 함께 크래머는 정면으로 상대의 표정을 쏘아보았다.

"잠수를 타다니……."

수사관의 매서운 눈씨에 백용남의 눈썹이 꿈틀거렸다. "잠적했다는 말인가요?"

"아니면 납치당했거나."

"어째서 그런 추측을 하는 거지요?"

"내 추리가 빗나가지 않았다면 둘 중 하나입니다."

크래머는 다시 상대의 표정을 주시했다. "사건 3일 전까지만 해도 수잔은 당신들의 모임에 기꺼이 동석했고, 앞으로 동반자로서의 뜻도 밝혔습니다. 그러한 그녀가 그날 밤 술에 취한 닥터 빌헬름을 자기 차로 모셨는데, 그는 당일 귀가하지 않았어요. 그러곤 이틀 뒤 사망했고, 공교롭게도 그날 밤 이후로 수잔의 행방이 묘연해졌습니다. 이로 미루어 닥터 빌헬름의 죽음과 수잔의 잠적에는 관련이 있다는 개연성을 떨쳐 버릴 수가 없어요. 좀 더 좁혀서 말하면, 닥터 빌헬름의 죽음이 자살일 경우 그 동기 유발자가 수잔이란 겁니다. 그것도 조직적인 지령에 따라 아주 치밀한 계획하에 말입니다."

"허허, 마치 SF를 읽는 기분이군요. 하기야 수사관으로서 추리는 얼마든지 자유겠지만 말입……."

백용남의 짐짓 비아냥거리는 말을 크래머가 잘랐다. "그날 저녁 닥터 빌헬름 들과의 모임을 당신이 주선했다면서요?"

신문의 화살이 느닷없이 자기 쪽으로 날아온 데 대해 백용남은 내심 움찔했다. 하지만 겉으론 태연자약했다. "그래요. 그게 어떻다는 겁니까?"

"물론 주선 자체가 어쨌다는 건 아닙니다. 문제는 왜 그 자리에 수잔이 합석했느냐는 거지요. 원래 그 모임의 취지가 재독 한인 학자들의 친목을 도모하기 위한 게 아니었던가요? 그런 일을 논의하는 자리에 어째 학자도 아닌 미모의 여인이 당신의 이종매라는 거짓 신분까지 공공연히 내세우며 동석하게 됐느냐는 겁니다, 내 말은."

"원 참, 이젠 미인계로까지……. 뮐러 박사님이 얘기하지 않던가요?"

백용남은 어이없다는 투로 냉소하며 탁자 위의 냉수 컵을 집어들었다. "그날은 친목회를 논의하기 위한 첫 모임이었어요. 그래서 평소 서 박사와 강 박사하고 교분이 있는 뮐러 박사에게 동석을 청했는데, 마침 같은 저녁 무렵에 수잔과의 미팅이 있다고 하기에 우리와의 합석을 권유하게 되었던 겁니다."

크래머는 '당신이 수잔과 모임 시간대를 사전에 합의했던 건 아니었나요?' 라고 쐐기를 박으려다 좀 더 여유를 두고 물었다. "구태여 양쪽이 합석을 할 필요가 있었나요?"

"우리 모교 동창 셋만 모이는 것보다 그쪽이 한결 분위기가 부드러울 것 같아서였습니다."

"그 때문이 아니라, 수잔에게 닥터 빌헬름과의 연결고리를 만들어 주려고 했던 게 아닌가요?"

"뭐라구요?"

수사관의 예상대로 백용남은 발끈했다. “이제 나까지 혐의자로 몰아갈 셈이오?”

“그리 언성을 높일 일이 아닙니다. 나는 당시 정황을 유추하고 있는 거예요. 믿을 만한 사실에 입각해서 말입니다.”

“믿을 만한 사실이라고요?”

백용남의 눈망울이 크게 껌벅였다.

“예. 뮐러 박사의 말에 의하면, 수잔이 뮐러 박사에게 미팅 신청을 한 것은 당일 저녁 모임 시각 불과 한 시간 전이었어요. 그러니까 두 사람의 미팅이 사전에 약속된 것이 아니라 누군가의, 아니 당신으로부터 연락을 받고 나서 이루어진 것입니다.”

“추리가 점입가경이군요. 코난 도일이 지하에서 놀라자빠지겠네요.”

백용남은 다시 입가에 냉소를 지으며 빈정댔다. “다음 대목의 설정은 어떤 거지요? 내가 수잔에게 면도칼이라도 건네는 장면을 연출할 겁니까?”

“이 사건은 그런 삼류 살인극이 아닙니다. 미리 함정까지 파 놓고 피해자(닥터 빌헬름)로 하여금 거기에 빠지지 않을 수 없게 유도한, 간교하기 짝이 없는 계략하에 저질러진 살인 사건입니다. 그런 물타기식 답변으로 얼버무리려 들면 안되지요.”

“하지만 마치 나를 용의자처럼 대한다면 수사 협조는 고사하고 더 이상 앉아 있을 수가 없어요. 어디까지나 난 참고인 신분으로 이 자리에 나온 거요.”

백용남은 다시 언성을 높이며 의자를 박차고 일어섰다. “분명히 말해 두지만, 당신들이 이런 횡포를 계속한다면 나도 가만있지 않을 거요. 동 · 서독이 통일된 자유민주주의 국가에서 이 무슨 전체주의적인 인권 모독이냔 말이오!”

“우리는 법의 테두리 안에서 수사를 진행하고 있을 뿐이오.”

크래머는 돌아서는 백용남의 등을 향해 한마디 날리곤 입속으로 중얼거렸다. “물증만 없을 뿐, 당신은 범죄자임이 분명해!”

백용남의 항의성 발언은 엄포로 그치지 않았다. 이튿날 베를린 주요 일간지에 〈BKA, H대학 B교수 소환 조사하다.—빌헬름 서 박사 사망 사건 연루〉라는 표제하에, BKA 수사 요원이 참고인 신분의 백용남을 피의자 다루듯 신문했다는 내용이 백용남과의 인터뷰 기사와 함께 사회면 머릿기사로 게재되었다. 뒤이어 방송 매체에서도 같은 맥락으로 보도되었는데, 취재진들이 한결같이 백용남의 일방적인 비판과 주장에 편중되어 있었다.

"샤이세(제기랄)!"

크래머는 보던 텔레비전을 신경질적으로 끄면서 동료 요원들에게 소리쳤다. "내 반드시 그잘 잡아넣고 말 거야!"

그러나 상황은 만만치 않았다. 이번 수사에 대한 여론이 부정적인 데다, 특히 '무리한 수사로 인한 교권 침해' 라는 학계의 비판 목소리가 높아지는 가운데, BKA 국장 앞으로 H대학 총장의 항의 서한까지 날아든 것이었다.

"여기서 '일단 멈춤' 을 해야겠어. 숨고르기가 필요해."

굳은 얼굴로 부하 요원들 앞에 나타난 팀장이 지시했다. "지금 국장님의 심기가 여간 불편하신 게 아니야."

"저 때문에 팀장님이 야단을 맞으신 거 아닙니까? 노상 그놈의 언론이 말썽이란 말이야."

크래머는 뒤틀린 기분으로 투덜거렸다.

"내 역할이 뭔가? 이럴 때 자네들의 바람막이가 돼야지. 염려 말고 모두 기운을 내."

팀장은 경직된 표정을 누그러뜨리며 부하들을 위무했다. "폭풍이 몰아칠 땐 몸을 낮추는 것도 하나의 지혜야. 바람이 잔잔해지면 다시 본격적으로 시작하자구."

제20장 여공작원 리영숙

75

베를린 주재 북한 대사관.

"신문 잘 봐서?"

노크도 없이 휴게실 문을 벌컥 열고 들어온 오십대 사내가 꺽꺽한 목소리로 물었다.

"예, 읽고 있습네다."

신문을 손에 든 채 자동인형처럼 의자에서 일어선 여자는 수잔이었다.

"당분간 리영숙 동무는 여기서 얼씬도 말고 납작 엎대 있으라우. 독일 수사요원들이 눈에 불을 키고 동무를 찾고 이서."

사나이는 경고조로 말하며 여자의 위아래를 훑어보았다.

"잘 알겠습네다. 지도책 동지의 지시대로 하겠습네다."

그녀는 표면상으론 태연스레 대답했으나, 자신의 처소가 공관 내로 한정된 데 대해 전에없이 불안하고 갑갑스러움을 느꼈다. 하긴 서석순 교수의 사망뉴스가 보도되면서부터 윗선의 지령에 따라 수시로 은신처를 옮겨다니긴 했었다. 그러나 다소 긴장되기만 했지, 지금과 같은 기분은 아니었다.

"기리카구 백용남이하고의 전화 연락도 일절 끊으라우. 감청당할 테니끼니."

"벌써 차단해 놨습네다. 그건 염려 마시라요."

수잔은 의식적으로 관서 말씨를 구사하며 좀 전부터 궁금해하던 것을 물었다. "제가 거처할 데는 어뎁네까?"

"내가 회의실 옆 빈방을 정돈하라고 일러 놔서. 한갓진 구석방이라 당분간

지낼 만할 거야.”

“감사합네다, 지도책 동지.”

“감사는 무슨, 이게 다 우리 공화국을 위해서 하는 거인디.”

지도책은 부리부리한 눈가에 가소(假笑)를 흘리며 너스레를 떨었다.

그런데 수잔이 이곳에 들어온 첫날에 느꼈던 불안감은 마침내 현실로 나타났다. 수잔이 자신을 위해 마련된 방에서 지낸 지 사나흘쯤 되던 날 저녁, 그날도 여느 때와 같이 무료한 한낮을 DVD를 보며 보낸 그녀는, 식사 후 TV뉴스 채널을 틀었다. 며칠 전까지만 해도 메인 뉴스로 브라운관을 달구던 닥터 빌헬름 사망 사건은 엊그제부터 사그라든 상태였다.

‘제발 이 정도로 사건의 결말이 났으면.’

이것이 그녀로선 목전의 바람이었다. 그래야 이 창살 없는 감옥을 벗어나 운신이 좀 더 자유로워질 테니까. 그러나 정의의 여신 디케는 그녀를 외면했다.

“테레비 보고 있었구먼.”

지도책이 양주 냄새를 진하게 풍기며 수잔의 방으로 들어선 것은 밤 아홉시가 막 지나서였다.

“어머, 지도책 동지!”

수잔이 화들짝 놀라며 소파에 비스듬히 누웠던 몸을 벌떡 일으켰다. “웬일이십네까, 이 시간에?”

“그리 놀랄 거 없어 야. 편히 앉으라우.”

지도책은 불콰한 얼굴로 여자와 눈을 맞추고는 맞은편 자리에 앉으며 들고 온 비닐 주머니를 탁자에 내려놓았다. “내레 내일 평양에 다녀올까 그래.”

“그러십네까?”

“기래서 영숙 동무하고 별주를 한잔 하려고 왔디.”

그는 비닐 주머니에서 위스키와 와인, 그리고 육포와 치즈 들을 꺼냈다. “이건 독일에서도 알아주는 백포도주야. 잔 개져오라우.”

그는 양면이 둥글넓적한 프랑켄형 와인병의 코르크 마개에 병따개의 나선형 꼬챙이를 꽂았고, 수잔은 잔 대신 두 개의 법랑 물컵을 쟁반에 받쳐 왔다.

"이것밖에 없네요."

"기땅거 일없어 야. 자, 받으라우."

그는 수잔이 내미는 컵에 와인을 따르곤, 자기 컵엔 조니워커 블랙을 따랐다. "자, 들자우. 리영숙 동무의 앞날을 위하여!"

둘이 든 컵이 '쟁강' 소리를 내며 부딪음과 동시에 수잔이 눈을 동그랗게 뜨고 물었다. "그게 무슨 말씀입네까, 지도책 동지?"

"기게 말이야……. 우선 목부터 추기라우."

지도책이 입가에 컵을 기울이면서 상대에게 마시라는 제스처를 취하자, 수잔도 와인을 두어 모금 입 안으로 흘려 넣었다.

"이자 영숙 동무도 본국으로 들어가야디 안카서? 알다시피 동무의 면식이 너무 세상에 드러나 버려서 해외에선 활동하기가 어렵게 돼서."

그는 또 한 차례 잔을 기울이고 나서 말을 이었다. "기래서 말인데, 이번 일을 보고차 가는 김에 영숙 동무를 김정일 정치군사대(공작원 양성소) 교수(간부)로 상신할 생각이야."

"정치군사대 교수로 말입네까?"

수잔의 눈동자가 네온관등에 반짝였다.

"기래, 그동안 해외에서 활약한 공로를 봐서라도 말만 잘 하면 들어줄 거이야."

"그리만 된다면 저로선 더 바랄 게 없습네다."

수잔은 상대의 말을 반갑게 받아들이긴 했으나, 왠지 거북하고 불안스러웠다. 말의 진정성도 그렇거니와 뭔가를 구슬리기 위한 사탕발림으로도 들렸기 때문이었다. 아니나 다를까, 그녀의 예감은 빗나가지 않았다.

"되구말구! 걱정 말라우. 내레 이번 참에 책임비서 동지한테 부탁해서 그리로 꼭 보내줄 테니끼니."

지도책은 호기롭게 허세를 부리고는 다시 수잔의 컵을 채워 주고 자신도 한 컵을 비우더니 이윽고 수작을 걸어 왔다. "서양 말에 왜 '기브 앤드 테이크' 란 말 있잖네. 영숙 동무도 내게 무어인가 줘야디 안카서?"

'올 것이 왔구나!'

수잔은 상대의 입가에 번진 기름진 웃음을 보며 직감했다. 하지만 그녀는 짐짓 딴전을 피워 보였다. "뭘 드리면 좋겠습네까? 책임비서 동지에게 바칠 근사한 선물이라도 마련해 드릴까요?"

"그건 내레 다 알아서 준비해 둬서."

"그럼 딸라를 드리면 어떻겠습네까?"

"에이, 기딴 건 다 일없어 야. 나한텐 지금 영숙 동무가 필요해. 일루 오라우."

사나이는 여자를 향해 한 손으로 자신의 옆자리를 짚어 보이다가 "내가 그리 갈까?" 하고 냉큼 일어서더니 탁자를 넘다시피 하여 수잔 옆에 털썩 주저앉았다. 그러곤 오른 팔로 그녀의 양 어깨를 거세게 감아안았다. "영숙 동무, 내 마음 알아주갔디?"

이미 수성이 발동한 사나이의 눈빛에는 걷잡을 수 없는 욕정이 이글거리고 있었다. 여자는 반항하지 않았다. 아니, 체념했다는 것이 옳을지 모른다. 단둘만이 있는 이 오밤중에 상대를 완력으로 꺾어 누르는 것쯤은 문제없었지만, 그로 말미암을 결과가 어떤 것인가를 너무나 잘 알고 있었으니까.

수잔은 눈을 감고 한순간 머리를 굴렸다.

'그래, 나중에 삼수갑산에 갈망정 이 지도책 동지에게 보험을 드는 셈 치자. 언제 풀릴지 모를 창살 없는 감옥에서 자칫 해외 뜨내기 공작원들의 잉여 정액을 받아 주는 '위안부' 로 전락하느니 본국으로의 영전에 패를 걸어 보자.'

수잔은 남자의 팔에 안긴 채 살며시 눈을 뜨며 속삭이듯 말했다. "저도 그걸로 한잔 주시라요."

"이 위스키 말이가?"

수잔은 고개를 끄덕였다. "한 컵 가득!"

남자는 안았던 팔을 풀어 내려 수잔의 컵에다 위스키를 넘치도록 따랐고, 그녀는 상대의 컵에 부딪뜨리고는 단숨에 죽 들이켰다. "지도책 동지의 장도를 위해서."

"리영숙 동무의 앞날을 위해서."

남자도 같이 컵을 비웠다.

"자, 저리 드시라요."

수잔은 침대를 가리키며 남자를 일으켜세웠고, 그는 엉거주춤 일어섰다. 여자는 재빨리 방문을 잠그고 나서 침대 머리맡 스탠드를 켜고 벽의 스위치를 껐다. 누가 먼저랄 것도 없이 탈의가 이루어졌고, 수잔의 입에서 취기 어린 한마디가 흘러나왔다. "리영숙, 이 한 몸 지도책 동지께 바칩네다."

그러곤 말소리는 없고, 남자의 능동적인 탐욕의 동작과 여자의 수동적인 몸놀림만이 침대를 출렁이게 했다.

사실상, 지금껏 해외 활동 20여 년 동안 수잔은 위조지폐나 무기 밀거래 등을 위해 외국의 거물급 남자를 상대로 잠자리를 같이했을 때에도 멘스 핑계를 대거나 알코올, 수면제 등으로 상대방을 녹초시켜 육체관계만은 교묘히 피해 왔었다.

그러던 그녀가 오늘 밤처럼 자의반타의반이랄까, 속절없으리만큼 사내에게 몸을 허락한 것—비록 처녀성은 아니었지만—은 자신이 생각해 봐도 쉽사리 이해가 되지 않았다. 이미 50줄을 넘은 육체에 대한 체념이나 자신감의 상실일까, 아니면 앞날의 비전에 대한 일종의 자포자기일까?

남자가 일방적인 욕망을 채우고 나가 버린 공방의 침대 위에 수잔은 실오라기 하나 걸치지 않은 채 우두망찰히 앉아 있었다.

76

'영계!'

수잔은 30여 년 전의 악몽을 새삼 떠올리며 몸서리를 쳤다.

꿈과 낭만을 좇던 여고 시절, 여름방학을 맞아 친구들과 더불어 거제도 구조라 해수욕장으로 수영놀이를 간 귀화는 수상스키를 타던 중, 느닷없이 모터보트를 덮친 수영복 차림의 사내에 이끌려 수영장 밖 멀리멀리 벗어나 남해안의 한 동굴로 끌려갔다. 모터보트를 몰던 청소년과 함께.

그곳엔 잠수복 차림을 한 2명의 공작원이 감시하는 가운데, 귀화 또래의 여자와 남자 한쌍이 다른 수영장에서 먼저 끌려와 있었다.

한밤중이 되자 옷을 갈아입은 이들은 양손이 묶인 채 소형 잠수정에 실려 떠났는데, 다음다음 날 도착한 곳은 황해도 옹진만의 한 해안가였다.

"동무들, 수고 많았수다 그래."

미리 그곳에 와서 기다리고 있던 군관(중위)이 해안가로 다가오며, 잠수정에서 내린 공작원들을 맞이했다.

"우리 임무는 끝났슴메. 수고하기요."

공작원 한 명이 손을 들어 보이자, 군관을 따라온 소총 맨 병사가 "날래 타라우." 하고 군용 지프를 가리키며 피랍자들을 인솔했다. 네 명의 미성년자들은 말 한마디 못하고 서로 눈치만 보며 따라갈 뿐이었다.

'여기가 북한 땅……?'

귀화는 눈앞에 펼쳐진 드넓은 해안의 모래사장과 등 뒤로 전개된 산야의 모습을 둘러보면서 고향의 경관과 별반 다르지 않음을 느꼈다. 그러나 이곳이 다름 아닌, 그동안 학교에서 귀에 딱지가 앉도록 듣고 배웠던 반공교육 대상의 본거지—정치 체제가 완전히 다른 세계—임을 깨닫자, 그러한 감상은 순식간에 공포와 두려움으로 바뀌었다.

하지만 이 체제의 다름에서 오는 공포와 두려움보다도 가장 먼저 귀화를 엄습한 것은 철저한 인권 유린이었다.

그날 오후 늦게 그녀 일행이 실려간 곳은 해주에서 북쪽으로 약 30킬로미터 지점에 위치한 초대소(작전부 산하)였는데, 거기엔 그들처럼 타지역에서 끌려온 10여 명의 피랍자들이 우리처럼 생긴 쇠창살 안에 갇혀 있었다. 내일이면 귀화 들과 함께 도매금으로 평양 등지로 압송될 터였다.

"날래 들어가라우."

이들 네 사람에 대한 인수 절차를 끝낸 초대소 담당관의 명령에 하나 둘 구금장 안으로 발을 옮겨 딛고 있을 때, 우와즈 한 대가 마당 안으로 들어왔다. 외출했던 소장이 돌아온 것이다.

"오늘은 이게 끝이가?"

좌석에서 훌쩍 내린 소장이 소리 지르며 눈길을 구금장 쪽으로 향한 것과, 막 그 안으로 들어서던 귀화가 흠칫 뒤돌아본 건 거의 동시였다. 순간 소장의 시선이 귀화의 면상에 꽂혔다. 거리는 불과 4,5미터. 비록 공작원에게서 지급받은 허름한 작업복에다 얼굴은 땀으로 얼룩져 있었으나, 상큼한 단발머리 아래로 드러난 해말간 목줄기며 우수에 잠긴 영롱한 눈망울과 발그레한 볼은 풋과일 같은 신선함으로 소장의 시각을 한껏 자극했다.

"저 에미나 이름을 알아두라우."

10초 가까이나 한곳을 응시하던 소장이 옆에 있는 담당관에게 지시했다.

"어느 에미나 말입네까?"

"아, 이자 막 들어간 영계 있잖네?"

소장은 한쪽 눈을 깜짝이며 부하의 어깨를 툭 치곤 자기 방 쪽으로 성큼성큼 걸어갔다. 그의 입에선 술냄새가 물씬 묻어났다.

그날 저녁.

보리 주먹밥 하나와 시레깃국으로 식사를 마친 피랍자들이 지친 심신을 추스르며 취침을 준비하고 있을 때, "부귀화, 일어나 보라우." 하는 소리와 함께 쇠창살문이 덜커덩 열렸다. 구금장 안의 뭇 시선이 일제히 문으로 쏠렸다. 호명자는 서너 시간 전 자기들의 인수인계 때 입회했던 담당관이었다.

"뭐 하네? 날래 나오지 않구."

주뼛거리는 귀화를 불러낸 담당관은 그녀를 소장실로 데리고 가 노크를 했다. "소장 동지, 영계를 데불고 왔습네다."

영문도 모르고 따라온 귀화는 새가슴이 되어 문께에 오도카니 서 있었는데, 사실이지 그때까지만 해도 그녀는 '영계'의 뜻을 알지 못했다.

"오, 들여보내라우."

다소 달뜬 듯한 소장의 목소리에 이어 담당관이 살그머니 방문을 열고 귀화의 등을 떼밀었다. "들어가라우."

엉겁결에 빨려들듯 방 안으로 들어선 귀화는 양 어깨를 잔뜩 움츠리곤, 상좌 계급장을 단 군복 차림으로 의자에 앉은 채 자신을 훑어보는 소장을 향해 고개를 까딱했다.

"그리 겁낼 것 없어 야. 이리로 와서 편히 앉으라우."

사십 대 중반으로 보이는 소장이 몸을 일으켜 탁자로 걸어나오며 웃는 낯으로 손짓을 했다.

귀화가 연신 주뼛거리자, "괜티않아. 뭘 그리 놀라네?" 하며 그녀의 손을 움켜잡아 끌어선 나무의자에 앉혔다. 귀화는 마지못해 의자에 엉덩이를 내리고 웅크려앉아 양손을 무릎에 얹었다. 늦저녁이라 열린 창으로 간간이 바람줄기가 흘러들었으나, 선풍기 하나 돌아가지 않는 방 안은 후텁지근했다. 귀화의 이마에 맺힌 땀방울들이 천장에 매달린 백열전구의 빛을 받아 반짝였다.

"덥디? 자, 땀부터 닦으라우."

소장은 자기 의자의 등받이에 걸쳐진 수건을 벗겨 던져 주고는 책상 뒤쪽의 찬물 양동이에서 병 음료(사이다)를 꺼내 와선 뚜껑을 따 주었다. 그의 입에선 아직도 술냄새가 풀풀 풍겼다.

"마시라우. 시원할 거야."

그러고는 또 자기 책상으로 가더니 서랍에서 비스킷 한 봉지를 가져다 뜯어 줬다. “이것두 먹구.”

귀화는 음료수와 비스킷을 탁자 위에 받아 놓기만 했다.

“안 먹구 뭐 하네? 구경하네? 날래 들라우. 나두 목이 마르누만.”

소장은 ‘폭’ 소리 나게 병뚜껑을 따고 꿀꺽꿀꺽 들이켰다. 이를 본 귀화도 음료를 한 모금 소리 없이 목으로 넘긴 뒤 비스킷을 반 쪽 쪼개어 입에 넣었다.

“앞일이 궁금하디?”

탁자 옆으로 의자를 끌어다 앉은 소장은 권련에 라이터불을 댕겨 물곤 연기를 내뿜었다.

“네.”

귀화는 들릴 듯 말 듯한 소리로 대답했다.

“좋은 데루 가구 싶네?”

‘좋은 데’가 어딘진 몰랐으나 귀화는 막연히 고개를 끄덕였다.

“기럼 이자부터 내 말만 잘 들으라우. 내레 널 다른 아이들보다 좋은 곳, 장래가 보장되는 부대로 보내 줄 테니끼니.”

“……?”

귀화는 기대와 의구와 공포가 뒤섞인 심경으로 소장을 유심히 바라보았다. 하지만 그것은 찰나에 지나지 않았다. 그녀의 눈빛에 담긴 진정엔 아랑곳없이 소장은 몸을 벌떡 일으키더니 귀화의 손을 움켜쥐었다. “일루 오라우!”

남자가 여자를 끌고 들어간 곳은 소장실 한쪽 구석에 칸막이를 세워 꾸며진 간이 침실—아니, 침실이라기보다 침대도 없이 매트 위에 담요 한 장만 달랑 깔아 놓은 임시 잠자리로, 조명도 소장실에서 흘러들어오는 간접조명뿐이었다.

“이러시면 안됩니다!”

남자의 양팔에 끌어안긴 여자가 본능적으로 양손으로 상대의 가슴을 밀치며 외친 첫 마디였다. 그러나 엄청난 역부족, 그야말로 바위에 달걀 부딪치기였다.

"이러디 말라우. 내 말을 순순히 따르고 좋은 데루 가는 게 백번 낫디. 딴 놈들한테 실컷 당하고 내팽가텨딘 다음에 후회하디 말구."

남자는 여자의 몸을 더 옥죄 왔다. "어드런 게 영리한 건가는 네가 잘 판단할 수 있디 않네?"

여자는 사내에게 옥죄인 채 참담한 심정으로 저항할 의지조차 없었다. 후회고 나발이고 당장 사내의 완력에서 헤어날 길이 전무하지 않은가. 이 동토지대와도 같은 황량한 늪에서 악을 쓰고 소리를 쳐 본들 자신을 건져 줄 구원자나 원군이 나타날 리 만무하지 않은가. 차라리 혀를 깨물고 죽고 싶은 심정이었지만, 용기도 용기려니와 뜻대로 이루어질 것 같지도 않았다.

남은 방법은 체념이었다. 결국 여자는 남자의 팔에 들려 매트 위로 옮겨졌고, 남자의 육욕을 위한 여자의 고통이 5, 6 분간 이어졌다. 귀화의 눈에선 피눈물이 흘렀고, 하체에선 선혈이 흘러나왔다. 수잔이 처녀성을 상실하는 순간이었다.

비록 온전히 타의에 의한 거래이긴 했으나, 귀화의 육체적 유린에 따른 대가는 바로 치러졌다. 행인지 불행인지, 소장의 천거로 그녀가 보내진 곳은 평남의 산간 지방에 있는 간첩 훈련소였다. 그녀가 처음에 거쳤던 초대소보다 지형이 험준하고 경비도 삼엄했지만, 훈련소 막사 내부는 정리 정돈이 잘 되어 있고, 훈련생들의 모습에서 적어도 외관으론 사기와 활력, 엄격한 규율과 질서가 체감되는 듯싶었다. 귀화로선 꿈에도 접해 보지 못했던 새로운 환경—완전히 딴세상이었다. 자신의 바뀐 이름처럼.(귀화가 훈련소에 도착했을 때, 인수자는 그녀를 가리켜 '리영숙' 이라고 호명했다.)

'그래, 이제 부귀화는 이 세상에 존재하지 않는다. 리영숙으로서의 새로운 삶이 있을 뿐이며, 환경에 순응하는 것만이 살 길이다. 그 어떤 역경 속에서라도.'

리영숙은 자신에게 주어지는 일은 호오(好惡)를 가리지 않고 열성을 다해 치러냈다. 남파 대상 공작원들에게 남한의 말씨와 생활양식을 가르치는 한편, 이탈리아 등 해외에서 납치돼 온 여성들로부터 그 나라 말을 과외 시간에까지 붙좇아다니며 익혔고, 책도 문학 서적이든 교양 서적이든 닥치는 대로 읽었다. 거기다 사격술과 총검술, 도청 기술뿐 아니라, 유도, 태권도, 합기도 등의 무술도 빼놓지 않고 악착같이 연마해 나갔다.

이 같은 결연한 노력으로 그녀의 무술 실력은 달이 가고 해가 거듭될수록 두각을 타나내면서 훈련소 내 교관이나 상사들의 주석에서 그녀에 대한 화제가 심심찮게 안줏감으로 오르내렸다.

"배우처럼 생긴 에미내가 어드메서 그런 기가 솟아나는지 놀랍지 않네?"

"남조선 자본주의 사회에선 어림도 없는 일이 아니겠슴메? 우리 공화국에서나 해낼 수 있는 일이지비."

"허지만 꽃이 아름다우면 꺾으려는 사람이 많은 법이오."

"'미인박명' 이란 말도 있지 아이오?"

미상불, 좋은 일에는 탈이 끼어들기 쉬운 법. 대원 중 한 조의 전출(사실은 남파)을 이틀 앞두고 예기치 못한 사건이 발생했다. 그날 밤, 전출자들을 위한 간소한 송별회식이 있었는데, 그 자리엔 교관들과 더불어 여자 훈련원의 대표로 리영숙도 참석하게 되었다.

"여러분은 이자 곧 남조선으로 가게 될 거야. 다들 혁혁한 공을 세워서리 우리 공화국의 영웅이 되기요!"

"고럼, 거저 남조선 요인들의 모가지를 뎅겅 따구설랑 오는 거이야. 알가서들?"

이렇듯 초장은 공화국에 대한 충성을 고취 · 격려시키는 분위기로 시작되었다. 그런데 이런 상투적인 발언은 평양소주가 몇 순배 돌아가면서 차츰 사담으로, 그리고 또 Y담으로 발전하더니 급기야 행동으로 나타났다. 리영숙 옆에 앉아 있던 사격술 교관이 그녀의 어깨 위로 슬며시 손을 걸쳤다. 여자는 한 손으로 젓가락질만 할 뿐 가만히 있었다. 좌중은 먹고, 마시고, 잡담을 하느라 정신이 없었다.

"영숙 동무도 한잔 하라우."

교관은, 한 모금 입만 대고 내려놓은 리영숙의 잔을 보며 권하고는 이번엔 여자의 겨드랑이 밑으로 손을 찔러넣더니 갈비뼈를 타고 유방 쪽으로 꼼지락거렸다. 여자는 잠자코 침입자 오형제(다섯손가락)를 제 손으로 꼭 잡고 상대편으로 밀어냈다.

남자는 '요것 봐라.' 는 듯 여자를 쓱 한번 쳐다보곤 자기 잔을 입 안으로 털어 넣었다. 그의 끓어오르는 성적 충동과는 반비례로 대뇌 억제중추의 기능은 둔화되어 갔다. 이윽고 오형제는 여자의 대퇴부를 더듬는가 싶더니 막무가내로 골짜기 깊숙이로 침투해 왔다. 수십 마리의 지렁이들이 스멀거리는 듯한 징그러움을 느끼며 여자는 진저리를 쳤다.

'탁!'

리영숙이 도끼눈으로 교관을 노려보며 매몰차게 그의 손을 힘껏 걷어 치웠다. 그것은 단순한 여성의 보호 본능이라기보다 뇌리 한구석에 박혀 있던 원한의 잠재의식—초대소 소장의 방 매트 위에서 사정없이 할큄을 당했던—이 한순간에 폭발했다고 봄이 외상없으리라.

갑자기 주위의 시선이 모아졌다.

"뭐 이런 에미내가 다 있네?"

일개 생도에게 무시당해 약이 잔뜩 오른 교관의 손이 리영숙의 얼굴로 날아오는 찰나, 그녀는 잽싸게 몸을 일으키며 상대의 양팔을 잡고 힘껏 메치기를 했다.

'와장창!'

교관이 창문에 메어꽂히면서 유리창이 박살났다. 회식장은 삽시간에 발칵 뒤집혔다.

"어드렇게 된 거이가?"

맨 상석에 앉아 있던 수석 교관이 소리 지르며 의자에서 벌떡 일어서 소란스러운 창 쪽을 향해 눈을 부라렸다. 3,4명의 동료가 머리에 피를 흘리며 쓰러진 사격술 교관을 일으키고 있었고, 또 다른 2,3명은 리영숙의 팔과 어깨를 꽉 붙잡고 있는 가운데, 한 교관이 부리나케 상석으로 가서 뭔가를 고했다.

"뭐이 어드레?"

수석 교관이 눈에 쌍심지를 켜고 리영숙을 쏘아보더니 냉혹하게 내뱉었다.

"당장 처넣으라우!"

어찌 보면 단순한 송별회식 자리에서의 해프닝으로 마무리될 수도 있는 이 사달은 마침내 최상층부인 대외정보조사부(35호실의 전신)까지 보고가 올라갔고, 결국 리영숙은 구속되어 재판을 받게 되었다. 죄명은 하극상—회식 석상에서 상관에 대한 폭행죄였다. 물론 사건의 발단은 교관의 성추행에서 비롯되었다. 하지만 그런 것 따위는 거의 무시된 채 결과만 침소봉대해 보고되었다. 더욱이, 그해 1월 남한의 청와대를 습격하기 위해 침투했던 북한 특수부대인 124군부대 무장간첩들이 한국의 군경에 의해 거의 소탕된 직후인 만큼 노동당 산하 대남 기구, 특히 대외연락부와 작전부의 분위기가 극도로 예민해져 있던 터라 간첩 훈련소의 기강도 살얼음처럼 엄중한 무렵이었다.

결국 정치범으로 찍힌 리영숙은 군사재판 절차도 없이 국가안전보위부의 명령에 따라 함경남도의 제15호(요덕) 수용소로 끌려가게 되었다.

그나마 북한의 열 곳에 이르는 정치범 수용소 중 유일하게 종신 수용소가 아닌 요덕 수용소에 수감된 것은 불행 중 다행이었다.

리영숙은 혁명화 구역에 수감되었는데, 그녀를 맞이한 것은 새로운 혹독한 시련이었다. 하루 10시간 이상의 강제노동에다 하루 1,2백 그램—북한 0~4세 유아 배급 기준인 234그램에도 못 미치는—의 열악한 급식, 임신한 여성을 발로 차서 낙태시키고, 수술조차 제공받지 못하는 의료 사각지대. 학생 시절 '반공'을 귀가 닳도록 들었지만, 공산주의란 체제 속에 이런 생지옥이 엄존해 있으리라곤 상상도 못했었다.

하지만 그녀는 삶에 대한 희망의 끈을 놓지 않았다. 하루하루 닥치는 시련을 그녀는 훈련소에서 닦고 기른 체력과 인내력으로 극복했으며, 수용소 내 간부들이나, 수감자 중에서 선정된 중 · 소대장의 성희롱이나 성폭행 시도는 이판사판이란 각오하에 실력으로 본때를 보였다. 다행히, 간부들 대부분이 그녀가 이곳으로 끌려온 죄목을 귀동냥으로 알고 있어서 그녀에게 함부로 집적거리는 짓은 차츰 사그라졌다.

그렇게 1년여 동안을 버텨내고 있었으나, 리영숙의 육신은 점점 쇠잔해 가고 있었다. 더구나 초여름에 이르러 수용소에 퍼진 말라리아가 그녀에게까지 옮겨지면서, 다른 환자들과 함께 격리 수용되어 있었다.

수용소 내 병원에서 감염 진단을 받은 후 며칠째 하루 옥수수죽 한 그릇, 어쩌다 키니네 한두 알이 주어지는 게 고작이었다. 수용소 측에서 보면 이들 환자는 치료 대상의 한 인간이라기보다, 노동판에 투입되었다가 폐기처분된 하나의 도구에 지나지 않았다. 환자 수용실에서는 하루에도 3,4구의 사체들이 가마때기에 덮여 들것에 실려 나갔다. 그것도 2, 3십대의 젊은이들이.

'인생이 저렇듯 허망하게 끝장나 버리다니…….'

리영숙은 아침부터 40도 가까이 오르내리는 고열에 사지를 웅크리고 오들오들 떨면서 비로소 진정으로 죽음에 대한 실체와 공포를 절감했다. '시간문제일 뿐, 이러다 나도 저들의 뒤를 따라 골로 가고 마는 건 아닌가? 이렇게 죽는 건 정말이지 싫다. 그야말로 개죽음이 아닌가! 어떻게든 죽지만은 말아야 한다.'

리영숙은 고열과 전율에 시달리면서 몽롱한 의식 속으로 빠져들었다.

77

"리영숙, 아직도 자고 있슴메?"

그녀가 꺽꺽한 목소리에 번뜩 눈이 뜨인 건, 꿈속에서 비키니 차림에 수상스키를 타고 신나게 물살을 가르고 있는 순간이었다.

"얼른 일어나라 이."

격리 수용실 문을 열고 들어선 사십대 안팎의 말라깽이 여반장이 리영숙에게 다가오며 퉁상스레 내뱉었다.

"……?"

느닷없이 나타난 반장의 모습에 리영숙은 영문을 모르고 몸을 누인 채 퀭한 눈으로 올려다볼 뿐이었다.

반장은 다짜고짜로 리영숙의 겨드랑이에 팔을 끼워 넣더니 앉힐 새도 없이 번쩍 일으켜 세웠다.

"……!"

리영숙은 얼떨결에 하릴없이 반장의 억센 팔에 부축을 받은 채 매달리듯 이끌려 나갔다.

"빨리 진찰을 해 보우."

리영숙이 반송장처럼 축 늘어진 채 병원으로 옮겨졌을 때, 미리 와 있던 수용소 관리소장이 의사에게 다그쳐 말했다. 그의 옆에는 인민복 차림을 한 삼십대의 또 다른 사나이가 리영숙의 모습을 지켜보고 있었다.

서둘러 그녀를 침상에 누인 의사는 빠른 동작으로 환자의 체온을 재고 나서 상의를 젖히고 여러 부위에 청진기를 갖다 대고, 맥을 짚어 보기도 하더니 "다행히 생명에는 지장이 없습니다." 하고 침착하게 입을 열었다. "말라리아로 인한 고열도 고열이지만, 뭐랄까 허기(그는 영양실조를 이렇게 표현했다.)로 인한 심한 탈진이 병상(病狀)을 악화시킨 겁니다."

그러곤 의사는 환자의 팔목에 안티피린(해열제) 주사를 놓으며, 옆에 있는 간호사에게 키니네를 먹이도록 지시했다.

"이제 마음을 놓세, 지도원 동지."

관리소장이 인민복 사내에게 말했다.

"언제쯤 데려갈 수 있갔소?"

지도원이란 자가 세면대에서 손을 씻는 의사에게 물었다.

"퇴원시키려는 겁니까?"

의사는 수건으로 손을 닦으며, 상대가 노동당 상부에서 나온 요원임을 알아채면서도 우정 되물었다. "어디로 데려가는데요?"

"아, 평양이지 어디겠슴메?"

관리소장이 얼른 대변했다.

"열은 하루이틀이면 내리겠지만, 원기를 회복하려면 최소한 일주일은 경과해야겠지요. 차로 평양까지 가려면."

"일주일씩이나 말이오?"

지도원이 의외라는 표정을 짓자, 관리소장이 한마디 거들었다. "좀 더 서둘러 보기요. 여기선 응급처치만 하고, 입원 치료는 평양에서 하는 게 안 좋겠슴메? 그쪽이 시설도 좋고 하니."

"알겠습니다. 가급적 빨리 떠날 수 있게 해 보지요."

'나를 평양으로 데려간다고?'

눈을 감은 채 빈사 상태로 침상 위에 누워 있던 리영숙은 주위 사람들의 말소리를 들으며 의식이 점점 또렷해졌다. '도대체 어찌 된 사연일까? 누가 무엇 때문에 나를 사지에서 평양으로 불러들이는 걸까?'

그녀는 걷잡을 수 없는 궁금증과 설레는 마음으로 벌떡 일어나고 싶은 충동을 느꼈으나, 그냥 감은 눈으로 지그시 참았다.

리영숙이 그토록 궁금해하던 수수께기가 풀린 것은 그녀가 평양으로 이송된 지 10여 일이 지나서였다. 이제 몸도 거의 회복되어 거동이 자유스러워져, 곧 퇴원하게 될 거라고 아침에 간호사가 귀띔해 주었다.

바로 그날.

예기치 않았던, 리영숙으로선 실로 천만뜻밖의 사람이 찾아왔다.

"차오(안녕), 시뇨리나(미스) 리!"

여느 때 드나들던 예의 지도원을 따라 리영숙 앞에 모습을 나타낸 건, 간첩 훈련소 입소 후 외국어 연수 과정에서 그녀에게 독일어와 이탈리아어를 가르쳐 주던 로사였다.

"오, 로사 프로페소레사(선생님)!"

눈이 똥그래진 리영숙의 표정은 놀라움 반, 반가움 반이었다.

"퇴원을 축하해요."

로사는 들고 온 꽃다발을 리영숙에게 안겨 주며 가볍게 한 팔로 어깨를 껴안았다. 그러나 '그동안 얼마나 고생이 많았느냐?', '상한 데는 없느냐?' 따위의 신변 얘기는 일절 입 밖에 내지 않았다. 리영숙 또한 로사의 품에 안긴 채 반가움에 겨운 눈물만 글썽일 뿐 입은 열지 않았다.

"자, 이자 그만 갑세다. 과장 동지가 기다리고 계실 터인데."

지도원이 두 여자를 향해 채근하듯 말하곤 나가자, 리영숙은 서둘러 옷을 갈아입고 로사를 따라 병실을 나왔다. 병원 마당에는 이제 막 시동이 걸린 우와즈의 운전석 옆에 지도원이 앉아 현관 쪽을 보고 있었다.

이윽고 현관에서 걸어나온 두 여자가 우와즈의 뒷좌석에 나란히 올라탔다. 그러나 20분가량 달려 한 초대소(외국인 납북자들의 숙소) 앞에서 차가 멎으며 곧바로 로사가 하차했다. "잘 가요, 미스 리."

"또 뵐 수 있겠지요, 선생님?"

리영숙은 기약없는 이별을 못내 아쉬워하는 눈망울로, 차문 밖에서 손을 펴 들고 쓸쓸히 미소짓는 로사를 망연히 바라보았다.

"날래 가자우."

지도원의 재촉에 차는 벽안의 여인을 뒤로한 채 꽁무니에서 회청색 가스를 내뿜으며 내달았다.

리영숙을 태운 차가 도착한 곳은 노동당 직속 부서의 하나인 대외정보조사부였다. 그런데 한 방으로 안내되었을 때, 그녀는 다시 한 번 놀라지 않을 수 없었다.

"과장 동지, 리영숙을 데려왔습네다."라는 지도원의 말과 동시에 회전의자를 돌리며 고개를 쳐든 사나이가 낯익은 구면이었기 때문이다. 좀 더 정확히 말하면, 훈련소 초년병 시절 그녀는 몇몇 동료와 함께 평양 근교의 초대소까지 와서 다른 공작원들과 더불어 이탈리아어를 배웠는데, 그때 노동당 당원인 조승록도 거의 빠짐없이 찾아와서 회화 강의를 들었던 것이다.

당시 홍일점 같은 이 존재에 대해 수강생들이 접한 풍문에 의하면, 김정일과 김일성종합대학 동기인 조승록은 학구파로서 일찍이 러시아어, 중국어, 일어를 통달한 후, 이제 영어와 독일어를 익히는 한편, 이탈리아어 습득에 입문했다는 것이었다. 이런 풍문을 뒷받침하기라도 하듯, 그는 수강에 매우 열성적이었으며, 강사(로사)로부터 발음이 원어민 못지않다는 칭찬을 받는 리영숙을 격의 없이 대해 주었을 뿐 아니라 야릇한 호감을 느끼기도 했었다. 여자쪽에선 호기심 수준이었지만. 그런 두 사람이 이제 꿈과도 같은 극적인 재회를 하게 된 것이었다.

그로부터 한참 후에 두 남녀 간의 정분이 깊어지면서 정확한 사연을 알게 되었지만, 그날 리영숙의 직감대로 그녀에 대한 구원의 손길은 로사로부터 비롯된 것이었다.

로사가 리영숙이 요덕 수용소로 이송된 사실을 안 것은 그녀가 수감된 지 두어 달 뒤였다.

"뭐라고? 요덕 수용소라고?"

로사는 자기에게 살며시 다가와 알려주는 레바논 여자(그녀도 피랍자였다.)에게 소스라치며 반문했다. 그녀가 들은 바로는 북한의 수용소는 대부분 종신 구역으로 알고 있는 만큼, 수용소 수감은 곧 죽음이나 다름없는 것으로 인식하고 있었다.

"조승록 부과장 동무에게 한번 부탁해 보는 게 어때요?"

로사가 '리영숙이를 구출할 방법이 없을까?' 하고 안타까워하는 것을 보고 레바논 여자가 한 말이었다.

하지만 그 무렵 조승록은 모스크바 출장 중이었다. 레닌 출생 1백 주년 기념 행사에 참석하는 요인들과 동행차였는데, 그의 주요 임무는 〈프라우다〉지에 김일성의 논설을 전담해 기고하는 일이었다. 또한 부차적으로 예전에 마치지 못했던 모스크바 대학에서의 석사 과정을 이수하는 것도 김일성의 배려로 내락되어 있었다. 그래도 로사는 그에게 한 가닥 희망을 걸고 기다릴 수밖에 없었다.

그로부터 약 10개월 후, 석사 과정을 이수하고 모스크바에서 돌아온 조승록은 임지에서 수행한 공로로 과장으로 승진했다. 그리고 승진 축하 인사로 한바탕 떠들썩한 분위기가 가라앉았을 때, 부하 여직원이 로사라는 여자가 '귀국하는 대로 긴급히 면담을 요청한다.' 는 전언을 들려주었다. 그는 지체하지 않고 퇴근 후에 초대소를 찾아갔다.

"오랜만이야, 로사!"

구내 응접실에서 기다리던 조승록이, 헐레벌떡 들어서는 로사를 맞이하며 앉은 채 손을 내밀었다.

"와 주셨군요!"

그녀도 상대의 손을 맞잡으며 반색해 마지않았다. "승진하셨다고 들었어요. 축하합니다."

"그라치에(고맙소)!"

조승록은 맞잡은 손을 크게 흔들며 말했다. "나에게 면담 요청을 했다구?"

"네, 아주 많이요."

"왜? 뭣 때문에?"

"리영숙이 아시지요?"

"리영숙? 가만……, 이딸리아어 발음이 좋다고 로사가 칭찬하던 그 훈련생 말이지? 무술 솜씨도 출중했고……."

"맞습네다! 기억하고 계시는군요."

"한데, 그 에미나가 어드렇단 말이가?"

"그럼 리영숙이가 요덕 수용소에 있는 것도 모르고 계십니까?"

"요덕 수용소에? 왜?"

"성추행하려는 교관을 내팽개쳐서……."

"아 아, 이제 알 것 같구먼."

조승록은 생각이 나는 듯 상대의 말을 끊었다. "그 사건의 주인공이 바로 그 에미나였구먼. 나도 그때 언뜻 듣긴 했지만, 모스크바 출장 준비를 하느라 자세한 건 알 겨를이 없었지."

"리영숙이를 구출해 주실 수 없습니까?"

진정으로 애원하다시피 하는 로사의 간절한 부탁에 상대는 다소 얼떨한 표정이었다. "글쎄, 그게 우리 부서 소관도 아니고, 이미 안전보위부에서 결정이 난 일인데……."

"그런 재능 있는 유망한 정보원을 한갓되이 강제 노역에 동원하는 건 공화국으로서도 크나큰 손실이라고 저는 생각합니다. 제가 훈련생들에게 외국어를 가르치는 것도 장차 해외에서 요긴하게 활용하려는 거 아닙니까?"

로사의 진지한 설득에 조승록은 수긍을 하면서도 난색을 표했다. "그야 그렇지만 워낙 큰 사고라서 말이야."

"원인 제공자는 상대쪽입니다. 리영숙은 자기 보호를 위한 여성의 본능적인 행동을 했을 뿐입니다. 그런 용기를 적에 대해 발휘한 것으로 가상해 볼 수도 있잖습니까? 만일 리영숙이 구출이 된다면 앞으로 공화국을 위해 자신의 몸을 바칠 각오로 일할 거라 믿습니다."

"오호, 대단한 확신이군!"

조승록은 놀랍다는 표정으로 로사를 똑바로 바라보았다. "내레 진상을 좀 더 자세히 알아보고, 웬만하면 위에다 품의해 보가서. 하지만 믿지는 말라우."

"저는 신에게 빌겠습니다."

로사는 끝까지 자기의 확신을 보이려고 애썼다.

로사와 헤어진 조승록은 그길로 국가안전보위부에 들러 '리영숙의 하극상' 사건 당시 올라온 보고서를 담당 직원을 통해 받고 들추어보았다. 로사의 말대로, 사건의 단초는 교관의 성추행이었으나, 그 표현은 아주 단순했다. 보고서에 의하면, '교관 공진태가 취중에 단지 훈련생 리영숙의 무릎에 손을 얹었을 뿐인데, 상대를 유도로 메꽂음으로써 전치 10주의 심한 상해를 입혔는 바…….' 라고 기록되어 있었다.

사실이야 어찌 되었든, 이따위 사달로 유망한 공작원 감을 정치범 수용소에 수감시키는 게 부당한 처사일 뿐 아니라, 리영숙으로서도 원통하고 억울한 일임을 조승록은 모르지 않았다. 또한 그게 어쩔 수 없는 현실이라는 것도 알고 있었다.

'그래, 한번 내 사람으로 길러 보자.'

대외정보조사부로 돌아온 조승록은 곧바로 부장실로 들어갔다. 먼저, 그는 향후 유럽 무대에서 공작 활동을 하려면 유능한 요원들이 필요하다고 피력한 후, 리영숙의 출감 쪽으로 화두를 이끌었다.

"아니, 리영숙이라면 자기 교관을 메꽂은 그 에미나 아니네?"

소파에 앉아 있던 부장이 눈을 치뜨고 조승록을 올려다보았다.

"예, 맞습네다."

조승록은 퍼뜩 로사가 언급한 '용기' 를 떠올렸다. "그런 용기, 사내한테서도 나오기 힘듭네다, 부장 동지!"

그는 역발상을 시도한 것이었다.

"용기? 하긴 용기 없인 그럴 수 없디."

"에미나가 그 정도면 대단하지 않습네까? '007 영화' 에 나오는 제임스 본드와도 겨룰 만합네다."

"음……."

"거기다가 회화 실력, 특히 독일어, 이딸리아어도 보통이 넘습네다."

"허지만 기게 우리 소관이 아니잖네?"

"앞으로 우리 부서에서 꼭 필요한 인력이라고 밀어붙이시라요."

"기럼 내가 한번 안보위에 부탁해 보디."

부장이 부하의 품의를 이렇듯 어렵잖게 받아들인 데에는 조승록이 얼마 전 군 총정치국장을 거쳐 총참모장이 된 오진우의 가까운 외척이라는 점이 크게 작용했다.

결국 리영숙 석방에 대한 부장의 품의서가 국가안전보위부로 올려졌고, 그로부터 일주일 만에 허락이 떨어졌다. 리영숙이 지옥에서 회생하는 순간이었다. 그러니까 로사야말로 천야만야한 낭떠러지로 추락하는 리영숙을 잡아 올린 생명줄이었던 것이다.

"날 알아보가서?"

조승록이 서글서글한 눈매로 아직 완전히 회복이 안된 리영숙의 핼쑥한 얼굴을 살펴보았다.

"예에."

리영숙은 아미를 숙인 채 모깃소리로 대답했다.

"영숙 동무를 요덕 수용소에서 왜 석방시켜 줬는지 알가서?"

'글쎄요, 왜입니까?'

그녀는 입 대신 마음으로 반문했다.

"우리 공화국을 위하여 헌신할 기회를 주는 거야. 할 수 있가서?"

조승록은 서랍에서 백지와 볼펜을 꺼내 그녀에게 건네주면서 말했다. "여기다 우리 공화국에 대한 충성 맹세를 써 보라우. 거기 앉아서."

리영숙은 조승록이 가리키는 보조의자를 책상 옆으로 끌어다 앉았다.

'뭐라고 쓰지?'

잠시 막연해하는 그녀의 머리에 한국의 학교에서 조회 때마다 외우던 '우리의 맹세' 첫 문구가 문득 떠올랐다.

〈우리는 대한민국의 아들딸, 죽음으로써 나라를 지키자.〉

그녀는 2,3십 초 머리를 굴리더니 이윽고 볼펜이 백지 위를 움직여 갔다.

충성 맹세

나는 조선민주주의인민공화국의 딸로서, 앞으로
나의 몸과 마음을 오롯이 바쳐 공화국에 충성할
것을 굳게 맹세합니다.

1970년 2월 일

리 영 숙

글귀를 한번 읽어보고 난 리영숙은 조승록의 앞으로 다가가 종이를 넌지시 내밀었고, 이를 받아 든 그는 한눈에 읽어내렸다.

"그래, 돼서!"

조승록은 입가에 웃음기를 띠었다. "이제부터 이걸 실천하는 일만 남아서. 그러기 위해선 철저한 훈련이 필요해. 모두가 쉽지 않은 과정이지만 영숙 동무는 잘 해낼 거야."

그는 만족스러운 표정으로 리영숙의 파리한 얼굴을 쳐다보며 '충성 맹세서'를 서류철에 끼워넣었다. "그동안 수용소 생활과 병원 신세를 지느라 먹는 게 형편 없었갔지? 오늘은 내가 동무의 영양 보충을 시켜 주가서."

조승록은 퇴근 후 리영숙을 평양 시내의 고급 식당으로 데리고 가서 맛깔스럽고 영양가 높은 음식을 먹여 주었다.

'이게 꿈은 아니겠지?'

리영숙은 설레는 기분을 가눌 수가 없었다. 음식도 음식이려니와 그보다도 그녀로선 조승록이 베풀어 주는 인간미를 맛보는 것이 더 감격스러웠다. 북으로 피랍된 이래 비로소 정말 '살아 있는 기분'이 나고 '사는 맛'을 느낄 수 있었다.

"이 같은 과장님의 은혜, 평생 잊지 않겠습니다."

눈물이 글썽일 만큼 진정 어린 감사의 뜻이 리영숙의 가슴 깊숙이에서 우러나왔다.

"아니야. 그 은혜는 우리 공화국에 갚아야지. 그런 말 말구 오늘은 거저 많이 먹으라우."

수저를 놓은 채 눈시울을 적시는 리영숙을 조승록이 얼러 주었다. "열심히 하라우. 내레 영숙 동무가 얼마나 잘하는지 종종 들러 보가서."

그리하여 바로 다음날, 리영숙은 금성정치군사대에 들어가게 되었다.

금성정치군사대는 북한 공작원을 양성하는 기관으로, 리영숙은 이곳에서도 핵심인 특수부대에 배치되었다. 이미 간첩 훈련소에서 주요 무술을 단련한 그녀는, 이제 한 차원 높은 극기훈련을 비롯하여 표창던지기, 독침뿌리기 등을 익혀 나갔다. 그녀는 자신의 '충성 맹세'를 입증이라도 하듯이 부대 내에서 단연 두각을 나타냄으로써 명실공히 테러리스트로서의 자질까지 유감없이 발휘했다.

조승록도 이곳 정치군사대의 요원을 통하여 이 같은 사실을 전해 듣고는 흐뭇해했다. 그는 한두 달에 한 번꼴로 주말 저녁때를 이용해 면회를 왔는데, 기실은 면회라기보다 군사대의 묵인하에 이루어지는 방임된 데이트였다. 두 남녀는 구내의 호젓한 오솔길을 찾아 산책을 하며 이야기(주로 훈련에 대한 애로사항이나 리영숙에 대한 찬사)를 나누었는데, 대체로 조승록의 물음에 리영숙이 짧게 대답하는 식이었다.

그러다 만남의 빈도가 잦아지면서 조승록은 리영숙을 공작원 훈련생이 아닌 '여자'로 보게 되었고, 산책할 때에도 그녀의 손을 정답게 잡고 걸었다. 그리고 하루는 이런 말까지 해 주었다. "여기서 훈련 과정을 다 마치면 내레 영숙 동무를 우리 부서로 데려갈 작정이야."

"어머! 정말이에요?"

조승록의 뜻밖의 말에 리영숙은 감격에 겨워 사내의 손을 두 손으로 꼭 잡았다.

"영숙 동무는 아직도 남조선 말을 버리지 못하누만."

농담조로 하는 조승록의 말엔 아랑곳하지 않고 리영숙은 그의 품에 얼굴을 묻고 읊조리듯 말했다. "과장 동지, 정말 고맙습니다."

제21장 가 버린 두 은인

78

그로부터 2년 남짓 지난 늦은 봄 어느 날, 조승록이 여느 때와는 달리 주말도 아닌데 다소 수심 어린 얼굴로 찾아왔다.

"나하고 같이 가 볼 데가 이서. 내레 교관 동무한테 외출 허가를 받았으니 날래 준비하고 나오라우."

"어딜 가는데요?"

"병원. 로사가 몹시 아프다누만."

"알았습니다. 곧 나갈게요."

부랴부랴 외출복으로 갈아입고 현관 밖으로 나온 리영숙은 조승록이 직접 몰고 온 지프에 올라탔다.

"무슨 병이랍니까?"

차가 구내 정문을 빠져나오자 리영숙이 물었다.

"폐암이라나 봐. 나도 오늘 오전에 병원 직원의 연락을 받고 처음 알아서."

"로사 선생님이 과장 동지께 전해 달라고 했답니까?"

"응. 그리구 영숙 동무도 꼭 한 번 만나보구 싶다고 했다누만. 그럴 만한 것이……."

조승록은 급커브의 도로에서 조심스레 핸들을 꺾은 후 말을 이었다. "영숙 동무도 짐작은 했겠지만, 동무를 요덕 수용소에서 빼내 달라고 부탁한 사람이 로사야. 로사야말로 영숙 동무의 진정한 은인이지."

"제겐 두 분 다 은인입니다. 그런데 전 아프신 줄도 모르고 있었다니……."

리영숙은 그동안 로사를 거의 잊다시피 안부조차 묻지 못한 데 대해 새삼 죄스럽게 느껴졌다.

두 사람이 도착한 병원은 정치군사대학 북동쪽, 용성구역 동북리 초대소 내에 있는 3층 벽돌 건물이었다.

로사는 2층 서쪽 끝 병실에 7,8명의 환자들과 함께 있었는데, 조승록과 리영숙이 들어서자 마치 혈육을 맞이하듯 반색을 아끼지 않았다. "와 주셨군요. 정말 감사합니다."

로사는 침상에서 힘겹게 몸을 일으키며 미소를 띠었으나, 창백한 얼굴은 예전의 화사하고 건강했던 모습과는 몰라볼 만큼 야위었고, 머리엔 탈모를 커버하기 위해 모자를 쓰고 있었다.

"선생님, 정말 죄송합니다. 저는 이러신 줄도 모르고……."

리영숙은 죄스럽고 안타까운 나머지 로사의 깡마른 두 손을 부여잡고 말을 잇지 못했다. 이런 모습을 리영숙의 뒤에서 조승록이 안쓰럽게 바라보았다. "좀 더 일찍 알려주지 않구."

"그래 봐야 괜히 두 분 신경만 쓰게 할 텐데요 뭐. 각자 하실 일이 바쁜데."

로사는 쓸쓸히 조승록을 올려다보며 내심 이렇게 말했다. '오늘 두 분을 부른 건 마지막 작별 인사를 하려는 거예요.'

"그럼 둘이서 얘기들 나누라우. 내레 원장을 만나보고 올 테니까."

상대의 모습이 긍련해 보였던지 조승록은 한마디 하고는 병실을 나가 버렸다.

"우리도 좀 나갈까?"

주위의 여러 환자들을 의식한 듯 로사는 침상 머리맡의 목발을 집어들었다.

"잠깐만요."

리영숙이 얼른 일어서 환자를 조심스레 일으켜세우고 한쪽 팔을 부축했다. 그러고는 복도를 지나 천천히 계단을 내려갔다. 정원은 온통 5월의 신록으로 물들어 있었다.

"선생님, 여기 앉으시라요."

리영숙은 잎사귀들이 훈풍에 하늘거리는 명자나무의 그늘 벤치에 로사를 앉히곤 자기도 그 옆에 나란히 앉았다. 그러나 잠시 동안 서로 말은 없었다. 두 여인 모두 무슨 말부터 꺼내야 할까 생각하는 것 같았다.

"고마워요, 선생……."

"영숙 씨는……."

말문이 열린 것은 두 사람이 거의 동시였다.

"선생님부터 말씀하시라요."

"아니, 영숙 씨가 먼저 해."

로사가 리영숙에게 우선순위를 주었다.

"선생님이 요덕 수용소에서 저를 구원해 주셨다면서요? 이제야 감사를 드리게 돼서 정말 죄송스럽습니다. 너그럽게 용서해 주시라요."

리영숙은 정겹게 양손으로 로사의 두 손목을 잡았다.

"그 말 하려던 거야?"

로사는 파리한 입술 가에 미소를 지었다. "결과적으로 감사를 받아야 할 사람은 조승록 과장님이야. 나야 그저 부탁만 했을 뿐이고, 상부에 직접 상신해서 영숙 씨를 풀려나게 한 건 조과장님이시니까."

"물론 조 과장 동지에게도 감사하고 있습니다. 그러니까 두 분은 저에게 평생 잊지 못할 은인이십니다."

"그래서 말인데……."

로사는 입을 떼곤 리영숙의 눈치를 살폈다.

"말씀해 보시라요."

"조승록 과장님을 어떻게 생각해?"

"예? 어떻게 생각하다니……?"

리영숙의 목소리 톤이 다소 고르지 못했다.

"솔직히 말해서 이성으로서의 마음을 묻는 거야."

"아이, 선생님두!"

리영숙의 볼이 상기되었다. "우리 조선말에 '언감생심' 이란 단어 있는 거 아십니까?"

"알고말고, '어찌 감히 그런 마음을 먹을 수 있겠나.' 라는 걸."

"아시면서 어째 저더러 그런 말씀을……?"

"그럼 '사랑에는 국경이 없다.' 는 격언은 왜 몰라? 조 과장은 영숙 씨에 대해 이성으로서의 애정을 갖고 있어. 그런 감정이 없고서야 어찌 자신의 신변에 대한 위구를 무릅쓰면서까지 영숙 씨 구출에 선뜻 나섰겠어. 내가 조 과장님한테 감히 그런 부탁을 한 것도 그의 평소 감정을 읽었기 때문이야. 예전에 외국어를 가르치던 당시부터. 나도 이 조선 공화국에 온 이래 많은 사람을 만나봤지만 조 과장님처럼 감성이 섬세한 이는 접하지 못했어."

리영숙이 무어라 대답할 바를 몰라 듣고만 있는데 로사가 다시 말끝을 달았다. "아 참, 이건 참고로 말해 두는 건데, 내가 은밀히 가족 관계를 알아본 바로는 몇 년 전에 아내가 병으로 사망하고, 슬하에 어린 외동딸만 있다나 봐. 그러니 그런 점엔 신경이 덜 쓰일 거야. 요는 영숙 씨의 마음먹기에 달린 거겠지."

리영숙의 가슴이 울렁거리는 가운데 로사의 설득은 또 이어졌다. "기회는 주어졌을 때 잡는 거야. 영숙 씨도—물론 할 수만 있다면— 해외에서 공작원으로서 숱한 모험을 겪으며 지내는 것보다 한 가정의 주부로서 오붓한 생활을 누리는 게 행복하다는 걸 모르진 않겠지? 우리 인간의 삶은 누구에게나 원라운드 게임이야. 복싱 경기처럼 몇 라운드를 시도할 수 있는 게 아니잖아? 그래서 선택이 중요한 거지. 거기다 또 한 가지—항상 자신의 생명이 더없이 고귀하다는 걸 명심해."

"저를 생각해 주시는 건 고맙지만……."

리영숙은 로사의 심교한 배려에 상대를 눈물겨운 심정으로 바라보았다. "선생님의 삶도 행복해지셔야지요."

"나?"

로사는 퀭한 눈으로 리영숙을 마주 보며 고개를 살래살래 저었다. "난 하늘나라에 갈 날이 멀지 않았어."

"예……?"

"그래서 오늘 마지막으로 영숙 씨를 면회시켜 달라고 했던 거야. 부디 행복한 삶을 살아야 한다고, 내 몫까지……."

그녀는 가쁘게 기침을 하며 손수건을 입으로 가져갔다.

"선생님!"

놀란 리영숙이 손수건에 묻은 핏덩이와 로사의 얼굴을 애처롭게 바라보며 자탄(咨歎)했다. '천사 같은 분이 어쩌다 이 지경까지……!'

"그런 슬픈 눈으로 보지 마. 난 이미 떠날 준비가 돼 있으니까."

로사는 죽음에 초연한 듯, 천사처럼 웃었다.

그때, 병원 현관을 나온 조승록이 두 여자 쪽으로 다가왔다.

"이제 가 봐야지."

조승록을 본 로사가 목발을 챙기며 일어서려 했고, 리영숙이 이를 거들었다.

"이야기들 많이 나누어서?"

의사로부터 로사의 비관적인 병세(폐암 말기)를 들은 조승록은 짐짓 담담한 표정으로 마주 오는 두 여인을 대했다.

"조 과장님의 흉을 실컷 봤습니다."

로사가 멈춰 서서 농담을 했고, 리영숙이 곧바로 말을 받았다. "제가 선생님을 침상까지 모셔다 드리고 올 테니 과장 동지께선 여기서 기다리시라요."

"알가서. 올라갔다 오라우."

조승록의 말에 이어 리영숙의 부축을 받으며 한두 발짝 옮기던 로사가 멈칫하고 뒤돌아서더니 곡진하게 말했다. "조승록 과장님, 부디 리영숙의 행복을 부탁합니다."

조승록과 4,5초 간 시선을 교환한 로사는 리영숙의 부축을 받고 병실로 올라갔고, 두 여인의 애틋한 석별의 정은 서로 얼싸안은 채 한마디씩 주고받은 게 고작이었다.

"선생님, 건강을 회복하셔야 해요."

"영숙이, 행복하게 살아야 해."

그러나 로사는 다음날 밤을 넘기지 못하고 영원히 눈을 감고 말았다.

'조승록 과장님, 부디 리영숙의 행복을 부탁합니다.'

조승록은 로사의 이 유언과도 같은 '부탁'이 무엇을 뜻하는가를 알고 있었을 뿐 아니라, 자신의 마음 역시 이에 호응하는 쪽으로 움직이고 있었다. 그 이행의 첫 단계로 그는 리영숙을 자신의 부서로 데려다 앉혔다. 물론 말단직이었지만.

"당분간은 심적으로 불편한 일도 많을 거야. 하지만 절대로 나를 의식하지 말고, 거저 주어진 일에만 신경 쓰라우. 표정 관리에도 유의하고. 내 말 알갔지?"

리영숙이 대외정보조사부로 부임되기 전날, 조승록은 군사대학 구내의 예전 산책로를 거닐며 둘의 장래를 묵시적으로 기약하면서 다짐을 받았었다.

"불편한 일이라니, 저 그렇게 의지가 박약한 여자 아닙니다."

리영숙의 말인즉, 지금까지 산전수전 다 겪어 온 마당에 무언들 감내하지 못하겠느냐는 자신감의 표현이었다. "그리고 제 표정에 대해선 염려 마시라요. 그만한 눈치코치는 저한테도 있습니다. 과장 동지의 입장을 난처하게 하는 일은 절대로 없을 테니 말입니다."

이리하여 두 사람은 같은 부서 동료들도 낌새채지 못한 채 암묵리에 미래의 결합을 위해 각자의 업무를 수행해 나갔다. 이제 조승록의 다음 단계 실천사항은 리영숙으로 하여금 상사들로부터 눈도장을 확실히 받게 하는 일—이를테면 가시적인 공로를 인정받게 하는 것이었다. 하지만 그럴 만한 대상이 쉽사리 떠오르지 않았다.

그러던 어느 날.

부장실로 불려간 그에게 뜻밖의 명령이 떨어졌다. 공작원 가운데 영민한 자로 서너 명을 차출하라는 것이었다.

"임무가 뭡니까?"

"우리 외교관을 구출해야 돼."

잔뜩 긴장된 부장의 설명에 의하면, 중국 주재 북한 외교관 세 명이 위폐 거래를 하다 마카오 단속반에 체포되어 경찰에 구금되어 있는데, 풀려나기가 쉽지 않을뿐더러 현지 공작원으로는 수습하기도 어려우니 특수 요원을 급파해 빼내라는 것이었다.

"김정일 동지의 명령이야! 서두르라우."

"알겠습니다."

황망히 대답하고 물러나온 조승록의 머릿속을 일착으로 스쳐간 것은 리영숙이었다.

'물실호기야!'

현지에서 온 한 공작원으로부터 현지 상황을 상세히 보고받은 조승록은 지체 없이 특수 요원을 차출했다.—리영숙 외에 보기에도 날렵한 C, H, M 세 장정으로, 조장은 제일 고참인 C였다.

현지 공작원이 제공한 현장 외관 영상과 브리핑에 따르면, 구치소의 감시가 워낙 삼엄해서 침투가 거의 불가능한 데다 탈주로도 찾을 수가 없었다.

"잘들 봤지? 쉽진 않을 거야."

조승록은, 묵묵히 심각한 표정을 짓고 있는 공작원들을 둘러보며 격려를 잊지 않았다. "하지만 여러분은 특수 요원들이야. 못할 게 뭐 있갔네? 이번 참에 멋지게 해내서 김일성 주석 동지로부터 영웅 훈장을 받으라우."

조승록이 확신했던 대로 공작원들, 아니 리영숙은 그의 기대를 저버리지 않았다. 그들의 작전 과정을 약술하면——

이튿날, 공작원들은 외교관 신분으로 상하이에 도착한 후, 홍콩을 거쳐 쾌속정으로 마카오에 잠입했다.

현지 공작원의 안내로 한 아지트에 여장을 푼 이들은 곧바로 현장 탐사에 나섰고, 그날 밤 침투 방법이 논의되었다. 그 결과, 맨 먼저 척후병 역할을 하게 된 선두 주자는 리영숙이었다. 홍콩 SKC TV 방송 기자로 위장한 그녀는 슈퍼노트(백 달러짜리 위폐) 거래에 대한 심층 취재라는 구실로 소관 경찰 간부에게 접근, 매수하여 피의자와의 내통은 물론, 구치소의 내부 구조, 경비원의 인원 및 배치 상황 등을 파악하는 데 성공했다.

다음은 다른 행동대원들의 적진 침투 작전이었다. 경비원 복장으로 변장한 공작원들이 심야를 틈타 유령처럼 소리 없이 감시 구역으로 잠입하는가 싶더니, 요소요소에 총을 맨 채 서 있던 경찰(경비원)들이 공작원들의 가라테(唐手)의 일격이나 가스총을 맞고 통나무처럼 픽픽 쓰러졌다.

이런 식으로 날렵하게 구치소 안까지 쳐들어간 행동대원들은 철창문을 열곤 구금된 외교관들을 데리고 복도를 지나 비상문을 통해 감시 구역을 빠져나왔다. 행동을 개시한 지 10분 만에 끝낸 번개 작전이었다. 그리고 비상문 가까이 헤드라이트를 끈 채 대기하고 있던 두 대의 벤츠에 분승하고 아지트로 돌아옴으로써 공작원들의 작전은 일단락된 것이었다.

79

조승록의 시도는 성공적이었다. 이번 체포된 외교관들의 구출 작전에 리영숙의 기지가 결정적인 역할을 한 사실이 알려지면서 대외정보조사부와 다른 대남 · 군사 공작 부서는 물론, 당 고위층에까지 그녀의 존재가 인지되기 시작한 것이었다. 조승록은 그러한 기회를 놓치지 않고 달리는 말에 채찍을 가했다.—리영숙에게 두어 차례 더 해외 공작 활동(무기 · 금괴 거래 등)을 부여했고, 그녀 또한 이를 실수 없이 수행함으로써 자신의 능력과 신분을 확실히 보장받았다.

“그동안 고생 많았지? 이제부턴 그런 일이 없을 거야. 내레 영숙 동무를 편안하게 해 주가서.”

리영숙이 스웨덴에서 북한 대사관원들의 금괴 밀거래를 성사시키고 귀국하던 날 저녁, 조승록이 P호텔에서 그녀와 밀회를 하며 꺼낸 제일성이었다.

“그리 말씀하시니 그날이 더욱 기다려집니다.”

리영숙은 마치 꿈을 꾸는 듯한 기분으로 남자를 그윽이 바라보았다.

“조금만 더 기다리라우. 불원간 부장 동지에게 내 생각을 말씀드리가서. 부장님도 우리의 결혼을 허락하실 거야. 자, 들라우.”

조승록은 그동안 억눌러 왔던 애정의 갈증이 일시에 분기하는 듯 들뜬 목소리로 잔을 권했다. 두 사람은 참으로 오랜만에 진수성찬과 고급 양주를 나누며 단꿈의 미래를 언약했고, 마침내 베드 위에서 한 몸이 되어 살을 섞었다.

이제 두 사람은 주위의 많은 눈들을 의식하지 않았고, 같은 부서의 직원들 사이에도 둘의 관계가 공공연한 비밀로 회자되었다.

“조 과장 동지가 리영숙이를 좋아한다면서?”

“그게 어드레서?”

“남조선 출신 에미나를 그래도 되는 거이가?”

“사랑에는 국경이 없지 않슴메?”

이러한 주변의 입방아에도 아랑곳없이 조승록은 자신의 속내를 품신할 ‘적시’를 엿보고 있었다. 그런데 그 ‘알맞은 때’라는 것—그에게는 운명의 날이었지만—이 그의 예상과는 전혀 엉뚱하게 찾아왔다.

그해(1974년) 2월, 김정일이 당 중앙위원회 정치위원으로 취임하면서 김일성의 후계자로 내정된 것이었다. 이에 따라 물론 각 기관별로 다채로운 축하 행사가 거행되었지만, 조승록이 초대된 곳은 김정일이 이른바 ‘용남산 줄기(김일성종합대 출신)’ 엘리트 동기를 위해 마련한 특별 파티였다. 장소는 동평양, 대동강 기슭에 자리잡은 김정일 특각(별장)의 하나로, 참석자는 조승록을 포함해 20명이었는데, 모처럼 한자리에 모인 이들은 서로 얼싸안고 반가움을 표하며 자신이 이 같은 영광스러운 자리에 초대된 데 대해 자부심과 긍지를 한껏 느꼈다.

이윽고 팔자걸음으로 모습을 드러낸 김정일이 동기들과 일일이 악수를 나누며 자기 이름이 새겨진 롤렉스 시계를 하사했고, 은전을 받은 자들은 각기 제 나름의 더할 수 없는 찬사로 축하를 아끼지 않았다.

파티는 동기생 대표로 당 중앙군사위원회 정치국에 재직 중인 A 부부장의 축사에 이어, 김정일이 김일성대학에 입학하던 날 용남산 마루에서 작사했다는 '조선아 너를 빛내리' 의 합창으로 막이 올랐다.

현란한 조명 아래에서 실내악의 연주에 맞춰 기쁨조의 율동이 출렁이는 가운데, 널따란 홀 중앙엔 세계 각지에서 수집된 고급 양주와 안주가 넘쳐흐르는 식탁을 중심으로 전원이 둘러서자, 톱테이블에 서 있던 김정일이 잔을 쳐들고 외쳤다.

"조선인민공화국과 용남산 줄기의 영원한 발전을 위하여 건배!"

뒤이어 영예의 게스트들도 잔을 높이 쳐들고 이구동성으로 건배를 외치며 김정일을 따라 모두가 원샷으로 잔을 비웠다.

건배가 끝나고 나자 제각기 오늘의 주인공에게 축배를 올리느라 정신이 없었고, 주인공도 사양 없이 잔을 받아 들면서 연신 권커니 잣거니 했다.

"김 위원 동지, 진심으로 축하합니다."

자기 차례가 된 조승록이 김정일 앞에서 양주병을 기울이며 정중히 허리를 굽혔다.

"오, 그래. 고맙구먼. 그동안 별일 없었디?"

안락의자에 앉은 김정일이 반갑게 대하며 잔을 단숨에 비우고는 바로 조승록에게 넘겨 한잔 가득 부었다. "오늘은 마음 놓고 진탕 마시라우."

그때, 조승록의 뒤에 서 있던 사회문화부 B과장이 히죽이 웃으며 끼어들었다. "별일이 있디요, 조 동지한테. 김 위원 동지께선 못 들으셨습네까?"

"그게 무슨 소리가?"

김정일이 고개를 쳐들며 반문했다.

"승록이, 네가 직접 말씀 드리라마."

"실은 기회를 봐서 부장 동지께 품신을 하려던 참인데……."

B과장의 느닷없는 발언에 조승록은 내심 당황했으나 곧 마음을 추스르고 침착하게 말했다. "제가 이번에 결혼을 하려고 합니다."

"결혼? 그래, 승록이가 저번에 상처를 했디?"

김정일이 B과장의 잔을 받아 마신 뒤 되돌리며 예사롭게 대답했다. "결혼할려면 하는 거이디 그 말이 뭐 그리 어렵네?"

"그게 말입네다, 김 위원 동지."

B과장이 다시 말곁을 달았다. "새악씨감이 남조선 출신이라 말씀드리기가 거북살스러운 겁네다."

"남조선 출신……? 어드런 에미난데 그러네?"

김정일이 다소 놀라워하는 눈으로 조승록을 쳐다보았다.

"예, 저희 부서에 있는 리영숙 동무라고……."

B과장이 또 끼어들까 봐 조승록은 긴장된 목소리로 얼른 대답했다.

"기러믄 지난번 마카오에서 우리 요원들의 구출 작전 때 공을 세운 그 여성 동무 말이가?"

"예, 바로 그 동뭅니다."

"기래, 그 여성 동무라면 괜찮디 안카서? 승록이가 훤히 꿰고 있을 테니까. 나도 그 동무에 대해 들어서 잘 알고 이서. 잘해 보라우."

"감사합니다, 김 위원 동지! 앞으로 우리 공화국과 위원 동지를 위해 더욱 충성을 바치겠습니다."

조승록은 구세주를 만난 듯 용기백배했고, B과장은 무언가 말꼬리를 잡으려다 머쓱한 표정으로 물러났다.

파티 분위기가 무르익어 가면서 김정일의 지시에 따라 기쁨조들은 걸쳤던 옷을 훌랑훌랑 벗어 던지기 시작했다. 이윽고 핑크빛 위주의 오색 네온에 비추인 무대는 인어들이 헤엄치는 수조로 변했고, 이에 환장한 용남산 줄기의 몇몇은 알코올에 젖은 몸을 이끌고 무대 위로 올라가 갖은 객기를 다 부렸다.

이들과는 대조적으로 조승록은 동료들과 떨어진, 테이블 가장자리에 앉아 무대 위의 활갯짓엔 아랑곳없이, 주위의 눈을 의식하여 마지못해 잔을 홀짝거리고 있었다. 아까 김정일에게서 받아 마신 것을 포함해, 동기 중에 절친이었던 두세 명이서 네댓 잔을 스트레이트로 주고받았으나, 취하기는커녕 맨송맨송하기만 했다. 오직 그의 간절한 생각은 파티가 어서 끝나 리영숙에게 김정일에게서 들은, 아니 허락받은 말을 전하는 것뿐이었다.

파티가 끝난 시각은 새벽 두세 시 무렵.

서둘러 파티장을 빠져나온 조승록은 부랴부랴 차에 올라타 시동을 걸고 액셀을 밟았다. 목적지는 보통강 연안 선내동에 있는 리영숙의 숙소. 그는 대동강 강변도로를 따라 차를 몰았다. 차창의 유리를 내리자 2월의 차가운 강바람이 확 밀려들며 얼굴에 냉기가 끼쳤으나, 오히려 술기운이 가시면서 기분이 한결 상쾌했다.

'지금쯤 영숙이는 한참 꿈나라에 가 있겠지? 그러다 나를 보면 꿈속인 줄 알고 깜짝 놀랄 거야. 그보다도 김정일 동지의 말을 전하면 자기 살을 꼬집어 보라고 하겠지.'

그는 황홀경에 미소를 흘리며 헤드라이트의 광속(光束)을 따라 신나게 가속페달을 밟았다. 그런데 그가 삼석 구역의 '일본혁명마을(요도 호 납치범 거주 지역)'을 지나 언덕 모퉁이 커브길을 꺾어 드는 순간, 맞은편에서 시커먼 거물이 두 눈(헤드라이트)에 적황색 빛을 번득이며 돌진해 오더니 조승록의 차와 정면으로 충돌했다. 지프는 형체를 몰라보게 묵사발이 됐다. 반면, 범퍼와 대가리 일부만 짜부라진 트럭은 거친 숨을 쉬듯 그르렁거리며 휴지처럼 구겨진 쇠뭉치를 주인을 담은 채 강가로 밀어붙여 얼어붙은 강물 위로 동댕이치고는, 둔중한 바퀴를 이끌고 서서히 강변도로 위로 후진했다.

'이제 됐다! 앞으론 교관도 날 함부로 못 대하겠지.'

운전자가 이마에 맺힌 땀을 옷소매로 문지르며 핸들을 돌려, 왔던 길로 방향을 틀었다. 그러나 그 움직임도 잠시였다.

'부웅!'

가속이 된 트럭이 백 미터가량 달렸을 때, '쾅' 하는 굉음과 함께 시뻘건 화염에 휩싸이면서 박살이 나고 말았다.

리영숙이 조승록의 죽음을 알게 된 것은 오전 열한 시가 좀 지나서였다. 평소 칼 출근을 하던 그가 아침에 모습을 드러내지 않았을 때만 해도 '어디 들렀다 오는거겠지.' 하고 대수롭지 않게 여겼었다. 그런데 열 시가 지나면서 전화벨의 울림이 잦아지고, 잇따라 부장실을 들락거리는 상사들의 심각한 표정, 그리고 허겁지겁 사무실을 나가는 부부장의 행동에서 뭔가 심상찮은 일이 일어났다는 걸 감지했다. 하지만 조승록이 참변을 당했으리라곤 상상의 근처에도 없었다.

'이제 곧 오시겠지.'

사무실 출입문이 열릴 때마다 리영숙의 눈길은 반사적으로 그쪽으로 내쏠리곤 했다. 그러기를 서너 차례 경과했을 때, 타 부서에 갔던 동료 여직원이 후다닥 문을 열어젖히곤 헐레벌떡 들어오며 외치듯이 물었다. "영숙 동무, 조과장 동지 자동차 사고 당한 거 알고 있네?"

"뭐라구요?"

일순, 실내의 시선이 한곳으로 집중되었고, 뜻밖의 비보에 리영숙은 어리둥절해하며 평소 조승록의 심복이었던 지도원에게 다가갔다. "어떻게 된 겁네까?"

"그러니끼니 기게……."

지도원이 머뭇거리며 가까운 자리에 있는 부과장의 눈치를 살피자, 리영숙과 조승록의 관계를 알고 있는 그가 궁색하게 입을 열었다. "지금 합동수사반에서 조사를 하고 있으니 기다려 보라우."

"중상입네까?"

리영숙은 초조하면서도 침착한 태도로 물었다.

"글쎄, 기것두 조사 결과를 봐야 알디 않갔네?"

부과장은 약간 신경질적인 반응을 보였다. 바로 그때 소리 없이 밀문이 열리면서 긴급 외출을 했던 부부장이 모습을 드러냈다. 순식간에 실내가 조용해지면서 전원이 오뚝이처럼 일어섰고, 부부장의 얼굴은 뭇 시선의 타깃이 되었다.

"어드렇게 됐습네까?"

실내의 침묵을 깬 사람은 부과장이었다.

"북망산으로 갔읍지비. 우리 대외정보조사부, 아니 우리 공화국이 아까운 인물 하나를 잃어버렸슴메."

부부장의 언사는 진정 어린 애도 같기도 하고, 어찌 보면 비아냥처럼 들리기도 했다. 모두가 서로 표정만 바라볼 뿐 좀처럼 말문을 떼지 못했으나, 가장 충격적인 마음의 상해를 입은 사람은 리영숙이었다. 망연자실한 채 자기 자리에 주저앉은 그녀에게 직접 위로의 말을 하는 동무가 있는가 하면, 무덤덤하거나 또는 냉정한 눈길을 보내는 자들도 있었다.

사건 수사는 국방위원회 직속의 인민무력부와 국가안전보위부(국보위) 요원들의 지휘로 진행되었다. 그러나 수사는 초장부터 만만치 않았다. 두 차량의 충돌 지점에서 강안까지의 타이어 자국과 긁힌 흔적을 통해 조승록의 차체—주인은 운전석에 오징어처럼 압착된 채—를 인양했으나, 같은 지점에서 백여 미터 거리의 트럭은 전소되어 잔해만 널브러져 있었고, 운전자의 시신은 형체조차 알아볼 수 없었던 것이다. 게다가 수사 요원들을 더욱 헷갈리게 한 것은 잔해 더미 속에서 발견된 차량 번호판이었다.

"이건 민간 차량 아님메?"

국보위 소속의 한 요원이 번호판을 들어 올려 보이며 고개를 갸웃거렸다.

"맞수다! 평양—○○○."

인민무력부의 다른 요원이 번호판의 숫자를 소리내어 읽고는 수사 보조원에게 지시했다. "박 동무, 날래 가설랑 이 차량에 대해 조회해 보라우."

그리하여 보조원 둘이서 차적 조회를 해 본 결과, 차주(운전사)는 오십대의 운수업자로 멀쩡했으며, 차(2톤 트럭)는 간밤에 도난당했는데, 그는 안 그래도 도난 신고를 하려던 참이라고 말했다.

"우선 어제오늘 사라진 자를 알아내기요. 그래야 그자를 폭사시킨 놈도 색출할 수 있을 테니까."

보조원들로부터 보고를 받은 국보위 요원이 엄중히 지시를 내렸다.

그로부터 사흘째 되던 날, 국보위 수사 본부로 한 보고가 올라왔다. 시내 용성 구역에 있는 금성정치군사대학에서 공작원 교육을 받던 납북자(남조선 출신) 한 명이 3일째 잠종비적해 버렸다는 것이었다. 그동안 학내에선 쉬쉬하며 숨겨 오다가 내사가 이루어지는 바람에 들통이 나고 말았다.

보고서에 의하면, 문제의 잠적자는 평소 사상교육이나 훈련 과정에서 사사건건 불평불만을 공공연히 드러내어 모진 기합과 매질을 당했을 뿐 아니라, 그럴 때마다 '차라리 죽여 달라.' 고 발악을 하거나 독방에서 자해도 서슴지 않았다는 것이다.

그러나 그의 이 같은 자포자기적 행동은 근래에 새로 부임해 온 한 교관을 접하게 되면서 한결 누그러졌었다. 그런데 고의인지 간과인지, 아니면 실수인지 보고서에는 그자의 이런 행동의 변화에 대해선 기록되어 있지 않았다. 때문에 수사 요원의 시선은 '새 교관' 이라는 유력한 포인트를 빗겨가고 말았다. 그래서 잠적자의 동료 훈련생들을 잡아다 동조나 모의 가담 여부에 대해 취조와 고문을 하다 보니 결국 애먼 사람만 억울하게 당하는 형국이었다.

그리하여 사건 수사는 몸통인 상층부를 겨냥하지 못하고 변죽만 울리다가 흐지부지되더니 한 달도 못 가 이상야릇하게 결론지어졌다.—금성정치군사

대학의 훈련생 중 한 불평분자가 정신착란 상태에서 민간인 트럭을 훔쳐 타고 대동강변 도로를 질주하다가 마주 오던 지프와 충돌했다. 그자는 극심한 공포 속에 상대 지프를 밀어붙여 강물로 처넣은 후, 본래 가던 길로 질주하다 기름탱크의 과열로 폭발하여(아니면 스스로 기름 탱크에 불을 댕겨) 차체와 함께 폭사했다.—이게 수사 종결 발표의 골자였다.

리영숙은 수사 기관의 발표를 곧이곧대로 믿지 않았다. 평소 안전 운전이 몸에 배다시피 한 조승록이 충돌 사고를 일으켰다는 것도 그렇거니와, 상대 트럭이 운전자에 의해 폭발했다는 것도 상식 밖의 판단이었다. 하지만 그녀로서는 속수무책이었다. 그보다는 다시 고립무원의 신세가 되었다는 현실감이 한층 긴박하게 다가들었다. 조승록이 죽은 이래 부서 동료들의 싸늘한 시선과 모멸감—물 위의 기름처럼, 개밥의 도토리처럼 따돌림을 당하고 천더기 취급을 받는 듯한—도 문제였지만, 속절없이 망연자실한 상태로 일이 손에 잡히지 않는 일상의 연속이 스스로도 한심스럽고 처량맞아 견디기가 어려웠던 것이다.

그런데도 조승록 참변 사건 이후 한동안은 사건 마무리 수습과 더불어 김정일이 주관하는 갖가지 행사들('당의 유일사상 체계 확립의 10대 원칙' 발표, '전당 주체사상화' 선포, '70일 전투' 개시 등)로 인해 리영숙 주변에 별다른 일은 일어나지 않았다.

하지만 행사의 바람이 한차례 지나고 나자, 리영숙을 에워싸고 불길한 루머가 저미하기 시작했다. 리영숙이 사회문화부로 전속되어 공작원으로 남파될 거라는 동료들 간의 쑥덕공론이 감지되었고, 사회문화부 B과장이 심심찮게 찾아와 부과장을 만나곤 했는데, 그때마다 리영숙이 앉아 있는 자리를 흘끗거렸고, 그녀는 감전된 듯 반사적으로 외면했다.

며칠 전 그가 금성정치군사대학에 들렀을 때도 새로 부임한 교관은 "그 에미나 언제 와게(여기)로 보낼 겁네까?" 하고 아예 기정사실화된 듯 물었고, B

과장은 느긋하게 대답했다. “조금만 더 기다리라우. 뜸이 잘 들어야 먹기가 쉽지 않갔네? 기래야 공 동무도 제대로 본때를 보여줄 수 있을 거 아니가?”

B과장은 자신만만해했다. 그런 자신감을 가지고 더욱 빈번히 대외정보조사부를 드나들며 리영숙을 대남 공작 부서인 사회문화부로 전속시켜 달라고 부과장과 부부장을 갖은 구실과 명분으로 설득하는가 하면, 때로는 김정일을 내세우며 은근히 압박을 가하기도 했다.

하지만 대외정보조사부도 호락호락하지 않았다. 누구보다도 B과장의 리영숙 끌어가기 획책에 제동을 건 자는 부장이었다.

“대남 공작도 공작이지만, 앞으론 우리 해외 공작 부서도 조직을 강화하지 않을 수 없으니 좀 더 생각해 보자우.”

“감사합네다, 부장 동지. 전 부장 동지만 믿고 기다리겠습네다.”

부장의 완곡한 반응에 B과장은 밝은 표정으로 돌아갔다.

하지만 그런 모습을 본 리영숙의 낯빛은 순식간에 어두워졌다. ‘또다시 정치군사대학으로 돌아간단 말인가!’

그로부터 며칠 후, 우연인지 의식적인지 리영숙의 부서 내 간부들 간에 금성정치군사대학이 화제가 되었는데, 신임 과장의 입에서 그곳 공진태 교관 얘기가 튀어나왔다. 그의 사격술 교습이 출중하다면서.

‘뭐야! 그자가 거기 왔다고?’

순간, 리영숙은 자신의 귀를 의심했다. 동시에 하나의 결심이 불끈 치솟았다. ‘그놈의 상판대기를 다시 보느니 저승사자를 보고 말지! 그래, 정치군사대학에 다시 들어가느니 조승록 과장을 뒤따라가는 게 내가 갈 길이야.’

이제 결정은 양단간에 하나. 직접 부장 동지에게 해외 파견을 간곡히 청해 허락을 받아내거나, 안되면 미련 없이 공진태와 사생결단을 내는 것이었다.

이런 절박한 각오하에 리영숙은 ‘이젠가 저젠가’ 초조와 긴장 속에서 상관의 부름을 기다리며 나날을 보내고 있었다. 그러던 중 그녀의 눈앞에 한줄기 빛이 비친 것은 해가 바뀐(1976년) 3월 초였다. 지도원에서 부과장으로 승진한 예의 그 측근 상사가 간부 회의를 마치고 부장실에서 나오더니 밝은 표정으로 리영숙에게 귀띔해 주었다. "영숙 동무, 이자 정치군사대학에 안 가도 될 거야."

"……?"

영문을 몰라 어리둥절해하는 리영숙을 그는 복도 모퉁이로 은밀이 불러내어 상부로부터 하달된 명령을 알려주었다. 그 핵심인즉, 김정일이 해외 공작부서에 직접 내린, 외국인을 조직적으로 활용하라는 '스파이 교육 현지화' 지령으로서, 이와 동시에 대외정보조사부가 '35호실'로 개칭되고 그 조직도 강화·개편되면서 외국인 납치 공작이 본격화된다는 것이었다.

"하지만 해외 공작도 만만찮을 거이야."

"그래도 일없습네다."

부과장의 설명을 기껍게 여기면서 리영숙은 B과장이 파 놓은 함정에서, 공교관이 노리는 교활한 복수극에서 벗어날 수 있는 것만도 천만다행으로 생각했다. 나중에야 삼수갑산엘 갈망정.

그날 오후, 부장실로 불려간 리영숙은 부서 최고 상사 앞에서 잔뜩 긴장한 모습으로 부동자세를 취했다.

"그동안 마음고생이 많았디?"

상사는 권련을 물고 모처럼 부하의 얼굴을 유심히 보았다. 짜장 아리따운 모습이었다.

"아닙네다, 부장 동지 덕분에……."

"아니야."

리영숙의 긴장된 목소리를 부장이 막았다. "이자 조승록 동무랑 모든 걸 다 잊어버리라우. 앞으로가 중요하디."

"예."

"이제야말로 정말 영숙 동무가 우리 공화국을 위해 제 실력을 발휘할 때가 도래한 거이야."

부장은 재떨이에 담뱃재를 떨며 말을 이었다. "이번엔 구라파에서 동무의 솜씨를 발휘해 보라우. 잘할 수 있갔디?"

"감사합네다, 부장 동지! 이제부터 공화국을 위해 이 한목숨 다 바쳐 충성하겠습니다."

리영숙은 거수경례 대신 아미를 숙인 채 감읍하리만큼 사의를 표했다.

그리하여 마침내 리영숙은 3주쯤 후에 두 명의 공작원과 함께 유럽으로 떠나게 된다. 그녀에게 주어진 첫째 임무는 이탈리아 남자와 접선하여 루마니아 여인을 북한으로 납치하는 것이었다.

이 첫 공작이 성공리에 끝남에 따라 그로부터 인간 헌팅 공작은 끊임없이 계속되면서 그녀의 윤리관이나 도덕관념은 연기처럼 스러져 갔고, 인간성이나 죄책감 따위도 부지불식간에 마비되어 갔다. 다만 그녀가 제일의(第一義)로 여기는 건 오직 자기 '보신' 뿐이었다.

제22장 옛사랑의 그림자

80

현교가 주인 없는 서 교수의 집을 찾아간 것은 겨울방학이 끝나갈 무렵인 3월 하순의 일요일이었다. 사건 현장 조사로 어수선해진 실내를 정리 정돈할 겸 서재에서 논문 최종 점검에 필요한 자료도 찾아보기 위해서였다.

그는 소파 위에 널려 있는 옷가지를 정리하고 방바닥의 발자국을 물걸레로 닦아낸 다음, 욕실로 가서 타일 바닥과 욕조 가에 엉겨 있는 핏자국을 샤워기로 씻어냈다.

'언제쯤 사건의 진상이 명백히 밝혀져 편안히 하늘나라로 가실까?'

대충 작업을 마친 현교는 세면대에서 손을 씻고 욕실을 나와 서재로 들어갔다. 사건 발생 당시 수사관들이 마구 뒤지고 들춘 탓에 책상 위 책자들과 서랍 안 서류들이 몹시 어질러져 있었다. 그는 그것들을 차곡차곡 정리하고 나서 찬찬히 서가를 훑어보다가 맨 구석쪽 가장자리에 꽂혀 있는 백표지의 가제본에 시선이 머물렀다. '이게 무슨 책이지……?'

현교는 새삼 스승의 손길을 느끼기라도 한 듯 서가에서 가제본을 빼내 표지를 열었다. 속표지에는 〈지상의 인공 태양〉이라는 제목이 펜으로 적혀 있고, 본문도 활자가 아닌 집필 원고였다.

'이거야말로 중요 자료가 되겠구나!'

그는 마치 네잎 클로버를 발견한 듯한 기분으로 책장을 넘기다가 좀 벌어진 책갈피 속에 끼워진 사각봉투를 발견했다. '이건 또 뭐지?'

무심코 열어 본 순간, 그는 너무나 경악한 나머지 '악!' 하고 비명을 지를 뻔했다. 수잔과 서 교수가 함께 찍힌 전라 사진이 그의 시선을 송두리째 끌어당기는 것이 아닌가!

'이런 엄청난 곡절이 있었다니!'

현교는 몸서리를 치며 고개를 세차게 가로저었다. '이건 어김없는 음모다! 그야말로 악랄한 함정이다!'

그는 비로소 서 교수의 사인이 '막다른 자살' 이라는 사실을 적확히 파악할 수 있을 것 같았다. 그리고 스승이 마지막 만나던 날 저녁, 자신에게 유언처럼 남기고 간 말도 새롭게 떠올랐다.—"앞으로 나에 대한 어떤 불미스러운 기사나 추문이 나더라도 자네만은 나의 결백을 믿어 주기 바라네."

'이걸 어떡한다?'

현교는 사진을 수사 기관에 제공할까 생각해 보았으나, 숙고 끝에 일단은 유보키로 했다. 이들 사진만으론 수잔이 범인이라는 결정적 단서가 될 수 없을뿐더러, 설사 수사진에라도 이런 자료가 공개되는 것은 스승을 두 번 욕뵈는 일이라고 치부되었기 때문이었다.

하지만, 그렇다고 이 사진들을 그냥 사장해 버리고 싶은 생각도 없었다. 그가 사진을 봉투에 도로 넣는 순간, 문득 백용남의 모습이 머릿속을 스쳐갔던 것이다. '그렇다! 그자에게만은 보여줄 필요가 있다.'

신학기 시작을 며칠 앞둔 월요일 오전 열 시 무렵, 현교는 H대학 백용남의 방을 아무런 예고도 없이 불쑥 찾아갔다. 근래 매스컴을 통하여, 백용남이 자신을 혐의자로 보는 수사 당국에 강한 불만을 토로한 사실을 알고 있는 현교로서는, 혹여 상대가 무슨 구실을 달아 면담을 기피할까 봐, 당일 아침 교무처를 통해 그의 출근 여부를 확인하고 모처럼 베를린까지 간 것이었다.

"오, 강 박사! 연락도 없이 여기까지 웬일이시오?"

현교가 노크를 하고 방 안으로 들어서자, 백용남이 뜻밖이라는 표정으로 회전의자에서 일어나 마주 나오며 손을 내밀었다.

"예고도 없이 갑작스레 찾아와서 미안합니다."

현교는 상대방의 손을 맞잡으며 태연스레 답례를 했다. "그동안 별일 없으셨습니까?"

"나야 뭐 항상 그렇지요. 자, 그쪽으로."

백용남은 현교를 응접세트로 안내하며 커피 준비를 하려는 것을 현교가 사양했다.

"아 참, 애도 인사가 늦었습니다만 서 박사님 일은 참으로 안됐습니다. 뭐라 할 말이 없습니다."

백용남은 탁자 상좌에 앉자마자 정중하게 말했다.

"정말 비참한 일이지요."

현교는 냉정을 잃지 않으려고 애쓰며 말을 이었다. "실은 그와 관계된 일로 왔습니다만……."

그는 말끝을 흐리면서 오른손을 상의 왼쪽 안주머니로 가져갔다.

백용남은 움찔했다. "그와 관계된 일이라니요? 그게 뭔데……."

"선생님의 방에서 이런 게 나와서요."

현교의 재빠른 손동작이 상대의 말허리를 끊었다. "이걸 알아보시겠습니까?"

그가 맨 먼저 상대의 눈앞에 바짝 들이민 것은 수잔의 전라가 가장 두드러지게 드러난, 마네의 '풀밭 위에서의 식사'와 흡사한 장면이었다.

"아니, 이거 수잔 아니오?"

백용남은 짐짓 소스라치며 사진을 빼듯이 받아 들여다보았다. 하얀 침대 시트 위에 무릎을 꿔고 앉은 수잔이 환한 미소를 머금고 서 교수를 마주 보고 있었는데, 뽀얀 우윳빛 가슴 위에 봉긋이 솟아오른 유방이 사진의 생기를 한층 돋우고 있었다.

"이걸 닥터 강이 어떻게……?"

"어떻게 입수했느냐고요? 그건 중요하지 않습니다. 차차 얘기하지요. 요는 누가 이런 가공할 그림을 만들어냈을까 하는 겁니다. 백 교수께서 짐작 갈 만한 데가 없습니까?"

현교는 지레 쐐기를 박기라도 하듯 은근한 목소리로 말했다.

"글쎄요. 나 역시 이건 너무나 뜬금없는 그림이라 황당스럽기 짝이 없네요. 다만……."

백용남은 이맛살을 찌푸린 채 고개를 가로저으며 사진을 탁자 위로 내려놓았다.

"'다만' 어떻다는 겁니까?"

현교가 말끝을 놓치지 않았다.

"한 가지 분명한 건 어떤 일이건 원인 없는 결과는 없다는 겁니다."

"그게 무슨 뜻입니까? 혹시……."

현교가 다그치듯 하며 상대를 노려보았다. "저희 스승님이 그 여자를 유혹이라도 했다는 겁니까?"

"고장난명(孤掌難鳴)이랄까, 꼭이 유혹이라기보다 요컨대 서 박사님도—고인에겐 결례되는 말이겠지만— 감정이 있는 '남자' 였으니까요."

"정말 어처구니가 없군요. 사람을 보지도 않고 그런 해괴망측한 논리를 끌어다 붙이다니, 고인에 대한 더없는 모독입니다. 저희 스승님은 절대로 그러실 분이 아닙니다."

현교는 저도 모르게 신경질적으로 언성을 높였으나, 백용남의 반응은 오히려 냉정하리만큼 무덤덤했다. "내 말은 이를테면 그렇다는 것이지, 고인을 모독하려는 건 결코 아니에요."

"좋습니다. 백보 양보해서 그렇다고 가정해 봅시다."

현교는 제 풀에 먼저 흥분하면 안된다고 자제하면서 말끝을 달았다. "그럼 백 교수님은 이런 사진을 누가, 왜, 어떻게 찍었다고 생각하십니까? 그것도 밤중에 호텔의 은밀한 베드신을."

"허허, 나 같은 일개 사학자가 어찌 그런 난제를 추리할 수 있겠소. 셜록 홈스나 형사 콜롬보가 할 수 있는 일들을 말이오."

백용남은 입가에 쓴웃음을 흘리며 너스레를 떠는 여유까지 보였다.

"그렇다면 이것부터 물어볼까요? 이 수잔이란 여자, 평소에도 이런 끼, 아니 소질이라고 하는 게 맞겠군요. 그런 게 있었나요?"

현교가 사진 속의 여자를 손가락으로 가리키며 물었다.

"아니, 내가 그런 거까지 어떻게……?"

백용남의 표정이 금세 변하는 것을 현교는 놓치지 않고 다그치듯 반문했다. "이종매든 에스 동생이든 그동안 둘의 관계가 각별하지 않았습니까!"

"아무리 각별한 사일지라도 부모 · 자식 간에도 피차 비밀스러운 일이 있는 법이에요. 하물며 남녀 간의 문제엔 그게 더 철저하지요. 하지만 난 수잔이 그런 끼 있는 여자라곤 보지 않아요. 결코……."

"그럼 이 그림은 누군가에 의해 연출된 작품으로 봐야겠군요?"

현교가 말끝을 끊으며 백용남을 냉큼 바라보았고, 상대는 노골적으로 불쾌한 표정을 지었다. "마치 날 유도심문이라도 하는 것 같군요."

"난 오직 사건의 정황을 알고자 할 뿐입니다. 내가 알고 있기로는 스승님이 이 같은 삼류 포르노의 한 주인공으로 등장된 게 바로 라이프치히에서 백 교수님과 이 여자하고 회식을 하던 날 밤이었으니까요. 사전에 꾸며 놓은 음험하고도 간교한 덫에 꼼짝없이 걸려든 거지요. 그것도 내가 먼저 스승님 곁을 떠난 후에 말입니다. 유추컨대, 스승님은 몰래 최면제를 탄 음료를 마시고 정신을 잃은 상태로 R호텔로 유인된 후, 이미 방 안에 설치된 감시카메라에 고스란히 노출된 겁니다. 이 얼마나 기막힌 일입니까! 백 교수님도 학자로서 한번 생각해 보세요. 평생을 연구실밖에 모르던 스승님 입장에서 이런 포르노가 세상에 공개될 때 당사자에게 얼마나 치명적인가를 말입니다. 청천벽력이란 이런 게 아닐까요?"

현교는 눈에 힘을 주고 백용남을 쏘아보았으나, 상대는 별 대응이 없었다.

"선생님이 얼마나 괴로웠으면 자해까지 하셨겠습니까!"

"서 박사님의 연구 분야가 분야인 만큼 당초부터 신변의 위험성을 안고 있었다고 봐야겠지요. 그 점에 있어선 닥터 강도 예외일 수 없겠지만."

그냥 듣고만 있기가 코너에 몰리는 기분이었던지 백용남이 다시 입을 열었다. "최근에 각종 보도에서도 알 수 있듯이 세계 선진국들이 알게 모르게 최첨단 과학 기술 개발에 박차를 가하고 있는가 하면, 제삼의 아랍권에서는 그에 따른 첨단 무기를 입수·탈취하고자 혈안이 되어 있는 현실에서 서 박사가 거래의 타깃이 되었을 수도 있겠지요. 수잔이 어쩌다 카셈의 무리에 휘둘리게 됐는지는 모르겠지만, 그들은 목적을 위해선 수단과 방법을 가리지 않는 무서운 패거리잖습니까!"

"수잔이 카셈의 무리에 휘둘렸다고요?"

"필시 불가항력적인 그들의 위협에 의해 말려든 게 분명해요."

"천만에요!"

현교는 상대의 말을 단호히 반박했다. "카셈은 선생님의 사건이 발표되자마자 쥐도 새도 모르게 그의 입이 잠재워지고 말았어요. 케네디 대통령을 저격한 오즈월드의 입이 잭 루비란 자의 총 한 방에 봉해져 버렸듯이 말입니다. 반면, 수잔이란 여자는 용케도 빠져나와 유유자적하리만큼 회사에 사직을 고하고 어딘가로 사라졌고요. 얼마나 용의주도한 여잡니까?"

"카셈 잔당으로부터의 신변의 위험을 피하기 위해서겠지요."

"카셈 잔당이 아니라 독일 수사진으로부터 피하려는 게 아닙니까?"

"비약이 심한 것 같군요. 닥터 강은……."

"아닙니다!"

현교는 백용남의 말허리를 자르며 안주머니에서 다른 한 장의 사진을 꺼내 상대 앞쪽에 내려놨다. "이 사진의 배경을 자세히 보시죠."

백용남의 눈길이 사진 위로 옮겨졌다. 수잔과 서 교수가 어깨를 겯고 전라로 찍은 사진의 뒷면이 인공기와 노동당 기로 모자이크 처리되어 있었다. 백용남의 면상이 금세 일그러지더니 석상처럼 굳어졌다.

"이 여잔 북한 공작원입니다!"

현교는 잘라 말했다. "이 여자가 선생님을 함정에 빠뜨렸습니다. 공작원 수

뇌부가 뭔가 거래를 성사시키기 위해 포르노로도 모자라 이 같은 몽타주 사진으로 겁박하자, 선생님은 학자의 양심, 아니 조국의 명예를 걸고 결국 죽음을 택한 것입니다. 이에 사건 수사의 초점이 좁혀 오자, 그 여자는 상부의 비호를 받으며 안전지대로 은신했겠지요."

현교는 상대의 표정을 읽으며 간절히 말했다. "백 교수님, 아시는 대로 진실을 말씀해 주실 수 없습니까?"

"거듭 말하지만, 도대체 이 사진을 찍힌 사연이나 수잔의 행적 등에 대해 나로선 아는 바가 없어요. 나 역시 그날 라이프치히 Z레스토랑에서의 회식 후 뮐러 박사와 함께 수잔과 헤어진 이래 종무소식이오. 어쨌거나 내가 주선한 일로 말미암아 그런 불행한 사건이 일어난 데 대해 안타깝기 그지없어요."

백용남이 모르쇠로 일관하자, 현교는 더 이상 할 말을 잃었다. 그리고 잠시 침묵이 흐른 뒤, 백용남이 작심이라도 한 듯 풀기 없는 목소리로 한마디 했다.

"이 시점에서 내가 할 수 있는 말은 닥터 강도 '몸조심' 하라는 것뿐이오."

81

그로부터 3, 4일 후.

한나절 내내 자기 거실에서 TV의 채널을 돌려대던 리영숙은 지루함을 달랠 겸 몸을 풀기 위해 구내 체육실로 향하다가 복도에서 뜻밖의 인물을 만났다.

"아니, 이게 누구요! 리영숙 동무 아닙니까?"

여자를 반가이 맞은 사내는 강철부였다. 리영숙이 처음 유럽에 파견되었을 때, 체코슬로바키아의 프라하에서 한 번, 그후 통독 이듬해 베를린 주재 북한 공작 기구 개편 당시 두 번째, 그리고 이번이 세 번째 해후였다.

"오, 강 동무! 이게 얼마만입네까?"

두 남녀는 누가 먼저랄 것도 없이 서로 손을 맞잡고는 상대의 얼굴을 뚫어지게 쳐다보았다.

"마지막 만난 게 독일의 통일 정부가 세워지던 해였으니까 꼭 십년 만인가 보오."

"그러고 보니 우린 강산이 한 번 바뀔 때마다 만나게 되나 봅네다."

강철부의 말에 리영숙이 재치 있게 대답하고 물었다. "차 한잔 할 시간 있습네까?"

"좋소. 나도 지금 고히(커피) 생각이 나서 가던 길이오."

둘이 응접실에 들어서니 마침 방은 비어 있었다. 리영숙이 몸소 방 구석으로 가서 자동 커피 기기에서 두 컵을 뽑아 가지고 왔다.

"드시라요."

리영숙이 플라스틱 쟁반을 탁자에 내려놓으며 권했다.

"고맙소."

강철부는 종이컵을 들어 두어 모금 마시면서 여자의 얼굴을 가만히 바라보았다.

'역시 세월은 그 누구도 어쩔 수 없구나.'

화장을 하지 않은 리영숙의 맨얼굴은, 윤곽만은 예전의 모습과 별반 달라진 게 없었으나, 볼과 눈가에 잔주름이 내려앉아 있었다. 게다가 이마엔 두세 가닥의 인생 계급장까지 새겨져, 얼굴 근육이 움직일 때마다 지렁이처럼 꿈틀거렸다.

"한데, 이 시간에 여긴 웬일입네까?"

"손님 한 분을 쇠네펠트 공항까지 '모셔다' 주고 보고차 들른 겁니다."

'또 누군가가 평양으로 소환되는구나!'

강철부의 말의 뉘앙스를 바로 포착한 건 리영숙의 오랜 경험에서 터득한 육감이었다.

"어드런 손님입네까?"

"베를린 H대학 교수라고 합디다만……."

"혹시 백용남 교수라 하지 않았습네까?"

리영숙은 아직 남아 있는 커피 컵을 갑자기 탁자 위에 내려놓으며 눈을 동그랗게 떴다.

"맞소, 백용남 교수. 아는 사람이오?"

강철부는 입에서 종이컵을 떼며 대수롭지 않게 반문했으나, 리영숙은 가슴이 철렁 내려앉았다. 북한 체제에서 해외 근무자에 대한 느닷없는 소환은 곧 지위의 박탈이나, 심지어 죽음으로까지 인식돼 있기 때문이었다.

"아, 예. 지난번 신문과 텔레비전에서 몇 번 보았던 교수라서 그럽네다."

리영숙은 애써 감정의 내색을 자제하며 다시 묻지 않을 수 없었다. "혹시 뭣 때문에 불려가는지 아십네까?"

"그러니까 그게, 일언해서 우리 공화국의 기밀을 누설한 죄지요."

"기밀을 누설했다니요?"

리영숙은 자기 귀를 의심했다.

"그자가, 우리가 포섭하려는 막스플랑크 연구소의 남조선 출신 과학자에게 '몸조심' 하라고 주의를 시켰다지 뭐요!"

"남조선 출신 과학자……?"

"영숙 동무와 함께 찍힌, 그까짓 사진 몇 장을 들이대는 데 휘둘려서 말이오."

리영숙의 말을 끊은 강철부가 백용남을 비판하며 말을 이었다. 그의 설명에 의하면, 백용남의 방엔 곳곳에 도청 장치와 CCTV가 설치되어 일거수일투족, 일언반구까지 북한 공작원의 감시에 포착되었는데, 그렇지 않아도 베를린 주재 공작 팀이 리영숙 문제로 전전긍긍하는 마당에 백용남의 감상적인 기미를 보이자 가차없이 제거를 단행하기에 이른 것이었다.

그리하여 백용남이 아침나절에 출근하기 위해 막 집을 나와 자가용에 올라타려는 순간, 강철부와 그의 동료가 좌우 양쪽에서 덮쳐 순식간에 자기들 차로 우겨넣고 마취 수건으로 입을 틀어막았다. 그리고 공항으로 향하던 도중 백용남이 눈을 떴을 때, 미리 준비해 갖고 간 학교 휴가원에 그의 사인(서명)을 받아 내는 치밀함도 잊지 않았다.

"이자 그 사진을 갖고 백용남 교수를 찾아간 사람이 막스플랑크 연구소의 남조선 출신 과학자라 했습네까?"

강철부의 장광설이 끝나자마자 리영숙이 곧바로 물었다.

"그렇소. 이번 사건의 당사자인 서석순 박사의 애제자라 하오. 강 뭐라더라?"

'강현교!'

방금 전까지 백용남을 우려하던 리영숙의 뇌리에 돌연 현교의 모습이 오버랩되었다.

'결국 그 사진이 그의 손에까지 들어갔구나!'

리영숙은 누드며 몽타주 사진 등 자신의 정체가 현교 앞에 적나라하게 드러난 데 대해 자신도 모르게 수괴감을 의식하며 얼굴이 화끈거림을 느꼈다. 뒤이어 일말의 회한과 더불어 알 수 없는 두려움이 엄습해 오는 듯했다.

'드디어 화살이 강현교를 겨누고 있구나! 이를 암시한 백용남은 평양으로 불려갔고……. 어쩜 다음 차례는 내가 될지도 모른다.'

리영숙은 전에없이 마음이 착잡하고 심란했다. 그러나 마냥 그런 상태로 있을 수만은 없다고 생각한 그녀는 무드를 전환하기 위해 상대의 말을 자연스러우면서도 좀 생뚱맞게 받아 이었다. "아 참, 강 동무는 성씨가 편안강(康)입네까, 제비강(姜)입네까?"

"그게 무슨 말인지 난 모르겠소."

강철부가 다소 벙벙한 표정을 짓자, 리영숙이 "이 중에 어느 겁네까?" 하며 손가락으로 종이컵 속의 커피를 찍어 탁자 위에 康자와 姜자를 써 보였다.

"오, 와깟다(알았다), 와깟다. 우리 집 성은 '야스이(편안한) 강' 이오."

강철부는 웃으며 대답했고, 리영숙은 "그렇군요."라며 고개를 끄덕였다.

"헌데 그건 왜 묻소?"

"아, 내가 중학교 시절에 제주도에 살았던 적이 있는데, 우리 학급 급장이 강가였습네다. 편안강."

리영숙은 천연스레 말하면서 짐짓 이름은 대지 않았다.

"그러오? 영숙 동무가 제주도에서 자랐구먼요."

강철부의 어조는 사뭇 의외라는 투였다.

"와 그럽네까? 혹시 강 동무도……?"

"나는 아니고, 돌아가신 우리 아버지가 그곳 출신이었지요. 어머니는 일본인이었지만."

그는 거리끼는 기색도 없이 태연스레 말했다.

"그러고 보니 제주도 사람들이 일본인과 인연이 많은 것 같습네다."

"나 말고 또 그런 사람들이 있단 말이오?"

"예, 있어요. 그러니까……."

리영숙은 잠깐 생각을 더듬다가 말을 이었다. "내가 이자 말한 급장네 집도 그런 경웁네다. 그의 어머니가 일본 여자였지요."

"그러오? 영숙 동무가 살았던 마을이 어디요?"

강철부가 귀를 쫑그리고 그녀의 말에 관심을 기울인 건, 그가 소학교 시절 어머니로부터 들었던 말—광복 직후 아버지네 가족이 제주도로 귀향할 때 자기 이복 큰형(철민)의 일본인 연인이 그 가족을 따라갔다는—이 어렴풋이 떠올랐기 때문이었다.

"가만있자, 그게……."

리영숙은 고개를 쳐들고 기억을 더듬었다. "북제주군……K면……S리……그리고 H동이었던가……?"

"잠깐! 방금 S리라 했소?"

강철부는 'S리'에 악센트를 주며 '호소이 하나(가느다란 꽃; 細花)'를 되뇌었다.

당시 어린 그는 방과 후 혼자 집에 있다가 이따금 우체부가 배달하는 편지를 받고 무심코 발신지 주소를 훑어보며 아버지 방에 갖다 놓곤 했는데, 그때

마다 '예쁜 이름의 마을(細花里)에서 花枝(화지; 꽃가지)라는 예쁜 이름의 여인이 편지를 보내는구나.' 하고 동심으로 막연하게 생각했었다.

"강 동무도 아는 마을입네까?"

명상에 잠긴 듯한 상대의 표정을 주시하며 리영숙이 물었으나, 강철부는 대답 대신 엉뚱한 반문을 했다. "혹시 그 급장 아이의 아버지 이름을 압니까?"

"아무리 같은 학급이지만 학부모 이름까지야 알 수 있습네까?"

리영숙은 괜스레 미안쩍어하다가 "한데 이것만은……." 하고 뒤를 달았다.

"그의 아버지는 광질다리(미치광이)였어요. 태평양 전쟁 때 일본군 군관으로 남양 전투에 참전했다가 패전 뒤에 고향에 돌아온 후 정신이 '이렇게 되고' 말았답네다."

그녀는 오른손을 머리 쪽으로 올려 손가락으로 맴돌이질을 했다. 강철부는 그런 처지가 좀 안됐다는 생각과, 이름을 알 수 없는 게 유감스럽다는 생각이 뒤섞인 야릇한 감정이 일었으나, 내심 고개를 가로저었다. '설령 이름을 안들 어쩔 것인가? 부질없는 짓이다!'

"그런데 말입네다."

리영숙이 강철부의 잠재우려던 감정에 돌을 던졌다. "그때 급장한테 들은 얘긴데, 그의 할아버지가 일본 오사카에 산다고 했어요. 그래서 일제 교복이랑 영어 콘사이스, 만년필 같은 학용품을 소포로 부쳐오기도 했답네다. 나도 돔보(잠자리)표 연필을 얻어 쓴 적이 있습네다."

순간, 강철부는 그 옛날 아버지가 가게에서 퇴근할 때 학용품이며 학생복과 부인복, 그리고 페니실린 따위의 약품 들을 잔뜩 사 가지고 와서 포장을 하던 모습이 선하게 떠올랐다.

"혹시 그가 삼촌 얘기는 하지 않았소?"

강철부가 불쑥 물었다.

"그를 아주 아껴 주던 삼촌이 있었는데, 조선 해방전쟁 때 국방군으로 나갔다 죽었다고 합디다."

'그럼 그가 아버지가 말했던 막내 형……?'

강철부의 감정이 다시 들뜨기 시작했다. 그때, 응접실 문이 열리면서 동료 공작원이 들어왔다. "강 동무, 실장 동지께서 돌아오셨습메. 가 보우다."

"알겠소."

강철부는 자리에서 재빨리 일어섰다. 그리고 발을 옮기며 리영숙을 향해 한 손을 까딱 들어 보였다. "나중에 또."

리영숙이 자신의 신변에 위험이 다가오고 있음을 절감한 것은 강철부를 만난 지 사흘 뒤였다. 그에게서 백용남의 소환령을 전해 들은 리영숙은 그 여파가 자신에게까지 미칠 것이라 예감한 나머지, 그날 밤을 틈타 지도책의 방에 들어가 책상 밑 밀폐 공간에다 도청기를 달아 놓았는데, 그녀의 예감이 적중했던 것이다.

"백용남이 평양에 잘 도착했다누만."

목소리의 주인공은 새로 부임한 지도책(총책)이었다. 뒤이어 "아, 그렇습네까?", "여기선 별탈 없갔디요?" 하는 부하 공작원들의 소리가 들리더니 이윽고 다시 지도책 지시가 이어졌다.

"다음엔 리영숙을 보내라우. 꼬리가 길믄 밟히는 법이니끼니. 이자 오래된 요원들은 차츰 물갈이를 할 테니 부장 동무는 그 대상자들을 정리해 보라우."

"예, 알갔습네다."

그러곤 또다시 웅성거리는 소리를 들으며 리영숙은 녹음기를 껐다.

'이젠 내 용도도 다됐다는 건가!'

두려움에 앞서 리영숙은 갑자기 서글픈 생각이 들면서 오만 가지 회한이 머릿속에 어리었다. '도대체 지금껏 내가 누구를 위해 그 숱한 범죄(밀거래, 요인들 유인 · 납치, 테러 등)를 저질렀단 말인가!'

그녀는 장탄식을 하며 조용히 눈을 감았다. 그동안 요덕 수용소에서의 지옥 생활과 해외에서의 갖은 공작 활동을 겪으면서 내팽개쳤던, 그래서 새카

맣게 마비되었던 인간성과 죄책감이 새삼 가슴 깊숙이에서 고개를 들기 시작했다. 할 수만 있다면, 정말로 가능하다면 남은 생애를, 비록 선행은 못할지라도 악한 짓만은 안 하고 살고 싶었다. 그러나 그것이 불가능하다는 것을 리영숙은 너무나 잘 알고 있었다. 죽음보다도 어렵다는 것을.

하지만 그런 절체절명의 위기감 속에서도 한 가지만은 결행하지 않으면 안된다는 강박감이 아까부터 그녀의 마음속을 떠나지 않았다. '그에게 엄청난 불행이 닥쳐오는 걸 불 보듯 훤히 알고 있으면서 수수방관할 수만은 없잖은가!'

리영숙의 눈앞에 홀연히 기품 있고 준수한 대학 교수 강현교의 모습이 떠올랐다가 순식간에 30여 년 전 중 3의 동안(童顔)으로 오버랩되었다.

그녀가 방과 후 하굣길에 동네 어귀 불치막에 숨어 있다가 한 권의 책을 선물했을 때, 어쩔 줄 모르고 놀라워하던 표정, 내미는 책을 거북스레 받아 들곤 미소짓던 입가에 가무스럼히 드러난 보송보송한 솜털, 갈림길에서 헤어지길 아쉬워하며 가방을 든 채 몸을 뒤틀던 천진스러운 모습들이 머릿속을 꿈결처럼 스쳐 지나갔다.

부지불식간에 먼 옛날의 중학생 소녀로 되돌아간 리영숙의 마음에 참을 수 없는 그리움이 밀려오면서, 그의 스승인 서석순 교수를 파멸의 구렁으로 유인한 죄책감은 가마득히 스러지고, 머릿속엔 온통 현교 생각만 뭉게뭉게 피어오르는 가운데 불현듯 그녀로 하여금 새로운 기도(企圖)를 불러일으키게 했다.—탈출, 자수, 대(對)언론 폭로, 전향. 단, 죽음을 불사하고!

82

현교가 한 통의 전문(電文)을 받은 것은 출근한 지 얼마 안된 아홉 시 반 무렵이었다.

〈독일에 여행온 김에 만나보고 싶어요. 오후 2시에 할레 역 대합실에서 기

다리겠어요. 부귀화〉

'부귀화?'

현교는 전문을 읽는 순간, 자신의 시각을 의심하지 않을 수 없었다. '이게 꿈인가, 생시인가!'

그는 실내의 벽시계와 달력, 창밖의 건물과 수목들을 둘러보며 시공을 확인했다.

"부귀화, 부귀화……!"

현교는 소파에 털썩 주저앉아 여자의 이름을 되뇌며 전문을 음미했다.

'할레에 있다면 이곳까지 와서 전화를 할 수도 있을 텐데(할레는 괴팅겐에서 동쪽으로 160여 킬로미터 떨어져 있음)……. 혹시 패키지 여행이라서 개인행동이 자유롭지 못한 걸까? 그동안 모습이 많이 변했을 텐데 쉽게 알아볼 수 있을까? 지난날의 아리따운 모습을 아직도 간직하고 있을까?'

그런 현교의 머리에 가장 선명히 떠오른 것은, 소녀 시절 그녀가 어쩌다 해맑은 웃음을 지을 때면 양볼에 또렷이 드러나는 예쁜 볼우물이었다. 중 3인 당시만 해도 현교의 눈엔 그 앙증스러운 보조개가 그녀의 매력 포인트로 비쳤으니까.

'어서 가 만나보자!'

현교는 마치 소년처럼 북받치는 설렘을 어쩌지 못했다. '이게 대체 얼마 만의 만남인가! 가만, 삼십년도 넘었지? 강산이 세 번 변하고도 남았어. '극적인 상봉' 이란 게 바로 이를 두고 하는 말이 아닐까? 만나는 순간, 무슨 말부터 할까? 어떤 포즈를 취할까? 악수? 포옹? 볼에다 키스를?'

현교는 감격적인 장면들을 머릿속에 그리며 손목시계를 보았다. 열 시를 막 넘어서 있었다. 오후 두 시라니 시간은 넉넉했다. 지금 출발하면 할레까지 정오 안으로 닿을 수 있다. 하지만 그는 서둘렀다. 예정 시간보다 앞당겨 도착하면 점심식사를 같이 할 수도 있기 때문이었다. '점심은 할레에서.'

한껏 달뜨는 마음으로 연구실을 나온 현교는 사뿐히 차에 올라 시동을 걸었다.

예정 시간보다 한 시간이나 더 일찍 할레 역에 도착했으므로 현교는 느긋한 마음으로 대합실 안을 둘러보았다. 그러나 자기 나이 또래로 짐작될 만한 동양 여자는 눈에 띄지 않았다.

'내가 너무 일찍 온 거겠지.'

현교는 출입문이 잘 보이는, 반대편 벽 가까운 의자에 자리를 잡고 앉았다. 그러곤 사람이 들어올 때마다 눈알을 굴리며 인상을 확인했다.

그러기를 4, 5분. 그런데 그 기다림의 당사자는 출입문이 아닌, 그의 뒤쪽에서 나타났다.

"와 주셨군요."

그러면서 여자는 현교 옆에 냉큼 앉았고, 그는 흠칫 놀라며 고개를 돌렸다. 여자는 짙은 선글라스에다 컬이 심한 가발 위에 등산모를 쓰고 있었고, 주황색 카디건과 블루진에 나이키 운동화를 착용하고 있었다. 얼핏 보기에는 여느 등산객의 모습과 다를 바 없었으나, 얼굴의 윤곽에서 낯익은 이미지가 문득 떠올랐다. 목소리도 낯설지 않은, 최근에 들은 바 있는 음색이었다. 수잔!

현교는 여자를 뚫어지게 쏘아보았다. "당신은……?"

30여 년 만에 만나 막상 꺼낸 첫 마디가 고작 '당신은'이란 세 글자였다. 말할 수 없는 경악과 긴장이 혀의 놀림을 멈춰 버린 것이었다.

"놀라지 마세요."

여자는 남자의 귓가에 속삭이듯 말했다. "해치려는 게 아니라 현교 씨를 도우러 왔으니까요."

"……?"

현교는 믿을 수가 없다는 듯 의혹의 눈초리를 거두지 않았다.

"차 갖고 오셨죠? 일단 여기서 나가요."

아까 현교가 차를 파킹하는 걸 목격한 여자는 상대의 손목을 잡아 끌었다. 그는 여자 손의 억센 악력을 느끼며 하릴없이 밖으로 따라나갔다.

"키 주시겠어요? 행선지 지리를 내가 잘 알아요."

차 앞에 이르자 여자는 태연히 손을 내밀었고, 현교는 포켓에 손을 넣은 채 잠시 우두망찰하였다.

"이제부턴 날 수잔이 아니라 옛날의 부귀화로 대해 줘요."

"그럼 당신이 정말 옛날의 부귀화요?"

"그러니까 날 믿어야 해요. 가서 들어 보면 다 풀릴 거예요."

"지금 어디로 가려는 거지요?"

현교는 여전히 미심쩍은 빛으로 주머니에서 꺼낸 열쇠고리를 만지작거렸다.

"우리 둘이서만 얘기할 수 있는, 옛날 불치막 같은 조용한 곳. 오랫동안 쌓인 회포를 털어놓을 수 있는……."

'불치막!'

그 하나의 고향 방언에 현교는 그녀에 대한 의심이 뱀의 똬리처럼 풀리며 차문을 열곤 열쇠를 그녀의 손으로 넘겼다. 여자는 재빨리 운전석에 올라탔고, 현교도 말없이 옆자리에 올라앉았다.

부귀화가 30여 분 동안 차를 몰아 도착한 곳은 시가에서 한참 벗어난 잘레강 기슭이었다. 물가 쪽으로는 두세 개의 빈 벤치가 박혀 있고, 그 위쪽 기슭에는 울창한 가문비나무숲 속으로 방갈로인 듯한 낡은 목조 건물 몇 채가 보였다.

"일단 저기 가서 앉을까요?"

차에서 내린 귀화가 현교를 보며 벤치 쪽을 가리키곤 앞장서 내려갔다. 현교는 역 앞에서 차를 탄 이후 여전히 입을 다문 채 따라갔다. 귀화가 팔을 뻗어 벤치에 앉기를 권하자, 현교는 엉거주춤 엉덩이를 내렸고 귀화도 좀 전과는 달리 얌전스레 그 옆에 앉았다.

그러나 두 사람은 유유히 흐르는 강물만 바라볼 뿐 피차 말이 없었다. 현교는 권련을 꺼내 물며 여자 쪽에서 먼저 말문이 열리길 기다렸고, 여자는 어디서부터 말머리를 끄집어내야 할지를 생각하고 있었다. 그러기를 20여 초. 역시 침묵을 깬 것은 여자 쪽이었다.

"이제 와서 사죄하거나 용서 따윌 받으려고 현교 씰, 아니 강 박사를 만나자고 한 건 아니에요. 내 정체가 다 밝혀진 마당에 가당키나 한가요?"

귀화는 현교 쪽을 보지 않고 시선을 수면으로 향한 채 말했다. "무엇보다 서석순 박사님 일은……. 천벌을 받아도……."

"도대체 귀화 씨가 어찌하여 그런 엄청난 짓을……?"

현교는 '서석순' 이란 말을 듣고서야 비로소 입을 열고 탄식조로 힐문했다. "날 좀 똑바로 봐요! 진짜 부귀화가 맞긴 맞는 건가요?"

"진짜 부귀화는 30년 전에 죽고 없어요. 지금 현교 씨가 보는 귀화는 영혼이 날아가 버린 박제일 뿐이에요."

그녀는 현교의 날카로운 눈씨를 받으며 선글라스를 벗었다. 얼마 전 라이프치히에서 처음 만났을 때 보았던 그 윤택하고 화사했던 모습은 어디 가고 얼굴 가득 덮인 셀 수 없는 주름들이 두어 달 만에 십년이나 늙어 보이게 했다.

"그동안 나는 로봇처럼 살아왔어요. 김일성 종교에 세뇌되어, 그 교주 일파의 조종에 따라 움직이는 인조인간 로봇으로 변해 버렸어요. 그러니 그 속에 인간성이나 죄책감 따윈 살아남을 수가 없었지요."

귀화는 젖어드는 눈시울을 가리기 위해 도로 선글라스를 썼다.

"어쩌다가 그런 지옥 같은 데로 빠진 거예요?"

현교의 물음엔 그녀에 대한 사무치는 원망과 의문투성이의 내력과 함께 한 가닥 연민의 정이 뒤섞여 있었다.

"말로는 밤새 해도 못다 할 거예요. 소설 한 권을 쓰고도 남을 테니까요."

귀화는 강물을 바라보며 어디서부터 말의 물꼬를 틀까 생각했다. 그때 마침 강의 상류 쪽에서 살같이 달려온 보트 한 척이 하얀 물보라를 일으키며 그녀의 마음에까지 파문을 일으켰다.

"해운대 수상 스키가 화근이었지요."

이윽고 귀화의 말문이 트이더니, 피랍—그녀의 운명의 전환점이 된—에서부터 비롯된 파란만장한 과거사가 물굽이치듯, 때로는 잔잔하게, 때론 거칠게 흘러나왔다. 그녀는 자신의 기구한 여정 중에서 세 차례의 고비를 유난히 강조했는데, 첫 번째는 납북된 지 하루도 안되어 초대소 소장에게 당한 처녀성 유린, 두 번째는 자신이 진정으로 사랑했던 조승록의 죽음, 세 번째는 서석순 박사 유인을 위한 미인계의 꼭두각시 노릇이었다.

"그때 혀를 깨물고서라도, 아니 이왕이면 그놈의 목을 베고 깨끗이 자결했더라면 더 이상 머리가 붉게 물들지 않았을 것을."

그녀는 초대소장이 자신의 몸을 짓밟던 만행을 털어놓으며 치를 떨었다. 반면에, 조승록과의 극적인 러브 스토리를 들려줄 땐 진정으로 행복감을 드러내 보이기도 했다.

"한때는 이런 공화국에도 남녀 간에 낭만적이고 애틋한 사랑이 숨쉴 수 있구나, 이런 대로라면 살 만하지 않은가! 그러곤 생전 처음 진정한 사랑에서 우러나오는 '행복'과 '희망'이란 걸 맛보았지요. 그런데 그것도 조승록의 죽음으로 일장춘몽이 되고 말았어요. 그때에야 비로소 나는 그 세계가 빅 브러더가 지배하는 오세아니아 대제국과 같은 전체주의 체제라는 걸 새삼 절감했지요. 동시에 머릿속에서 사느냐 죽느냐의 각축전이 벌어졌는데, 이번에도 후자가 패했어요. 전자의 승리를 도운 것은 사랑, 정의, 진리, 도덕, 윤리, 양심 따위는 깡그리 내팽개쳐 버린 '인간 망가지기'라는 후원군이었어요. 결국 빅 브러더 체제하에서 살아남기 위해선 그에 무조건 복종하는 길밖에 없었으니까요. 일단 그렇게 작정하고 나니 마음에 거리낄 게 없었어요. 금괴, 다이아몬드, 상아, 담배와 마약, 위조 달러, 무기 등의 밀거래에서부터 외국인 납치, 테러 등에 이르기까지 위에서 시키는 거라면 물불을 안 가리고 무조건 따랐지요. 그런 공으로 '공화국 영웅' 칭호와 훈장도 여러 번 받았고, 그럴 때마다 내 영웅 심리는 하늘 높은 줄 몰랐으며, 그럴수록 '나' 라는 인간은 넋은 온데간데없고 그야말로 허울뿐인 인조인간이 되어 갔지요."

귀화는 마치 남의 얘기를 하듯 무덤덤한 어조로 말하며 쓴웃음을 지었다.

'브레인워싱(세뇌)이란 게 그런 것인가!'

옆에 앉아 담담히 듣고만 있던 현교가 안타까운 심정으로 애꿎은 담배를 꺼내 불을 댕겼다. 벌써 세 개비째였다.

"나도 한 가치만 줄래요?"

귀화가 현교에게 손을 내밀었다. 현교는 말없이 담뱃갑에서 한 개비를 뽑아 주곤 라이터로 불까지 붙여 주었다. 귀화는 몇 모금 잇달아 빨아들이며 기다란 자연을 거푸 내뿜었다. 마치 마음속의 회포를 토해내기라도 하듯이.

잠시 말이 없는 가운데, 두 사람이 내뿜는 담배연기만이 한데 뒤섞이며 허공 속으로 흩어져 갔다.

그런데 이심전심이랄까, 현교가 가장 궁금해한 나머지, 아까부터 하고팠던 질문(서 교수 유인건)에 대해 귀화가 먼저 화두를 꺼냈다.

"조물주의 장난치곤 정말 얄궂지 않아요?"

마지막 담배연기를 날리고 난 그녀가 꽁초를 손가락으로 쓰레기통에 튕겨 넣으며 말문을 열었다.

"……?"

현교는 말뜻을 잘 모르고 여자의 입을 주시하며 눈을 크게 떴다.

"지구의 삼분의 일 바퀴나 떨어진 이역만리 이곳에서 현교 씨를 접하게 되리라곤 꿈엔들 생각이나 했겠어요!"

"내가 여기 있는 걸 안 게 언제지요?"

현교는 그제야 무슨 말인지 알겠다는 듯 상대의 뒷말을 이끌었다.

"서 박사 유인 지령을 받은 직후였어요. 그러니까 라이프치히에서 우리가 만나기 일주일쯤 전이었지요. 박사님의 애제자가 같은 연구소에 있다면서……."

"백용남, 그자였군요!"

현교가 날카롭게 상대의 말허리를 잘랐다. 동시에, 지난날 장 노인의 서울 장례식 때, 꿈속에서 백용남과 함께 베를린에 폴크스바겐을 몰고 나타났던 여인의 이미지가 현교의 머릿속에 꽂혔다. '역시 그 여자가 당신……!'

"강현교 박사라기에 처음엔 동명이인인 줄 알았어요. 당사자가 지상에서 몇 번 봤던 하인리크 강이라는 것도 처음 알았구요. 하지만 긴가민가했어요. 그런데 그날 레스토랑에서 현교 씰 직접 대하는 순간 '의심의 여지가 없구나!' 라는 생각과 함께 경악을 금할 수 없었어요. 내 생전 그렇게 놀라 보긴 전에도 없었고 앞으로도 없을 거예요. 물론 내색하지 않으려고 애를 먹었지만."

'그래서 어쨌다는 거지요? 뭐가 달라졌지요? 결국 나 대신 선생님을 유인한 건가요?'

현교의 마음은 그렇게 묻고 있었지만, 튀어나온 말은 "결국 백용남이 선생님과 나를 엮어 넣었군요?"였다.

"그분에게 그런 결정권이나 있나요?"

귀화는 고개를 살래살래 저었다. "그분이나 나나 지령에 따라 행동하는 하수인일 뿐이에요. 마치 인형극에서 줄을 조종하는 대로 움직이는 인형들처럼 말이에요. 자기 의사대로 할 수 있는 건 아무것도 없지요."

그러고는 현교의 의중을 읽기라도 한 듯 회한의 심정으로 토로했다. "서 박사님 일에 대해선 입이 백 개라도 할 말이 없어요. 워낙 중차대한 공작인 데다 꽤 깊숙이 진행되었던 터라, 현교 씨의 신분을 알고 나서도 나로선 손가락 하나 까딱할 수가 없는 상황이었지요. 우리는 항상 제삼자의 철저한 감시를 당하고 있으니까요. 설사 그날 밤 현교 씨가 먼저 자리를 뜨지 않고 서 박사를 모시고 갔다 하더라도 시일이 다소 연장되었을 뿐 상황이 달라지진 않았을 거예요. 그러지 않고는 나나 백 교수나 살아남지 못하니까요. 자신의 목숨을 위해 그런 짓까지 서슴지 않았으니 참으로 한심하기 짝이 없지요? 이담에 저승에서 서 박사님을 만나 용서를 빌 수나 있을는지……."

그녀는 심한 자괴감과 죄책감이 북받치는 듯 뒷말을 잇지 못했다.

'주님, 이 가련한 여인을 용서하여 주소서!'

현교는 마음속으로 기도를 올리며 귀화에게 동정 어린 시선을 보냈다.

그녀는 현교와 눈길을 마주하며 말을 이었다. "그리고 이제 현교 씨에게 할 말은 딱 한 가지—앞으로 항상 '몸조심' 하세요. 조선 공화국이 서 박사님 다음으로 노리는 타깃이 현교 씨라는 걸 명심하란 말이에요."

'몸조심?'

현교는 문득 백용남으로부터도 같은 경고를 들은 것을 상기하며 모골이 송연함을 느꼈다. 그는 무의식중에 긴장된 눈빛으로 주위를 휙 둘러보았다.

귀화가 다시 말끝을 달았다. "내가 위험을 무릅쓰고 현교 씨를 만나고자 한 것도 이 말을 하기 위해서예요. 지금의 나로선 현교 씰 위해 마지막으로 할 수 있는 일이 이것밖에 없으니까요."

그러면서 자신은 그동안 북한 대사관 안에 연금 아닌 연금 상태로 있다가 어젯밤 탈출한 사실과, 서석순 박사 사건 수사 이래 자기를 비롯한 기존 공작원들의 평양으로의 소환령이 내려졌으며, 며칠 전 백용남도 강제 송환된 내막들을 알려주었다.

"현교 씬 백 교수를 무진 원망하겠지만, 알고 보면 그도 불쌍한 사람이에요. 나나 그나 한낱 철지난 사냥개 신세가 되고 말았으니까요. 세뇌란 것이 처음과 끝이 이토록 무섭고 황당한 건가를 최근에야 절감했어요. 아마도 겪어 보지 않은 사람은 절대로 모를 거예요."

'그럼 백용남 그자가, 흔히 말하는 아오지 탄광에라도 끌려갔다는 건가? 그러니 용서해 주란 말인가?'

현교의 가슴에 갑자기 측은지심이 일면서 '일곱 번 말고 일흔일곱 번이라도 용서해 줘야 한다.'는 예수의 가르침이 떠올랐다. 그러나 그보다도 절박하게 그의 머리로 다가온 것은 귀화에 대한 안위였다.

"앞으로 어쩔 작정이에요?"

현교는 사뭇 염려스러운 빛으로 물었다. 그러나 귀화는 곧바로 대답하지 않고 잠깐 의미심장한 표정으로 현교를 지그시 바라보다가 입을 열었다.

"나는 탈주자잖아요. 지금까지 동료였던 자들이 나를 찾느라 난리가 났을 거예요. 저들의 감시망을 피하기 위해선 아프리카 사막이든 남미의 안데스 산맥이든, 아니 지구 끝까지라도 도망쳐야겠지요. 어디까지 이행할 수 있을진 모르겠지만 이게 지금의 내 솔직한 생각이에요. 정말이지 두 번 다시 저들의 마수에 걸려드느니 차라리 청산가리를 먹고 죽는 편이 훨씬 나은 선택이지요."

귀화는 단호히 말하곤 둘 사이의 벤치 위에 놓여 있는 담배와 라이터를 집어들었다.

"하루 이틀도 아니고 언제 끝날지 모를 긴 세월을, 칼날 위를 걷듯 위험을 안고 살 수 있겠어요? 그보다는……."

입에서 연기를 날리는 귀화를 민민히 쳐다보던 현교가 조심스레 입을 뗐다. "내가 한마디 권해도 될까요?"

"말해 봐요."

귀화가 얼굴을 마주 돌렸다.

"자수하는 게 어떻겠어요? 독일 수사 당국에!"

"자수라고요……?"

귀화는 정색했다. "그래서 광명을 찾으라는 건가요?"

"새출발을 하라는 겁니다. 이제 그만 그 지긋지긋한 수렁에서 빠져나와 자유로운 세상에서 새로운 삶을 시작하라는 거예요. 제발 귀화 씨의 남은 생애만이라도 인간답게 살았으면 해요."

현교의 어조엔 곡진함이 묻어났다. 귀화도 눈물겨울 만큼 이를 느낄 수 있었다. 하지만 귀화는 자신의 감정을 내색하지 않았다.

"새출발, 자유로운 세상, 인간다운 삶……. 그런 것들이 내겐 오래 전에 흘러간 옛말처럼 들리네요."

"아니에요! 다시 새 삶을 시작하는 거예요. 새로운 운명의 창조라고 할까요?"

"새로운 운명의 창조라고요?"

귀화는 다시 정색을 하며 현교에게 얼굴을 돌렸다.

"'운명아 비켜라, 내가 간다.' 란 격언 기억 안 나요? 옛날 귀화 씨가 그 많은 금언들 중에서 사이드라인을 쳐서 내게 전해줬던 그 구절!"

"아! 그 책 속의……."

"맞아요. 《마음의 샘터》."

"역시 박사라 기억력도 좋으시네!"

귀화의 상기된 얼굴에 엷은 미소가 어렸다. 곧이어 그녀의 머리엔 그 옛날 하굣길에 '리리릿자로 끝나는 말' 을 읊조리며 현교 앞에 깡충거렸던 일이며, 불치막에서 이루어진 설렘 속의 선물 전달, 갈림길에서 쑥스럽게 헤어지던 정경 들이 자신도 모르게 뭉게구름처럼 피어올랐다. 그녀는 한순간 황홀경에 빠져드는 듯했으나 대뇌의 억제중추가 급브레이크를 걸었다.

'안돼! 감상은 금물이야!'

오랜 시일에 걸쳐 그녀의 골수에 뿌리박힌 정신 교육이, 뇌리에 아롱지는 로맨스를 냉혹히 차단했다. 이제 와서 감상적인 사고에 사로잡힌다는 게 자신은 물론 현교의 전도에도 치명타가 된다는 것쯤은 상식적으로도 능히 예단할 수 있는 일이었다.

"아직도 나에 대한 추억을 편린이나마 간직하고 있었군요. 난 꿈에서도 현교 씰 못 만났는데."

귀화는 진정으로 감격스러워하며 말했다. "그런 고마운 현교 씨를 위해서 이 한 마디만은 꼭 해야겠어요."

"그게 뭔데요?"

"현교 씨는 세계적인 훌륭한 과학자! 대단히 귀중한 몸이에요. 신변의 안전이 절대 필요한 상황이라는 걸 한시도 잊어선 안돼요! 그러니 내 앞일에 대한 염려는 고맙지만, 일절 염두에 두지 마세요."

부드러우면서도 결연한 귀화의 말에 현교는 대답할 바를 몰랐다.

"앞으로 내 문제는 내가 알아서 할 거예요. 내가 운명을 비켜갈 수 있을지, 그 덫에 걸려 넘어지고 말지는 오직 조물주만이 좌우할 수 있겠지요. 전자의 경우라면 이승에서 현교 씨를 다시 만날 기회가 있을지도 모르고, 후자라면 먼 훗날 저승에서나 만나보게 될 테고."

한결같은 어조로 말하며 귀화는 입가에 쓸쓸한 웃음을 지었다.

'대체 무슨 생각을 하고 있는 걸까?'

귀화의 말과 웃음을 음미하며 현교는 지금의 극적인 만남이 첫 재회이자 마지막 결별일지도 모른다는 아쉬운 마음과 더불어 사위스러운 생각마저 들었다. 그는 눈을 들어 앞을 바라보았다. 어느덧 해는 서편으로 기울어 석양이 강물을 황금빛으로 물들이고 있었다.

현교는 갑자기 허기를 느꼈다. 그는 카페들이 있는 하류 쪽을 가리키며 식사를 제안했다. 그러나 귀화는 한마디로 사양했다. "가 볼 데가 있어요. 미안해요."

그러면서 마음속으론 이렇게 외치고 있었다. '식사 자리를 함께하고 싶은 건 내가 더 간절해요!'

사실 그랬다. 40년에 가까운 헤어짐. 그녀라고 해서 그동안 쌓인 숱한 회포며 현교에 대한 궁금한 사연들—변화된 고향의 모습, 중학교 졸업 이후부터 독일 유학까지의 과정과 정착, 가정생활이나 가족 현황 등—을 어찌 나누고 싶지 않겠는가. 여느 옛사랑들처럼 카페 창가에 앉아 맥주잔을 기울이며 밤이 새도록 오순도순 추억담을 주고받을 수 있다면 오죽이나 정겹고 낭만적일 터인가!

"현교 씨, 이만 여기서 헤어져요. 저녁식사는 현교 씨의 성의로 대신할게요."

귀화는 비장하게 말하며 벤치에서 일어섰다. "다시 말하지만, 내내 무탈하고 건재해야 돼요!"

"귀화 씨의 말, 명심하겠어요."

천천히 승용차 쪽으로 걸어 올라온 현교는 문을 열고 귀화에게 동승을 권했다. 그러나 그녀는 고개를 저었다. "나는 여기 좀 있다 혼자 갈 테니 현교 씨 먼저 가세요."

"그래도 괜찮겠어요? 식사도 사양하고, 이거 섭섭해서 어쩌지요?"

"괜찮아요. 어서 타세요."

귀화는 손을 내밀었다.

"부디 조심해서 가세요. 항상 내가 귀화 씨의 행운을 기원하고 있다는 걸 잊지 말아요."

현교는 힘있게 맞잡았던 귀화의 손을 놓고는 운전석에 자리를 잡았고, 귀화가 그를 향해 손을 흔들었다. "고마워요, 현교 씨!"

83

그날, 북한 대사관은 리영숙의 탈출로 발칵 뒤집혔다. 평소 자기의 임시 거실이나 응접실에 머물러 있던 그녀가 체육실이며 화장실, 후원 어디서도 그림자조차 볼 수 없었을뿐더러, 관계 요원들이 혹시나 하고 점심시간까지 초조히 기다려 보았지만 식당에도 나타나지 않았다.

"뭐이 어드레?"

결국 보고를 받게 된 총책이 회전의자에 앉은 채 도끼눈을 뜨고 황급히 들어온 부부장을 노려보았다.

"어제 밤중에 담장을 넘구설랑 빠져나간 것 같습네다."

잔뜩 주눅이 든 부부장은 쩔쩔맸다.

"이런 허수아비 같은 놈들! 전 요원을 풀어서라도 날래 잡아들이라우!"

총책이 붉으락푸르락 불호령을 내렸다.

"염려 놓으시라요, 총책 동지. 제깟 에미나가 튀어봤자 부처님 손바닥 아니겠습네까."

일단 총책의 닦달을 모면한 부부장은 이마의 식은땀을 닦으며 공작원들을 회의실로 집합시켰다. 그가 요원들에게 내린 지시는, 먼저 리영숙의 연고지를 은밀히 탐색, 추적하는 일이었다. 과거 그녀의 활동 근거지를 중심으로 동료 공작원들과 접선했던 아지트, 외국의 브로커들과 거래하던 장소, 그녀가 위장 취업하던 일본 S전자의 베를린 지사, 심지어 백용남이 한때 은거했던 방갈로에 이르기까지 그녀가 발붙일 만한 곳은 빈틈없는 감시망을 펼치도록 했다. 그러고는 마지막으로 "기리카구 A과장은 베를린을 비롯한 주요 공항의 출국자 명단을 낱낱이 확인하라우!" 하고 명했다.

명령을 받은 공작원들은 제각기 소임에 따라 눈에 불을 켜고 리영숙의 추적에 들어갔다. 그러나 그 무렵에 리영숙이 현교를 만나고 있으리라곤 상상조차 할 리 만무했다.

'이제 남은 길은 오직 하나!'

현교와 헤어진 리영숙은 택시 정류장 쪽으로 천천히 발길을 옮기며 어렵사리 생각을 정리했다.

그녀가 택시에서 내린 곳은 K시 교외의 풀다 강 연안이었다. 애당초 택시에 탔을 때만 해도 목적지를 서석순 교수 사건 수사본부가 있는 괴팅겐 시의 변두리(여인숙 정도)를 잡았으나, 달리는 도중에 방향을 바꾼 것이었다. 왠지 자신도 모르게 순간적인 행선 변경이었는데, 결과적으로 그녀에겐 돌이킬 수 없는 패착이었다.

리영숙은 땅거미가 깔린 사위를 휘 둘러본 후 얕으막한 구릉지로 빠르게 걸어갔다. 잠시 뒤 그녀가 이른 곳은 예전에 백용남이 동베를린 사건 때 한국 중정 요원의 검거를 피해 은신했던 동굴로, 80년대 이래론 이따금 그녀가 외국인과 마약이나 위폐 등의 밀거래를 행하던 장소였다.

리영숙은 동굴 입구에 선 채 플래시를 꺼내 경계의 눈초리로 안을 비추어 보았다. 바닥에 묵은 신문지와 몇 개의 짜부라진 음료 캔들만 나뒹굴 뿐 예전과 달라진 게 없었고, 인기척도 없이 쥐 죽은 듯 고즈넉했다. 조심조심 속으로 들어간 그녀는 편평한 돌판 위에 신문지를 깔고 앉아 석벽에 등을 기댔다.

'오늘 밤만 여기서 넘기자. 내일 아침이면 이 리영숙이가 묵은 허물을 벗고 새롭게 탈바꿈을 하는 거다. 온 매스컴이 떠들썩하겠지. 북한 대사관, 아니 평양의 35호실, 노동당사가 발칵 뒤집히겠지. 찢어 죽일 에미나, 씹어먹어도 성이 안 찰 썅캐(상놈의 개새끼) 등등 갖은 욕설과 악담을 총동원하겠지. 그러다 못해 독일 당국에다 리영숙이를 돌려보내라고 생떼를 쓰겠지.'

눈을 감은 리영숙의 머릿속을 온갖 가상과 예측들이 파고들었다. '내 선택이 과연 옳은 것일까? 무슨 죄목으로, 어떤 벌을 얼마나 받게 될까? 자칫 남은 생을 감옥 안에서 썩히는 건 아닐까? 설령 속죄를 하고 죗값을 치르고 자유의 몸이 된다 해도 무슨 낯으로 세상 뭇 사람들을 대하며 살아간단 말인가? 게다가 35호실의 암살조가 내 목을 따기 위해 세상 끝까지 추적하겠지.'

리영숙은 저도 모르게 몸서리를 치며 눈을 떴다. 그리고 정신을 가다듬었다. '이미 주사위는 던져졌다! 선택의 길은 오직 하나! 날이 밝는 대로 수사본부로 직행해야지!'

그리 결심을 하고 나자, 머릿속과는 아랑곳없이 뱃속에서 꼬르륵 신호가 들려왔다. 그녀는 가방의 지퍼를 열고 빵과 우유 팩을 꺼냈다.

그런데 이변은 아주 우연한 데에서 촉발되었다. 리영숙이 빵과 우유로 허기를 달래고 석벽에 기대앉은 채 비몽사몽간을 헤맬 즈음, 북한 공작원 K는 동료 L과 함께 베를린에 있는 리영숙의 옛 거처를 찾아가 탐문하고 있었다. 그런데 마침 거기서 그들은 토마크라는 부동산 중개인과 조우했다. 그는 통독 이전에는 동독에서 슈타지의 끄나풀 노릇을 하던 자로, 공작원 K와 면식이 있을 뿐 아니라 리영숙과도 당시 한두 차례 마약 밀거래를 한 적이 있었다.

"오, 미스터 김, 오랜만입니다."

"어? 토마크 씨, 여긴 어쩐 일이오?"

그들은 독일어로 뜨악한 인사를 나눈 후, 자신들의 용무를 간단히 밝혔다.—공작원 K는 탈주한 리영숙의 행방을 파악하기 위해, 토마크는 세(貰)로 내놓은 빈방을 살펴보기 위해 찾아왔다고.

"골치깨나 썩겠군요, 그녀가 판도라의 상자를 갖고 있으니."

토마크는 은근슬쩍 상대의 허점을 꼬집었다.

"그래서 말인데, 토마크 씨의 전력상 만에 하나 짚이는 데라도 없소?"

과거 슈타지의 끄나풀 이력으로 닳고 닳은 토마크는, 지푸라기라도 잡고 싶어하는 상대방의 심정을 간파하곤 고개를 갸웃거리며 변죽을 울렸다. "하루 이틀도 아닌데 그런 후진 델 갔을까……?"

"거기가 어디요?"

공작원 K가 다그치듯 물었다.

"이건 어디까지나 내 가정일 뿐이지 가능성은 높지 않소."

토마크가 짐짓 소극적인 태도를 보이자, 공작원 K가 L에게 눈짓을 하며 한 손으로 뭔가 제스처를 해 보였다. L이 잠시 복도로 나가더니 봉투 하나를 마련해 들어와선 토마크에게 건넸다. "그곳을 알려주시오. 다급하오!"

토마크는 못이기는 척 봉투를 받아 들고는 그 속의 지폐를 엄지와 검지로 헤아려보고 나서 제법 진지하게 "좋소!" 했다. 그리고 포켓에서 서류 한 장을 찢어 내곤 이면 백지에다 약도를 비교적 자세히 그렸다.

"여기가 내가 그녀와 만났던 곳이오. 방공호처럼 생긴 동굴."

토마크는 동굴의 위치와 구조를 그린 약도를 K에게 건네면서 목표를 손가락으로 가리켰고, 상대방 두 쌍의 눈은 도면 위를 꼼꼼이 훑었다.

"찾아갈 수 있겠지요? 부디 좋은 결과를."

"고맙소!"

의자에서 휙 몸을 일으킨 두 공작원은 토마크의 말을 등으로 받으며 바람처럼 사라져 갔다.

84

'기다리시라요. 아~, 안돼요!'

리영숙은 잠꼬대를 하며 눈을 번쩍 떴다. 눈을 잠깐 붙인 새 꿈을 꾼 것이었다. 조승록이 보트를 타고 노를 저으며 강가에 있는 자신더러 따라오라고 손짓을 하면서도 혼자서 마냥 떠내려가자, 애를 태우며 달려가다 넘어지면서 지른 소리였다.

그녀는 흠칫하며 손목을 들어 보았다. 야광시계가 자정을 조금 넘어 있었다.

리영숙은 몸을 일으켜 살금살금 동굴 입구로 걸어 나왔다. 사방은 어둠에 묻혀 있고, 구릉 일대에 우거진 자작나무숲을 스치는 바람소리만 스산스레 들릴 뿐이었다.

그런 어둠과 바람소리 속에서 방금 전 꾼 꿈을 생각하며 일 분가량 돌기둥에 기댄 채 좌우전후를 주시했다. '앞으로 네댓 시간인데 별일이야 있을라구.'

그때 동굴 밖 후면에서 가느다란 빛줄기가 반짝했다 사라지는 것을 리영숙은 보지 못했다. '별일' 은 그로부터 채 두 시간도 못 되어 일어났다. 그녀가 팔짱을 낀 채 '수사본부에 도착하면 무슨 말부터 할까?' 를 생각하며 동굴 안을 서성이고 있을 때, 뭔가 희미한 인기척이 바람결을 타고 들려왔다. 동굴 밖 뒤쪽에서였다.

'설마……?'

바짝 긴장한 리영숙은 소리 난 쪽으로 귀를 기울이며 허리를 굽혀 가방에서 잭나이프와 플래시를 집어들었다. 그러곤 도로 입구로 다가가 벽에 몸을 바싹 붙이고 시청각 레이더의 범위를 한껏 높였다. 하지만 잡히는 건 시커먼 수풀과 바람소리뿐, 인기척은 감지되지 않았다.

그러기를 두어 시간. 어느새 여명이 찾아들면서 주변의 수목과 암석들이 조금씩 윤곽을 드러내기 시작했다. 여전히 인기척은 없었다.

'내가 과민반응을 한 걸까?'

리영숙이 한순간 방심한 듯 벽에서 몸을 떼어 움직였을 때, 느닷없이 동굴 위쪽에서 칼날 같은 목소리가 새벽 공기를 가르며 그녀의 고막을 자극했다.

"영숙 동무, 우리가 다 알고 왔으니끼니 이자 게서 나오라우."

귀에 익은 공작원 K의 목소리였다. "동무는 독 안에 든 쥐야. 순순히 손들고 나오면 내레 잘 얘기해서 다치지 않게 해 주가서."

'저자가 어떻게 여기를……?'

리영숙은 소름이 쫙 끼치면서 일시에 맥이 탁 풀리는 것을 어찌할 수 없었다. K로 말하면 공작원 특수훈련에서 동료들 간에 용과 호랑이 자리를 다투어 왔을 뿐 아니라, 정보를 캐는 후각도 남달라서 한번 손을 댔다면 끝장을 보고야 마는 악바리 근성도 겸비하고 있었다. 그러니, 그가 몇 명의 요원을 대동했는지는 차치하고 완력으로는 숫제 상대할 엄두조차 낼 수 없었다. 방법은 오직 하나. 어둠이 걷히기 전에 삼십육계를 놓는 길뿐이었다.

'아, 이런! 휴대전화가 있다면 일이공(120)으로 SOS라도 보낼 수 있으련만!'

리영숙은 탈주 직후 변복(등산객 차림)에만 신경을 쓴 나머지, 만일을 대비해 핸드폰을 장만하지 못한 게 후회막급이었다.(자기가 가지고 있던 핸드폰은 연금 후 압수당했다.)

'이제 더 이상 지체할 수 없다. 여기 있다 당하나 빠져나가다 당하나 이판사판이다.'

리영숙은 잽싸게 안으로 들어가 바닥 구석에 쓰러져 있는 기다란 바윗돌을 일으켜 세우더니, 자기의 재킷을 벗어 돌에다 두르고 꼭대기엔 모자를 씌워 끈으로 비끌어맸다. 그러고는 힘겹게 두 팔로 떠받쳐 입구로 나와선 수풀에 덮인 왼쪽 비탈로 냅다 내리굴렸다. 허수아비를 닮은 바윗돌이 워석거리며 떼굴떼굴 굴러내려갔다.

"날래 좇아가라우!"

K의 목소리와 동시에 공작원 L이 동굴 위에서 표범처럼 뛰어내려 구르는 바위를 뒤쫓았다.

이 틈을 놓칠세라 리영숙은 입구를 냉큼 빠져나와 반대쪽 숲길을 살같이 내달았다. 그러나 사자와도 같은 공작원 K의 감각은 그녀의 달음질 소리를 놓치지 않았다.

"으읏! 저 에미나이가!"

공작원 L은 아랑곳않고 반사적으로 방향을 튼 K는 그녀의 뒤를 비호처럼 추적했다. 두 사람 사이의 간격은 점점 좁혀져 갔다. 역시 리영숙이 역부족이었고, 그 자신이 그걸 잘 알고 있었다. 남은 건 나이프 하나. 그래도 맞대결을 피할 순 없었다. 숨이 턱에 받치도록 달리던 리영숙은 둥치 굵은 나무 밑에 이르렀을 때, 달음질을 멈추고 나무 둥치를 엄폐물 삼아 뒤를 돌아보았다.

동시에 K도 발을 뚝 멈추고 말없이 노려보았다. 양자 간 거리는 10미터 이내. 피차의 얼굴 윤곽만은 어슴푸레 식별할 수 있었다.

"뛰어 봤자 벼룩……."

'쉬익!'

K가 뱉던 말이 끊긴 것과 리영숙이 온 기를 모아 던진 잭나이프가 K의 가슴에 꽂힌 것은 동시였다. 그러나 리영숙이 "찰거머리 같으니!"라고 이를 갈며 돌아서는 찰나, 뒤통수가 따끔함을 느끼며 풀썩 고꾸라졌다. K가 쓰러지며 날린 독침이 그녀의 후두부에 꽂힌 것이었다.

이윽고 공작원 L이 도착해 K를 차로 옮겨 갔고, 곧이어 L과 운전자가 대형 트렁크를 들고 와서 리영숙의 사지를 우그러뜨려 담았다.

"날래 가자우."

L은 재촉하며 트렁크를 함께 들고 구릉지를 내려와 차 트렁크에다 싣고는

얼른 차 뒷좌석에 올라 K의 가슴에서 흐르는 피를 지혈했다. "김 동무, 조금만 참으라요."

드디어 한 시체와 부상자를 실은 메르세데스 벤츠는 새벽 어스름을 가르며 강변도로를 미끄러져 갔다.

제23장 노벨 물리학상의 꿈

85

그동안 독일 수사 당국이 벌여 온 서석순 박사 사망 사건은, 유력한 용의자로 지목된 수잔이 수사 착수와 동시에 종적을 감추어 버린 데다, 공모자로 내사를 벌이던 백용남마저 심증은 있으나 물증은 못 찾은 상태에서 휴가원을 내고 어디론가 잠적해 버림으로써 수사는 다시 원점으로 되돌아온 형국이었다. 하지만 그렇다고 더 이상 마냥 끌 수도 없는 노릇. 미봉책이나마 중간 수사 결과를 발표할 수밖에 없었다. 그 골자를 보면──

첫째, 북한 당국의 지령을 받은 백용남과 수잔이, 빌헬름 서와 게오르크 뮐러 두 박사가 핵물리학계의 권위자이자 서로 동문이라는 친분 관계를 이용해 뮐러에게 접근, 자연스레 재독 한인 학자들의 친목회 조성을 구실로 빌헬름 서 박사를 유인하여 모종의 강제적 거래—연구 프로젝트 제공이나 또는 방북 강요—를 시도했다. 이 과정에서 빌헬름 서는 피치 못할, 불가항력적인 겁박에 의해 스스로 목숨을 끊었을 개연율이 높다.

둘째, 본 사건에는 이슬람 테러 조직의 일원인 카셈의 무리가 개입한 흔적도 농후하며, 정황상 앞의 사건과 관련되었을 개연성도 배제할 수 없다.

그리하여 결국 빌헬름 서 박사의 사망 원인은 일단 '자살'로 잠정 결론이 났고, 용의자 수색은 앞으로도 계속될 것이라고 수사본부 대변인이 밝혔다.

그러나, 북한에 대한 자극을 피하기 위해선지, 잠시 뒤 배포된 발표문에는 첫째 항의 '북한 당국의 지령을 받은'이란 수식어는 '한국 출신'으로, '방북 강요'는 '납치 협박'으로 문구가 바뀌어 있었다.

다음날, 마침내 서석순 교수의 장례식이 거행되었다. 장례는 괴팅겐 교외에 있는 공동묘지에서 조촐하게 치러졌으며, 참례객도 연구소의 슈뢰더 사무국장을 위시하여 보직교수 두세 명과 브라운 박사와 현교를 비롯한 연구원 10여 명, 그리고 뮐러 박사와 인경을 포함해 20명 가량이었다.

예식은 특별히 현교의 의뢰에 따라 미카엘 신부의 집전으로 이루어졌으며, 현교와 인경이 고인의 사진과 십자가를 각각 들고 영구 옆에 섰다. 이윽고 주례의 성호경에 이은 '무덤 축복' 이 시작되었는데, 참례자 일동이 숙연한 자세로 고개 숙여 묵념했다.

형제 여러분, 그리스도를 통하여
우리를 구원하시는 하느님께서
이 무덤을 거룩하게 해 주시기를
간절히 청합니다.
하느님, 세상을 떠난 이들을 평안히 쉬게 하시니
이 무덤에 강복하시고
주님의 거룩한 천사들을 보내시어 지켜 주소서.
주님께서는 돌아가시고 무덤에 묻히셨던
그리스도를 부활하게 하셨으니
이 무덤에 묻히는 과학자 서석순도 부활하게 하시어
성인들과 함께 주님을 찬미하며
끝없는 기쁨을 누리게 하소서.
우리 주 그리스도를 통하여 비나이다.
아멘.

무덤 축복이 끝난 다음 영구가 안장되자, 주례가 분향하고 성수를 뿌린 데 이어 참례객들도 영구 위에 성수를 뿌렸다. 그리고 참례객을 대표하여 브라운 박사의 '성경 봉독(코린토 1서 15장 일부)'이 있었고, 마지막으로 주례가 '청원 기도'를 바쳤다.

"누구보다도 가장 슬픔이 크시겠지만……."

예식이 끝난 후 모두들 주차장으로 걸어나올 때 뮐러 박사가 현교 옆으로 다가오며 조용히 말했다. "심기일전하여 고인이 된 닥터 서의 연구 몫까지 닥터 강이 떠맡고 가야 해요."

"감사합니다, 격려해 주셔서. 박사님 말씀 명심하겠습니다."

침통했던 현교의 얼굴에서 일순이나마 슬픔의 그늘이 걷히는 것 같았다.

"닥터 강이 그러기 위해선 뮐러 박사님께서 고인을 대신해 멘토 역할을 해 주셔야지요."

두 사람의 말에 끼어든 건 그들의 바로 뒤를 따라오던 미카엘 신부였다.

"박사님께서 아낌없는 지도와 성원을 해 주시길 이 자리를 빌려 부탁드립니다."

"별말씀을요. 제가 무슨 힘이 있다고."

뮐러는 뒤돌아보며 말했다. "고인을 통해 잠깐 들은 바 있습니다만, 닥터 강에 대한 배려가 여전히 각별하시군요."

"하느님이 제게 내리신 소명이니까요."

두 사람은 누가 먼저랄 것도 없이 서로 손을 맞잡고 정식 통성명을 했다.

미카엘 신부와 현교는 참례객들과 일일이 작별 인사를 나눈 후, 인경이 핸들을 잡고 있는 차에 함께 올라 그들의 집으로 향했다. 예상외로 오랜만에 3인의 합석 기회가 마련된 것이었다.(아들 준호는 미리 예정된 MT에 참여하느라 아침부터 출타하고 없었다.)

그들이 세수를 하고 거실의 탁자에 둘러앉았을 땐, 장례식에서의 슬픔에 젖었던 분위기는 은연중 가시고 평상의 평온한 모습으로 돌아와 있었다.

"뮐러 박사는 전부터 아시는 사인가요?"

다들 캔 음료를 두어 잔씩 마셨을 때 인경이 미카엘 신부를 보며 물었다.

"그렇진 않아요."

신부는 고개를 가로저었다. "서 교수님이 G.A. 대학에 재직하실 때 연구실에 들렀다가 잠깐 마주친 적이 있었는데, 그후에 서 교수를 만났더니 그에 대해 말해 주더군요. 대학 동문으로 막역한 친구이자 강력한 라이벌이라고."

"아, 그러고 보니 생각이 나네요. 10여 년 전 노벨 물리학상 수상자 결정 당시 두 박사가 끝까지 경합을 벌였었단 보도를."

인경이 기억을 더듬으며 고개를 끄덕였다. "그때 우리 학교 한국 출신 교수 한 분은 서 교수님이 국적 때문에 불이익을 봤다고 여간 흥분하지 않았었지요."

"신이 아닌 이상 인간의 모든 일에 백프로 공정이란 기대하기 어려워요. 특히 경합장이 국제 무대인 경우엔 국가 인지도나 국력을 비롯한 여러 가지 여건의 영향을 받게 마련이지요."

그러면서 미카엘 신부는 의자에서 일어서더니 자기의 가방에서 월간 과학지 《아인슈타인》 당월호를 꺼내 현교 앞에 펼쳐 보였다.

"어제 내가 필요한 책이 있어 서점에 들렀다가 우연히 이 책 표지의 돌출 광고가 눈에 띄기에 들춰보곤 닥터 강에게 참고가 될 것 같아 산 거야."

기사의 내용인즉, 올해의 노벨 물리학상 수상자 전망에 대한 당 잡지사 과학 전문 기자와 미국 MIT의 P교수(세계적인 이론물리학자로, 수년 전 노벨 물리학상을 수상했음)의 대담이었는데, 거기엔 유력한 후보자와 더불어 근년의 심사위원 이름도 일부 언급되어 있었다.

"후보자 중 우리 유스티노가 맨 앞에 올라 있네?"

현교 옆에서 시선을 나란히 하고 기사를 읽어 내려가던 인경이 "아, 여기 뮐러 박사님도 심사위원이었나 보군요." 하고 지면에 꽂았던 시선을 떼곤 흐뭇한 표정으로 현교와 신부를 번갈아 보았다.

'아까 뮐러 박사에게 이이에 대한 각별한 지도와 성원을 부탁한 데엔 그런 깊은 뜻이 있었구나!'

인경은 신부에 대한 사의를 눈빛으로만 표하며 남편을 향해 입을 열었다. "유스티노, 준비 중인 논문 발표를 서둘러야겠네요. 신부님의 배려에 보답하기 위해서라도."

"닥터 브라운과 신임 연구주임이 최종 검토하고 있어요. 늦어도 내달이면 끝날 거요."

지면에서 얼른 시선을 뗀 현교가 책을 탁자 위로 내려놓으며 신부와 얼굴을 마주했다. "신부님, 참으로 고맙습니다. 여러 모로 마음을 써 주셔서."

"그렇게 생각할 거 없어. 내 기쁨을 위해서 하는 거니까."

미카엘 신부는 되레 여유로운 미소를 지었다.

그때 마침 현관에서 인기척이 들리더니 "저 다녀왔습니다." 하는 소리와 함께 아들 준호가 야영복 차림으로 성큼 들어왔다. 세 사람의 시선이 동시에 그에게로 쏠렸는데, 그들 앞에 나타난 사람은 준호 혼자가 아니라 그 또래의 처녀와 함께였다.

"제 MT 파트너 엠마예요."

준호는 한 손을 들어 동반자를 소개했고, 그녀는 배낭을 맨 채 세 어른을 향해 다소곳이 머리를 숙였다. "엠마 캉입니다."

"오, 반가워요, 엠마 양."

인경이 화답을 하면서 처녀의 얼굴을 유심히 눈여겨본 것은 그녀의 용모 때문이 아니라 튀기였기 때문이었다. 오똑한 콧날과 옅은 벽안은 코카소이드의 형질을 나타내고 있는 반면, 흑색 머리와 연갈색 얼굴에선 몽골로이드의 유전자를 확연히 드러내고 있었다. '성(姓)이 캉이라면 아버지 쪽이 동양인인가?'

"자, 그리 서 있지만 말고 이리 와서 맥주 한잔 해."

시원스러운 미카엘 신부의 말에 두 남녀는 동시에 배낭을 벗고 탁자로 다가와서 앉았다. 그들은 신부가 따 주는 캔맥주를 마시며 함께 사담을 나누었는데, 준호의 말을 빌리면 둘은 G.A. 대학의 동급생이지만, 준호(컴퓨터 공학과)와는 달리 물리학을 전공하는 엠마는 퀴리 부인처럼 여류 노벨 물리학상 수상자가 되는 것이 꿈이라고 했고, 그녀 역시 어른들 앞에서 미소지으며 스스럼없이 수긍했다.

"와, 그러고 보니 나만 빼고 네 사람 모두가 과학자요, 미래의 노벨 과학상 수상 유망자들이군!"

미카엘 신부의 희망 실은 농담에 방 안엔 환희의 웃음꽃이 피었다.

"근데 엠마."

맥주 한 모금을 기울이고 난 신부가 엠마의 이름을 다정스레 불렀고, 그녀는 캔을 든 채 시선을 마주했다.

"양친께선 뭘 하시나?"

"부모님은 안 계세요."

조금 사이를 두고 엠마가 촉촉한 목소리로 대답했다.

"두 분 다? 어떻게?"

"통일 전, 베를린 장벽을 넘어오다가 총살당했대요. 제가 난 지 몇 달 되지 않아서래요."

"오, 저런! 그럼 누가 엠마를 길러 줬지?"

"저의 외할머니요. 제 이름도 외할머니가 지어 주신 거예요. 아버지 성 대신 외할아버지 성을 따서 캉으로."

"스펠링은?"

"카(K) 아(A) 나(N) 제(G), 캉(KANG)."

"캉이라면 한국이나 중국의 성씬데?"

"네, 맞아요. 외할아버지의 나라가 코레아라고 들었어요. 그곳에서 오래 전에 돌아가셨지만."

"그럼 단둘이서 살면서 줄곧 외할머니가 생활을 꾸려 오셨겠군?"

"네, 몇 해 전까진 슈퍼마켓 점원, 탁아소 돌봄이, 공항 대합실 청소 등등 닥치는 대로 하셨어요."

"그동안 혼잣손으로 생활비며 엠마 양의 학비까지 마련하시느라 얼마나 고생이 많으셨을까? 뵙진 못했지만 정말 대단하신 분이시네. 올해 연세가 몇이시지?"

옆에서 듣고 있던 인경이 물었다.

"칠십하나세요. 그래도 지금은 외할머니 연금도 나오고 제가 아르바이트도 하니까 넉넉진 못해도 그런대로 꾸려 가고 있어요. 장학금도 받고 있고요."

"오, 정말 감동적이군! 우리 물리학계의 희망, 뉴밀레니엄의 퀴리 부인을 이대로 두고 볼 수만은 없지."

이번에는 현교가 불쑥 나섰다. "엠마 양, 앞으로 어려운 일이 있으면 기탄없이 말해 줘요. 우리가 힘이 돼 줄 테니까. 준호야, 그런 일이 있으면 네가 잘 알아서 나한테나 엄마에게 알려줘. 알겠지? 자, 들어."

현교는 신이 난 듯 엠마와 준호의 맥주 캔에다 번갈아 부딪쳤다.

86

그날 저녁 미카엘 신부와 엠마가 돌아간 후, 현교네 가족 세 사람은 오랜만에 오붓한 시간을 가질 수 있었다. 화제는 좀 전까지의 분위기에 따라 자연스레 아들 준호 쪽으로 이어졌다.

"너 엠마를 좋아하니?"

어머니가 탁자 건너 맞은편 소파에 앉은 아들에게 물었다.

"네?"

갑작스러운 질문에 준호가 삽시 주뼛했다. "좋아한다기보다 사귀는 거예요. 아직 얼마 안됐지만."

"네가 보기에 사귈 만해? 선택 포인트가 뭐지? 단순히 같은 한국계라서……?"

"그런 게 아니라, 엠마는 여러 가지 장점을 가지고 있어요. 성실하고 근면하고 매사에 솔선수범하는 여자예요. 근면하기로 말하면 독일인들을 빼놓을 수 없지만 엠마는 그 정도가 달라요. 우리말로 억척같다고 하나요? 청소든 뭐든 한번 시작했다면 꾀 부리지 않고 시간이 지나도 끝을 보고서야 손을 놓으니까요. 그리고 MT에서도 행사가 끝난 뒤, 자기 자리만 깨끗이 정리하는 게 아니라 남들이 흘려 버린 것까지 도맡아 치우고 나서야 자리를 뜨는 완벽형이에요. 공부에 열중하는 태도도 마찬가지고요."

"그러니까 근면성에다 완벽성까지 겸비한 점을 높이 샀다는 거구나?"

"그렇기도 하지만, 제가 엠마에게 가장 이끌리는 점은 따로 있어요, 어머니."

"그게 뭔데?"

"엠마의 수학적 두뇌요. 걔는 수학의 천재예요. 입학시험 때도 수학 점수론 전교 1위였지만, 지난 중간고사에서 역시 엠마만이 유일하게 만점을 받았지 뭐예요! 정말이지 열도 나지만 선망의 대상이에요."

"오, 그 정도야? 부모로부터 가우스의 DNA라도 물려받았나 보구나. 너의 아버지도 수학 경시에 관한 한 둘째 가라면 서러워할 정도였는데, 그쪽 유전자가 우리보다 우세한 모양이지? 안 그래요, 유스티노?"

인경이 우스갯소리로 옆의 현교를 쳐다보며 미소를 지었다.

"수학으로 말하면 우리 삼촌이 끝내줬는데……."

현교가 아내의 말을 바로 받았다. "우리 어머니 얘기론 삼촌이 일본에서 소학교 때부터 수학만은 줄곧 일등을 다른 학생에게 내주지 않아서 천재 소리를 들었대요. 일찍 돌아가시지 않았더라면 그 2대, 3대들 중에서 가우스 같은 수학의 귀재가 나올 수 있었을 텐데."

그는 못내 아쉬운 듯 고개를 젓다가 "준호야!" 하고 아들을 똑바로 바라보았다. "앞으로 엠마하고 잘 사귀어 봐."

현교의 느닷없는 말에 두 모자가 말없이 그를 주시했다.

"방금 엠마가 '억척같다' 고 했지?"

"네."

"그건 달리 표현하면 '은근과 끈기' 야. 누구에게나 필요한 것이지만 특히 과학자에겐 필수불가결한 거야. 너도 그의 전기를 읽어서 잘 알겠지만 퀴리 부인도 그런 기질이 없었더라면 그 수톤(t)의 피치블렌드에서 0.1그램의 라듐을 분리해 내는 그 같은 위대한 발견은 이뤄내지 못했을 거야. 네가, 할 수만 있다면, 엠마의 원대한 꿈을 실현하는 데에 반려자가 되었으면 싶구나."

이 같은 현교의 진지한 말 속에는 아들 준호와 엠마가 일생의 반려자가 되어 마치 퀴리 부부, 피에르와 마리처럼 노벨 과학상 수상을 바라는 진솔하고 간절한 마음이 담겨 있었다.

준호가 다소 긴장하는 빛을 보이자, 인경이 팔목으로 남편을 슬쩍 건드리며 말했다. "너무 비약적인 생각 아니에요? 아직 프레시맨들인데."

"난 우리 민족의 과학적 잠재력을 세계적으로 발휘할 조건이 갖추어졌다고 말하고 싶은 거예요. 지금까지 우리는 '과학의 비료' 라고는 거의 공급받지 못한 척박한 땅에서 나서 자랐지만, 준호는 수세기 전부터 과학의 자양분이 풍부한 유럽 중심부의 비옥한 토양에서 그 싹을 틔우고 성장하고 있으니, 그 우수한 형질을 마음껏 발휘할 수 있다는 거요. 게다가 엠마 같은 출중한 협조자가 있으면 시너지 효과도 배가될 것이고."

"이제 아버지 말씀 이해할 수 있겠니? 노벨 과학상 단 한 명도 배출하지 못한 나라에 대한……."

인경의 부연을 아들이 가로챘다. "그 서러움을 저보고 풀라는 말씀이죠? 아버지와 어머니 사이에서 만들어진 우량한 씨앗이 '과학' 이란 거름이 풍부한 토양에서 자라면서 엠마라는 지베렐린의 영향을 받아서 말예요."

"바로 그거야! 내 아들이 정의(定義)를 내리는 실력도 보통이 아니군."

"근데, 아버지!"

"왜?"

"제가 지난번 할머니께서 보내 주신 한자책을 공부하다 보니 장유유서(長幼有序)라는 어구가 있던데, 노벨상 수상에서도 이건 지키셔야 돼요."

"뭐야?"

아들의 엉뚱스러운 말에 현교의 눈이 휘둥그레졌고, 인경이 두 부자(父子)를 흥미롭게 바라보더니 마침내 모두의 입에서 유쾌한 웃음이 터져 나왔다.

"우리 준호 어느 틈에 한자 공부도 다 하고, 정말 대견하잖아요?"

인경은 아들을 자랑스러워하며 남편과 기쁨을 나누었고, 현교도 아들과 눈을 마주하며 만족해하였다. '역시 사고방식이나 행동은 제 할머니를 빼닮았군.'

"얘, 준호야, 할머니 얘기 나온 김에 전화 문안 드리자. 통화한 지 꽤 된 것 같구나."

"알았어요."

어머니의 말에 준호가 일어나 전화 버튼을 누르곤 아버지에게 수화기를 건넸다.

현교는 화지 부인과 간단한 안부를 나눈 후, 이번 겨울방학에는 온 가족이 함께 귀국할 예정이라고 전했다. 반가워하는 노모의 목소리가 옆에 있는 가족들의 귀에까지 쟁쟁히 들렸다. 뒤이어 수화기를 건네받은 인경과 준호도 화지 부인과 간단한 인사말을 주고받았고, 마침 장 여사도 부인과 함께 있었으므로 그녀와도 오랜만에 정겨운 안부를 나누었다.

87

"닥터 강, 이번 논문에 대한 물리학계의 반향이 대단하군요."

현교의 연구실로 들어선 브라운 박사가 손에 든 《네이처》지를 흔들며 탄성을 지르다시피 했다. 그럴 만도 한 것이, 핵융합로의 융합반응이 활발히 일어나려면 태양의 중심처럼 1억℃가 넘는 초고온의 플라스마가 내뿜는 열에도 오래 견디는 내부 벽면의 코팅 재료가 대단히 중요한데, 현교가 이를 개발해 발표한 것이었다.

그것은 탄소와 텅스텐, 베릴륨을 일정 비율로 화합시켜 만든 새로운 물질로, 이것은 핵융합 실험로를 한번에 1천 초 이상 지속적으로 운전할 수 있을 만큼 내구성이 획기적이었다. 그는 이 신소재를 스승인 서석순 교수와 브라운 박사, 자신의 이니셜을 따서 '에스비케이 재료(SBK-Ma.)' 라 명명했다.

"예, 나도 이제 막 읽어 보았습니다. 안 그래도 내가 박사님 연구실로 가려던 참인데 마침 잘 오셨군요. 그리 앉으시죠."

현교가 소파에서 일어서며 맞은편 자리를 권했다.

"모두들 '지상의 인공 태양' 에너지 시대가 눈앞에 다가온 듯이 야단이군요."

브라운이 콧잔등에 걸린 안경테를 올리며 눈을 끔벅였다.

"사람으로 치면 아직 모태에서 나오지도 않았는데요 뭐. 앞으로 실용화 단계까진 갈길이 요원합니다."

"그러니까 이제부터 모두가 힘을 합하여 그 시기를 앞당겨야지요."

"맞습니다. 국제적인 협업이 절대 필요합니다."

"그래서 말인데, 오는 9월 빈에서 열리는 'IAEA 핵융합에너지 콘퍼런스' 에선 '핵융합 기술의 국제적인 분업화' 를 의제로 정하는 게 좋을 것 같아요. 소장님께 말씀드려서 학회에다 건의토록 할 생각이에요. 그리 되면 세계의 핵융합 연구자들은 자국의 핵융합 실험로를 활용해 국제핵융합실험로(ITER) 건설에 필요한 기술 — 핵융합로 내부 벽면의 내구성이나 단면의 모양뿐 아니라 가속기 개발에 따른 플라스마의 성능 극대화 등 — 을 나누어 개발할 수 있지요."

"참으로 좋은 생각입니다. 꼭 성사되도록 박사님이 힘써 주세요. 지하에 계신 서 교수님도 좋아하실 겁니다."

"실은 이런 아이디어도 서 박사님이 생전에 나에게 힌트를 주었던 거예요. 두 사제가 아직도 영(靈)이 통하나 봅니다. 하하하."

"박사님도 그리 생각하시나요? 하하하."

두 물리학자는 호쾌하게 웃었다.

제24장 극비 지령 '비엔나 왈츠'

88

그로부터 한달 가까이 지난 즈음, 베를린 교외의 한 낡은 카페.

3,4십 분 전부터 오십대 안팎의 두 사나이가 장방형 탁자에 마주 앉아, 대화는 가물에 콩 나듯 하며 애꿎은 나폴레옹 코냑과 말보로만을 축내고 있었다.

"이자 우리가 활개치던 시절도 지나갔나 보구래, 철부 동무."

한참 만에 입을 연 쪽은 상대보다 두어 살 연하로 보이는 C공작원이었다. 그의 말인즉, 최근 평양의 35호실에 H실장이 새로 부임하면서 해외 공작원의 물갈이가 시작되었다는 것이었다. 미상불, 최근 들어 3,4십대 뉴페이스들이 목에 깁스를 하고 북한 대사관 내를 설치고 돌아다니는 꼴을 강철부도 심심찮게 목격해 온 터라 심사가 편치만은 않았다. 하지만 그가 뱉은 대답은 꽤나 무덤덤했다.

"우리에겐 공화국에서 내려준 영웅 칭호가 있잖소?"

"기럼 리영숙 동무는 '공화국 영웅' 칭호가 없어서 그런 꼴을 당한 거요……?"

C공작원은 피우던 담배 꽁초를 재떨이에 뭉개곤 새로 꺼내 불을 댕겼다.

"우리끼리니깐 말이디만 그날 영숙 동무의 비참한 말로를 보니깐 남의 일 같디 않습디다 그래."

'그날의 일로 말하면 나만큼 쇼크를 받았을라구!'

강철부는 마음속으로 독백을 하며 목으로 술을 흘려 넘겼다. 그가 말하는 '그날의 일' 이란 이러했다.

동굴에서 도망치던 리영숙이 머리에 독침을 맞고 트렁크에 담긴 채 베를린 북한 대사관에 도착했을 때, 부리나케 마당까지 나온 공작 총책의 제일성은 "죽어서, 살아서?"였다.

"아직 목숨은 붙어 있습니다."

트렁크의 지퍼를 연 부하 공작원이 손목의 맥을 보며 대답하자, 총책이 다급하게 명령했다. "무조건 살려내라우! 뭣들 하네? 만수대 병원으로 연락하지 않구!"

송장처럼 늘어진 여체는 곧바로 그녀가 거처하던 방으로 옮겨졌고, 잠시 뒤에 오십대 후반의 의사와 사십대 초반의 간호사가 의료 기구와 약품을 가지고 들어왔다. 즉시 해독제가 투여되고 인공호흡기가 씌워지는 등 나름대로 최대한의 응급처치가 이루어졌다.

"생명엔 지장이 없을 것 같습메. 다만, 의식이 언제 깨어날진 두고 봅세."

반 시간쯤 뒤에 들어온 총책에게 의사가 보고했다.

"수고했수다. 하지만 우리가 바라는 건 의식이요. 꼭 깨어나게 해 주시라요."

"아, 그거야 우리 힘으로 되는 게 아님메. 최선을 다할 테니 그리 아우다."

의사의 대답에 총책은, 얼굴에 인공호흡기를 쓰고 팔에 주사기를 꽂고 있는 리영숙의 모습을 유심히 훑어보고 나서, 의사에게 '잘 보아 달라.'는 말을 남기곤 방을 나갔다.

그러기를 꼬박 하루. 체코에서 돌아온 강철부가 리영숙의 방에 들른 것은 오전 열한 시 무렵이었다. 그가 A과장에게 보고를 마치고 방에서 나왔을 때, 그를 기다린 듯 문께에 서 있던 C공작원이 낮은 소리로 뭐라고 속삭이곤 턱짓을 한 것이었다. "그 동무 방에 가 보라우요."

강철부가 노크를 하고 리영숙의 방에 들어서자, 혼자서 환자를 지키고 있던 간호사가 "아, 강 동무가 왔구만요. 오랜만입네다." 하고 고개를 까닥했다.

"수고가 많소, 오 동무."

강철부는 의례적인 답례를 하면서 시선은 리영숙의 얼굴로 향했다. 인공호흡기로 덮인 몰골은 지난 며칠 새 몰라보게 야위고 초췌했다.

"회복될 조짐이 보이오?"

강철부가 간호사에게 고개를 돌렸다.

"지금으로선 우리도 잘 모르겠습네다. 총책 동지가 무조건 깨워내라니 최선을 다하고는 있지만."

그때 리영숙의 눈이 1,2초간 살며시 뜨였으나, 둘에겐 보이지 않았다.

'무조건 깨워내라고……?'

강철부는 총책의 저의를 헤아리며, 도로 몸을 돌려 리영숙 옆으로 다가갔다. 구린내와 지린내가 코를 찔렀다. 옷을 갈아입히지 않은 것이었다. 그는 악취를 가까스로 참으며 측은지심으로 내려다보았고, 그런 틈을 이용해 간호사가 자리를 비웠다. "저 화장실 갔다 올 테니 잠깐만 계시라요."

'딸깍' 문 닫히는 소리가 들리고 나서 5,6초가 지났을까, 지금껏 주검처럼 요지부동이던 리영숙이 오른손을 까닥거렸다. 강철부의 눈길이 반사적으로 그녀의 몸으로 쏠리는 순간, 눈이 반짝 뜨이면서 두 사람의 시선이 딱 마주쳤다.

"아~ 가앙……."

리영숙이 '강 동무'라 부르려 했지만 혀가 말을 듣지 않았다. 그녀는 초조한 눈빛으로 상대를 보며 오른손 손가락을 모아 글씨 쓰는 시늉을 했다.

'알았소!'

말 대신 고개를 끄덕이며 안주머니에서 수첩을 꺼내 백지를 찢어 낸 강철부는, 또 윗주머니에서 볼펜을 뽑아 그녀의 손에 조심스레 쥐여 주고는 방구석 탁자 위에서 책 한 권을 가져다 백지를 받쳐 오른손 옆에 놓아 주었다.

그러나 천장을 향했던 몸을 오른쪽으로 틀려 하자, 이번엔 몸통이 말을 듣지 않았다. 강철부가 얼른 상반신을 잡고 힘을 보태 주었다. 그리고 다시 볼펜을 똑바로 쥐여 주곤 백지 위로 옮겨 주었다.

이윽고 리영숙이 잡은 볼펜이 백지 위에서 움직이기 시작했는데, 그건 글씨를 '쓰는' 게 아니라 '그리는' 거나 다름없었다. 마치 처음으로 쓰기 공부를 하는 유치원생처럼.

하지만 리영숙이 그려 놓은 글은 읽기에는 전혀 결한 게 없었다.

강현교는 동무 조카

가까스로 글씨를 그리고 난 리영숙은 볼펜을 놓으며 자신의 메시지를 명심하라는 듯 눈에 힘을 모으고 말끄러미 강철부를 올려다보았다. 그러나 수첩 쪽지를 집어든 강철부는 글귀를 음미할 새도 없이 그것을 잽싸게 움켜 바지 주머니에 찔러넣었다. 말소리와 동시에 방문이 불쑥 열렸기 때문이었다.

"아직 안 가구 와게 있었구먼 그래."

간호사와 함께 들어온 A과장이 강철부를 쳐다보곤 리영숙(그녀는 눈을 감고 있었다.)에게로 시선을 주며 다가가더니 "으응? 이게 뭐이가?" 하며 상반신을 홱 돌려 간호사를 쏘아보았다. "이것들이 와 여기 이서?"

"뭐 말입네까?"

A과장의 고성에 놀란 간호사가 침대로 다가서는 걸 보며 강철부가 가로챘다. "아, 이 볼펜과 책은 내가 갖다 놓은 겁니다. 방금 전 리 동무가 말을 못하고 손으로 필기 도구를 달라는 시늉을 하기에 책 속표지 빈 데다 쓰라고 볼펜과 같이 주었지요. 얼른 갖다 줬는데 도로 눈을 감아 버렸구먼요."

"눈을 떴습네까? 손도 움직였고요?"

간호사의 말이 끝나기도 전에 과장이 다그쳤다. "날래 의사를 불러오라요! 이자 의식이 되살아난 거이야."

"예, 알겠습네다."

간호사가 부리나케 방을 나가자, 악취에 얼굴을 찡그린 채 혹시나 하고 책을 훑어보고 난 과장이 몇 걸음 옮겨 탁자 위에 엉덩이를 걸치며 강철부를 향해 물었다. "저 동무가 어쩌다 저 꼴이 됐는지 아오?"

"C동무한테 대충……."

강철부는 말끝을 흐리며 과장 쪽으로 다가섰다.

"반동 에미나 같으니!"

과장은 살똥스러운 소리로 내뱉곤 덧붙였다. "저 에미나가 깨어나믄 강 동무가 평양까지 호송하는 게 어떻갔소?"

"예에!?"

느닷없는 과장의 말에 놀란 강철부의 눈이 반사적으로 리영숙을 향했을 때, 담요에 덮인 가슴 부위에서 손이 꼼지락거리는 걸 목격할 수 있었다.

"와 그리 놀라우? 이참에 한번 들어갔다……."

갑자기 말을 끊은 과장의 상반신이 용수철처럼 튀어올랐다. "저 에미나 이자 뭐 하는 거이가!"

과장과 강철부가 황급히 침대 쪽으로 다가들었으나, 리영숙은 브래지어 속에 숨겨 놨던 앰풀을 꺼내기가 무섭게 입 안으로 날름 집어넣곤 어금니로 꽉 깨물어 꼴깍 삼켰다. 그것도 과장의 직시리에. 그리고 끝이었다. 그녀의 기구한 일생의 종지부가 이렇듯 삽시간에 찍힐 줄이야!

곧이어 의사와 간호사가 헐레벌떡 들어왔으나 말짱 허사였다. "죽어서? 진짜 죽은 거이가?" 하는, A과장의 비탄도 아니고 분노도 아닌 외침만이 방 안에 공허하게 울렸다.

그날 이래 강철부는 현교 생각으로 한시도 심기가 편한 날이 없던 터에, 설상가상으로 오늘 동료인 C공작원으로부터 이런저런 얘기를 듣고 나니 심경이 더욱 착잡해지는 걸 가눌 수가 없었다. 그가 헤어지면서 던지고 간 한마디가 목엣가시처럼 영 마음에 걸리는 것이었다. — "앞으론 말과 행동을 각별히 조심하라요. 영숙 동무 일이 있은 후, B과장 같은 윗선들이 철부 동무를 보는 눈이 심상치 않아 보입디다."

그렇지 않아도 '어디서부터 어떻게 현교에 대한 정보를 알아봐야 하나?' 하고 골머리를 앓던 판에, 동료에게서 예상외의 말을 듣게 되자, 손을 대 보려던 엄두조차 일시에 사그라지면서 은근히 위기의식까지 느끼지 않을 수 없었다. 그들 공작원의 속성상 지금쯤 자신의 일거수일투족이 감시당하고 있다는 건 불을 보듯 뻔하기 때문이었다.

그러니 자기가 직접 현교에게 접근한다는 것부터가 언감생심이려니와, 설령 리영숙이 적어 준 대로 현교와의 혈연관계가 사실임을 밝혀낸다 한들 이 시점에서 자기가 무엇을, 어떻게 할 수 있단 말인가!

지금의 판세로는 차라리 살얼음판을 걷듯 자신의 몸부터 사려야 할 상황으로, 자칫하면 동료들이 설치한 덫에 걸리거나 함정에 빠질 절체절명의 위기였다. 역설적으로, 이젠 자기가 저들을 감시하지 않으면 안될 형국이었다.

'요시(좋아)!'

혼자서 시내행 U반에 올라탄 강철부의 얼굴에 시니컬한 웃음이 비꼈다.

그로부터 일주일쯤 후, 평양의 35호실에서 베를린 주재 북한 대사관(해외 공작실) 앞으로 긴급 지령이 내려졌다. 지령 내용인즉, 오는 9월에 빈에서 개최되는 'IAEA 핵융합에너지 콘퍼런스' 를 기하여 막스플랑크 연구소의 강현교 박사를 납치하는 것으로, 작전의 암호명은 '비엔나 왈츠' 였다.

"이자 다 모인 거이가?"

한 요원이 마지막으로 문을 노크하고 들어오자, 총책이 자기 책상에서 자리를 옮겨 테이블 쪽 상석에 앉으며 참석자들을 둘러보았다. 그를 톱으로 하여 좌우 앞쪽에 각각 부장과 부부장, 다음 자리에 A과장과 B과장—이렇게 모두 다섯 명이었다.

"내 말 잘 들으라우."

총책이 마치 누가 엿듣는지 경계라도 하듯 형형한 눈빛으로 실내를 한바퀴 훑었다. "위선 본건이 김정일 국방위원장 동지께서 직접 하달한 극비 사항임을 명심하라우. 그러니만큼 이번 작전은 우리 조직의 사활이 걸린 문제야."

"……?"

은근히 겁부터 먹이는 총책의 발언에 부하들 모두가 눈깜짝임도 없이 상사의 입에다 시선을 집중했다.

"임자들 강현교란 이름은 다 들어서 알고 있갔디?"

잠시 뜸을 들이고 난 총책이 서두를 꺼냈다.

"가끔 신문에 나는 남조선 출신 과학자 말입네까?"

"기렇담 지난번 죽은 서 뭐인가 하는 박사가 근무하던 막스플랑크 연구소의 제자 연구원 아닙네까?"

"아, 그 사람이라면 저번 과학 전문지에 금년 노벨 물리학상 유력 후보자에 오른 자 아닙네까?"

총책의 물음에 부장과 부부장, A과장의 세 요원이 아는 대로 한마디씩 했다.

"기래, 잘들 아누만."

총책이 다소 여유를 보이자, 잠자코 있던 B과장이 여우처럼 생긴 역삼각형의 얼굴에 실낱같은 눈을 치뜨며 예리하게 물었다. "이번엔 서석순 버금으로 그자가 표적입니까?"

총책은 직답 대신 일동을 번갈아 보며 말을 계속했다. "기리티만 사냥감에 털끝 하나 상처내디 말구 고스란히 '모셔' 오라는 지령이야."

"……?"

다들 영문을 모르겠다는 듯 서로 눈치를 살피자, 총책이 부연 설명을 했다.

"그를 제거하려는 게 아니구, 우리 공화국으로 데려가서 유요하게 써먹자는 거이디. 내 말 요해하가서? 기러니끼니 지금부터 한 치의 착오도 없도록 치밀하게 계획을 세우고 새로운 요원들로 정예 팀을 꾸리라오. 전번 서석순 때처럼 허술한 방법으로 다시 실패를 하는 날엔 우리 모두 이거야."

총책은 오른손을 펴고 자기 목을 치는 제스처를 했다. 그러면서 그는 이번의 납치 무대를 저번의 독일 국내와는 달리 중립국인 오스트리아 빈으로 정한 것도 두 번 다시 독일 당국의 직접적인 수사 대상으로 지목받는 걸 비켜감과 동시에, 사건을 국제적인 범위로 확대시켜 초점을 흐리게 하려는 의도라는 점을 역설했다. 아울러, 작전 암호명(비엔나 왈츠)도 그런 점을 고려해 붙여진 것이라며, 공작 요원 간에 기밀 유지가 절대적임을 극구 강조했다.

"기럼 저번 때 참여했던 요원들은 제외되는 겁네까?"

총책의 설명을 듣고 처음 질문을 던진 자는 부장이었다.

"고럼! 몽땅 배제해야디. 일을 그따위로 망쳐 놓은 놈들 아니가!"

"기래도 그 내용, 저번 일과 이번 일이 관련돼 있다는 것을 꽤 자세히 알고 있는 요원도 있잖습네까? 특히 강철부 동무 같은……."

"기딴 거 염려 말라우!"

총책이 부부장의 말을 잘랐다. "내레 이번 일엔 얼씬도 못하게 차단하가서. 만에 하나 그런 기미가 보이믄 직접 내게 말하라우. 원천부터 봉쇄할 테니끼니."

89

그럴 즈음, 프랑크푸르트에 인접한 피혁 공예 도시 오펜바흐 근교.

오십대의 한 사나이가 마인 강가에서 낚싯대를 드리우고 앉아 있었다. 다른 낚시꾼들과 20보가량 떨어져 있는 그는, 찌에는 관심이 없고 초조한 기색으로 짙은 라이반 속에서 연신 눈망울을 굴리며 담배연기를 뿜어대고 있었다.

그러기를 한 시간 남짓, 이윽고 낚시 도구를 둘러멘 육십대의 사내가 성큼성큼 다가오더니 오십대 바로 옆에 자리를 잡았다.

"마지막 점검 중에 머리털(가발) 하나를 여분으로 더 마련하느라 늦었소."

"아, 거기까지 배려해 주셨군요. 난 그것도 모르고……. 정말 고맙소."

두 사내는 서로 얼굴을 마주하고 싱긋 웃음을 나누었는데, 먼저 온 오십대는 낚시꾼으로 변장한 동양인 강철부였고, 나중에 나타난 육십대는 오펜바흐에서 소규모 가죽 공예를 운영하는 공방(工房)의 유대인이었다.

"당신이 하도 간곡히 부탁해서 만들기는 했소만……."

유대인은 성인 머리 하나가 들어갈 만한 크기의 가죽 부대를 강철부의 빈 고기망태기에 조심스레 집어넣었다. "솔직히 말해서, 옛날에 아버지와 숙부들이 만드는 걸 어깨너머로 배운 데다 종전 후엔 거의 손을 떼다시피 한 터라 녹록지가 않았어요. 또 물건이 물건인 만큼 직공들 퇴근 후 나 혼자 작업하느라……."

"사장님의 고마움을 뭐라 말해야 할지 모르겠습니다. 내 당신의 그 노고와 배려, 평생 잊지 않을 거요."

주위를 둘러본 강철부는 안주머니에서 돈다발이 든 암갈색 봉투를 꺼내 상대 낚시 도구 케이스에 떨어뜨렸다. 그러곤 다른 쪽 주머니에서 지폐 몇 장을 냉큼 빼내더니 얼른 유대인의 손에 쥐여 주었다. "이건 내 별도 성의요. 직공들과 함께 회식이라도 하세요."

"오, 이렇게나!"

유대인은 손에 쥐인 지폐의 초상화를 보며 눈이 둥그레졌다. 100마르크짜리 다섯 장이었다.

"내 평생 이런 사례를 받아 보긴 처음이오! 별 이상은 없겠지만, 한번 써 보고 조금이라도 결함이 있으면 가져오세요. 바로 고쳐 드릴 테니. 사용 방법은 지난번 내가 가르쳐 드린 대로 하면 됩니다. 아, 그리고 가발을 쓸 땐 거기 함께 넣은 수염을 다는 걸 잊지 마세요."

"알겠습니다. 나중에 다시 연락하리다."

강철부는 낚시 도구를 챙겨 일어서며 주변 사람들이 들릴 정도로 짐짓 크게 말했다. "먼저 실례하겠소."

그길로 강철부가 서둘러 찾아든 곳은 프랑크푸르트 변두리에 자리잡은 조용한 여관이었다. 방금 전 유대인에게서 받은 가면을 한시라도 빨리 써 보고 싶었던 것이다. 한국인 관광객으로 가장한 그는 카운터에서 간단한 수속을 마치곤 키를 받아 2층으로 올라갔는데, 하오 세 시 어름이라 그런지 주변 객

실들은 한적했다.

그는 자기 방으로 들어가자마자 우선 문부터 잠그고 창문의 커튼을 모두 닫았다. 그런 다음 트렁크를 열고 가죽부대를 꺼낸 뒤 그 안에서 잘 포장된 두상(頭狀)의 물건을 두 손으로 조심스레 들어 냈다. 포장지를 벗겨내자, 사람의 얼굴과 꼭 닮은 가면이 석고상 위에 얌전히 씌워져 있었다.

'혼또니 우마이나(정말 멋지군)!'

그는 석고상을 신주 모시듯 들고 세면실의 거울 앞으로 가서는 가면을 조심조심 벗겨내, 유대인이 설명해 준대로 머리 쪽부터 천천히 자기 얼굴에 씌우곤 잔손질을 가했다.

'고레가 다레까(이게 누구야)!'

거울을 뚫어지게 쳐다보는 그의 가면 쓴 입가에 저절로 웃음이 비꼈다. 금발에 벽안의 한 게르만의 장년이 거울 속에서 자기를 지켜보고 있지 않은가!

강철부는 거울 가까이로 다가가 가면의 주름이며 모공, 그리고 콧잔등과 이마에 난 작은 주근깨 등을 손으로 만져 보면서 연신 고개를 끄덕이고는 가면을 조심스레 벗어 원위치에 잘 씌웠다.

그런 다음, 이번엔 가발을 쓰고 입가에 수염을 붙이고선 거울을 들여다보았다. 백발에다 은빛 구레나룻의 노신사—자기가 봐도 몰라보게 달라진 변신이었다.

'어디……?'

신이 난 그는 내친 김에 얼른 가방에서 검은 뿔테 안경을 꺼내다 얼굴에 걸치고 거울을 보았다. 마음먹고 감시의 눈으로 살피지 않는 한 영락없는 어엿한 노학자의 풍모였다.

그의 다음 시도는 평소 통하는 여권 브로커에게서 위조 여권을 만들어 받는 일이었다. 그것만 제대로 되면 해외로 빠져나가는 길은 땅 짚고 헤엄치기였다. 적어도 수십년 간 해외에서 공작 활동을 해 온 강철부로선 말이다.

'나를 뭘로 알고 감히! 결코 리영숙이같이 무모하게 당할 순 없지.'

강철부는 자신에게 다짐하며 어금니를 지그시 깨물었다. '지구 끝까지라도 쫓아와 보라지. 내 머리카락 하나 잡히나!'

그런데 그의 이런 자신에 찬 마음에 갑작스레 한줄기 파문이 일었다. 부지불식간에, 리영숙이 단말마 속에서 온몸의 기를 쥐어짜 볼펜을 움직이던 모습이 뇌리를 스치면서 '강현교는 동무 조카' 라는 글귀가 그의 눈앞에 어른거리는 것이었다.

사실이지 강철부로선 이에 대해 마음을 쓰는 한, 자신이 목하 시도하는 일에 걸림돌로 작용할 것임은 어김없을 터였다. 아니할 말로, 눈 딱 감고 그에 아랑곳하지 않는대서 뭐라 할 자는 아무도 없었다. 하지만 리영숙의 고지(告知)가 사실이라면, 강현교가 자신의 진짜 조카라면, 그의 위기를 불 보듯 하면서 나 몰라라 수수방관하는 건 인륜이고 양심이고를 따지기에 앞서 자괴감부터가 묵과하지 않는 문제였다.

'일단 신상만이라도 확인해 본다?'

강철부는 방 한쪽에 놓인 팔걸이의자에 두 다리를 꼬고 앉아서 한 손바닥으로 턱을 괴었다.

그가 "C동무에게 부탁해 볼까?" 하고 중얼거리는데, 마침 그의 안주머니에서 핸드폰의 진동음이 가슴을 똑딱였다. C공작원만이 번호를 아는 새로운 비밀 휴대전화로, 급히 만나자는 연락이었다.

저녁녘에 두 사람이 만난 곳은 지난번의 베를린 교외 카페였다.

"어드메 갔드랬소, 강 동무?"

5분쯤 늦게 도착한 강철부가 앉기가 무섭게 C공작원이 다급스레, 그러면서도 다행스러운 얼굴로 물었다.

"왜 그러오? 위에서 날 찾았소?"

강철부가 다소 불안스러운 빛으로 반문했다.

"고럼요. 부장 동지가 아침결에 강 동무가 어디 갔느냐고 말이오. 강 동무

말대로 소금(마약) 거래 관계로 급히 연락을 받고 나갔다고 대답은 했지만 무슨 책이라도 잡힐까 봐 한나절 좌불안석이었소."

"미안하게 됐소. 그리고 고맙소."

"월요일 아침엔 부장 동지부터 만나보라요. 오늘도 동료 두어 명을 불러들이는 걸 보니 심상치 않습디다."

" 알았소. 자, 우선 목구멍부터 씻읍시다."

마침 웨이터가 맥주를 날라 와서 둘은 조끼를 부딪치곤 목울대의 움직임이 확연히 드러나리만큼 꿀꺽꿀꺽 들이켰다.

"그렇잖아도 나 C동무한테 한 가지 어려운 부탁을 하려던 참인데……."

조끼를 반쯤 비우고 난 강철부가 선뜻 말을 꺼내기가 어려운 듯 상대의 눈치를 살폈다.

"뭐인데? 말해 보라요."

C공작원이 입술에 묻은 맥주 거품을 손등으로 문지르며 재촉했다.

"강현교란 이름 들어 봤지요?"

"강현교? 가만……."

C공작원이 4,5초 기억을 더듬더니 정확하게 짚어냈다. "그 괴팅겐 막스플랑크 연구소에 나가는 남조선 출신 과학자 아니오?"

"맞소!"

"그자가 어드렇다는 거요?"

"그의 신상명세, 그러니까 강현교의 호적 관계를 알아봐 주시오. 우리 동료들 모르게 내밀히 말이오."

"……?"

C가 영문을 몰라 얼떨떨해하자 강철부가 얼른 말의 뒤를 달았다. "이유는 묻지 말아 주시오. 나중에 다 설명해 주리다."

그는 자신이 직접 나서지 못하는 걸 안타까워하면서, 일을 수행하기 위해선 재독 친북 동포를 포섭한 후 그로 하여금 강현교의 본적지 지인에게 부탁하여 서류(주민등록 등본이나 호적등본 등)를 발급받으면 될 것이라고 방법까지 부연해 주었다.

"쉽디는 않갔디만 강 동무의 부탁이니 한번 해 보디요. 모르긴 해도 시간이 좀 걸릴 것 같구만."

"내 동무의 수고를 위해 오늘 저녁 한턱 내리다."

90

북한 공작 요원들의 '비엔나 왈츠'는 정중동 속에 소리 없이 진행되고 있었다. 'IAEA 핵융합에너지 콘퍼런스'의 일정 점검을 비롯하여 회의장인 빈 대학 강당의 실내 구조며 통로와 출입구, 교정에서 정문, 대로에 이르기까지 수 개 조로 나뉘어 몇 차례씩 탐사를 거듭하는가 하면, 일개 조는 현교의 가정집과 연구소 주위에 잠복하며 그의 동정을 밀탐하기도 했다.

그러는 한편에선 또 다른 요원(강철부와 C공작원)의 살얼음판을 걷는 듯한 밀회가 이루어지고 있었다. 때는 9월도 다 가고 시월로 접어든 어느 날 저녁이었다. 그날 정오경 C공작원은 베를린 거주 한국 동포를 만나 강현교의 호적등본을 받자마자 강철부에게 연락을 하고는 몇 군데의 철도역을 우회한 후 프랑크푸르트 근교 카페에 이른 것이었다.

"어디 봅시다."

강철부는 C공작원이 의자에 앉자마자, 상대의 수고에 대한 인사보다 급히 손부터 먼저 내밀었다. C공작원이 서류가 든 봉투를 안주머니에서 꺼내 주며 어색하게 웃었다. "서두르는 게 강 동무답지 않수다 그래."

봉투를 황급히 받아 든 강철부는 상단을 뜯어 서류(호적등본)를 펼쳐 보더니, 자기 눈을 의심하는 듯 손바닥으로 두 눈을 쓸고는 다시 등본상의 글자들을 뚫어져라 쳐다보았다. 현교의 父(부)란에 강철민(康哲敏)이, 조부(祖父)란에 강달표(康達杓)란 글자가 또렷이 박혀 있지 않은가! 거기다 철형, 철준까지 고스란히. 그러나 철부는 등재되어 있지 않았다.

"역시 리영숙 동무의 말이 맞았구먼."

저도 모르게 그의 입에서 중얼거림이 새어 나왔다.

"무슨 말이오, 그게?"

C공작원이 강철부의 눈치를 살피며 호적등본을 슬그머니 들어 성명들을 훑어보았다. "리영숙 동무와 관계되는 사람들이오?"

"같은 고향 사람이오."

철부의 목소리엔 맥이 빠져 있었다.

"가만! 기러구 보니깐 여기 '현교'의 부친 되는 강철민 형제들이 '哲' 자 돌림이구먼."

C공작원은 哲敏, 哲炯, 哲俊의 哲자를 손가락으로 짚어 가며 강철부에게 조심스레 물었다. "혹시 족보인가 무언가 하는 그 가닥에서 강 동무도 이들과 같은 항렬인 거 아니오?"

강철부는 대답 대신 담뱃불을 붙여 물더니 한숨을 토하듯 연기를 뿜어냈다. 그러곤 의아스레 바라보는 상대에게 느닷없이 내뱉었다. "야스 닷샤꾸(康達杓)! 이 분이 내 아버지요! 나는 야스모또 데쓰오(康本哲夫)지만."

그는 손을 뻗어 호적등본 위의 아버지 이름을 지적하고 나서, 형제들의 이름을 차례로 짚으며 말했다. "이들은 나의 이복형들이오. 이제 요해가 되오?"

"기럼 강현교가……?"

"그렇소! 내 조카요!"

"아니!"

C공작원은 소스라치며 뒷말을 잇지 못했다. 서석순 박사의 사건 이후 일시 잠잠해졌던 납치 공작이, 마침내 서 박사의 제자인 남조선 출신 과학자를 제2의 타깃으로 삼고 있다는 말이 북한 공작원들 간에 은밀히 회자되었기 때문이었다.

애초에 강철부에게서 현교에 관한 부탁을 받았을 때부터 뭔가 심상한 일은 아니리라고 예단하지 못한 바는 아니었으나, 사달이 이토록 엄청나리라고까진 상상이 미치지 못했었다.

"조카를 어드럴 셈이오?"

C공작원이 민민한 표정으로 물었다.

"나도 잘 모르겠소. 그저 리영숙 동무가 죽기 직전 그가 내 조카란 사실을 적어 주는 바람에 확인해 보고 싶었던 것뿐인데……. 동무에게 폐까지 끼쳐 가면서."

"조카와 영숙 동무하고는 어떻게……?"

"같은 중학교 동급생이었나 봅니다."

"기럼 죽기 전에 둘이서 만난 거요?"

"그건 나도 모르오. 간신히 내 앞에서 메모를 남기곤 앰플을 입에 넣었으니 말이오."

"참으로 운명치곤 지독스레 얄궂구먼."

"아무튼 C동무, 수고 많았소. 앞으로 강현교 문제는 내가 알아서 할 테니 동무는 이걸로 손을 떼오. 다만, 동무의 입만은 단단히 지켜 주기 바라오."

"염려 마오. 내 입이 천근인 줄 모르오?"

두 사람은 동시에 맥주 조끼를 들었다. 그러나 이들은 서너 테이블 떨어진 자리에서 한 장년의 아랍인이 아까부터 자기들의 행동을 예의 주시하는 것을 알지 못했다.

'저놈이 날 미행하는군!'

강철부는 C공작원과 헤어지고 프랑크푸르트 역에 이르렀을 때에야, 예의 그 아랍인이 자신을 미행하고 있음을 눈치챘다. 일단 UB에 탄 그는 미행자가 따라오르는 걸 확인하곤 열차가 출발하자마자 반대편으로 내렸다.

'이제 놈까지 빌려서 날 감시하는군.'

아랍인을 따돌린 강철부는 택시를 잡아타고 길을 우회하여 여관으로 돌아왔다.

'상황이 예상보다 다급하다!'

강철부는 몸을 소파에 파묻은 채 향후 거취에 대해 곰곰이 생각해 보았다.

'일단 조카에게 위험을 경고해 줘야 할 텐데, 무엇을 어떻게 한다……? 무엇보다도 직접 만나서 위급한 상황을 알려주는 게 최상책이겠지. 미구에 닥칠 위기에 대비하여 독일 당국에 신변 보호를 요청하든가, 아니면 아예 본국(한국)으로 이주하라고. 그렇게만 된다면 이 삼촌으로서 최소한의 도리는 하는 셈 아닌가! 하지만 그 서슬이 시퍼런 감시 속에서 어떻게……? 나보다도 조카가 더 위험하다!'

그는 언젠가 지상에서 사진으로 보았던 현교의 얼굴을 떠올리며, 비슷한 나이 또래 숙질의 극적인 상봉 장면을 머릿속에 그려 보았다. 평소 가슴이 차디찬 그답지 않게 오랫동안 잊혔던 아버지 모습이 떠오르면서 소년처럼 가슴이 콩닥거리기까지 했다.

그 다음날, 강철부가 현교와의 접근을 시도하기 위해 변장을 하고 그의 집과 연구소 주변을 밀정해 보니, 근처에 수상스러운 아랍계 중년 사나이가 간헐적으로 왕복하는 모습이 보이는가 하면, 출입구와 대각선을 이루는 맞은편 도로변에는 창유리가 선팅된 벤츠와 아우디 같은 고급 승용차가 한 시간이 넘도록 움직임 없이 한 자리를 지키고 있었다. 북한 공작원이 그 안에 들어앉아 있음은 직감이 아니라 자신의 체험을 통해 알고도 남음이 있었다. 그런 줄 알면서도 그는 몇 차례나 빈틈을 노려 보려고 안간힘을 써 보았다.

하지만 그들의 시야 밖에서 강현교를 직접 상면할 수 있는 방법이나 수단을 찾기란 결코 용이하지 않았다. 현교의 사택 방문은 말할 것도 없거니와 연구소 출입 동태까지도 웬만한 변장으로는 노상 감시자의 맨눈이나 찻속 감시자의 망원렌즈에 영락없이 자신의 정체가 포착될 것이기 때문이었다.

'얏빠리 고레데와 데끼나이다(역시 이걸로는 안되겠다)!'

연구소 정문 먼발치에서 한동안 일대를 주시하던 강철부는 강하게 도리질

치며 발길을 돌렸다. '결국 그 방법을 쓸 수밖에 없겠구나.'

이튿날.

막스플랑크 연구소 마당에 택시 한 대가 멎더니, 왼손에 가방을 들고 오른손엔 스틱을 든 학자풍의 노신사가 로비로 들어섰다. 오전 아홉 시경이었다.

"어떻게 오셨습니까?"

출입문을 들어선 노신사가 좌우를 두리번거리는 모습을 보고 경비원이 물었다.

"아 예, 강현교, 그러니까 닥터 강 연구원을 만나고자 왔습니다만……."

노신사의 말소리는 다소 어눌하고 떨리는 듯했다.

"아, 하인리크 강 말씀이군요?"

경비원은 독일인 가면에다 뿔테 안경을 쓴 상대를 바라보며 덧붙였다. "닥터 강은 지금 안 계시는데요."

"아직 출근 안 했습니까?"

"아니오. 오늘 빈에서 열리는 국제 회의에 참석하기 위해 아침 일찍 떠나셨습니다."

"그, 그렇습니까……?"

노신사, 아니 강철부는 내심 '아차!' 하며 갑자기 불길한 생각이 솟쳤다. "언제 돌아옵니까?"

"글쎄요. 오후 늦게 저녁때나 돌아오실지…… 어쩌면 집으로 바로 가실지도 모르지요."

'진작 행동을 개시하는 건데! 내가 한발 늦었구나!'

그는 후회막심이었다.

"급한 일이시면 직접 빈으로 가서 만나보시죠."

"예, 알겠습니다. 감사합니다."

강철부는 의례적인 인사를 건네곤 서둘러 밖으로 나왔다. 그는 마당을 걸어나오며 안경의 갈색 렌즈 속에서 눈빛을 번득이며 사방을 둘러보았다. 그러나 노상을 활보하는 일반 행인과 가로를 씽씽 달리는 차들만 눈에 들어올 뿐, 어제까지 주위의 노변을 서성이던 수상쩍은 아랍인이나, 연구소 출입구 건너에서 지키고 있던 승용차의 모습은 그림자조차 보이지 않았다. 그는 난감했다. 자기의 계획이 수포로 돌아갔음을 직감한 것이다.

실은, 오늘 그는 조카 강현교를 만나는 대로 가면을 벗고, 자신의 신분을 밝히고('강철부'란 이름이 박힌 신분증으로) 호적등본을 보여주면서 자신들이 숙질간이란 사실을 리영숙으로부터 알게 되었음을 실토한 다음, 마지막으로 조카로 하여금 신변에 대한 안전과 보호를 철저히 강구할 것을 당부하고 나서, 그길로 자기는 해외로 도피할 작정이었다.

그런데 모처럼 짠 계획이 속절없이 물거품이 되어 스러지고 있었다.

'고맙따나(큰일났군)! 이제 어떡한다?'

몹시 낭패스러운 강철부가 본래의 제 모습을 하고 여관으로 돌아왔을 때, 마침 로비의 TV에서는 뉴스를 전하고 있었는데, 그가 무심결에 화면으로 눈을 돌렸더니 빈에서 개최하는 '핵융합에너지 콘퍼런스' 장면이 비춰지고 있었다.

내친김에 TV 맞은편 소파에 앉은 그는 신경을 곤두세우고 화면을 주시했다. 넓은 회의장엔 세계 각국에서 대표로 참석한 많은 물리학자들이 질서정연하게 자리하고 있었고, 연단 뒤쪽에는 발의자들이 벽을 등지고 일렬로 앉아 있었다. 방송국 카메라가 이들의 면면을 훑고 지나갔는데, 강철부의 입에서 갑자기 '앗' 하고 엉겁결에 소리가 나온 것은 스포트라이트가 한순간 현교의 얼굴에 쏠렸기 때문이었다.

'음, 아직은 무사하구나!'

강철부는 얼마간 안도하긴 했으나, 마음 한구석의 불안감은 가시지 않았다.

뒤이어 사회자가 강현교 박사를 시작으로 발의자들을 의제와 함께 차례로 거명한 후, 오후에는 각 분과별 토론이 진행될 것이라고 소개했다.

'이제 어떻게 한다?'

즉시 자기 방으로 올라온 강철부는 조카를 위험으로부터 보호할 수단과 방법을 궁리해 보았다. '내가 그곳으로 간다? 가서 무엇을 어떻게 하지? 같은 연구소의 연구원 행세로 일단 조카를 빼돌린다?'

그는 회의장의 뭇 학자들 틈에서 변장한 노학자의 모습으로 강현교와 접근하는 장면을 상상하며 손목시계를 보았다. '시간이 없다! 진작 연구소에서 직행했을걸!'

그는 후회하면서 또 한편으로 생각했다. '설사 빼돌린다 한들 그 다음은 어찌한단 말인가? 감시의 눈들이 빈틈없이 번뜩이고 있을 텐데? 그렇담 독일 정보 당국에 상황을 제보하면 무사하지 않을까?'

하지만 솔직히 말해서 이것만은 좀체 마음에 내키지 않는 일이었다. 사정이야 어찌 되었든, 명색이 공화국 영웅 훈장까지 받은 공작 요원으로서 자국의 비밀 공작—그것도 자신이 직접 관여했던 건(件)과 연관된—을 상대국 정보 기관에 밀고한다는 것은 자기기만이자 자아상실과도 같은 행위가 아닐 수 없었다. 그야말로 막판에나 쓸 수 있는 최후의 카드였다.

불현듯 그의 가슴엔 까닭 모를 분노와 원한과 회오, 위구심 들이 교차된 착잡한 감정이 소용돌이쳤다.

'오늘까지만 기다려 보자.'

애써 마음을 가다듬은 강철부는, 분실 내의 동정을 살피고 C공작원 등 동료들도 만나볼 겸 여관을 나섰다. 그가 프랑크푸르트 역에 이르러 막 승차권을 끊으려는 순간, 그의 안주머니에서 비밀 휴대전화가 울렸다. 그는 얼른 휴대폰을 꺼내 들었다.

"강 동무, 큰일났소!"

다급한 목소리의 주인공은 C공작원이었다. "B과장이 동무에 대한 일들을 다 보고했단 말이오."

C공작원은 마치 누가 엿듣기라도 하는 듯 낮고 빠른 소리로 말했다. 그의

말에 의하면, 오늘 점심식사 후 부장의 방을 지나가다 '강 동무' 운운하는 소리에 신경을 곤두세우고 엿듣게 되었는데, 제일 먼저 귀에 들어온 말이 B과장의 "강철부 동무가 강현교와 삼촌 · 조카 사이라니 놀랍지 않습니까?"였다.(그는 부장의 지시를 받고 오사카에 있는 조총련을 통해 강철부의 호적을 조사한 사실도 털어놓았다.)

"그리구 우리가 카페에서 만나 서류(호적등본)를 주고받은 사실까지."

C공작원이 말끝을 자르더니 "나중에 또." 하고 통화를 끊었다. 필시 감시의 눈을 거니챘으리라.

'낭패다!'

강철부는 반사적으로 몸을 좌우로 돌려 반원을 그리며 주위를 주시했다. 주위의 평범한 행인들조차 자기를 감시하는 것 같은 불안감 속에 그는 부장의 지시를 받은 숱한 독수(毒手)들이 자기를 옥죄어 옴을 적실히 느꼈다. 이제 조카의 구출은커녕 자신의 운신마저 옴짝달싹할 수 없는 지경에 이른 것이었다. 곳곳이 덫투성이일 터였다.

그는 분실에 도착하기 전에 C공작원 덕분에 위기를 모면하게 된 것을 그나마 천만다행이라 여기면서 황망히 대합실을 빠져나왔다. 밖은 바야흐로 가을의 석양빛에 찬연히 물들고 있었다.

'어디로 간다?'

그가 역사 출입구에서 잠시 걸음을 멈추고 택시 승차장 쪽을 바라보고 있을 때, 휴대전화의 진동음이 안주머니를 흔들었다. 그는 가슴이 철렁하며 핸드폰의 문자반을 보았다. 역시 C공작원이었다.

"조카가 납치되었소! 방금 비엔나에서 들어온 보고요."

낮에처럼 목소리는 다급했다. "우리 요원들이 끌고 간 모양이오."

"어디로?"

"나도 멀리서 엿들은 것이라 자세힌 모르오. 얼핏 듣기에 G아지트라는 것 같았소."

그러면서 오늘 밤이 지나면 다른 곳으로 이송된다는 말도 급히 덧붙였다. 마치, 구출하려면 오늘 밤에 감행해야 한다고 암시라도 주듯이.

"알았소! 그럼 동무는……?"

다급한 건 강철부의 목소리도 마찬가지였다.

"다시 또 연락……."

상대의 말이 끊어지는가 싶더니, 다소 거리감이 있는 딴 목소리가 들렸다.

"C동무, 여기서 무시기 하는 거지비?"

"아니, 자네들은……!"

몹시 당황스러운 C공작원의 음성에 이어 "우리와 같이 갑세, C동무!" 라는 꺽꺽한 목소리, 그리고 2,3초 뒤 난데없는 총소리가 고막을 울리더니 '풀썩' 소리와 함께 '댁대굴' 구름마찰음이 멀어져 갔다. 그게 끝이었다.

'아~, C동무!'

말할 수 없는 비분과 죄책감에 사로잡힌 강철부는 휴대폰을 손에 쥔 채 우두커니 장승처럼 서 있었다.

제25장 하이재킹

91

'C동무의 죽음을 헛되게 해선 안된다!'

이윽고 이런 생각이 강철부의 발걸음을 떼게 했다. '머뭇거릴 시간이 없다!'

그는 서둘러 역내 사물함 쪽으로 향하며 작정했다.

'G 아지트!'

여기라면 얼마 전까지만 해도 그가 동료 요원들에게 상부의 지령을 전달하기 위해 이따금 들렀던 곳으로, 알프스의 지맥인 니데르다우에른 산맥 남동부의 구릉 지대를 흘러나온 무어 강 양안 기슭에 펼쳐진 평화로운 고장 그라츠 시(수도 빈에서 남쪽으로 약 150킬로미터 떨어졌음)의 남부 외곽에 자리하고 있었다. 높직하면서도 단층인 장방체의 붉은 벽돌 건물로, 출입구 철문 옆 담벽에는 〈모란봉 무역상사〉란 간판이 붙어 있고, 부근에는 공항도 있었다.

'오늘 밤 안에 구출해야 한다!'

사물함에서 가면 상자를 꺼내 들고 화장실로 들어갔다가 나온 강철부는 어느새 장년의 게르만인으로 변모해 있었다.

'빨리 가자! 공항으로.'

그는 플랫폼으로 가서 U반(지하철)을 타고 프랑크푸르트 공항으로 직행했다. 로비 안을 한바퀴 훑어본 강철부는 황급히 화장실로 들어가, 이미 준비했던 대로 또 한번의 변장을 시도했다. 이번엔 공항 요원으로였다. 복장과 모자를 착용한 모습이 영락없는 공항 보안관이었다. 그는 거울에 자신을 비춰 보고는 곧바로 터미널로 향했다.

광활한 비행장 사위에 드리워진 황혼 속을 거대한 점보 여객기들이 간헐적으로 뜨고내리며 굉음을 울려댔다. 그러나 강철부는 거기엔 아랑곳없이 줄곧 한 방향만 주시하며 내달듯 나아가더니, 공항 센터 앞의 제2터미널 끝자락에서 걸음을 멈추었다. 그는 눈길을 좌우로 백팔십도 두어 차례 회전하다가 한 곳에서 딱 멎었다. 멀찌감치 비행장의 가장자리에 경비행기 몇 대가 정류해 있는 게 시야에 들어온 것이었다.

'시간이 없다! 저거라도……!'

어차피 이판사판. 모험을 감행할밖에 달리 방도가 없었다. 그는 지난날 특수부대에서 공작원 훈련을 받을 당시, 훈련소장의 특별 배려로 비정기적으로 비행 훈련을 연수한 바 있는데, 이것이 그가 모험을 거는 밑천의 전부였다.

재빠른 동작으로 수하물 처리장으로 돌아온 그는 아주 태연스레 지게차를 냉큼 집어타고 주기장을 향해 냅다 몰았다. 경비행기는 모두 네댓 대였는데, 그는 기체들 둘레를 살펴본 후 가장 크고 새것으로 보이는 세스나 421 앞에서 발을 멈췄다. 그리고 문 앞으로 다가섰다. 그런데 아뿔싸! 문이 잠겨 있지 않은가!

"이런 낭패가!"

그는 두덜거리며 품 안에서 소음 권총을 빼들고 문의 열쇠구멍을 겨누었다. 그가 막 방아쇠를 당기려는 순간, 저만치 활주로 위로 강렬한 빛이 서치라이트처럼 비치더니 날렵한 기체 한 대가 미끄러지듯 다가와 사뿐히 멎었다. 개인 제트기였다.

'으음?'

그는 정신이 번쩍 들며 시선을 집중했다. 이윽고 신혼부부인 듯한 남녀 한 쌍이 비행기에서 내리더니 팔짱을 끼고 담소를 나누며 주차장 쪽으로 걸어갔다. 그 뒤론 내리는 사람이 없었다.

'옳거니!'

잽싸게 지게차에 오른 강철부는 전속력으로 기체로 다가가 단숨에 기내로 뛰어 올라갔다.

"무슨 일이오?"

조종사가 난데없이 나타난 공항 보안관을 눈을 치뜨고 바라보았다.

"일단 조용하시오!"

강철부는 착 가라앉은 톤으로 정중하게 말했다. "내 부탁 한 가지만 들어 주시오."

"무슨 부탁이오?"

"이대로 날 오스트리아의 그라츠까지 실어다 주시오."

"아, 아니!"

소스라치는 조종사의 눈이 화등잔이 되었다.

"거기까지만 데려다 주면 끝이오. 그 다음은 당신 자유요. 그리고 응분의 대가는 치르겠소."

강철부는 의식적으로 상의의 단추를 풀고는 안주머니에서 한 다발의 지폐를 꺼내 조종사의 좌석 옆에 떨구었다.

"이건 엄연한 위법 행위요."

퉁명스레 사무적으로 반박한 조종사는 무심결에 상대의 허리춤에 찬 권총을 보고 흠칫했다.

"어서 시동을 걸어 주시오. 한 귀중한 목숨이 경각에 달렸소."

강철부의 목소리엔 은연중 시퍼런 위협이 담겨 있었고, 그것이 무엇을 의미하는지를 사십대 조종사 역시 헤아리고도 남았다.

"알았소!"

궁리를 짜내듯 10여 초나 대답을 망설이던 조종사가 무겁게 입을 열면서 조종석의 시동 버튼을 눌렀다.

"그리고 이것은 도착할 때까지만 내가 보관하겠소."

강철부는 조종사가 착용한 헤드폰을 벗겨 냈다.

92

그 무렵, 오스트리아 빈 주재 북한 대사관.

베를린 쪽과 막 통화를 끝낸 현지 공작 총책 P실장이 주위에 둘러선 서너 명의 부하들에게 다급히 물었다. "지금 호송차가 어디쯤 가고 있는 거이가? 우리 요원은 누가 타고 있네?"

그때, 마침 휴대전화를 받고 있던 K부부장이 폴더를 접으며 대답했다. "예, 이자 막 L동무한테서 G아지트에 도착했다는 연락이 왔습네다."

"기럼 우리 지역에서의 임무는 무사히 마친 셈이야. 이자부턴 베를린의 동무들이 알아서 할 거이야."

P실장은 의기양양한 태도로 말하면서도 한 가지 주의를 잊지 않았다. "내일부턴 이곳 수사 요원들이 눈에 불을 켜고 감시를 할 테니끼니 다들 조심하라우. 한동안은 여간 시끄럽지 않을 거이야."

"잘 알겠습메."

"당분간 납작 엎대 갖고 있겠습네다."

"이참에 알프스 구경이나 갔다 오리까?"

세 부하는 나름대로 홀가분하다는 투로 말했으나, K부부장은 상사답게 일부러 신중함을 드러내 보였다. "무엇보다도 이번 작전이 끝까지 성공했으면 합네다."

바로 그 시각.

어둠에 싸인 G아지트의 건물 앞에 활짝 열린 철대문 안으로 메르세데스 벤츠 한 대가 스르르 들어서 멈추더니, 곧 앞뒤 문이 열리며 네 물체(앞에서 하나, 뒤에서 셋)가 튀어나왔다. 이들 중 뒤에서 내린 셋 가운데 한 사람은 양쪽 둘의 곁부축을 받고 있었는데, 불빛이 환한 실내로 들어섰을 때 두 손목이 결박된 채 입은 녹색 테이프로 봉해졌고, 두 눈은 검은 띠로 가려져 있음을 알 수 있었다.

"와게(여기)로 내려가시라우요."

미리 기다리고 있던 공작원이 실내를 가로질러 지하로 통하는 계단으로 세 사람을 안내했고, 그들은 눈이 가려진 사람을 양쪽에서 부축한 채 계단을 내려갔다.

"무사히 데려왔습네다, 부부장 동지"

오른쪽을 부축한 자가 좌측 벽 중심의 책상 앞에 앉아 있는 상사 앞으로 다가갔다. 그는 베를린 주재 공작실 부부장으로, 부하 두 명을 거느리고 있었다. 20제곱미터쯤 돼 보이는 방 안엔 중앙에 장방형의 탁자 주위에 소파 하나와 3, 4개의 플라스틱 의자만 놓여 있을 뿐으로, 음산하고 썰렁한 분위기였다.

"오, 수고들 많아서."

부부장이란 자는 자리에서 일어서서 부하들을 격려하며 그들이 '데려온 자'를 유심히 보았다. "이자 눈가리개와 입의 테이프를 떼고 소파로 모시라우. 수갑도 풀어 드리구."

"예, 알겠습네다."

왼쪽을 부축했던 자가 피랍인의 눈을 가렸던 검정 댕기를 풀고 입막음을 했던 테이프를 떼었다. 그러곤 소파에 앉힌 뒤 팔목에 채워진 수갑을 풀었다.

앉혀진 자는 눈을 뜨고 주위를 살피려 했으나 눈이 부셔 이내 눈을 감았다. 그러다 십여 초 후에 살며시 눈을 떠 보았다. 바로 앞에 부부장이 두 다리를 벌리고 플라스틱 의자에 앉아 있었다.

"여기가 어디요?"

묻는 목소리엔 불안과 외겁이 묻어났다.

"여기가 어딘가는 중요하지 않소, 강현교 박사. 잠깐 머물다 떠날 곳이니까."

부부장의 어조는 부드러웠으나 눈빛에선 살벌함이 느껴졌다.

"어디로 말이오?"

"그건 가 보면 알 거요. 우린 그저……."

“왜 나를 납치한 거요?”

“납치한 게 아니라 모셔 온 거요. 강 박사를 해치려는 게 아니란 말이오. 우린 상부로부터 강 박사를 손톱 하나 건드리지 말고 안전하게 모시라는 지시를 받고 리행했을 뿐이오.”

부부장의 말은 해명이라기보다 차라리 너스레요, 희롱이었다. 현교가 무언가 응대—하소연이든 항변이든—를 하려다 말문을 닫아 버린 것은 불현듯 서석순 교수의 참변과 함께 그가 유언처럼 남기고 간 말(신변 안전)이 떠올랐기 때문이었다.

‘선생님이 바로 지금과 같은 상황을 두고 하신 말씀이었구나!’

더욱이 그것은 서 교수만의 경고가 아니었다. 미카엘 신부가 주의를 주었고, 인경도 몸조심을 잊지 않았으며, 심지어 귀화(리영숙)마저 납치 · 테러에 대한 경계를 당부하지 않았던가!

현교는 후회라기보다 자신의 신중하지 못한 행신에 대해 심한 자책감을 느꼈다. ‘그들 중 한 사람의 말이라도 되새겨 보았더라면 이렇게 되진 않았을 텐데.’

그는 오늘 낮에 있었던 일을 되짚어 보았다.

그가 오전에 있은 회의에서 소주제 발표를 마치고 여러 명의 과학자들과 어울려 빈 대학 강당을 나와 구내 식당으로 향하고 있을 때, 휴대전화의 벨이 울렸다.

‘이 시간에 누가……?’

그는 복도에서 걸음을 멈추고 일행에서 처진 채 주머니 속의 휴대전화를 꺼내 들었다. “여보세요.”

“훌륭해, 강 박사!”

아녜스 수녀였다. 현교로선 참으로 오랜만에 들어 보는 반가운 목소리가 아닐 수 없었다.

“아니, 아녜스 수녀님이 어떻게……?”

그는 예상찮은 수녀의 전화에 더없는 반색을 표했고, 수녀는 TV뉴스를 시청하다가 우연히 현교의 기조 연설 장면을 보게 되었다면서, 그 모습이 어찌나 멋지고 자랑스러운지 저녁때까지 참을 수가 없어 전화했노라며 그를 거듭 찬양해 마지않았다. "정말 훌륭했어! 이제 강 박사는 명실공히 세계적인 과학자야!"

이에 한껏 고무된 현교는 너무나 감격스러운 나머지, 이 가슴 벅찬 기분을 아녜스 수녀와 함께 나누고 싶었다. 한순간에 만나고 싶은 마음이 굴뚝같이 솟아올랐다. 그는 감정을 가누지 못하고, 이곳(빈)에 온 김에 돌아가는 길에 아녜스 수녀를 만나뵙고 가겠노라고 했다.

아녜스 수녀가 "여러 가지로 바쁠 텐데, 나중에 시간이 여유로울 때 미카엘 신부님과 인경이랑 함께 만나는 게 안 좋겠어?"라고 은근히 만류했으나, 그의 대답은 "회의가 끝나는 대로 린츠로 가겠습니다."였다. 회의장 내부와 주변의 요소요소에 그곳에 걸맞은 모습으로 변장하고, 자신의 일거수일투족을 감시하는 북한 공작원들의 눈과 귀가 번뜩이고 있음을 까맣게 모른 채.

회의가 끝난 것은 오후 네 시가 조금 지나서였다. 참석했던 각국의 과학자들이 삼삼오오 대화를 나누며 교정으로 몰려나와 빈 국제공항행 리무진에 오를 채비를 하고 있었다.

그런데 현교가 같이 나온 일행 앞으로 나서며 말했다. "브라운 박사님, 이분들과 먼저 떠나시죠. 난 린츠에서 만나볼 분이 있어서 거기 들렀다가 나중에 가겠습니다."

"아, 그러세요? 그럼 우리끼리 먼저 갈게요. 내일 연구소에서 봅시다."

서로 작별 인사를 나눈 뒤 브라운 일행들은 리무진에 올랐고, 현교는 승차장에 대기 중인 택시를 타고 빈 서역(西驛)으로 향했다.

그는 승차권을 구입하고 열차에 오르는 동안에도 아녜스 수녀를 재회할 감격에만 온통 정신이 쏠렸지, 자신을 따라붙는 두 명의 미행자가 같은 칸에 들어와 있으리라곤 생각 근처에도 미치지 못했다.

그가 푹신한 좌석에 몸을 파묻고 아녜스 수녀에 대해 이런저런 생각을 하는 동안 열차는 어느새 린츠 중앙역에 닿았다. 오후 여섯 시가 지나 있었다.

'아, 선물부터 준비해야겠지?'

역 대합실을 나온 현교는 '무엇이 좋을까?' 하고 주변의 가게를 둘러보았다. 그가 왼편에서 오른편으로 백팔십도 눈을 돌렸을 때, 길 건너편 모퉁이에 화원 간판이 보였다. '옳지. 꽃이 좋겠구나!'

황황히 꽃가게로 간 그는 진한 꽃향기를 담뿍 들이마시며 각양각색의 싱싱한 꽃들을 살펴보고는, 평소 아녜스 수녀가 좋아하는 백합 한 다발을 주문했다. "정말 싱스럽군요!"

점원에게 인사를 하고 가게를 나온 현교는, 오른손에 가방을 든 채 왼손으로 꽃다발을 안고 택시 승차장으로 걸어갔다.

그때, 폴크스바겐 한 대가 그의 옆으로 바싹 다가와 멈추더니, 차창 유리가 내려지며 한국말 소리가 들려왔다. "N수녀원으로 가시죠?"

교포로 보이는 중년 여성이 운전대를 잡은 채 미소를 머금고 차창 밖으로 현교를 올려다보았다.

"그렇습니다만……."

현교는 발걸음을 멈추고 놀란 눈으로 찻속의 여인을 내려다보았다.

"아녜스 수녀님이 보내서 왔어요, 강 박사님을 모셔오라고. 타세요."

여인은 여전히 미소 띤 얼굴로 말하며 차문을 열었다.

"아이고, 이렇게까지 친절을……!"

현교는 꽃잎이 상하지 않게 조심스레 꽃다발을 안은 채 허리를 굽혀 딱정벌레 같은 차 안으로 몸을 들여넣었다. "고맙습니다!"

그는 상대 여인에게 진정으로 사의를 표했다. 그도 그럴 것이, 수녀원의 이름에다 '아녜스'란 당사자 이름까지 대는 마당에 일말의 의혹도 품을 여지가 만무했던 것이다.

"고맙기는요, 오히려 제가 영광이지요. 유명한 박사님을 모시게 됐는데."

여인은 천연덕스레 뒷좌석으로 교언(巧言)을 던지며 액셀을 밟았다. 이 소형 승용차는 이내 구시가를 벗어나 도나우 강의 지류인 엔스 강을 따라 남쪽으로 질주하더니, 하안 도시 슈타이어를 지나고도 2,3십 킬로미터를 더 달린 뒤 마침내 한적한 산간 도로로 접어들었다. 차창 밖으로 내다보이는 산야에는 이미 황혼이 짙게 깃들어 있었다.

'이제 수녀원에 다 온 건가?'

현교는 몹시 궁금하여 조바심이 났으나 입은 떨어지지 않았다.

차는 완만한 경삿길을 넘어 내리막길을 2백 미터쯤 미끄러지듯 달린 후 숲이 우거진 소로로 들어섰다. 그리고 2,3십 미터 더 나아갔을까, 갑자기 차가 멎었다. 도로 가운데에서 검은 물체가 마치 실루엣처럼 나타나 차를 멈춰 세운 것이었다. 그러곤 폴크스바겐으로 다가와 손짓으로 여자 운전자더러 뒷문을 열라는 신호를 했다. 차문이 열리자마자 검은 물체는 전광석화와 같이 찻속으로 손을 뻗쳐 마취 수건으로 억세게 입을 가렸다. 현교로선 영문이나 상황을 판단하고 자시고 할 촌각도 없었다. 실로 눈 깜짝할 사이에 일어난 변고였다.

곧이어 숲속에서 메르세데스 벤츠가 미끄러져 나왔고, 그 속에서 튀어나온 또 하나의 검은 물체가 축 늘어진 현교의 몸뚱이를 맞들어 벤츠 뒷좌석 중간에다 앉혔다. 그리고 처음의 검은 물체가 폴크스바겐의 운전자에게 말했다.

"김 동무는 이길로 베를린으로 가라우. 우린 G아지트로 갈 테니까."

숲속에는 어둠이 잔뜩 내려앉아 있었다.

93

"우리 말에 순순히 따르기만 하면 절대로 강 박사를 해치지 않을 것이니 그 점은 염려 놓으시라요."

부부장은 제법 진지하게 말하곤 부하에게 명령했다. "박 동무, 우선 저녁식사부터 마련해 드리라우. 기리카구 설 동무는 침대를 잘 정리해 드리구."

그는 일어서서 벽 쪽에 ㄱ자 모양의 칸막이로 꾸며 놓은 방의 문을 열어 보았다. 방 안에는 독침대 위에 베개 하나에다 이불과 담요 한 장이 아무렇게나 널려 있었고, 방 구석에는 세면대와 좌변기도 갖추어져 있었다. 아마도 현교와 같은 피랍자를 위한 간이 시설일 터였다.

"자, 잘 모셔 드리라 이."

부하들에게 지시한 부부장은 현교 쪽을 향해 "좀 불편하시겠지만 맘 놓고 지내시라우요." 하고 한마디 던지고는 곧바로 일층으로 올라와선 부하들에게 엄중히 명했다. "이자부터 내가 다시 올 때까진 외부인에 대한 경계를 철저히 하라우!"

"얼마나 걸립네까?"

차에서 현교에게 마취 수건을 씌웠던 자가 물었다.

"기건 나도 가 봐야 알가서. 평양에서 여객기가 언제 도착할는지……, 좌우지간 이곳에 개미 새끼 하나 얼씬 못하게 하라우!"

"염려 마시라요, 부부장 동지. 이런 일엔 우리가 일당백이라는 걸 모르십네까?"

"기리티만 방심은 금물이란 걸 잊디 말라우."

그는 손으로 부하의 어깨를 토닥이곤 출입구로 걸어갔다.

"안녕히 가시라요."

부하가 잰걸음으로 앞장서서 유리문을 열었다.

부부장이 나간 지 한 시간이 채 못 되어 한 공작원이 식판을 들고 지하실로 내려와 현교 앞 탁자 위에 내려놓았다. "늦어서 시장하실 텐데 날래 드시라요."

그러곤 혼자서 현교를 감시하고 있던 동료 공작원에게도, 올라가서 식사를 하고 오라고 했다.

"아이 그래도 뱃속에서 밥 달라고 아우성임메."

동료는 기다렸다는 듯이 재빨리 걸음을 옮겨 쪼르르 계단을 올라갔다.

"왜 안 드십네까? 양식이 아니라서 그러십네까?"

공작원은, 음식을 앞에 둔 채 수저에 손조차 대지 않는 현교와 식판을 바라보며 물었다. 식판에는 쌀밥과 무쇠고기국에 돼지고기 볶음, 시금치 무침, 과일 · 양배추 샐러드가 담겨 있어 현교가 보기에도 한식으로는 괜찮은 식단이었다. 여느 때 같으면 시장기가 들고도 남을 시간이었지만, 식욕은커녕 음식으로 눈도 주고 싶지 않았다.

"아니오. 생각이 없소. 이 식판을 물려 주시오."

현교는 점잖게 말하고 덧붙였다. "대신 커피 한 잔과 담배 한 개비만 줄 수 있겠소?"

그는 인경의 권유로 일년 가까이 금연을 시도해 온 터였으나, 지금 순간은 금단증상이 일어나리만큼 담배 생각이 간절했다.

"기거야 어렵지 않디만 식사를 걸러도 괜찮을지 모르겠습네다."

공작원은 부부장이 앉았던 책상 위의 전화기를 들어, 저녁식사차 올라간 동료에게 커피를 부탁한 뒤, 자기의 윗주머니에서 권련 한 개비를 꺼내 현교에게 건네곤 라이터를 댕겨 주었다. 그러나 현교는 담배만 받고 불은 사양했다.

"아니, 괜찮소. 기다렸다 커피하고 같이 피우겠소."(그는 커피를 마실 때 담배를 곁들이는 습관이 있었다.)

"아, 그러시겠습네까? 역시 담배는 커피와 어울려야 제맛이 나디요. 그런 입맛은 박사님이나 나나 다르지 않은 것 같습네다, 하하하."

공작원은 마치 자기와 상대(박사)의 공통점을 발견하기라도 한 듯 만족스레 웃어댔다.

이윽고 플라스틱 쟁반에 커피 잔을 받쳐 들고 계단을 내려온 동료 공작원이 현교 앞으로 다가갔다.

"밥은 아이 들구서리 커피 한 잔으로 어찌 버티겠슴메?"

수저가 그대로 놓여 있는 식판을 보고 공작원이 딱한 듯 한마디 하며 김이 모락모락 나는 커피 잔을 탁자 위에 내려놓았다. 그 잔은 유리잔이나 사기잔이 아니라 투박한 플라스틱 잔이었는데, 현교는 그것이 아마도 사용자의 자해 방지를 위한 것일 거라 생각했다.

"잘 마시겠소."

현교가 커피 잔을 들어 '후' 김을 불고는 한 모금 마시자, 다른 공작원이 라이터를 그의 앞에 들이대며 '찰칵' 불을 켰다. "이자 한 대 태우시라요."

"고맙소."

현교는 귓바퀴 윗가에 꽂아 두었던 권련을 뽑아 불을 붙이곤 한 모금 깊숙이 빨아 연기를 내뿜었다.

"우리도 한 대 태웁세."

기다랗게 퍼지는 자연을 보며 설 공작원이 호주머니에서 담뱃갑을 꺼내 권하자, 상대(박 공작원)가 받아 물며 현교를 향해 말했다. "식판은 그냥 놔둘 테니끼니 시장하시믄 언제라도 드시라요."

그러나 현교는 그에는 아랑곳않고 무심결에 손목을 보고는 깜짝 놀랐다. 시계가 사라지고 없었다. 그가 차 안에서 마취되었을 때, 가방은 물론이고 휴대전화를 비롯해 주머니 속의 소지품 일체와 손목시계마저 깡그리 압수당하고 만 것이었다. 심지어 목에 맨 넥타이까지.

그는 연속적으로 양손을 온 주머니에 찔러넣어 보았다. 텅텅 빈 주머니에서 손에 잡히는 건 실오라기와 휴지 나부랭이뿐이었다.

'이럴 수가!'

숲속 폴크스바겐 안에서 급습당하던 순간이 머릿속에 퍼뜩 떠오르며 허탈감에 사로잡힌 그는 허공에다 질문을 던졌다. "지금 몇 시나 됐소?"

"아, 예."

박 공작원이 왼손목을 들여다보며 현교에게 다가갔다. "지금 22시, 오후 열

시 5분입네다. 주무실랍네까?"

'열 시 5분? 아, 아녜스 수녀님이 얼마나 초조히 기다리셨을까? 아니, 지금도 기다리고 계실지 몰라.'

"기럼 침대로 가시디요."

현교의 애끓는 심경은 아랑곳없이 공작원은 일방적으로 앞장서 그를 침실로 안내했다. 침대는 아까와는 달리 머리맡 부분에 베개가 반듯이 놓여 있고, 담요와 이불도 가지런히 펴져 있었다.

"이 정도면 주무시는 데 불편하지 않을 겁네다."

공작원은, 침실 내를 말없이 둘러보는 현교의 눈치를 살피는가 싶더니, 그의 옆으로 바싹 다가와 낮은 목소리로 "박사님께 잠깐 실례하겠습네다." 하면서, 현교의 바지에서 버클을 풀고 허리띠를 빼냈다. 그러곤 상의 포켓에서 짧은 고무줄을 꺼내 바지 맨 앞의 좌우 첫째 허리띠 고리에 끼워 잡아맸다. 바지가 흘러내리지 않도록.

"이거이 다 박사님을 위해서 하는 거니끼니 요해하시라요."

공작원은 실눈으로 현교를 일별하고는 "기럼 편히 주무시라요." 하고 등 뒤로 한마디 남기며 방을 나갔다. 문을 활짝 열어젖힌 채.

'이게 나를 위한 것이라고? 나 스스로 목이라도 맬까 봐?'

현교는 참담한 심정으로 침대 가에 털썩 걸터앉았다. '이제 날 어찌할 셈일까? 무슨 거래를 하려는 걸까, 아니면 북으로 끌고 가려는 것일까?'

그는 점점 불안감과 초조감이 고조되면서 갑자기 서석순 교수의 비참한 최후 모습이 떠올랐다. '선생님도 이런 양자택일을 강요받고 고심 끝에 그 같은 결정을 하신 게 아니겠는가?'

그는 무의식중에 행여 자해할 만한 도구라도 있지 않을까 하고 세면대를 둘러보았으나, 누군가가 쓰던 치약과 칫솔, 세숫비누만 달랑 놓여 있을 뿐, 날붙이라곤 안전면도기조차 보이지 않았다. 그는 세면대에서 시선을 돌리면서 고개를 가로저었다. '난 선생님과 상황이 다르지 않은가? 체인과 준호, 어머니를 두고 어떻게 내가 먼저 세상을 뜰 수 있겠는가? 그리고 미카엘 신부님과 아녜스 수녀님에게 보은은 고사하고 하직 인사 한마디 없이 마치 무대의 한 장면이 바뀌듯 사라져 버릴 수 있단 말인가! 더욱이 내가 그동안 쌓아 온 연구 업적은 빛을 보지 못한 채, 한낱 고물 창고의 폐지처럼 사장돼 버릴 게 아닌가!'

생각이 여기까지 이르자, 현교는 지금쯤 자기 때문에 노심초사하고 있을 인경과 아녜스 수녀, 미카엘 신부에 대한 심려와 더불어, 걷잡을 수 없이 엄습하는 절망감과 좌절감을 참을 수가 없었다.

'정녕 이곳에서 헤어날 수 있는 돌파구는 없는 것일까? 기적 같은 일은 안 일어날까?'

그는 문득, '주님께서 헤로데의 손에서 나를 빼내 주셨다.' 는 〈사도행전〉의 구절이 기억났다.

—헤로데 임금의 명으로 감옥에 갇힌 베드로가 쇠사슬에 묶인 채 두 군사 사이에서 잠을 자고 있을 때, 갑자기 주님의 천사가 나타나더니 감방에 빛이 비치고, 베드로의 손에서 쇠사슬이 떨어져 나갔다. 천사가 베드로의 옆구리를 두드려 깨우고 '허리띠를 매고 신을 신어라. 그리고 겉옷을 입고 나를 따르라.' 는 말에 베드로가 천사를 따라 초소들을 지나 성 안으로 통하는 철문 앞에 다다르자 문이 저절로 열렸고, 그래서 밖으로 나가 거리로 들어서니 천사는 그에게서 갑자기 사라졌다.

'지금의 나야말로 주님께서 천사를 보내 주실 때가 아닌가!'

현교는 이런 생각을 하면서, 정좌하고 눈을 감은 채 두 손을 모아 간구하다가 침대 위로 풀썩 쓰러졌다.

"어서 오시라요, 강현교 박사! 평양에 오신 것을 환영합네다."

순안 비행장에 막 착륙한 비행기의 트랩을 내려서자 칠순의 백발이 악수로 현교를 맞았다. 현교는 피동적으로 손을 잡히는 형국이었다.

"나 핵물리 연구소 소장 리명하요. 앞으로 잘해 봅시다."

그는 주위에 도열해 있는 과학자들을 현교에게 일일이 소개했고, 얼떨떨한 현교는 마치 로봇처럼 무표정하게 그들과 악수를 나누었다. 곧이어 고급 승용차 한 대가 현교 앞으로 미끄러져 와 멎으면서 뒷문이 열렸다.

"자, 타시라요."

손을 뻗치며 말하는 리명하의 권유에 따라 현교는 거북스레 차에 올랐고, 뒤이어 그도 옆자리에 올라앉았다.

이윽고 공항을 빠져나온 벤츠 660은 평양~희천 고속도로를 따라 북으로 달리기 시작했다.

"평양에 들렀다 가시는 겁네까?"

운전사가 정면을 향한 채 물었다.

"일단 영변으로 가자우."

리명하가 행선지를 지시하자, 운전사는 가속 페달을 힘껏 밟았다. 한참 후 자동차는 널따란 캠퍼스 앞을 지나(이때 리명하는 손으로 캠퍼스 쪽을 가리키며 현교에게 영변물리대학이라 일러줬다.) 〈핵융합에너지 연구소〉란 쇠간판이 붙은 건물 앞에 멎었다.

"내리시라요."

현교를 앞장서 건물 안으로 들어선 리명하는 지하 1,2층의 계단을 내려간 후, 미로 같은 복도를 지나고 몇 개의 둔중한 철문을 통과한 뒤 마침내 실험 장치가 가득한 넓은 방에 이르렀다.

"여기가 앞으로 강 박사가 사용할 연구실이오."

리명하는 진지한 표정으로 현교를 대하며 부연 설명을 했다. "이것들이 다 강 박사가 열성적으로 연구하고 있는 '핵융합반응'에 관한 실험 장치들이오. 우리 공화국에는 원자핵 분야 연구 인력이 수천 명이나 되오. 앞으로 강 박사가 연구주임으로서 이들과 함께 '핵융합-분열 혼성원자로' 개발에 박차를 가해 주시오. 내가 적극적으로 뒷받침해 줄 테니 말이오. 이것이 성공적으로 이루어지면 강 박사가 노벨 물리학상을 받는 날도 그만큼 앞당겨질 게 아니오? 더욱이 우리 공화국의 빛나는 영웅, 아니 전 조선의 위대한 과학자로 청사에 길이길이 남을 것이오. 우리 힘을 합쳐 잘해 봅시다. 우리의 위대한 령도자 김정일 위원장 동지가 누구보다도 강 박사를 열렬히 환영해 주실 거요. 자, 가시지요."

어느새 리명하와 강현교는 궁전 같은 호화찬란한 홀 안의, 김정일과 고위 당간부들이 둘러앉은 장방형 테이블 앞에 서 있었다. 리명하의 소개로 현교는 김정일에게 정중히 허리를 꺾었고, 상대는 그의 손을 힘껏 잡았다.

"잘 왔수다, 강 박사! 우리 공화국의 핵기술 개발을 위해 배전의 노력을 해 주시라요. 내레 강 박사가 필요한 거라믄 뭐이든지 대줄 테니끼니."

리명하와 현교가 김일성대학 박관오 총장 옆의 빈자리에 앉자, 총장이 김정일에게 말했다. "이제부터 이들 두 학자를 주축으로 수소폭탄 개발을 위한 '핵융합-분열 혼성원자로' 개발에 박차를 가하게 될 것입니다."

이때 총장의 말을 기다리기라도 한 듯이 바로 이어받은 사람은 그 맞은편에 앉은, 차수 계급장을 단 군부 고위 간부였다. "위원장 동지, 조금만 기다리시라요. 우리 쪽에서 단추 하나만 누르면 서울은 말할 것도 없고 남조선 전체가 불바다가 될 날이 멀지 않았습네다."

이에 덩달아 그 옆의 4성 장군이 맞장구를 쳤다. "우리가 수소폭탄을 보유하는 날엔 미 제국주의자는 물론이고 중국과 러시아도 우리를 함부로 건드리지 못할 겁네다. 그리구 유엔이나 IAEA도 우리의 눈치를 보게 되갔디요."

김정일이 흐뭇한 표정으로 입을 열었다. "박 총장, 강 박사를 김일성대학과 영변물리대학에 모시구 가서 우리 학생들이 핵기술에 대한 강연을 들을 수 있게 하시라요."

그러고는 10여 명의 참석자들을 향해 구호처럼 외쳤다.—"우리 공화국의 핵과학자들을 위해 영광 있으라!"

김정일의 지시에 따라 현교가 리명하와 박관오 총장과 함께 이른 곳은 김일성종합대학 대강당. 총장의 소개에 이어, 강당을 꽉 메운 수백 명의 학생들의 시선이 집중되는 가운데 현교가 연단으로 올라서자, 우레 같은 박수 소리가 터져 나왔다.

그런데 그가 마이크의 높이를 조절하고 "존경하는 총장님을 비롯한 교수님들, 그리고 친애하는 김일성대학 과학도 여러분……." 하고 허두를 꺼내는 순간, 서석순 교수가 연단 옆으로 불쑥 나타나더니 잔뜩 노기를 띤 얼굴로 노려보며 꾸짖었다. "자네 지금 여기서 뭐 하는 건가? 도대체 앞으로 어쩔 셈인가?"

그와 동시에 청중석에서 한 학생이 연단을 향해 냅다 뛰쳐나오더니 "이 남조선 반역자!"라고 외치며 권총을 발사했다. '번쩍' 하는 섬광과 함께 '아앗!' 비명을 지르면서 현교는 눈을 번쩍 떴다. 악몽이었다.

"휴우~."

현교는 깊은 탄식을 자아내며 누운 채로 시선을 문 밖으로 돌렸다. 환한 형광등 불빛 아래 박 공작원은 눈을 붙이고 있는지 책상 위에 팔을 꺾어 세워 비스듬히 턱을 괴고 있었고, 설 공작원은 그의 앞을 동물원의 원숭이처럼 왔다갔다하고 있었다.

그러기를 4,5분 지속되었을까, 갑자기 지하 계단 쪽에서 발소리가 나더니 한 공작원이 그들에게 다가오며, 어젯저녁 독일에서 여객기 충돌 사고가 났다고 다급하게 알렸다.

"독일 어디지비?"

설 공작원이 걸음을 멈추고 물었고, 박 공작원은 자다 깬 눈을 하고 고개를 들었다. "어드렇게 났는데? 어느 나라 비행기가?"

"지금 데레비 뉴스를 하고 있으니 올라가 보우. 대신 내가 지키고 있을 테니."

메신저는 고개를 돌려 어슴푸레한 현교의 침실을 들여다보았고, 둘은 부랴부랴 계단을 올라갔다. 현교는 자는 척 눈을 감고 있었다.

이윽고 일층으로 올라갔던 자들이 큰 소리로 뇌까리며 계단을 내려왔다.

"그런 대형 점보기가 개인 제트기 때문에 박살이 날 게 뭐이가?"

"독수리가 제비한테 당한 꼴이지비."

이에 메신저가 끼어들었다. "한데 동무들은 그 사고가 좀 이상하지 않슴메?"

"무엇이 말임메?"

"어째 그 늦은 시간에 프랑크푸르트 공항을 이륙했나, 이거요. 총기까지 소지한 남자를 태우고서리."

"비행기를 납치했다는 말임메?"

"기래, 조종사가 납치범과 공중에서 격투를 벌이다 여객기와 충돌했다고도 볼 수 있디."

"아무래도 심상치 않은 사고 같슴메."

메신저가 한마디 하곤 걸음을 옮겼을 때, 또 다른 공작원이 계단을 내려오다 중간쯤에 선 채 "날래들 올라오라요!" 하며 손짓을 했다. "이자 막 베를린에서 A과장 동지가 와서. 긴급 지시가 있대."

세 사람은 현교 쪽을 흘끗 쳐다보고는 우르르 계단으로 몰려갔다.

'무슨 일일까?'

반사적으로 침대에서 몸을 일으킨 현교는 문 가에 몸을 가리고 섰다가 감시자들의 모습이 계단 위로 사라지자 맨발로 계단으로 달려가 쪼그려앉은 채 귀를 기울였다.

"내 말 잘 들으라우."

A과장의 첫 마디에 이어 본 명령이 떨어졌다. "이곳에서 철수하라우. 최대한 빨리!"

"와 그럽네까?"

이곳의 분실장격인 고참이 물었다.

"강철부 동무가 갑자기 사라져서! 심상티 않아. 아무래도 여기가 불안해. 그러니 이곳에 있는 서류들은 중요한 것만 챙기구 나머지 것들은 모조리 파쇄하거나 소각해 버리라우."

"기럼 강현교 박사는 어떡합네까?"

"이송지가 곧 결정될 거야. 그건 우리가 알아서 할 테니 염려 말라우."

"알갔습네다. 날이 밝는 대로 서둘러 실행하겠습네다."

'다시 날 어디로 끌고 갈 것인가……? 결국 평양으로?'

현교는 더 이상 듣지 않고 재빨리 침대로 돌아왔다. 잠시 후에 두 공작원이 내려왔고, 위에서는 집기와 비품, 서류 들을 폐기, 정리하느라 부산스러웠다.

"강철부 동무 때문에 괜스레 번거롭게 됐구만 그래."

"이번 작전에서 제외시켰을 때부터 이상하다 했더니 데머사니 몽니를 부린 게 아니가서?"

두 공작원은 불평스러운 말을 나누며 현교의 침실로 고개를 돌리다가, 그가 용변 보는 걸 보곤 이내 문을 닫아 버렸다.

현교는 로댕의 '생각하는 사람'의 형상으로 두 손을 모아 이마에 대고, 어디로 끌려가든 결코 구원에 대한 희망의 끈을 놓아선 안된다고 다짐했다. 그리고 간절히 기도를 올렸다.

—하느님, 어서 저를 구하소서.
　주님, 어서 저를 도우소서.
　저의 도움, 저의 구원은 주님이시니
　주님, 지체하지 마소서.

용변을 마친 현교는 일어서서 변기의 뚜껑을 닫았다. 그런데 그 순간, 한 아이디어가 번개처럼 뇌리에 번뜩였다.—'족적을 남겨라!'

그는 닫힌 피브이시 변기 뚜껑을 유심히 보았다. '쇠꼬챙이를 찾아야 한다!'
얼른 찬물로 세수를 하고 정신을 새롭게 가다듬은 그는 눈에 불을 켜고 방 안의 벽과 바닥을 샅샅이 살펴보았다. 하지만 애당초 자상(自傷)에 쓰일지도 모를 그런 흉기를 방치할 리도 없거니와, 벽에도 못 한 개 박혀 있지 않고 손톱만 한 유리 파편 하나 눈에 띄지 않았다. 그리고 아침에 배달된 식판에 올려진 수저도 플라스틱 숟갈에 나무젓가락이 아닌가.

'이런 젠장!'

실망스레 침실로 돌아온 현교는 침대에 걸터앉아, 허탕인 줄 알면서도 전 호주머니를 뒤지다가 형광등 불빛에 '반짝' 비치는 물체를 보았다. 바지 지퍼의 손잡이였다. '옳지! 이거면 돼!'

그는 바지를 벗고 드러누운 척 살그머니 담요 속으로 몸을 묻고 팔을 방바닥으로 늘어뜨려 지퍼 손잡이의 한쪽 끝을 타일에 갈았다.

한나절쯤 지나 드디어 쇳조각 한쪽이 칼끝처럼 뾰족해졌다. 현교는 점심식사 후 담배와 함께 지사제를 부탁했다. "갑자기 음식이 바뀌어 위가 반란을 일으킨 것 같소. 그 대신 커피는 사양하리다."

"알겠수다. 우리도 지사제 정도는 상비하고 있디요. 우선 담배부터 태시라요."

박 공작원이 자기 주머니에서 담배 한 개비를 뽑아 주곤 현교가 먹고 난 식판을 들고 올라가더니 두 캡슐의 알약을 가져와선 현교에게 건넸다. "한 번에 다 드시라요. 고걸로 안 들으면 다시 드릴 테니."

"정말 고맙소. 번거롭게 해서 미안하오."

"귀하신 몸께서 편찮아지시면 우리가 경을 칩네다."

설 공작원이 물을 따라 주는데, 현교가 한 손을 복부로 가져가며 상을 찡그렸다. "아이고, 또 시작이군."

그는 태우던 담배를 재떨이에 비벼 끄곤 캡슐을 까서 알약을 물과 함께 입으로 털어 넣곤 후다닥 일어섰다. "나 좀 실례하오."

그는 황급히 침실로 가서 문을 닫고 나서 베개 밑에서 냉큼 쇳조각을 집어 가지곤 변기를 타고 앉았다. 뚜껑이 닫힌 채. 그러고 문 쪽을 한번 확인한 후, 쇳조각을 꼭 잡고 한쪽 끝을 힘껏 눌러 뚜껑 중앙에다 글자 높이가 10센티미터 정도 크기로 부호(SOS)를 새겼다. 거기다 또 가운데 글자 O에서 뚜껑 선단까지 화살표(↓)를 길게 그었다. 뚜껑 안쪽도 열어 보라는 표시였다.

현교는 일어서서 부호를 확인해 보았다. 비록 글자 획이 스무스하지 않고 모가 난 데다 실낱같이 가늘었으나, 비스듬히 받은 형광등의 불빛으로 전체 윤곽의 형체만은 뚜렷이 드러났다.

'이만하면 알아보겠지.'

변기 쪽으로 다시 쪼그려 앉은 현교는 이번엔 변기 뚜껑을 열고 안쪽 면에다 무언가를 기를 쓰고 새겨 넣었다. 몇 번이고 문쪽을 뒤돌아보면서.

'이제 이자들이 철수하는 즉시 이곳 수사 요원들이 여기를 찾아 주어야 한다. 그러기만 하면 이걸 발견할 수 있겠지!'

글을 새긴 게 채 5분도 안된 것 같은데도 변기에 걸터앉은 현교의 손과 이마엔 땀이 흥건했다.

'주님, 지체하지 마소서!'

변기에서 일어선 현교가 밸브를 누르자 '쐭' 하고 변기물 내려가는 소리가 문 밖에 있는 공작원들 귀에까지 들렸다.

94

한편 그날 아침, 독일을 비롯한 유럽 주요 국가들의 매스컴은 UAL 여객기 추락 사건을 저마다 앞다투어 톱뉴스로 보도했다. 그도 그럴 것이, 일반 항공기 추락 사고와는 달리, 그 원인이 개인 제트기와의 충돌로 인한 것인 데다 탑승자 한 명의 몸에서 소음 권총이 나온 점으로 미루어 테러범에 의한 하이

재킹일 개연성이 높기 때문이었다.

그러나 현재로선 조종사는 독일 민간이지만 소음 권총 소지자는 서양인 가면을 쓴 동양인이라는 것만 밝혀졌을 뿐, 범행 동기나 피의자의 신분은 파악 중이며, 사고 경위 또한 좀 더 조사해 봐야 진상이 드러날 것이라고 언론은 전했다.

그런데 정오 무렵이 되어 또 하나의 새로운 빅뉴스가 터져 나왔다. 막스플랑크 연구소 연구원 하인리크 강 박사가 어제 빈에서 열린 'IAEA 핵융합에너지 콘퍼런스'에 참석한 후 행방이 묘연하다는 독일 AKD 방송 보도를 필두로, 시간이 지나면서 각 일간지들의 보도도 잇따랐다.— '지난번 사망한 빌헬름 서 박사의 애제자', '한국이 낳은 세계적인 핵과학자', '올해의 노벨 물리학상의 유력한 후보자' 등등의 부제와 함께.

한데, 이 뉴스의 진원지는 아녜스 수녀였다. 그날 현교의 빈 출발 직전, 아녜스 수녀는 전화 통화에서 빈에서 자기가 있는 린츠까지의 소요 시간을 일러주었다. 빈 서역에서 특급열차로 린츠 중앙역까지 약 두 시간, 역에서 N수녀원까지는 택시로 20분이면 족하다고.

그가 오후 여섯 시 반까지는 린츠 역에 도착할 수 있을 거라 했으니까, 어림잡아 일곱 시 언저리에는 도착할 시각이었다. 그런데 여덟 시가 되었는데도 현교는 나타나지 않았다.

'열차가 지연이라도 되는 건가?'

아녜스 수녀는 은근히 걱정이 되면서 마당을 나와 마중 삼아 천천히 한길 쪽으로 발길을 옮겼다. 이따금 차량들이 지나갔으나 택시는 눈에 띄지 않았다. 손목시계를 보니 어느덧 아홉 시가 가까워지고 있었다.

'웬일일까?'

수녀는 얼른 핸드폰을 꺼내 번호를 눌렀다. 그러나 '전원이 꺼져 있다.'는 응답뿐이었다.

'이럴 리가 없는데……. 오는 동안 무슨 사고라도 난 걸까?'

은근히 불길한 생각에 휩싸여 길가에 서 있던 아네스 수녀는 초조한 나머지 인경에게 연락을 했다. "혹시 강 박사 집에 도착했어?"

하지만 인경의 대답은 한참 기대 밖이었다. "집에 도착했냐니요? 지금 언니하고 같이 있는 거 아니에요? 회의가 끝난 후, 언닐 만나보고 오겠단 전화를 했던데?"

"근데 글쎄, 아직까지 도착하지 않아서 그래. 도착 예정 시간이 두어 시간이나 지났는데, 연락두 없구, 핸드폰도 꺼져 있구. 도무지 불안해서 견딜 수가 있어야지."

"못 만났다구요? 연락도 안된다고요?"

인경의 마음이 한순간에 놀람과 함께 불안스러워졌음을 목소리를 통해 아네스 수녀는 감지할 수 있었다.

"내가 다른 분들한테 연락해 볼 테니, 언니는 그대로 기다려 보세요. 무슨 연락이라도 있으면 바로 나한테 알려주고요."

통화를 끊은 인경은 소파에 앉은 채 현교의 핸드폰 번호를 계속 눌러 보았다. 역시 '전원이 꺼져 있다.'는 응답밖에 들리지 않았다.

'전원이 꺼졌다니 어찌 된 일인가?'

눈을 드니 벽시계와 마주쳤다. 자정을 한 시간 반 남겨놓고 있었다. 현교가 김정일 위원장으로부터 격려를 받는 꿈을 꾸던 언저리였다.

'평소 우려하던 납치극이 마침내 현실로 나타난 것일까? 그렇다면 지금 그이가 북한 공작원의 손에……?'

부지중에 모골이 송연해진 인경은 황급히 브라운 박사를 전화로 불러, 오늘 회의 종료 후의 작별 시 상황을 물었다. 그러나 상대의 대답은 인경에게 일말의 기대감보다는 실망감만 더해 주었을 뿐이었다. 회의가 끝난 후 교정에서 헤어져 자기들은 공항으로 갔고, 닥터 강은 만날 분이 있어 린츠로 갔다면서, 아직 돌아오지 않았느냐고 반문했다.

인경은 아네스 수녀에게서 들은 대로 말하고 나서 "좀 더 기다려 보고 다시 연락을 드리지요." 하고 전화를 끊었다. 그러고는 곧바로 미카엘 신부에게 전화를 걸어, 오늘 현교의 일정과 이동 상황에 대해 보고하듯 설명했다.

"인경 씨, 이건 보통 사달이 아니에요!"

인경의 말을 듣고 난 미카엘 신부의 음성은 금세 격앙되었다. "우리가 염려하던 일이 드디어 발생한 것 같아요. 이 사실을 연구소 측에 바로 알리세요. 나는 나대로 다른 기관으로 연락해 볼 테니. 그리고 내일 다시 연락하기로 해요."

이튿날 아침, 인경이 막스플랑크 연구소를 찾은 것은 출근 시간보다 30분이나 이른 시간이었다. 어젯밤 전화로 약속한 대로 브라운 박사도 일찍 연구실에 나와 있었다.

"아직껏 아무런 연락이 없나요?"

인경을 맞이하는 브라운 박사의 얼굴에는 긴장의 빛이 역력했다.

"네. 저한데도, 그리고 린츠에 있는 수녀원의 언니한테도."

대답하는 인경의 얼굴에도 짙은 우수가 어려 있었다.

"닥터 강이 만난다고 한 분이 그 언니였군요. 수녀십니까?"

"네. 만난 지가 꽤 오래돼서 빈에 간 김에 잠깐 만나뵙고 오려던 건데, 이런 변을 당하다니!"

"하지만 변을 당했다고 단정하기엔……."

"아녜요!"

인경이 브라운의 말을 끊었다. "어젯밤 미카엘 신부님하고도 통화를 했습니다만, 십중팔구 납치예요. 박사님도 잘 아시잖아요? 이건 서석순 박사님과 연관된 사건이에요. 연구소 차원에서 수사를 의뢰해 주세요. 한시가 급합니다."

"그렇다면 납치범들이 회의장에서부터 린츠까지 미행했다는 얘긴데?"

브라운이 의혹에 찬 표정으로 고개를 갸웃하고 혼잣말처럼 중얼거렸다. "아니, 회의 날짜와 참석자 명단까지 미리 입수하고 저지른 계획적인 납치극일 개연성이 커요."

"바로 그거예요!"

인경은 단정적으로 분명하게 말했다. "능히 그러고도 남을 자들이에요. 속히 손을 쓰지 않으면 언제 북한으로 끌려갈지 몰라요."

"알겠습니다."

브라운은 무거운 톤으로 대답했다. "소장님께 말씀드려서 적절한 조치를 취하도록 하지요. 너무 상심하지 말고 기다려 보세요."

"그럼 수고 부탁드리겠습니다."

침통한 분위기에서 인경을 돌려보낸 브라운 박사는 그길로 3층의 소장실로 올라갔다. 이윽고 소장을 비롯한 몇몇 보직 연구원들과 협의한 끝에 연방 정보 · 수사 기관에의 즉각적인 조사를 의뢰하기로 결정되었다.

그리하여 각 방송 매체의 정오 뉴스를 시작으로 UAL여객기 사고에 이은 또 하나의 새로운 뉴스—하인리크 강 박사 실종 사건—가 각 언론기관을 통해 갖가지 표제로 연이어 보도되기에 이른 것이었다. 그리고 저녁이 되면서 한국 국내 매스컴에서도 유럽 주재 특파원을 통하여 스팟 뉴스와 호외로 전해지기도 했다.

그러나 국내외 언론을 막론하고 아직은 다 추측성 보도일 뿐, 수사에 바탕한 사건의 핵심에선 빗나가 있었다.

사건 수사 또한 시작부터 용이하지 않았다. 사건 발생지가 오스트리아로 추정되는 만큼 막스플랑크 연구소로부터 수사 의뢰를 받은 BKA나 BND로선 현지 수사 · 정보 기관과의 공조 수사가 불가피했던 것이다. 그렇잖아도 UAL 여객기 추락 사고 진상 조사에 수사력을 기울이는 판에 원정 수사까지 펴게 되어 수사진은 이래저래 눈코 뜰 새가 없게 된 지경이었다.

"이제부터 오토 반장은 필요한 인원을 데리고 현지로 가서 조사를 하도록 하게. 내가 SPG(오스트리아 정보국) 국장에게 연락해 놓을 테니."

BND의 마이어 부장이 지시하고 나서 또 다른 요원 쪽을 돌아보았다. "피셔, 자네들은 개인 제트기에 탔던 그 동양인의 신원을 철저히 파악하도록 해. 아무래도 두 사고 · 사건 간에 필시 관련이 있는 것 같으니까."

"예, 알겠습니다."

오토와 피셔는 이구동성으로 대답하고 물러갔다.

95

이튿날 오전, 독일 베를린 주재 한국 대사관.

대사실 옆방에서 몇몇 정보 영사들이 아까부터 TV 화면에 시선을 집중하고 있었다. 앵커맨은 막스플랑크 연구소 하인리크 강 박사의 피랍 사건을 보도하면서, 이 사건이 당일 저녁 발생한 항공기 충돌 사건의 개인 제트기 탑승자(동양인 남자)와 관련되었을 개연성이 있다는 독일 수사관의 말을 인용 해설했다.

"그 '동양인 남자' 라는 게 뭔가 좀 냄새가 나지 않아, K서기관?"

사십대의 L영사가 커피 잔을 입에서 떼며 물었다.

"냄새라니, 저쪽 애들?"

상대는 손가락으로 북쪽을 가리켰다. "그럼 그 동양인이란 자가 피랍자 수송 역할이라도 했다는 건가……? 에이, 그건 너무 무모한 짓 아이가! 레이더 추적으로도 금방 들통날 낀데."

"글쎄, 그자가 수송 작전의 일원인지는 모르겠지만, 이번 납치 사건과 연관된 것만은 분명한 것 같아. 안 그렇습니까, 참사관님?"

L영사는 회전의자를 돌려 뒤쪽 데스크의 상관을 바라보았다. 그러나 상관은 무응답으로 연신 담배연기만 날려댔다.

"한번 냄새를 좇아 볼까요?"

"……?"

상관이 '무슨 소릴!' 하고 힐난이라도 하는 듯 담배를 재떨이에 비벼 끄며 사시(斜視)로 쳐다보았다. 그렇잖아도 아침께 본국의 국장으로부터 '이번 납치 사건에 경거망동하거나 깊이 관여하지 말라.' 는 지시를 받고 나름대로 갈등을 하고 있는 터였다.

"이참에 특진이라도 할 셈이야? 너무 오버하지 말라구."

옆에서 지켜보던 P이사관이 상관의 마뜩찮은 시선을 읽은 듯 대변인 노릇을 했고, 이를 받아 상관이 입을 열었다.

"맥도 모르고 침통만 흔들다가 저들의 오해를 살 필욘 없잖아. 이번 일에 경거망동은 절대 삼가라는 상부의 지시야. 그러니 별도 지시가 내려올 때까지 우리로선 그냥 관망만 하고 있는 거야."

"예, 우린 그저 굿이나 보는 거죠 뭐. 그러다 떡이 굴러들면 집어먹는 거고. 안 그래, L서기관?"

P가 시답잖게 떠벌렸고, L은 대답 없이 담뱃갑으로 손을 뻗었다. '나 몰라라 하고 복지부동하란 말인가?'

그때, 출입문이 열리며 한 직원이 들어오더니, 대사실에 방문객이 찾아왔다고 참사관에게 알렸다.

"누구야, 이 와중에……?"

참사관은 손목시계를 보며 마지못한 듯 일어서 직원을 따라나갔다.

"어서 와요, C참사관, 이리 앉으세요."

테이블 상석에 앉아 있던 대사가 방문을 들어선 참사관을 맞으며 한쪽 소파의 방문객을 소개했다. 그 주인공은 나인경과 미카엘 신부였다. 참사관은 인경의 명함을 받으며 예사롭게 통성명을 했으나, 내심으론 적잖이 신경이 쓰일뿐더러 부담스럽기도 했다.

"모쪼록 우리 동포의 일이니 힘 닿는 데까지 도와주세요."

대사가 의례적인 말을 남기고 자리를 비켜 주었다. 잠시 서먹한 침묵이 흘렸으나, 방금 받은 인경의 명함을 무의식적으로 앞뒤로 돌려대던 참사관이 침묵을 깼다.

"아무튼 부인께서 상심이 크시겠습니다."

인경은 자기 명함이 장난감처럼 취급되는 걸 짐짓 외면하면서 간곡한 어조로 대답했다. "그래서 이렇게 찾아온 것 아닙니까. 부탁드립니다, 우리 그이를 구출해 주십시오."

"여사님의 심정은 이해합니다만, 아시다시피 사건이 보도된 지 아직 스물네 시간도 안됐어요. 사건의 진상을 파악해야 우리가 나서도 나설 거 아니겠습니까?"

그러면서 참사관은 다소 거북스럽다는 투로 말을 이었다. "그리고 강현교 박사님은 독일 공민권을 갖고 있어서 일차적으로 독일 수사 당국의 책임하에 조사가 진행되고 있어요. 말하자면 우린 한치 건너 두치인 셈이에요. 그렇다고 수수방관하겠다는 말은 아닙니다만."

"하지만 강현교 박사는 엄연한 한국 동포 아닙니까!"

참사관의 말을 바로 받은 건 인경이 아니라 미카엘 신부였다. "비록 독일 공민권을 취득했다고는 하나 그건 연구상의 편의를 위한 것이지, 그것 하나로 코리언이 저먼으로 바뀌겠습니까?"

'아니, 이자가…….'

참사관은 '당신이 뭔데?' 하는 눈빛으로 신부의 노만칼라를 흘겨보며 입을 열려는 것을 신부가 가로질렀다.

"참사관님, 강 박사는 세계적인 핵물리학자입니다. 만에 하나 그가 북으로 끌려가는 날엔 한국은 국가적으로 커다란 손실일 뿐 아니라 미구에 엄청난 재앙을 맞게 될지 모릅니다. 그동안 그가 북한의 핵무기 개발에 대비해 연구해 온 핵에너지 프로젝트가 하루아침에 물거품이 되고 맙니다. 이건 분명……."

"이보세요!"

이번엔 참사관이 신부의 말을 자르며 시니컬하게 물었다. "신부님은 왕년에 첩보기관에 계셨습니까?"

"무슨 말씀을……?"

"지금 막 수사 기관에서 착수한 일을 가지고 어떻게 그리 단정적으로 북한을 지목하는 겁니까?"

"이번 사건은 지난번 발생한 '서석순 박사 변사 사건'의 연속입니다. 강현교 박사가 서 박사의 애제자라는 건 참사관님도 알고 계시겠지요? 그 프로젝트를 공동으로 연구했어요. 그래서 일차로 서 박사를 타깃으로 삼았다가 실패하자 치밀한 계획하에 강 박사 납치를 자행한 겁니다."

"아무래도 신부님은 직업을 잘못 선택한 것 같군요. SF 작가나 수사관으로 나섰으면 더 좋았을 텐데 말입니다."

참사관은 여전히 냉소적이었다.

"그런 농담이나 할 계제가 아니잖습니까, 참사관님?"

신부는 언성은 높지 않았으나 이맛살은 잔뜩 찌푸려져 있었다.

"신부님의 말씀이 너무나 어이가 없어서 하는 말입니다. 이건 수사를 부탁하러 온 건지, 지휘하러 온 건지……."

참사관은 자존심이 상한 듯 노골적으로 불만을 드러냈다. "신부님처럼 일말의 심증만 가지고 단정적인 주장을 하는 건 매우 위험할 뿐 아니라 외교적으로도 이로울 게 없어요. 결정적인 증거도 없이 잘못 건드렸다가 자칫 정보원 간에 마찰이라도 일어나는 날엔 남북 관계가 복잡해집니다. 신부님도 아시잖아요? 작년 남북 정상회담 후 남북 간에 한창 화해 무드가 조성되어 가고 있다는 것을. 이런 마당에 북쪽에 대해 자극적인 행동을 보이는 건 타이밍상으로도 맞지 않다고 봅니다."

"그것도 햇볕정책의 일환인가요?"

"뭐, 무관하진 않지요."

'우프스(아뿔싸)! 잘못 찾아왔구나!'

순간적으로 미카엘 신부는 자기가 번지수를 잘못 짚었다고 후회했다. '애당초 부탁의 상대가 아니었어!'

"알겠습니다. 그러나 한 가지, 국가 정책도 중요하지만 개인—과학자라는 걸 떠나서—의 생존권도 그에 못지않게 중요하다는 걸 명심해 주셨으면 합니다."

"그러니까 우리도 좀 더 지켜보겠다는 거 아닙니까? 결코 우리가 할 일을 회피하려는 게 아닙니다."

"제발 하루빨리 그이를 찾아 주십시오."

인경은 미카엘 신부를 따라 일어서며 지푸라기라도 잡고 싶은 심정으로 허리를 굽혀 간절히 부탁했고, 신부는 그녀의 팔을 잡고 참사관에게 말했다.

"마지막으로 한마디만 말씀드리고 가지요.—참사관의 부인께서 이 여자의 처지에 놓여 있다 여기시고 조사에 임해 주십사고."

미카엘 신부와 인경이 방을 나가려고 막 발길을 돌렸을 때, 예의 그 직원이 급히 들어오더니 참사관 앞으로 다가서며 나직이 말했다. "삼륙 A가 사라졌답니다."

"도대체 무슨 소리야?"

참사관은 눈을 부릅뜨고 올려다보았다.

"방금 삼국(三局)의 영풍에게서 연락을 받았는데, 행방이 묘연하다며 이곳에서 찾아보라고 합니다."

"그걸 왜 우리더러……? 아무튼 연락망이 닿는 데까지 수소문해 봐."

참사관의 신경질적인 목소리를 등 뒤로 들으며 방을 나온 미카엘 신부와 인경은 그길로 신부의 승용차를 타고 BND로 향했다. 이곳 수사 담당관은 그들을 친절히 맞아 주긴 했으나, 이렇다 할 시원한 응답은 전해 주지 못했다. "우리 요원들이 다방면으로 수사력을 기울이고 있으니 차분히 기다려 주세요." 정도였다.

두 사람은 "귀부(貴部)의 낭보를 기다리겠습니다."라는 막연한 기대의 말을 남기고 BND를 나왔다. 그리고 신부가 인경에게 말했다. "내일은 오스트리아 SPG에 가서 부탁해 봅시다."

스테파노 신부의 글은 여기서 끝나 있었다.

에필로그

1

원예림 기자가 잠에서 깬 건 다음날 해질녘, 스테파노 신부의 인기척을 들어서였다. 그러니까 어젯저녁 신부가 나간 이래 하룻밤 하루해를 꼬박 신부의 원고를 통독하고 나자마자 그냥 책상 위에 엎드린 채 수마 속으로 빠져들었던 것이다.

"내가 원 기자의 단잠을 깨웠나 보군요."

벽의 스위치를 켠 신부가, 부스스 눈을 뜨고 고개를 돌려 보는 원예림을 내려보며 빙긋이 미소를 지었다.

"어머, 벌써 시간이 이렇게 됐나?"

원 기자는 몸을 일으키면서 주위를 살펴보았다. 창밖은 이미 어스름이 드리워져 있었다.

"이제 오시나 보군요. 화지 할머니 용태는 어떠세요?"

원 기자가 궁금스레 물었으나, 스테파노 신부는 잠시 그윽한 눈빛으로 바라만 보다가 담담하게 대답했다. "편안히 주님 곁으로 가셨어요. 오늘 새벽에."

"결국 그렇게 가셨군요. 그럼 장례는……?"

"낮에 화장을 마치고 유골을 상주의 집에다 모셔다 놓고 오는 길이에요. 유족들과 더불어."

신부는 책상 위의 커피 잔에서 싱크대로 눈길을 돌렸다. 싱크대는 어제 그대로 깨끗했다.

"24시간을 커피로만 때운 모양이군요. 우선 원 기자의 민생고부터 해결해야 되겠군요."

신부는 팔을 걷어붙이더니 싱크대 위의 찬장에서 프라이팬과 냄비, 식재료를 꺼내서는 익숙한 솜씨로 썰고 기름을 두르고 튀기고 삶기를 시작했다.

"제가 도와 드릴 건 없나요?"

원 기자가 옆에서 주뼛거리자 "손님은 그냥 가만히 있는 거예요." 하며 거들기를 만류했다.

이윽고 식탁 위에는 수프와 감자소테, 뒤링거(구운 소시지), 도너 케밥(익힌 고기를 칼로 잘라내어 샐러드와 함께 빵에 끼워 넣은 것), 그리고 김치 대용의 자우어크라우트(양배추를 소금과 향신료로 절인 후 발효시킨 것) 들이 먹음직스럽게 마련되었다. 마지막으로 신부는 냉장고에서 캔맥주와 로트바인(적포도주)을 꺼내다 글라스와 함께 탁자 위에 내려놓았다.

"은퇴 후에 레스토랑을 해도 괜찮겠지요? 자, 앉아요."

농담을 하며 원 기자를 원탁 맞은편에 앉힌 신부는 간단히 '식사 전 기도'를 올리고 나서 캔맥주를 따 건넸다. "자, 우선 한잔 마시고 천천히 많이 들어요. 사양하지 말고. 나도 오늘은 이게 첫 식사예요."

둘은 맥주로 목을 축인 다음, 말없이 나이프와 포크를 부지런히 놀려댔다. 포도주 잔도 기울이면서.

"임종이라도 지켜봤으면 좋았을 텐데. 마음이 이렇게 애잔하고 공허로울 수가 없네요."

공복이 채워지고 와인을 몇 잔째 비웠을 때, 원 기자가 상기된 얼굴로 신부를 대했는데, 그의 어조는 예상외로 안연했다.

"그래도 여사께선 독일에 온 목적을 어느 정도 이루고 가신 셈이에요."

"목적을 이루다니요?"

"시동생의 부인과 그 외손녀를 만나보고 떠나셨으니까요."

"네? 그게 무슨 얘기죠?"

잔을 내려놓고 신부를 바라보는 원 기자의 눈빛이 갑자기 반짝였다. 신부는 즉답 대신 주머니에서 한 장의 신문 스크랩을 꺼내 그녀 앞에 펼쳐 보였다. "아마 원 기자도 이 기사를 보았겠지요?"

"어? 이거 얼마 전에 〈동국일보〉에 났던 기산데. 저도 봤어요."

원 기자는 눈을 동그랗게 뜨고 새삼 스크랩에 박힌 〈내 남편을 찾아 주세요!〉라는 표제와 사진을 뚫어지게 보았다. 기사 우측에 대형의 칠십대 서양 노부인 모습과, 그 좌측 상단 모퉁이에 삼십대의 동양 남자와 서양 여인이 나란히 찍은 타원형의 흑백 사진이었다.

"노부인이 젊었을 땐 꽤 이뻤겠네요."

원 기자는 사진에 시선을 꽂은 채 중얼거렸다.

"그 옆의 남편도 핸섬하지 않아요? 누군지 궁금하지 않아요?"

이번에는 스테파노 신부가 설렌 기분으로 물었다.

"화지 할머니의 시동생인가요?"

"그뿐만 아니라 나의 옛 전우이기도 하지요. 내가 어제 병원에서 말한 내 생명의 은인, 바로 그 강철준 일병!"

"어머나! 어떻게 그런 경이로운 일이……!"

"가히 이적(異跡)이라 할 만하지 않아요?"

"이 기사는 어디서……?"

"화지 여사가 품속에 꼭 간직하고 있다가 운명 직전에 내게 준 거예요."

"아, 그러니까 화지 할머니가 여기서 신부님을 통해 급히 만날 사람이 있다고 하신 주인공이 바로 이 노부인이었군요."

"나도 이 기사를 보고서야 비로소 사연을 알게 됐어요. 여기 있는 가족들한테도 서울서 출발 당일에야 전화로 온다는 말만 하셨지, 기사에 대한 얘기는

운도 떼지 않았으니까요. 그만큼 갑작스런 뉴스에 긴장감과 갈급증이 컸나 봅니다."

"참으로 시동생에 대한 애정과 정성이 눈물겹도록 애틋하고 곡진하셨군요. 반세기가 지난 일을 몸소 확인코자 이역만리를 단숨에 달려오시다니. 그것도 노구를 이끌고 말예요."

원 기자는 가슴이 찡하리만큼 진한 감동이 북받치며, 서울 GO 여행사에서 처음 대했을 때 화지 할머니의 조급스러워하던 모습이 눈에 선했다.

"두 동서양의 동서(同壻)의 극적인 상봉을 제 눈으로 봤어야 하는 건데……. 할머니의 의식은 또렷하셨나요?"

"마치 촛불이 마지막으로 확 타오르고는 까무룩이 스러지듯이, 잠시 의식이 명료하게 되살아났다간 조용히 숨을 거두셨지요."

신부는 기도를 하듯 잠깐 동안 눈을 감았다가 말을 이었는데, 그의 설명과 신문 기사를 종합해 정리하면 이러했다.

화지 할머니가 의식을 깨기 시작한 건 엊저녁 스테파노 신부가 병원에 도착한 지 두어 시간 후였다. 그가 당도했을 때 엠마와 함께 간병을 하던 준호가, 저녁 무렵 할머니가 오른손가락을 까닥거려서 주치의가 증세를 살피고 갔다고 알려주었다.

"그래? 손가락을 움직이셨다고?"

스테파노 신부가 실낱같은 희망을 가지고 환자를 굽어보며 양손으로 그의 한 손을 살그머니 잡고 기도를 올렸다.

주 성부, 전능하시고 영원하신 천주여,
주님은 상처받은 사람에게 축복의 은총을 내리시며,
주께서 만드신 그들을
갖가지 은혜로 지켜 주시오니,

주께 애원하는 기도를 들으시어,
이 안 마리아(화지 노인의 세례명)의 상처를 낫게 하시며,
주님의 손으로 일으켜 주시고,
더 바랄 수 없는 행운을 주시어,
당신 성 교회에 다시 맡겨 주소서.
우리 주 그리스도의 이름으로 비나이다.
아멘.

그러기를 한 시간여, 화지 할머니의 가느다란 손가락이 신부의 손바닥에 경미한 자극을 가했다. 신부는 눈을 번쩍 떴다. 할머니의 손이 연신 까닥거렸다. 그의 시선이 반사적으로 할머니의 얼굴로 쏠렸다. 이윽고 눈가의 근육이 몇 차례 실룩거리더니 부스스 눈꺼풀이 움직이며 동공을 드러냈다. 두 사람의 시선이 딱 마주쳤다.

"화지 여사님!"

신부가 부르짖었다. "저 알아보시겠어요?"

"……."

할머니는 인공호흡기를 쓴 채 입술만 움직거릴 뿐, 말 대신 눈을 껌벅이며 손가락을 토닥거렸다. 알아본다는 신호인 듯.

"할머니, 전 준호예요. 그리고 이쪽은 전에 전화로 얘기한 제 친구 엠마구요."(할머니와 통화했을 때, 준호는 엠마의 외할아버지가 한국 사람이란 말을 했었다.)

동시에 손자 준호가 엠마의 손을 잡고 할머니 머리 쪽으로 바싹 다가가 인공호흡기를 입술 위로 조금 올렸다. 이때, 초점 없이 멍해 보이던 할머니의 눈동자에 생기가 도는 듯했다.

"누……구……?"

할머니는 입을 열려고 기를 쓰더니, 곧바로 오른손을 움직이려 안간힘을 썼다.

"왜 그러세요, 여사님?"

스테파노 신부가 살며시 손을 잡고 상반신을 숙이자, 할머니는 신부의 손을 톡톡 치며 자기의 손가락들을 꺾어 세워 보였다.

"할머니의 손을 옮겨 달라는 거 아녜요?"

준호의 말을 들은 할머니가 눈을 끔벅이며 가까스로 입을 놀렸다. "가…… 슴……."

신부가 할머니의 팔을 잡고 조심스레 천천히 손을 가슴으로 옮겼다.

"이제 됐어요, 할머니?"

준호가 할머니 손을 잡고 묻자, 이번엔 손자의 손을 가냘프게 잡고 가슴을 찍었다. "주……머……니."

순간, 세 사람이 말없이 서로를 쳐다보았고, 신부가 먼저 입을 떼었다. "준호, 할머니의 안주머니를 뒤져 봐!"

"네."

준호가 재빨리, 그리고 조심스레 할머니의 환자복 단추를 풀어 조끼 호주머니에 손을 넣어 보더니 종이쪽 하나를 꺼내 신부에게 내밀었다. "이것밖에 없는데요."

"이게 맞습니까, 여사님?"

그것을 받아 든 신부가 할머니 눈앞에 가까이 가져가자, 할머니는 눈을 끔적이며 "네." 했다.

종이쪽은 세 겹으로 반듯하게 접힌 신문 스크랩이었는데, 완전히 펼치자 맨 먼저 신부의 눈에 들어온 것은 서양 노부인의 큼직한 사진과 함께 〈내 남편을 찾아 주세요!〉라는 제목이었다.

그러나 뒤이어 본문 기사를 읽으려던 신부가 한순간 멈칫했다. 큰 사진 한 구석에 타원형의 조그만 사진이 그의 시선을 확 잡아끌었기 때문이었다. 시선의 초점이 꽂힌 곳은 캡션(사진 설명)이었다.—'작은 사진은 동독 유학 당시의 강철준과 프란치스카의 신혼 당시 단란한 모습.'

'오 하느님!'
신부는 방망이질하는 가슴을 억누르며 기사를 읽어 내려갔다.

'북한인 남편과 생이별 34년—독일 프란치스카 할머니의 호소'

6·25 전쟁의 상흔은 국경을 넘어 벽안의 한 할머니 가슴에도 오롯이 남아 있었다. 지난 토요일 오후, 독일 예나 시 남쪽 교외에 자리한 한 낡은 아파트를 방문했다. 엘리베이터를 타고 5층에서 내려 서쪽 맨 끝방의 벨을 누르자, 백발의 칠십대 노부인 프란치스카 바우어 씨가 한국말로 '안녕하세요?' 라며 반갑게 맞아 주었다. 50제곱미터쯤 되는 두 칸짜리 방으로 들어서니 책꽂이에 꽂힌 《독-한 사전》, 《한국어사전》, 《춘향전》, 《가톨릭 기도서》 등 한글 표제의 책들이 눈에 들어왔다.
프란치스카 할머니는 앨범에서 사진 몇 장을 빼내더니 "이분이 34년 전 헤어진 제 남편 강철준입니다. 살아 있으면 74세인데…… 꼭 만나고 싶습니다. 북한은 우리를 버렸지만 저는 지금도 남편을 사랑하니까요."
이들 두 남녀의 국경을 초월한 만남은 60년대 초로 거슬러 올라간다. 6·25 전쟁이 끝난 지 2년 뒤인 1955년 북한은 동독과의 과학 기술 협조 협정이 조인된 이래 60년대 들어 라이프치히, 예나 대학으로의 유학생들이 많아졌고, 그 무렵 금속·화학 공업성, 전기·석탄 공업성, 기계 공업성 등이 신설되면서 기술 연수를 위한 기능공들도 많이 파견되었다.
당시 강철준은 김책시 한 공업연구소의 연구원으로서 예나 대학에서 연수하고 있었는데, 때마침 같은 대학 사범대 조교로 있던 프란치스카를 조우해 연을 맺게 된 것이다. 두 사람은 양국 정부의 허가를 받아 예나에서 결혼식을 올렸고, 이듬해 딸을 낳았다. 다행히 북한 당국의 배려로 연수 기간도 연장되어 알찬 연구 생활과 단란한 가정생활을 영위할 수 있었다.
그런데 1967년 초, 느닷없이 본국으로부터 소환령이 떨어졌다, 무슨 영문인지 알 수 없는 그는 다시 돌아올 것을 기약하며 처자를 남겨둔 채 북한으로 들어갔다. 그것이 가족과의 처음이자 마지막 이별이 될 줄음 꿈에도 모르고.

그후 프란치스카는 일일여삼추로 남편을 기다렸으나 종무소식이었다. 기다리다 지친 그녀는 북한으로 들어갈 결심을 했다. 하지만 베를린 주재 북한 대사관 측에서는 '강철준 씨는 실종됐슴메.' 란 말만 되풀이할 뿐, 북한 입국 비자를 내주지 않았다.

그로부터 5년이 지난 1972년 7월, 발신지가 함경남도 흥남의 한 탄광으로 되어 있는 강철준의 마지막 편지에는 '조국과 당을 위하여 탄광에서 일하고 있다, 다시 만나게 될 것.' 이라는 내용이 적혀 있었다. 이 말을 믿고 딸을 키우며 수절한 지 34년째란다.

프란치스카 할머니는 남북 화해 물꼬가 트인 2000년 이후 남북 이산가족 상봉 장면을 TV로 보면서 '남편은 반드시 살아 있을 거야. 찾을 수 있을 거야.' 하고 희망을 걸었다. 그러나 현실은 잔인했다. 조선적십자사와 베를린 주재 북한 대사관은 아예 프란치스카 할머니를 상대해 주지 않았고, 심지어 작년 11월엔 북한 대사관 관계자로부터 '이젠 더 이상 찾아오지 마라, 도와줄 수 없다.' 는 말을 들었다. 최근 들어 지병인 고혈압과 심장병이 악화됐다는 할머니는 자신의 생명이 얼마 남지 않았다면서, 이제 죽기 전 마지막 소망은 남편을 단 한 번만이라도 만나는 것이라고 했다.

프란치스카 할머니는 커다란 황색 테의 돋보기 너머로 이슬 맺힌 눈으로 기자를 살짝 바라보더니 책상 위의 A4 용지에 다음과 같이 써 내려갔다.

〈동국일보 독자 여러분, 내 남편을 찾아 주세요! 시간이 업습니다. 제 건강이 별로 좋지 안습니다. 꼭 도와주세요.〉

프란치스카 바우어

독일 예나에서

그런데 사태는 점입가경이었다.

"무슨 기사예요?"

엠마와 나란히 병상의 머리맡 쪽으로 돌아온 준호가 고개를 뻗어 스크랩을 들여다보다가 "어어, 이 사진은……? 이것 봐, 엠마!" 하고 집게손가락으로 사진을 가리켰다. 백발의 칠십대 초반 노부인이 돋보기 속의 형형한 눈빛으로 세 사람을 맞이하는 듯했다.

"이 사진 우리 할머니예요! 얼마 전 한국의 신문기자가 찍어 줬다는."

엠마는 외치듯이 말했다.

"뭐라고?"

스테파노 신부가 기사에서 눈을 떼고 엠마를 주시했고, 준호가 얼른 답했다. "맞아요, 신부님. 저도 엠마네 집에서 이 사진을 봤어요."

"엠마, 지금 할머니 집에 계셔?"

신부가 다급히 물었다.

"네."

엠마는 대답하며 벽시계를 보았다. 자정을 한 시간 남겨 놓고 있었다. "지금은 기도를 드리는 시간이에요."

"됐어! 그럼 할머니께 전화해서 나한테 바꿔 줘."

신부는 엠마와 함께 복도로 나가 엠마의 외할머니와 통화를 했다. '당신이 애타게 찾고 있는 남편(강철준)의 형수 되시는 분이 본 병원에 입원해 있으니 황급히 와 달라.' 는 내용이었다. 신부는 감격에 찬 마음을 가누며 병실로 돌아왔다.

"준호 할머니, 조금만 기다리세요. 이분하고 통화를 했어요."

신부는 스크랩을 화지 할머니의 눈앞에 가져가 손가락으로 프란치스카의 사진을 가리키며 원기를 북돋워 주려고 애썼다. "얼마 있으면 여사님이 찾으시는 분, 이 엠마의 외할머니이기도 한 그분을 만나보시게 될 겁니다."

2

"아, 오셨다! 할머니!"

병원으로 들어서는 노부인을 처음으로 맞은 건 준호와 함께 로비에서 기다리고 있던 외손녀 엠마였다.

"그래, 어서 나를 환자 분한테로 안내해 주렴."

온화한 모습이면서도 절박스러운 어조로 말하는 노부인은, 비록 안면의 주름은 완연했으나 이목구비는 젊은 시절 사진 속의 모습 그대로 또렷하고 조쌀했으며, 걸음걸이도 흐트러짐이 없이 똑발랐다.

"이쪽이 중환자실이에요"

엘리베이터에서 내린 손녀가 외할머니를 중환자실로 안내하자, 초조하게 기다리던 스테파노 신부가 정중히 맞이했다.

그는 한밤중에 예고도 없이 원거리를 오게 해서 죄송스럽다는 인사를 한 후, 들고 있던 신문 스크랩을 내보였다. "이분이 엠마 할머니 맞습니까?"

"예, 맞아요! 안 그래도 오늘 오전에 이 신문을 받아 보았어요. 이렇게 빨리 기사화될 줄은 몰랐는데……."

대견스러워하며 신문 스크랩으로 향하던 노부인의 시선이 신부의 한마디로 순식간에 되돌려졌다.

"여기 이 환자 분이 노부인께서 오매불망 찾고 계신 남편 강철준의 형수 되시는 분입니다."

그러고는 잇따라 이번엔 누워 있는 화지 할머니에게 허리를 굽히며 말했다. "준호 할머니께서 찾아 만나시려던, 강철준의 아내 되는 분이 여기 이렇게 오셨습니다."

동시에 두 노부인의 시선이 딱 마주쳤다.

"내 남편, 강철준의 형수님……!"

망설일 겨를도 없이 준호 할머니 곁으로 다가앉은 엠마 외할머니가 환자의 손을 마치 귀중품을 만지듯 조심스레 부여잡았다. 환자는 노안에 엷은 미소를 머금은 채 눈을 깜작이며 턱을 까닥거렸다. 스테파노 신부의 눈에는 더없이 행복한 모습으로 보였는데, 그건 10여 초의 순간에 불과했다. 프란치스카 노부인이 부여잡은 손을 환자가 맞잡은 듯한 미미한 힘이 감지되었고, 입술이 움직이면서 모깃소리만 한 말이 흘러나왔다. "동서……, 반가워요……."

그 순간 얼굴에 어렸던 미소가 스러지면서 동공이 초점을 잃은 듯했다.

"준호 할머니!"

스테파노 신부가 소리를 지르곤 전화로 다급히 주치의를 불렀다.

"임종을 맞을 준빌 하셔야겠습니다."

간호사를 대동하고 서둘러 온 의사가 펜라이트로 환자의 동공을 비춰 보곤 엄숙히 말했다.

"알겠습니다."

신부는 침통한 표정으로 준호를 향해 어머니에게 알리라고 했다.

"지금쯤 거의 도착하실 때가 됐어요. 아까 엠마가 할머니한테 연락할 때 저도 어머니와 통화를 했거든요. 차 안이라고 했어요."

"그래, 참 잘했구나. 지금 네 아버지 문제로 동분서주하느라 정신이 없을 거야."

스테파노 신부가 준호를 위안하는데, 마침 병실 문이 조용히 열리며 인경이 들어왔다.

"베를린에서 재독 한인총연합회 회장을 만나뵙고 오는 길이에요."

인경이 신부에게 미안쩍어하며 시어머니 병상 옆에 앉아 있는 낯선 문병객에게로 절로 눈길이 옮겨졌다.

"아, 두 분 인사를 나누시죠."

스테파노 신부가 프란치스카 노인과 인경을 번갈아 보며 서로를 소개했다. 두 여인이 마주 보고 통성명을 끝내자, 신부가 한마디 주석을 달았다.

"여기 이 프란치스카 부인이 닥터 강의 숙모가 되십니다."

"이분이 그이의 숙모라고요? 그게 무슨……?"

좀체 믿기지 않는 듯 인경이 눈을 똥그랗게 뜨고 프란치스카의 얼굴을 뚫어지게 보았다. 신부는 포켓에서 신문 스크랩을 꺼내 인경에게 건넸다.

뜬금없는 말과 함께 스크랩을 받아 든 인경이 기사를 단숨에 읽어 내리더니 탄식과 같은 한마디를 토해 냈다. "이런 기구한 사연이 있었군요!"

"나도 정말 놀랍습니다. 우리 엠마와 준호 군이 이런 가까운 친척 관계가 되다니……!"

엠마 외할머니는 인경의 손을 잡으며 정중히 말을 이었다. "헌데, 준호 할머니가 저를 만나러 오시다 이런 참변을 당하셔서 참으로 안타깝기 그지없습니다. 게다가 이런 참사에 준호 아버지의 불행한 일까지 겹쳤으니 저로선 뭐라 말씀드려야 할지 모르겠습니다."

"아닙니다. 어머님 일이 어디 엠마 할머니 탓인가요?"

인경이 노부인의 손등을 쓰다듬으며 눈시울을 붉혔고, 스테파노 신부가 말을 받았다. "우리 모든 이의 운명의 제비는 주님께서 쥐고 계십니다."

그러면서 화지 할머니를 바라보았다. 모두의 시선이 그리로 쏠렸다. 그때 할머니가 눈을 살포시 뜨고 그들의 시선을 받는 듯하더니 "어머님!" 하고 부르는 인경의 외마디에 이어 머리를 옆으로 힘없이 늘어뜨렸다. 숨을 거둔 것이었다. 아들이 납치된 사실도 까맣게 모른 채.

3

그날 오후에 화지 할머니의 장례를 치르고 나자, 인경은 스테파노 신부의 권유에 따라 프란치스카 노부인을 자기 집으로 모셨다. 무엇보다도 신부로선 프란치스카와 강철준과의 인연과 그 내력을 소상히 알고 싶었던 것이다. 지난 한국전쟁 때 강철준과 전우였다고 자신을 소개한 신부는, 인경이 탁자 위에 커피 잔을 내려놓기가 무섭게 곧바로 질문을 던졌다.

"부인께선 제 전우, 남편인 강철준을 처음 어떻게 만나게 됐습니까?"

"그러니까 그게……."

프란치스카 노부인은 커피 두어 모금을 마시고는 기억을 더듬더니 말을 이었다.

"제 사촌오빠의 생일 파티 때였나 봐요. 당시 오빠는 대규모 광학기기 공장의 기사였는데, 초대를 받고 그날 저녁 오빠의 집에 갔더니 웬 동양인 한 분을 소개시켜 주더군요. 오빠네 공장에서 같이 일하는 동료라면서. 지금도 눈에 선합니다만 그때 그의 준수하고 의젓한 모습과 성실하고 믿음직스러웠던 첫인상을 잊을 수가 없어요. 뿐만 아니라 그는 다재다능했어요. 그날 내가 테이블에 카메라를 잘못 뒀다가 떨어뜨리는 바람에 고장이 난 것을 오빠 방에서 부속 하나를 갈아 끼우더니 멀쩡히 고쳐 내지 않았겠어요? 게다가, 당시 역사학을 전공한 나는 중학교에서 세계사를 가르치고 있었는데, 저로서는 미흡했던 동양사(중국 · 일본 · 한국)에 대한 지식을 충실히 보완해 주었고, 제가 공부하고 있던 일본어도 능숙하게 가르쳐 줬지요. 나도 독일어를 가르쳐 주긴 했지만. 그러는 동안 우리 둘 사이의 정은 깊어 갔고, 하루가 멀다 하고 퇴근하기가 바쁘게 데이트를 즐겼지요. 그래서 결국 사촌오빠의 설득으로 부모님의 허락하에 결혼까지 이르게 되었던 거예요."

"알 만합니다. 그 친구의 성실성과 헌신성, 진정성이 부인을 만났을 그때까지도 한결같았다는 것을."

프란치스카와 스테파노 신부는 잠시 아득한 옛날을 회상하는 듯했으나, 인경은 자신도 모르게 야릇한 생각이 들었다. '이런 사실을 지영 언니(아네스 수녀)가 들었으면 뭐라고 말할까? 지윤 언니는 지하에서 어떻게 여길까?'

하지만 인경의 생각은 아랑곳없이 프란치스카 노부인은 신부의 말을 받아 물었다. "그분의 그런 성품이 청년 시절과도 일관된다는 말씀인가요?"

"글쎄요, 타고났다고나 할까요? 저도 그런 덕에 사지에서 목숨을 구할 수 있었으니까요. 그는 내 생명의 은인입니다."

신부는 이렇게 대답하고 준비했던 듯 조심스레 되물었다. "혹시 친구가 '한국전쟁' 에 관한 얘긴 안 하던가요?"

"아, 포로로 잡힌 얘기 말이군요?"

노부인은 단박에 알아차렸다.

"그렇습니다. 제가 제일 궁금해하는 대목입니다. 나를 구해 주는 과정에 행방불명이 되는 바람에 저나 준호 할머니는 죽은 줄로만 알고 있었어요. 국방부로부터 전사통지서까지 받았으니까요."

"그랬었군요. 당시만 해도 동서 냉전 시대라 그분 역시 한국군 포로란 얘길 꺼내는 게 여간 조심스럽지 않았나 봅니다. 그러다 결혼한 지 2년쯤 지났을 때, 크리스마스를 즈음해 북한 가족들에게 선물을 보내자는 얘기가 오가던 중 그분 스스로 신원을 털어놓게 된 거지요. 자기는 북한에 가족이 없다면서 말이에요."

"그래, 별 거리낌 없이 선선히 얘기하던가요?"

"예. 마침 그날이 성탄 전야였어요. 제가 미사를 마치고 밤늦게 집에 돌아와 보니, 그분이 페치카 앞에서 혼자 술을 마시고 있었어요. 내가 거실에 들어서자마자 '오, 나의 사랑하는 마리아! 성탄을 위해 축배를 듭시다. 어서 이리 앉으시오.' 하며 나를 옆에 앉히곤 별도로 마련한 포도주를 두 잔에 따라 '자, 그리스도의 피를!' 하고 건배를 제의했어요. 그때껏 보지 못했던 불콰한 모습에다 좀 들뜬 듯한 기분이었어요. 우리가 잔을 부딪고 한 모금 마셨을 때 그분은 내 모습—정확히는 목에 걸린 십자가 상—과 탁자 위의 성경을 유심히 보더니, '미안하오, 프란치스카! 나의, 우리의 선물을 받을 가족이 북한엔 한 명도 없소! 내가 사연을 말해 줄 테니 들어봐요.' 그러면서 자신이 중공군에게 잡혀 포로가 되어 북한군에게 넘겨진 후, 탄광에서 노역을 하다가 요행히 관리소장 덕에 풀려나 대학까지 졸업하고 이곳(당시 동독)으로 유학 오게 된 내력을 소상히 말해 주었어요."

"무엇보다도 강철준이 그 생지옥 같은 탄광에서 풀려난 요행담이 가장 궁금하네요."

"한마디로 요행이라기보다 하느님의 은총이었지요."

프란치스카는 안경 속에서 눈빛을 반짝이며 그때 이야기를 들려주었다.

4

6 · 25 전쟁의 휴전 협정이 조인된 지 한 달여 후인 8월 하순의 어느 날. 그날도 철준은 다른 국군 포로들과 함께 함경북도의 한 탄광에서 작업을 마치고 땀과 석탄가루로 범벅이 된, 파김치 상태의 몸을 이끌고 막사로 돌아왔다. 그가 간이 욕실에서 몸을 씻고 나왔을 때, 막사 문께에 서 있던 한 병사가 "어이, 네놈이 강철준이가?" 하고, 그를 관리소 건물로 데려갔다.

"잘 봅세. 내 딴엔 최적임자를 골랐소만……."

철준이 병사를 따라 관리소장실에 들어서자 철준을 손으로 가리키며, 탁자 옆 팔걸이의자에 앉아 서류를 들여다보고 있던 군관에게 말했다. 상대 군관은 고개를 들어 말없이 철준을 머리끝에서 발끝까지 훑어보더니 턱짓을 했다. "게 앉으라우."

철준이 긴장된 자세로 보조의자에 앉자, 탁 과장이라 불린 군관은 다시 서류(신상명세)에 눈을 주며 S대학 문리대에 다닌 게 맞느냐고 확인한 후, 몇 학년까지 다녔고, 전공 과목은 무엇이며, 취미, 가족 사항, 아동 교육 경험 등 마치 면접시험을 보듯이 다각도로 질문을 했다. 철준이 재학 중 가정교사를 했었다고 대답하자, 상대는 눈을 크게 뜨며 몇 학년생을 가르쳤느냐고 물었다.

"국민학교 5, 6학년생과 중학교 3학년생을 가르쳤습니다."

"오, 기래? 그 정도면 돼서!"

과장은 철준을 보며 고개를 끄덕였다. "소장 동지, 잘 뽑아 줬수다래. 내레 위원장님께 보고드리고 내일이라도 데려갈 테니 수속을 밟아 주시라요."

"수속이랄 게 있습니까. 위원장 동지가 필요하다면 보내 드리는 거 아임메."

소장은 앞으로의 영진(榮進)을 위해 아부성 발언을 잊지 않았다.(철준이 나중에 안 일이지만, 함경북도 인민위원회 위원장이 아들의 교육을 위해 부하인 탁 과장에게 지시하여 명천 탄광의 관리소장으로 하여금 남한 출신 포로 중 고학력의 젊고 유능한 인재를 택발케 한 것이었다.)

바로 이튿날 오후.

우와즈를 몰고 온 사관 두 명이, 아침 일찍 이발을 하고 소장실에서 기다리고 있던 철준을 태우고 떠났다. 차가 도착한 곳은 김책(옛 성진)시 중심가에 위치한 2층 저택이었다.

"데려왔습네다, 위원장 동지."

부하 사관들로부터 철준을 인계받은 탁 과장이 라운드 테이블 옆 흔들의자에 앉아 부채를 부치고 있는 오십대 안팎의 상관에게 다가가 보고를 하곤 철준을 돌아보며 말했다. "위원장님께 인사드리라우."

"강철준입니다."

철준은 허리를 꺾어 정중히 인사를 하고는 눈을 들었다. 동시에 상대의 눈과 마주쳤는데, 그 눈빛이 군살 하나 없는 팽팽한 얼굴 근육과 어우러져 한층 날카롭게 보였다. 그는 철준을 탁자 옆 의자에 앉으라고 이른 후, 탁 과장이 적어다 준 메모를 보며 물었다.

"그동안 지식이 녹슬진 않았겠지비?"

"어느 정도의 지식을 요하는진 모르겠습니다만, 녹을 닦아내면 불원간 원상회복이 될 겁니다."

"우리 아들아이가 고등중학교 5학년, 그러니까 남조선으로 치면 고등학교 2학년임메. 헌데, 리과(理科;과학)와 수학 실력이 좀 부족해서리 그 과목에 한해 특별 과외 지도를 받게 하려는 거임메."

그러면서 위원장은 아들의 지망 학교가 지방 대학이라면 별문제 없지만,

목표가 김일성대학이라서 대입 시험에 무난히 합격하기 위해 그러는 것이라고 과외 지도의 필요성을 역설했다.

"이과와 수학이라면 자제 분을 가르치는 데 큰 어려움이 없을 것 같습니다."

"그럼 됐슴메. 내 강 군, 아니 강 선생을 믿고 맡길 테니 잘해 보기요."

"제 힘 닿는 데까지 열과 성을 다하겠습니다."

"내 아들아이가 학교에서 돌아오는 대로 인사를 시킬 테니 기다리기요. 그리구 탁 과장은 2층 강 선생 방을 정리해 주고, 새로 입을 옷도 골라 주도록 하라. 우선 목욕부터 하도록 하고."

위원장의 지시로 탁 과장을 따라 2층으로 올라가 자기 방을 지정받은 철준은 둘이서 정리 정돈을 한 다음, 과장의 안내로 아래층 목욕실로 갔다.

그는 샤워기를 틀고 알몸에다 물세례를 퍼부은 후, 느긋한 마음으로 나무 받침반 위에 엉덩이를 올려놓고는 때수건으로 온몸을 문지르고 벗기고 비누칠로 닦아내기를 거듭했다.

그러기를 한 시간 남짓. 몸을 말끔히 헹구고 나서, 문지방 옆에 가즈런히 놓여 있는 새옷을 주섬주섬 꿰어 입었다. 수년간 묵은 때를 벗겨낸 데다, 어제까지 걸쳤던 노동복을 산뜻한 평복으로 갈아입고 나니 딴사람처럼 모습이 의젓해졌을 뿐 아니라, 몸과 마음 또한 하늘이라도 날아갈 듯이 경쾌하고 개운했다.

그런 컨디션으로 철준이 다시 위원장 앞에 다가가 여러 가지로 고맙다는 인사를 했다.

그때, 2학기 개학을 한 지 며칠 안된 위원장의 아들이 학교에서 돌아왔다.

"윤배, 너 이분이 누군 줄 아니?"

위원장은 곧바로 아들에게 말했다. "오늘부터 우리 집에서 너를 가르쳐 줄 강철준 선생님이다. 네가 힘에 부쳐하는 수학과 리과를 잘 가르쳐 줄 거야."

그러면서 그는 다른 과목도 모르는 건 물으면서 열심히 하라는 둥 여러 가지 주의 사항을 열거했다.

"자, 우리 잘해 보자!"

철준이 손을 내밀자, 아들이 빙그레 웃으며 철준의 손을 맞잡았다. "잘 가르쳐 주십시오, 선생님."

"으음."

위원장의 흐뭇해하는 시선을 등으로 받으며 두 사람은 2층으로 올라갔다.

윤배를 앞세워 그의 방으로 들어간 철준은 책장에 꽂힌 과학책들을 빼내 훑어보며 물었다.

"이과 중에서 가장 달리는 과목이 뭐지?"

"물립니다. 화학이나 생물은 암기만 잘 하면 되는데, 물리는 수리력이 필요해서 말입니다."

"그래, 알아. 앞으로 물리와 수학을 집중적으로 공부하도록 하자."

그리하여 이튿날부터 철준은 해당 과목에 대한 새로운 계획표를 세우고, 왕년에 서울에서의 교습 경험을 살려 윤배의 실력을 향상시키는 데 노력을 한껏 기울였다.

그 결과, 윤배의 수학과 물리 실력은 일취월장하여 학기말 시험에서는 전 과목 평균 성적이 전교 5위권 안에 진입하는 기대 이상의 성과를 거두었다. 위원장의 감격과 기쁨은 말할 것도 없었다. 그래 철준에게도 아들의 영광에 대한 보답으로 은전이 베풀어졌는데, 위원장의 신원보증하에 이루어진 철준의 김책공대 편입이었다. 그에겐 예상 밖의 더없는 영광이었다.

"이제부터가 시작이라 생각하고 박차를 가하라 이. 목표는 용남산(김일성대학)이니까."

위원장의 이 같은 격려와 고무는 사제 간의 교습과 면학열에 시너지 효과를 일으켜, 마침내 윤배는 이듬해 김일성대학교 자연대 수석으로 입학했다.

그런 실력 있는 아들의 덕을 본 것일까, 위원장은 그해 가을 평양의 중앙당으로 영전되어 갔다. 이 무렵 철준은 김책공대를 졸업한 후 조교 생활을 하다가 같은 지역 전기 · 석탄공업소로 옮겨 연구원으로 일하던 중, 1956년 김일성의 동독 방문을 계기로 양국 간의 교류가 활발해지면서 1960년부터 시작된 동독 유학·연수생 대열에 일차로 선발된 것이었다. 물론 그 선발 과정에 위원장의 영향력이 작용했음은 두말할 여지가 없었다. 동독 현지 여성과의 결혼 허가며, 체류 기간이 몇 차례 연장된 것도 다를 바 없었고. 그러니까 위원장의 백그라운드로 모든 게 잘나가던 시절이었다.

"그런데 그토록 중앙당 고위층의 후광을 받던 미스터 강이 왜 갑자기 본국으로 소환됐을까요? 그것도 가족과 생이별시키고 탄광으로 내몰릴 정도로."

프란치스카 노부인의 장광설을 듣고 난 스테파노 신부가 안타까운 심정으로 물었다.

"저도 처음 한동안은 그걸 알아내려고 북한 대사관이며 동독 외무성 등 알 만한 기관을 발에 불이 나도록 쫓아다녀 봤지만 모두 허사였어요."

노부인은 당시를 회상하듯 잠시 허탈한 표정을 지었다간 말을 이었다. "근데 그런 지 일 년 가까이 되었을 때, 내 처지를 몹시나 안쓰러워하던 사촌오빠가 알음알음으로 동독 정보원을 통해 알아봤더니, 그분을 뒷받침해 주던 위원장이 속한 당내 파벌이 모조리 숙청당했다는 거였어요."

"아, 그랬군요. 알 만합니다."

스테파노 신부는 6·25 전쟁 후 김일성 주도하에 자행된 라이벌 정파(남로당파, 연안파, 소련파, 갑산파)에 대한 숙청을 머릿속에 떠올리며 중얼거렸다. "67년도에 소환됐다니 필시 '갑산파 숙청' 때 휩쓸린 모양이군."

"하지만 전 그분이 아직도 살아 있다고 믿고 있어요. 올해로 74세예요. 그러니 앞으로도 국제적십자사와 세계인권위원회, 재독 한인총연합회 등에 찾아 달라고 탄원서를 제출할 겁니다."

'프란치스카 바우어'에 대한 내용은 2007년 3월 27일자 〈조선일보〉 사회면 기사 〈내 남편을 찾아 주세요!〉를 인용·참조하였음.

5

“참으로 트레지디(비극)의 극치로군요. 분단이라는 같은 수난을 겪었는데 독일과 한반도가 어쩜 이다지도 다를 수가 있지요?”

스테파노 신부의 이야기를 듣고 난 원예림 기자가 탄식조로 물었다.

“오히려 내가 원 기자에게 하고 싶은 질문인데요? 민족성이 그런 건지…….”

“예? 민족성이라구요?”

“가끔 그런 생각이 들어서 하는 말이에요. 원 기자도 생각해 보세요. 한때 외세의 영향으로 남북 간에 총부리를 겨누고 싸웠다 한들 이민족도 아니고 불공대천의 원수 사이도 아닌, 언필칭 한 조상의 자손이라는 단일민족일진대, 종전된 지 반 세기가 지난 마당에, 설사 통일은 이루지 못한다 해도 최소한 군사적 대립이나 암살, 납치 따위의 집요한 대남 증오와 적대 행위는 사라져야 하는 거 아닌가요? 내가 과문한 탓인지 모르지만, 여태껏 내가 공부한 바로는 오늘날의 남북한 상황, 특히 북한과 같은 지독하고도 집요한 대남 증오와 적대 행위는 그 유례를 찾아보지 못했어요.”

“문명인의 눈으로 보면, 정말 한심스럽고 부끄러운 현실이에요. 그게 민족성에 기인한 건지 아닌지는 저도 잘 모르겠습니다만.”

원 기자는 스스로 와인을 따라 단숨에 목으로 넘겼다. “그래 신부님께선 그런 우리 민족성을 표징하고자 이 작품을 쓰시게 된 건가요?”

“뭐, 꼭이 민족성이라기보다…….”

말끝을 흐리고 신부도 와인 잔을 입으로 가져갔다. “몇 가지 두드러진 특성이라고나 할까요? 어느 조직이나 집단이건 자기주의를 앞세운 편가르기, 타협이나 화합보다는 억지와 생떼, 배타, 몽니가 판을 치지요. 특히 북쪽의 경우, 언필칭 동족이니 ‘우리 민족끼리’ 니 되뇌면서도 정작 한국(남조선) 국민에 대한 적개심은 미국인이나 일본인보다 더 강하다잖아요? 물론 이념과 사상 때문이라고 하지만, 공산주의의 종주국이었던 구소련이 개혁 · 개방으로 민주화를 이룬 마당에, 지구상에 몇 안 남은 공산 국가들도 북한처럼 폭압적이고 야만적이진 않아요. 뭐랄까, 이 세상 사람이 아닌 별종 같단 말이에요."

"그럼 돌연변이라도 일어난 걸까요?"

원 기자는 흥미롭다는 듯 와인을 홀짝이며 신부를 말끄러미 보았다.

"돌연변이……? 그건 이따금 내가 생각하는 개념이에요. 유소년 시절 한국의 광복 전에 이북, 특히 관서 · 관북지방에서 오랫동안 선교 활동을 했던 아버지에게서 내가 들은 바로는, 한민족은 예로부터 평화를 사랑하고 흰옷을 좋아하는 순박한 백의민족이라 배웠어요. 나 역시 어린 눈으로 그런 모습을 보며 그렇게 느꼈고요. 그런데 한국전쟁 때 유엔군으로 참전하여 북괴군의 만행을 목격하면서부터 회의적이고 부정적인 사고를 하기 시작했지요. 민족의 사상적 DNA도 복제 과정에 따라 그 정보가 바뀔 수 있다는 걸 말이에요. 좀 더 쉬운 예를 들면, 김형직과 강반석이라는 독실한 기독교인으로부터 물려받은 김일성(김성주)의 DNA(선하고 순박한 한민족의 유전자)가 복제 과정에서 스탈린의 '공산주의'라는 붉은 사상의 주입에 의해 완전히 헝클어져 버린 거지요. 마치 멀러 박사가 흰눈 초파리에 X선을 쪼여 붉은눈 초파리로 변화(인공 돌연변이)시켜 버리듯 말이에요. 그게 1대에 그치지 않고 2대, 3대로 전달되어 큰 문제지요."

"그 돌연변이된 DNA를 원상대로 복구할 방법은 없을까요?"

"육종학자들이 생물의 품종을 개량하듯이, 뛰어난 경륜가, 그야말로 선택된 지도자가 나타나 변이된 사상적 DNA의 염색체를 원위치로 재배열할 때 비로소 가능하겠지요."

"기대해도 될까요? 과연 언제쯤일까요?"

"그건 아무도 예단할 수 없어요. 향후 5년이 걸릴지, 10년이 걸릴지…… 아니면 도둑이 들듯 어느 날 느닷없이 찾아올지 말이에요."

"하지만 김일성 유일사상 체제가 건재하는 한 그런 날은 요원하다는 생각이 들어요. 특히 세계와는 소통이 단절된 폐쇄사회에서 말예요."

"그래도 기대와 희망의 끈은 놓지 말아야지요. 독재자의 생명도 유한한 거고, 세상은 항상 변하는 거니까요. 북한판 고르바초프가 나오지 말란 법도 없잖아요?"

"정말 꿈같은 말씀이네요."

원 기자가 씁쓸한 웃음을 짓더니 이내 표정을 바꿨다. "고르비 같은 그런 거창한 개혁 · 개방 정책은 차치하고라도 인간의 보편적 기본권부터 최우선으로 보장해 주기만 해도……. 아 참, 강 박사님의 수사는 어느 정도 진행되고 있나요?"

"오스트리아 정보기관의 협조 아래 독일 당국과 공조 수사가 이뤄지고 있는 걸로 알고 있어요. 아마도 금명간 중간 발표가 있을지도 몰라요."

"그럼 잘됐군요. 저도 일단은 그때까진 여관에 더 머물겠어요. 그리고 신부님의 작품 문제는 제가 귀국하는 대로 사장님, 편집 직원들과 논의해서 결과를 알려드리도록 하겠어요.

"좋아요. 기쁜 소식을 기다리겠어요."

스테파노 신부는 원 기자의 빈 잔에 와인을 따르고는 서로 잔을 부딪쳤다.

6

독일 수사 당국이 강현교 박사의 행불(行不)에 대한 중간 수사를 언론을 통해 발표한 것은, 이튿날 원예림 기자가 민박집으로 돌아온 지 한나절쯤 지난 정오 뉴스 시간대였다.

그런데 뉴스 첫 머리부터 원 기자는 물론 모든 시청자들로 하여금 높은 관심과 함께 놀라움을 금치 못하게 한 것은, 본 사건의 당사자인 강현교 박사와, 전날 밤 UAL 여객기와 충돌 · 추락한 개인 제트기 탑승자의 관련성이었다.

—지금까지 조사한 결과, 개인 제트기의 두 탑승자 중 한명인 동양인은 강

철부라는 북한 해외 공작원으로, 이번 실종 사건의 주인공인 하인리크 강(강현교)과 숙질 간이라는 사실이 밝혀졌다. 독일인 토마스 에를리히, 중국인 왕젠슈(王建秀)란 이름으로 위조 여권도 소지하고 있던 강철부는 내복 비밀 호주머니에 한 장의 서류(호적등본)를 은닉하고 있었는데, 등재된 주요 인적 사항을 보면 강달표를 위시하여 그 아래로 철민(사망), 철형(도일), 철준(전사)의 세 아들이 있고, 철민과 안화지(루프트한자 추락 사고로 이틀 전 사망)사이에 아들 현교(하인리크 강), 그리고 현교와 나인경(독일 M대학 교수) 사이에 아들 준호(G.A. 대학 1학년)라는 가족 계보를 보여주고 있다.

여기에 더 특기할 사항은, 독일 연방정보부(BND)가 주일 대사관을 통하여 파악한 바에 의하면, 강달표(현교의 할아버지)는 한국이 해방되던 해에 귀국했다가 이듬해에 다시 도일하여 현지 여자 아라이 기쿠코를 아내로 맞아 아들을 낳았는데, 그가 바로 강철부라는 사실이다. 이들 가족은 1960년대 초 북한 · 일본 간에 체결된 '재일 교포 북송 협정' 에 따라 북한으로 보내졌으나, 그후 동해를 통해 일본으로 탈출 도중 북한 경비정에 의해 배가 폭침되었는바, 두 부모는 시신이 수습되었으나 아들 철부(당시 15세)는 실종 처리되어 있었다.(하지만 그때 그는 바다에 표류 중 북한 경비병에 의해 구출되었다.) 그 실종 소년이 마침내 북한 해외 공작원으로 탈바꿈하여 하이재킹을 감행하기에 이른 것이다.

공항 관계자들의 조사에 따르면, 사고 당일 UAL 여객기와 개인 제트기 충돌의 주요 원인으로 개인 제트기와 관제탑과의 교신 불능을 들고 있다. 왜 그런 일이 일어났을까? 블랙박스의 녹음 분석 결과, 탈취범(강철부)이 한 귀중한 목숨이 경각에 달렸으니 오스트리아 그라츠까지 데려다 달라는 강요와 함께, 외부와의 교신을 일체 차단하기 위해 기내의 통신용 스위치를 끄고 조종사의 헤드폰을 벗겨내 버렸음도 확인되었다.

따라서 관제탑과 개인 제트기의 교신은 시종 먹통일 수밖에 없었다. 이윽고 두 기체가 서로 마주 날고 있음을 직시하는 순간 양쪽 조종사가 필사적으로 방향타를 돌렸으나, 다윗이 골리앗의 옆구리(몸체와 날개가 연결된 부분)를 들이 받는 형국이 되고 말았다.
이상의 정황에 비추어, 이번 사건의 포인트는 강철부가 왜 그런 엄청난 모험을 무릅쓰면서까지 그라츠행을 시도했느냐에 있는데, 그것은 크게 두 가닥으로 유추해 볼 수 있다.
첫째는, 자국의 공작원이 빈에서 납치한 후 그라츠로 연행한 닥터 강을, 숙부인 강철부가 그곳으로 가서 회유한 후 제삼 지역으로 친히 데려가려 했을 것.
두 번째는, 조카 되는 닥터 강이 그라츠에 납치되어 있다는 정보를 뒤늦게 입수한 강철부가 독자적으로 조카 구출 작전—아지트에서 빼내어 비행기로 탈출—을 감행하려 했을 것.
그런데 강철부가 사전에 닥터 강 납치 계획을 알았다면, 개인 제트기를 탈취할 만큼 급박하게 행동하진 않았을 것이므로, 전자의 경우는 시간적으로나 그 밖의 정황상 합당하지 않다. 거기다 북한 당국이 강철부란 공작원을 자기들은 모른다고 딱 잡아떼고 있을뿐더러 오히려 베를린 주재 북한 대사관을 통해 항의까지 하고 있다.
따라서 정황상 후자 쪽이 가능성이 큰 편이나, 탈취범인 장본인이 영원히 입을 다물어 버린 데다 블랙박스에도 그라츠 이후의 행선지에 대한 언급이 일절 없어 진상 파악에 어려움을 겪고 있다. 그럼에도 차후 수사의 초점은 그라츠로 모아지고 있으며, 불원간 실마리가 드러날 것으로 수사진은 기대하고 있다.

7

'이런 판국에 한국 정보원은 수수방관만 하고 있단 말인가?'
뉴스를 지켜본 원 기자가 잠시 생각에 잠겨 있을 때 휴대전화가 울렸다.
'어, 누구지? 신부님인가?'
원 기자가 무심결에 휴대폰의 폴더를 젖혔다. 공중전화인지 가는 잡음이 들렸다. 그러나 휴대폰을 귀에 바짝 대고 "여보세요?" 하자, 곧바로 들려오는 응답은 귀 익은 목소리였다.

"나 관지사(관포지교의 사나이)요."

"오, 허 선배!"

원 기자의 입에서 저도 모르게 탄성이 터져 나왔다.

"목소리는 안 잊었군요. 그 옥안 좀 봅시다."

상대는 짤막하게 용건을 말하고 자기의 소재를 알려주었다.

알았다고 대답한 원 기자가 부리나케 외출 준비를 하고 찾아간 곳은 프랑크푸르트 중앙역 근처에 있는 카페였다.

"이게 얼마 만이에요, 허 선배? 그것도 이런 이역만리 타국에서."

"그러게요. 포숙아의 우국충정 덕분이라 봐야 하나……? 그동안 원 기자는 더 예뻐졌구먼!"

두 사람은 손을 마주 잡고 감격스러워했다.

"우리 편집장의 우국충정 덕분이라니요?"

"그 친구가 나더러, 가만히 팔짱 끼고 앉아서 보고만 있을 거냐고 성화를 대는 바람에……."

"아, 이제 알겠군요."

원 기자는 독일로 출발하기에 앞서, 노 편집장에게 여객기 추락 사고와 강 박사 납치 사건 수사에 대해 허국의 협조를 부탁했던 바를 떠올렸다.

"그래, 이번 사건에 대해 국내에서의 관심은 어때요?"

"그저 강 건너 불구경이랄까? 뭔가 진상을 알아야 국민들도 관심을 갖든 성토를 하든 할 게 아녜요? 한국 정보기관의 소스가 전무한 형편이라 언론들도 해외 보도를 주워다 짜깁기해서 발표하다 보니 그럴 수밖에요. 나 역시 국내의 언론 보도를 통해서야 알 수 있었을 정도니……."

"그래서 우리 편집장의 뜻을 수용한 건가요?"

"수용이라기보다 자의 반,타의 반이라는 게 맞겠지요. 내 생각 역시 '이건 아니다!' 라는 한 가지만은 분명했으니까요."

"그럼 윗선 몰래 허 선배 단독으로……?"

원 기자는 목을 길게 빼며 목소리를 낮췄다.

"현재로선 그 방법밖엔 없으니까. 나중에 탄로 나면 이거지만."

허국은 냉소를 지으며 오른손으로 자신의 목을 치는 시늉을 해 보였다. 원 기자의 가슴이 철렁 내려앉았다.

"지금 공항에서 오는 길이에요?"

"아니, 린츠."

"린츠요?"

"그곳 교외 N수녀원에서 아녜스 수녀 분을 만났지요. 그분부터 만나보는 게 순서일 것 같아서."

"그래, 뭐 좀 알아냈나요?"

"대체로 언론에 발표된 정도였어요. 그러니까 강현교 박사가 수녀 분과 만나기로 약속했던 시간에서부터 끝내 그가 나타나지 않자 한길까지 나가 기다리던 시점까지의 과정 말예요. 그런데 그후 독일, 오스트리아 수사 요원들은 정보 수집차 몇 차례 찾아갔지만, 우리 한국 공관원들은 누구 하나 그림자도 비치지 않았다더군요."

"상부의 지시에 따르는 것 아니겠어요?"

"겉으로 내세우는 명분은 강 박사가 독일 국적이라는 거예요. 그러니 우리가 앞장서 북쪽을 자극할 필요가 없다는 거요."

"그래서, 자극에 대한 과민반응이 두려워 다들 뒷짐지고 구경만 하자는 건가요? 세계적인 동포 과학자가 납치되었는데도? 참으로 한심하군요!"

"한심한 게 한두 가지가 아니에요. 오죽했으면 내가 독단으로 은밀히 이곳으로 날아왔겠어요?"

"그래, 이제 어떡하실 작정이세요?"

"글쎄, 딴은 나도 결연한 각오로 출발은 했지만, 막상 이곳에 도착하고 보니 내 동선에 대해 막연한 생각이 들어요. 게다가 독일어도 서툴고."

허국은 자신의 어려움을 스스럼없이 솔직히 털어놓았다. 마치 도와 달라는 부탁이라도 하듯이.

"그래요? 잠깐!"

허국의 말을 고개를 갸웃해 듣고 있던 원 기자가 발딱 일어나 출입문 쪽으로 가서 핸드폰으로 통화를 하곤 제자리로 돌아왔다. "허 선배 도우미를 제가 소개해 드릴게요."

점심때가 조금 지나 있었으나, 둘은 맥주와 몇 가지 소시지, 튀김으로 점심을 때우고 밖으로 나와 중앙역으로 향했다.

"어디로 가는 거지요?"

허국이 검은 색안경을 끼며 물었다.

"가 보시면 알아요."

원 기자와 허국이 도착한 곳은 스테파노 신부의 거처였다.

"또 찾아뵙게 됐네요, 신부님."

원 기자는 현관으로 들어서면서 곧바로 허국을 신부에게 소개했다. "전화로 말씀드린 허 선배, 저희 편집장의 절친이에요."

"허국입니다."

허국은 색안경을 벗어 케이스에 넣으며 정중히 인사했다.

"어서 오십시오, 허 선생. 나 스테파노입니다."

악수를 하고 난 신부가 두 손님을 거실 응접세트로 안내했다. "자, 앉으시죠. 원 기자도."

"아녜요. 제가 커피를 준비할 테니 신부님은 앉아 계세요."

"그럼 수고 좀 해 줘요."

신부는 웃으며 탁자를 사이에 두고 허국과 마주 앉았다. "엔아이에스(NIS; 국가정보원)에서 오셨다구요?"

"아, 예. 하지만……."

허국이 어궁한 듯 말끝을 흐렸다.

"음지에서 일하시느라 어려움이 많겠습니다."

"어디요, 임무를 다하지 못해 국민들한테 죄스러울 뿐입니다."

그러자, 티스푼으로 커피를 젓던 원 기자가 말곁을 달았다. "요즘처럼 햇볕이 잘 통하는 세상에도 음지가 있나요?"

원 기자의 반어법 투의 물음에 허국은 의미 있는 냉소를 지었고, 그런 표정을 보며 신부가 내처 뒤를 달아 물었다. "정말 음지가 없는 건가요, 허 선생?"

"음지가 없는 게 아니라, 그쪽으로 눈을 돌리지 않는 거지요. 독버섯이 창궐하든 장구벌레가 우글거리든 손을 쓰지 말라고 하니 말입니다."

신부의 물음에 허국의 톤이 갑자기 높아졌고, 옆에서 원 기자가 베이스를 넣었다. "신부님, 우리 허 선배를 도와주세요. 양심에 어긋나지 않게, 조국과 민족을 위해 애국심을 발휘할 수 있도록 말이에요."

그녀는 쟁반에 날라 온 커피 잔을 각자의 앞에 내려놓고는 허국의 옆자리에 앉았다.

"나한테 그런 힘이나 있나요?"

신부는 새삼 부담스러운 기분으로 앞에 앉은 원 기자와 허국을 마주 보았다.

"신부님 지인 중에 이곳 정보 계통 사람들이 있지 않아요?"

"그야 한둘 있긴 하지만……."

"그분을 허 선배한테 매치만 시켜 주세요. 우리가 강 박사의 일을 남들한테만 맡겨놓은 채 팔짱 끼고 구경만 할 수는 없잖아요? 신부님도 바라는 바 아니잖아요?"

"공조 수사를 하시려는 건가요?"

신부가 허국에게 물었다.

"하지만 이건 어디까지나 저의 독자적인 시도입니다. 상대의 양해와 묵비가 절대적으로 필요한 사안이지요."

허국의 신중한 대답에 신부의 머리엔 며칠 전 한국 대사관을 나설 때 귓전으로 들은 말—삼륙 A가 사라졌다, 행방이 묘연하다는—이 문득 되살아났다.

'그 삼륙 A가 바로 이사람……?'

그는 우려스러운 빛으로 덧붙여 말했다. "설령 이곳 정보기관은 그걸 수용한다 하더라도 NIS의 블랙 요원들이 허 선생을 가만두겠습니까? 신변이 위태로울 텐데요?"

"아니, 신부님께서 거기까지?"

허국은 신부의 '블랙 요원'이란 말에 '이분이 정보 계통에 있었나?' 하고 놀라는 눈으로 그를 쳐다보았다. 블랙 요원(흑색 요원)이란 자국의 신임 요원을 상대국에 전혀 알리지 않고 직업과 신분을 위장해 침투시키는 공작 요원으로, 상대국에 신원을 밝히고 합법적인 신분으로 들어가 그 나라 정보기관을 상대하는 화이트 요원(백색 요원)과 대비되는 말이다.

"신부님의 염려는 모르는 바 아닙니다만……."

허국은 내심 다짐을 하고 진심을 피력했다. "이곳 정보기관에서만 불응하지 않는다면 매치를 해 주십시오. 제 신변 문제에 대해선 마음을 쓰지 않으셔도 됩니다. 나름대로 각오가 되어 있습니다."

'각오'라는 말에 원 기자와 스테파노 신부는 동시에 궁금증이 일었으나 바로 물어보지는 못했다. 대신 원 기자가 신부의 마음을 북돋우었다.

"허 선배가 비장한 각오로 이곳까지 왔나 봐요. 루비콘 강을 건널 수 있도록 신부님이 도와주세요."

"좋아요!"

잠시 생각에 잠겼던 신부가 이윽고 동의했다. "내일 일단 빈으로 가 봅시다. 동조해 줄진 모르지만 할 수 있는 데까지 최선을 다해 봅시다."

그러고는 누군가에게 전화를 하더니, 꽤 긴 통화 끝에 끊었다.

8

이튿날 오전 11시 무렵. 스테파노 신부와 허국이 찾아간 곳은 빈에 있는 SPG(오스트리아 정보국)였다. 전번에 강현교 박사에 대한 신속한 수사 촉구차 대면한 적이 있어 브란트 국장과는 구면인 셈이었다.

"어제 슈미트 공으로부터 선처를 당부한다는 전화를 받았습니다. 무슨 내용인지는 모르겠습니다만."(슈미트는 BND의 부장 등 요직을 역임하고 은퇴한, 독일 · 오스트리아에 널리 알려진 왕년의 정보통으로, 스테파노 신부가 봉직하던 마인츠 성당의 평신도협의회 회장이기도 했다.)

브란트 국장은 자못 신중한 태도로 말하며 스테파노 신부와 허국을 번갈아 쳐다보았다.

"저번 부탁드린 하인리크 강 박사의 실종 사건 수사는 잘 진행되고 있는지요?"

신부가 조심스레 화두를 꺼냈다.

"우리 요원들이 계속 조사하고 있습니다만……, 또 그 때문에 오셨나요?"

브란트 국장은 신부의 질문이 다소 부담스러운 투로 반문했다.

"한국의 정보 요원이 귀국(貴局)의 수사를 협조하고 싶다 합니다. 바로 이분이 말입니다."

신부는 허국의 앞으로 손을 뻗어 소개하며, 그가 상부의 허락 없이 혼자 행동하게 된 연유를 진지하게 대변했다.

"부탁입니다. 귀국 요원과의 공조 수사를 허락해 주십시오."

NIS 마크가 선명히 박힌 신분증을 브란트 국장의 눈앞으로 내보인 허국은 서툰 독일어로 말하며 정중히 허리를 굽혔다.

"이건 단순히 수사 차원의 문제가 아니오!"

허국의 신분증을 뚫어지게 보고 난 브란트 국장이 고개를 가로저었다. "자칫 당신의 신분이 드러나는 날이면 양국 간에 트러블을 야기시킬 소지가 다분하오. 뿐만 아니라 당신의 신변도 위험하오. 20년 전 당신네 옛 기관장이던 미스터 킴(김형욱을 지칭)이 파리에서 실종된 사건을 당신도 알고 있겠지요? 만에 하나 그런 일이 벌어질 경우, 상황이 얼마나 복잡해지겠소!"

"허 요원도 만일의 상황을 모르지 않습니다. 그러기에 미연에 특별히 국장님께 부탁드리는 거 아닙니까? 정보원 대 정보원으로 화끈하게 선처해 주시죠, 국장님!"

"제가 하늘에 걸고 약속드리지요. 귀국에 누를 끼치는 일 없이 쥐도 새도 모르게 최대한 신속히 제 나름의 조사를 하고 하루빨리 떠나겠습니다."

"좋소! 그럼 딱 일주일의 기간을 주겠소. 그 안에 조사를 마치든 못 마치든 무조건 물러가시오."

줄곧 난색을 표명하던 브란트 국장도 허국이 시한부 조건을 받아들이자 마침내 공조 수사를 허락했다. 물론, 슈미트의 당부를 받은 데다 스테파노 신부의 간절한 설득이 주효했으리라.

"감사합니다, 국장님!"

신부는 국장에게 진심으로 사의를 표하곤 허국에게도 한마디 했다. "국장님의 배려를 결과물로 보답하세요."

"알겠습니다. '눈에는 눈' 의 신조와 '적의 뇌를 삼킨다' 는 자세가 이스라엘 민족의 전매특허가 아니라 우리 한국민도 가지고 있다는 것을 보여주겠습니다, 신부님! 그리고 국장님께 절대 누를 끼치지 않도록 명심하겠습니다."

스테파노 신부와 브란트 국장을 대하는 허국의 태도는 더 한층 결연해 보였다.

"좋은 성과가 있길 바라겠소, 용감한 코레아 모사드 공작원 친구!"

브란트 국장은 허국의 등을 투덕이며 격려해 주었다. 그리고 강현교 박사 실종 사건 수사 책임자인 K반장을 불러 허국을 소개하고, 협조해 주라고 지시했다.

K반장은 허국의 요청에 따라 정보 요원 한 명을 붙여 주었다. 푸슈카라 불리는 헝가리계 이주민이었는데, 외견상 허국과 같은 또래인 삼십대 후반으로 소탈하고 붙임성이 있었다. 자기네 민족인 마자르인도 아시아 계통이라면서. 허국은 그것을 하나의 인덕(人德)이라 생각하며 자기도 스스럼없이 대했다.

그가 첫인사를 나누고 나자 우선적으로 푸슈카에게 부탁한 것은 오스트리아에 있는 북한의 민간 상사와 그 소재지였다.

"알았소. 내가 알아본 뒤 연락하지요."

그렇게 둘이 헤어진 뒤 다시 만난 건 저녁 무렵 빈 시 외곽에 자리한 조그만 여관에서였다.

"이게 현재까지 파악된 것들이오."

푸슈카가 주머니에서 꺼낸 A4 용지에는 ○○상사, △△무역상사 등이 찍혀 있었는데, 소재지별로는 빈에 2개소, 그라츠, 린츠, 인스부르크에 각각 1개소가 있었다.

"으음."

허국은 가느다란 신음소리를 내며 종이에 박힌 그라츠의 '모란봉 무역상사'에 시선을 고정했다. 그리고 오른손 집게손가락으로 '그라츠'를 짚었다.

"저번 개인 제트기 탈취범의 목적지가 여기였죠?"

"그건 이미 널리 알려진 사실 아니오?"

"그렇죠? 내일 아침 그리로 갑시다."

9

다음날, 베를린 주재 한국 대사관.

아침부터 회의실은 요원들의 꺾인 목소리로 술렁였다. 본원으로부터 삼륙A를 수배하라는 긴급 지시가 하달되었기 때문이다.

"어서 이걸 틀어 봐."

회의실로 막 들어온 C참사관이 환등기 앞에 있는 J요원에게 슬라이드 케이스를 건네주었고, 곧이어 요원들의 시선이 일제히 벽면의 하얀 스크린에 집중되었다. J요원이 실내 불을 끄고 환등기를 비추자 맨 먼저 스크린에 떠오른 건 얼굴 화면이 선명한 정면 상반신이었는데, 순간 여기저기서 놀라움의 목소리가 터져 나왔다.

"아니! 저건 바른말로 유명한 정음맨(正音 man)……?"

"간첩 싹쓸이 진공청소기……?"

"제2실의 허 팀장 아냐?"

"그래, 맞아! 허국 팀장이야."

스크린에는 주인공의 좌우 프로필 영상이 잇따라 비춰었고, 이에 덧붙여 C참사관이 설명했다.

"저자가 며칠 전 증발했어. 연락 두절이래! 이곳에 스며들었을 가능성이 농후하니 면밀히 탐색해서 잡아내! 강현교 박사 실종 사건을 수사 중인 이곳 BND와 SPG 요원들의 동태를 예의 주시하는 것도 하나의 방법일 거야."

"그럴 만한 이유가 있는 겁니까?"

방금 전 '간첩 싹쓸이 진공청소기'라 말했던 요원이 의아스레 물었다.

"최근 그자가, 우리 제1실이 그 사건을 미온적으로 대처한다면서 동료나 상사들 앞에서 노골적으로 불평을 늘어놓았다는 거야. 그러다 바람처럼 가뭇없이 잠적해 버렸으니 럭비공처럼 어디로 튈지, 그리고 무슨 짓거리를 낼지 몹시 불안스러운 거지. 오죽하면 처장님이 시한폭탄이라고까지 했을까!"

C참사관은 상황이 심상치 않다면서 요원들에게 당장 행동을 개시하라고 지시했다.

그럴 즈음.

허국은 푸슈카와 함께 그라츠의 '모란봉 무역상사' 앞에 당도해 있었다. 그런데 두 사람이 건물 앞으로 다가가 보니, 며칠 전까지 붙어 있던 철제 간판은 떼어진 채 흔적만 남아 있었고, 목공들이 각목을 세우고 베니어판으로 칸막이를 하면서 요란스레 실내 구조 변경 작업을 하고 있었다.

"어떻게 된 거요? 여기가 북한 모란봉 무역상사 사무실 아니오?"

푸슈카가 현장 감독으로 보이는 사내에게 물었다.

"예, 맞긴 한데 엊그제 이사갔어요."

감독은 상대의 신분이나 긴박한 상황 따윈 아랑곳없이 건성으로 대답했다.

"어디로 갔는지 모르오?"

"그야 우리가 알 수 있나요? 알 필요도 없고."

감독의 말은 여전히 심드렁했다. 두 정보원은 허탈한 기분으로 말없이 마주 보았다.

"혹시 그들이 버리고 간 서류 쓰레기 같은 건 없었나요?"

이번엔 허국이 느린 말로 감독에게 물었다.

"웬걸요. 서류 쓰레긴커녕 종잇장 하나 남긴 게 없어요. 아마도 몽땅 태워 버렸나 봅니다. 후원에 잿더미가 있는 걸 보면. 고맙게도 우리 일거릴 도와준 셈이지요."

순간, 허국의 뇌리엔 모란봉 무역상사의 정체에 대한 심증적 확신과 함께 새로운 의욕이 솟아올랐다. '필시 그자들의 짓일 것이다. 물증을 확보해야 한다.'

허국과 푸슈카는 목재와 연장들이 어지럽게 널린 실내를 한 바퀴 훑어본 뒤 후원으로 나가 보았다. 과연 감독의 말대로 낮은 벽돌 담장 밑에 타다 남은 종잇조각이 섞인 잿더미가 두어 군데 눈에 띄었다.

"이제 어떡할 거요? 한낱 잿더미가 증거가 될 순 없는 것 아니오?"

푸슈카가 낭패스러운 듯 물었다.

"한발 늦었군요." '당신네가 적시에 덮쳤어야 하는 건데! 역시 한치 건너 두 친가?'

허국은 내심 아쉬워하면서도 내색은 않고 한마디 했다. "새로운 실마리를 찾아봅시다."

"그들의 이전처를 추적해 보지요."

'보나마나 그들은 잠수를 했을 거야.'

허국은 잠자코 푸슈카를 따라가며 자신에게 말했다.

"이번엔 빈에 있는 상사를 내사해 보는 게 어떻겠소? 모란봉 무역상사 직원들이 사건에 관여했다면 빈 쪽하고도 연관되었을 법하지 않아요?"

허국이 차에 오르자, 푸슈카가 시동을 걸며 말했다.

"글쎄요. 일단 가 보긴 합시다만……."

허국의 시원찮은 반응에 푸슈카는 머쓱한 표정을 지었다. "왜 그래요?"

"그곳 역시 철수했거나, 모랫벌의 게들처럼 구멍으로 숨어들었거나 죽은 듯이 납작 엎드려들 있을 거요."

"그러니 염탐을 해야 할 것 아니오?"

"그 많은 동선(動線)들을 단둘이서 어떻게……?"

"인원이 필요하다면 내가 반장에게 상황을 보고해서 충원을 부탁해 보겠소. 경우에 따라선 린츠, 인스부르크까지도."

그런데 오후에 빈에 이르러 목적지를 찾아가 보니, 미상불 허국의 추측대로 북한의 한 상사(금강상사)는 철문이 굳게 닫힌 채 커다란 자물통이 채워져 있고, 또 다른 무역사무소(고려무역)는 문은 열려 있었으나, 50제곱미터가량의 사무실엔 출입문 반대편 벽 쪽 중앙의 대형 마호가니 책상 앞에 작은 플라스틱 책상들이 두 줄로 나란히 놓여 있을 뿐, 직원이라곤 4,5십대 남자 두 명만이 응접세트 앞에 마주 앉아 있었다. 연상으로 보이는 한 사람은 〈로동신문〉철을 뒤적이고 있었고, 다른 쪽 연하는 수화기를 들고 누군가와 통화를 하다가 난데없이 나타난 불청객들을 보자, "……예 예, 알갔습네다." 하곤 황급히 수화기를 내려놓았다.

"무슨 일로 오셨지요?"

함경도 억양의 연상의 남자가 허국에게 한국말로 물었다.

"이분이 북한산 상품을 구입하고 싶어해서 왔습니다."

허국은 푸슈카를 가리키며 커다란 마호가니 책상을 힐끗 흘겨보았다. "소장님은 안 계십니까?"

"예, 며칠 전 평양 본사에 다니러 가셨습니다."

상대 남자는 불시에 나타난 두 방문객을 미심쩍은 눈초리로 쳐다보더니, "그래, 구입하려는 게 뭡니까?" 하고, 파일에서 팸플릿을 내보이며 원하는 상품을 골라 보라고 했다.

"어디 봅시다."

팸플릿을 받아 든 허국은 일부러 푸슈카와 어깨를 나란히 하고 한 장 한 장 넘겨 보곤 시큰둥하게 한마디 내뱉었다. "'산성 백술' 은 없네요. 이 친구가 그걸 구입하려 하는데."

"아, 그거 말임메? 베를린 사무소에 연락하면 내일이라도 바로 올 수 있습니다."

상대는 허국이 마뜩잖아하는 것을 곧이 여기는 듯 보였다.

"그럼 갖다 놓으시지요. 금명간 또 들르겠습니다."

허국은 목례를 하고 푸슈카와 함께 뒤돌아섰다. 그런데 둘이 출입문께에 이르렀을 때 느닷없는 목소리가 귓전을 울렸다.

"부장 동지가 수태 급하셨나 봅니다레. 담배와 라이터를 빠트리신 걸 보니."

허국과 푸슈카의 고개가 반사적으로 획 돌아갔다. 한 사십대 여성이 실내 한쪽 구석에서 걸어 나오더니, 들고 온 담뱃갑과 라이터를 마호가니 책상 위로 올려놓는 게 아닌가.

허국의 시선은 여자 쪽이 아니라 실내 구석으로 향했다. 방바닥에 나 있는 공간—지하로 내려가는 계단 통로였다.

'아뿔싸!'

순간, 허국은 뒤통수를 한방 얻어맞은 것처럼 머리가 띵했다. '왜 그라츠에서 그걸 간과했던가!'

"푸슈카 씨, 빨리 갑시다!"

허국은 상대를 잡아끌다시피 하고 밖으로 나왔다.

"어디로?"

"미안하지만 다시 그라츠로 갑시다. 인부들이 퇴근하기 전에 빨리요!"

허국의 재촉에 영문도 모르고 차의 시동을 건 푸슈카는, 시가를 벗어나 고속도로에 진입하자 액셀을 힘껏 밟았다. 속도계의 바늘이 180을 왔다갔다했다.

"무슨 새로운 단서라도 떠오른 거요?"

푸슈카는 핸들을 놀리며 정면을 주시한 채 물었고, 허국은 거의 단정적으로 대답했다. "내 추리가 틀리지 않았다면 필시 지하실에 뭔가 흔적을 남겼을 거요. 오전엔 내가 그걸 깜박 지나쳤소."

찻속에서의 대화는 그게 전부였다.

차의 쾌속 덕분에 그들이 모란봉 무역상사에 도착한 것은 인부들의 작업 시간이 끝나갈 무렵이었다.

"무슨 일로 또……?"

감독의 의아스러운 투의 물음에 푸슈카가 "여기 지하실이 있죠?" 하고 반문했고, 상대가 대답도 하기 전에 허국은 "실례 좀 하겠소." 하며 실내를 가로질러 갔다.

그의 예측대로 방 한쪽 구석, 목재 토막들 옆에 널린 베니어를 발로 들추자, 지하로 내려가는 계단 통로가 드러났다. 허국은 손전등을 비추고 뒤따르는 푸슈카와 함께 지하실로 내려갔다. 벽의 스위치를 켜자 실내 모습이 환히 비쳐었는데, 다행히 이곳은 인부들이 손을 안 댄 상태로 있었다. 바닥의 자국으로 보아 책상과 탁자, 소파 들은 치워졌으나, 방 한편의 칸막이는 원래대로였고, 그 안의 간이 변기와 세면대도 그 자리에 남아 있었다.

"이건 세면장인가……?"

푸슈카가 혼잣말처럼 중얼거리며 칸막이 안으로 들어섰다. 허국도 말없이 뒤따라 들어갔다. 역시 칸막이 안에도 바닥에 간이 침대가 놓였던 자국만 있을 뿐, 벽에는 아무 흔적이 없고, 세면대에도 일회용 면도기는 고사하고 쓰던 칫솔조차 남아 있지 않았다.

'결국 여기서도 공치는 건가?'

허국이 은근히 초조한 심정으로 무심코 세면대에서 변기로 시선을 돌렸을 때, 전깃불빛을 받은 좌변기 뚜껑에서 곡선의 윤곽이 반사되었다.

'으음?'

금세 눈빛이 번쩍이면서 성큼 변기로 다가간 그는 허리를 꺾어 피브이시 뚜껑을 들여다보았다. 날카로운 꼬챙이로 새긴 글자—SOS였다.

"푸슈카 씨! 이것 보시오!"

허국은 자신도 모르게 부르짖었고, 그가 가리키는 손가락 끝을 내려다본 푸슈카도 덩달아 소리쳤다. "구조 신호로군!"

동시에 허국은 변기 뚜껑을 열어젖혔다. 이면에 새겨진 또 다른 글자—'DPRK 공작원에 납치. H.K, K.'

"아흐 고트(이런)!"

"역시나!"

둘은 누가 먼저랄 것도 없이 탄성을 질렀다. 그리고 허국은 안주머니에서 볼펜(초소형 카메라)을 꺼내 변기 뚜껑 안팎의 글자를 찍더니, 연이어 변기통 전체, 세면대, 칸막이 내부 곳곳을 연방 찍어댔다. 다음엔 지하실의 내부 구조, 그리고 밖으로 나와선 건물 전체와 간판이 붙었던 자리의 촬영도 놓치지 않았다. 그러는 사이, 푸슈카는 폴리스 라인으로 지하 통로 입구를 막고, 감독에게 허락이 있을 때까지 지하실 출입을 금지토록 했다.

"푸슈카 씨, 이제 알았죠? 이번 납치가 누구의 소행이라는 것을."

빈으로 돌아가는 차에 올라탔을 때 허국이 먼저 입을 뗐다.

"도대체 어디로 데려갔을까요?"

"그걸 밝혀내는 게 당신네들이 할 일이오. 수사는 이제부터가 시작입니다.

복잡한 외교적 마찰도 각오해야 할 거고요."

"외교적 마찰? DPRK라는 증거가 있는데도요?"

"참으로 나이브하군요. 그 글자만 가지곤 어림도 없어요. 저자들이 얼마나 뻔뻔한 생떼쟁이에다 '오리발'의 명수인데요!"

"오리발? 그게 무슨 말이죠?"

"우리나라 속담이에요. 남의 닭을 잡아먹고도 추궁을 당하면, 오리발을 내밀며 '나는 모르는 일이오.'라고 잡아떼는 거지요. 당신네 정보원이 아무리 SOS와 DPRK의 문자를 들이밀어도 저자들이 오리발을 내밀면 어쩔 도리가 없어요. 저들의 치외법권 지역까지 쳐들어갈 순 없잖아요?"

"오리발이라! 참으로 재밌는 말이네요, 하하하."

푸슈카는 핸들을 잡은 채 너털웃음을 웃어젖겼다.

그럴 때, 2백여 미터 후방에서 한 대의 승용차가 그들의 차를 줄곧 뒤따르고 있었다. 그러나 둘은 피랍자의 SOS에 대한 나름대로의 대책을 개진하느라 뒷차의 추미를 거니채지 못했다. 특히 허국은 이제부터 자신의 후속 행동을 어떻게 취해야 할지에 대해 온 정신이 집중되어 있었다.

차가 허국의 숙소인 여관에 도착했을 땐 이미 박명이었다.

"내일 아침 일찍 브란트 국장님을 찾아뵙고 제 견해를 말씀드릴 테니, 푸슈카 씨는 일단 오늘 조사한 일부터 보고를 드리세요."

"알았어요."

"내일 아침 또 봅시다."

허국은 푸슈카를 보내고 2층의 자기 방으로 올라갔다. 그가 대충 세면을 하고, 오늘의 일지 정리를 위한 메모 준비를 하는데 휴대전화의 신호음이 울렸다. 푸슈카가 띄운 메시지로, 오늘 낮에 NIS 요원들이 국장실을 내방했었다 하니 자기가 연락할 때까진 찾아오지 말라는 것이었다.

'드디어 올 것이 왔구나!'

허국의 머릿속을 한줄기 냉기류가 전류처럼 흐르고 지나갔다. '이제 어쩐

다? 여기도 안전지대가 못 된다.'

허국은 방 안을 서성이며 창밖을 보았다. 밖은 어둠이 짙게 깔려 있었다.

'차라리 거기가 낫지 않을까……?'

그가 린츠의 N수녀원을 생각하며 창가에서 몸을 돌렸을 때, 방문이 발칵 열리며 난데없이 두 사나이가 들이닥쳤다. 둘 다 권총을 겨눈 채.

"아니!?"

허국의 입에서 외마디 비명이 절로 나왔다. 불법 침입자는 본원 제1실의 A 처장과 B요원이었다.

"놀라긴. 간첩 잡으러 여기까지 오다니 애국심이 대단하군!"

성큼 한 발을 내디딘 A처장이 비아냥거렸다. "국정원법 16조(무단 직무 이탈 금지) 위반 시의 징계를 모르진 않겠지?"

"각오가 돼 있습니다."

허국은 끝까지 의연함을 잃지 않으리라 작정했다. "법령에 위반된 행위라면 의당 처벌을 받아야지요. 단, '간첩 필포(必捕)'라는 선배들의 가르침을 실천하려고 한 제 집념만은 알아주십시오."

"그런 소린 징계위원회에 가서나 하고, 나갈 준비나 하시지."

A처장은 매정하게 내뱉고 부하에게 턱짓으로 신호를 보냈다. B요원은 권총을 허리춤에다 꽂고는 허국 앞으로 바짝 다가가 몸수색을 한 다음, 벽에 걸린 상의를 더듬어 권총을 압수했다. 소속실만 다를 뿐, 허국과는 동급으로 본원에서 꽤 안면이 있는 B요원으로선 동료를 검색하는 게 적이 미안쩍고 거북스러웠다. 곧바로 상관의 명령이 떨어졌다. "소지품 일체를 압수해!"

"예……?"

부하가 뒤돌아보며 주뼛거렸다.

"한국말 몰라? 실오라기 하나 빼놓지 말고 몽땅 털어내라니까!"

순간, 허국의 가슴이 철렁 내려앉으며 안면 근육이 움찔거렸다. '볼펜만은 안되는데!'

하지만 별 뾰족한 수가 없었다. A처장이 허리에 권총을 댄 채 자기를 빤히 노려보고 있지 않은가!

B요원은 명령에 따라 허국의 주머니를 하나하나 뒤져 가며 소지품들을 꺼내 탁자 위에 올려놓았다.—권총, 휴대전화, 담배, 라이터, 지갑, 수첩, 그리고 볼펜 등등.

"이게 전부입니다."

B요원이 나직한 소리로 말했다.

"음."

A처장은 탁자 위의 물건들을 훑어본 후, 부하를 향해 은근하면서도 위엄차게 명했다. "수갑 채워!"

B요원은 말없이 허국을 쳐다보았고, 허국은 순순히 양손을 내밀었다. 양자간 잠시 무언의 눈맞춤이 있었다. 마치 한쪽은 '내 입장을 이해해 주게.', 상대쪽은 '이해하고말고. 자넬 원망하진 않네.' 하고 심적 교감을 주고받기라도 하듯이.

이윽고 B요원이 허리에서 수갑을 빼내어 막 허국의 손목에 채우려 할 때였다.

"꼼짝 마!"

새된 목소리와 함께 문을 박차고 나타난 사람은 뜻밖에도 푸슈카였다. 자동소총을 든 동료 요원들과 함께. 이들의 느닷없는 출현에 깜짝 놀란 건 A처장과 B요원뿐 아니라 허국도 마찬가지였다.

"당신네들 뭔가 잘못 알고 있는 것 같구먼!"

A처장이 새로운 침입자들을 노려보며 고추 먹은 소리로 내뱉었다. "우린 NIS 요원이오!"

"저자는 우리가 며칠 전부터 쫓고 있는 사람이오."

푸슈카는 허국에겐 눈길을 주지 않은 채 손으로만 가리키며 A처장에게 말했다. "당신네도 일단 우리와 같이 가 줘야겠소. 실례지만 무기는 잠시 우리가 거둬둘 테니 이해하시오."

"아니, 이럴 수가!"

"대신에 체포는 하지 않겠소."

푸슈카는 A처장에겐 선심 쓰듯 하면서 허국의 옆에 있는 동료 요원에게 말했다. "그자는 수갑을 채워."

푸슈카의 말이 떨어지자, 그 요원은 허국의 손목에 수갑을 채웠고, 다른 한 요원은 A처장과 B요원의 권총을 압수했다. 그러는 새 푸슈카는 탁자 위에 놓인 허국의 소지품들을 자신의 주머니에 쓸어넣었다.

"자, 우리 본부로 갑시다."

밖으로 나온 여섯 명의 두 나라 정보 요원들은 푸슈카의 말에 따라 두 대의 승용차에 분승했다.—A처장과 B요원에다 푸슈카의 동료 두 명해서 4명은 한국 요원의 차에 올랐고, 푸슈카는 허국과 함께 자신이 몰고 온 차를 탔다.

"자크, 먼저 출발해. 뒤따라갈 테니."

푸슈카가 팔을 저어 신호를 하자, 메르세데스가 어둠 속으로 나아갔고, 푸슈카의 크라이슬러가 서서히 움직이기 시작했다.

"하마트면 큰일 날 뻔했어요."

차가 대로로 나왔을 때, 푸슈카가 한 손으로 허국의 손목에 채워진 수갑을 풀며 말했다.

"대체 어떻게 된 거요?"

시종 굳어 있던 허국이 비로소 얼굴에 안도의 빛을 띠며 물었다.

"내 예감에 따랐을 뿐이오. 반장한테서 NIS 요원이 찾아와 이것저것 문의하더라는 말을 듣곤 혹시나 하는 불길한 생각이 들었지 뭐요. 그래서 문자 메시지를 보냈던 건데, 그래 놓고도 왠지 불안스럽고 초조해서 마음 놓을 수가 있어야지요. 한데 마침 퇴근하려던 동료들이 있어서 잘 설득해 부리나케 행동 개시를 했던 거지요. 결국 내 예감이 적중했던 거요."

"정말 고맙소, 푸슈카 씨! 내 이 은혜를 평생 잊지 못할 거요."

허국은 운전대를 잡고 있는 푸슈카의 손에 자기 손을 얹으며 진정 어린 감사를 표했다.

"뭘 그렇게까지나. 그게 다 직업의식의 발로 아니겠어요?"

푸슈카는 허국의 사의에 새삼 자긍심을 느끼면서도 침착함을 잃지 않았다.

"그보다도……."

"나를 본부로……."

둘이 동시에 입을 떼는 바람에 서로 말이 끊겼다.

"먼저 말하시오."

푸슈카가 권하자 허국이 바로 말했다. "나를 본부로 데려갈 참이오?"

"그럼, 갈 만한 데라도 있어요?"

푸슈카가 갑자기 차의 속력을 줄이며 반문했다. "안 그래도 내 나름 생각 중이었는데."

"푸슈카 씨만 괜찮다면 날 내려 주시오."

"어디로 가려는 거요?"

"일단 린츠로 갈까 하오. N수녀원에."

"알았소. 여기 일은 내가 알아서 처리할 테니 일단 잠수 타세요."

차가 빈 서역에서 최단거리 지점에 이르렀을 때, 푸슈카는 차를 멈추고 자기 주머니에 넣었던 허국의 소지품을 모두 내주었다.

"그럼 조심해 가세요. 우리 도움이 필요할 땐 즉각 연락하세요."

서로 악수를 나누고 난 푸슈카는 허국을 도로변에 내려놓은 채 액셀을 힘껏 밟았다.

그가 본부에 돌아왔을 때, 먼저 도착한 두 동료 요원은 A처장과 B요원을 자기들 방에 데려다 놓고 푸슈카를 기다리고 있었다.

"우리 요원은 어디 있소?"

푸슈카 혼자 방으로 들어오는 것을 확인한 A처장이 따지듯 물었다.

"조사할 게 많아 따로 구치시켰소. 아직은 그자가 당신네 요원인지 북한의 이중 스파이인지도 파악되지 않았소."

푸슈카는 짐짓 단호한 어조로 말했다. "게다가 우린 당신들 신분도 모르고 있잖소?"

"자, 보시오!"

A처장이 신경질적으로 안주머니에서 신분증을 꺼내 푸슈카 앞으로 들어 보였다. "이래도 우릴 못 믿겠소?"

신분증을 받아 든 푸슈카는 형식적으로 훑어보고는 동료 요원에게 건네주며 말했다. "자크, 이거 갖고 있다 내일 아침 한국 대사관에 확인해 봐. 저 사람 것도."

"정말 이렇게까지 나갈 거요? 내일 당신네 국장한테 정식으로 따지겠소."

심한 모멸감을 느낀 A처장은 노골적으로 불만을 드러냈다.

"마음대로 하시지. 당신네가 뭐 잘한 일이 있다고. 이 일을 문제삼아 봤자 당신들이 덕 볼 게 하나도 없을 거요."

"과연 그럴지 어디 두고 봅시다."

서로 마주 쏘아보는 눈빛에선 금방이라도 불꽃이 일 것 같았다.

이튿날 아침, C참사가 A처장과 B요원을 데리고 돌아간 후, 브란트 국장이 반장과 푸슈카를 자기 방으로 불렀다.

"한국 대사관 요원(정보영사)이 집요하게 그 친구(허국)를 넘겨 달라는데 어쩐다?"

"일단은 블랙 요원으로 밀어붙여 시간을 끌어 보지요. 이번 사건 수사가 마무리지어질 때까지 말입니다."

푸슈카가 제 나름의 방책을 제시했으나, 국장은 고개를 가로저었다. "하지만 만에 하나 우리와의 공조 수사가 드러나거나 그 친구가 잡히기라도 하는 날엔 우리의 위신만 실추되는 게 아니겠어? 그 대사관 요원은 우리 말을 반신반의하는 눈치였어."

"그럴 경우엔……."

이번엔 반장이 나서 제언했다. "우리가 그자한테서 중요한 정보를 제공받은 대가로 풀어 준 것이라고 하지요. 사실 그런 정보를 제공하기도 한 셈이니까요."

"그게 좋겠습니다. 설령 그가 붙잡히더라도 우리를 난처하게 할 친구는 아닙니다. 만일의 사태에 대비해 제가 전화로 단단히 일러 놓겠습니다."

푸슈카의 맞장구에도 불구하고 국장의 반응은 시종 냉철했다. "다 '눈 가리고 아웅' 일 뿐이야. 손바닥으로 햇빛을 가릴 순 없지."

그는 잠시 생각을 가다듬고는 말끝을 달았다. "최선의 방법은 그 친구가 진상을 제대로 밝혀내고 스스로 자기 동료들 앞에 모습을 드러내는 거야. 보란 듯이 당당하게!"

"차라리 이 사진들을 현장과 함께 일단 언론에 공개하는 게 어떻겠습니까?"

반장이 푸슈카가 그라츠에서 찍어 온 좌변기 사진을 테이블 위에 올려놓으며 말했다. "북한의 납치범들을 옥죄어드는 거죠."

"모르는 소리! 달랑 이런 글자 몇 자에 북한 측이 순순히 승복할 것 같나? 어림도 없지. 섣불리 공표했다간 피랍자의 신변만 더욱 위태로워질 뿐 아니라, 자칫 우리나라와 북한 간에 외교적 마찰을 초래할 수도 있어. 그러니 좀 더 수사를 진척시키면서 독일 쪽의 수사 진행 상황도 보다가 결정적인 증거가 확보되었을 때, 보충 자료로 이것들을 공개하는 거야. 적시안타! 그때까지 일단 상황을 지켜보자구."

"그렇게 하지요."

"잘 알겠습니다."

국장실에서 물러나온 반장과 푸슈카는 다시 새로운 각오로 동료 요원들과 함께 빈을 비롯해 그라츠, 린츠, 인스부르크 등의 북한 공관과 상사를 중심으로 한 북한 공작원의 동태 감시에 수사력을 집중했다. 물론 이들 곳곳에는 독일 정보 요원들의 감시망이 강화되었고, 근자에는 한국 국정원 요원들도 암암리에 행동을 개시했는데, 이들의 타깃은 허국이었다.

10

그런 가운데 어느 날 새벽, 린츠 근교 N수녀원 마당을 나온 승용차 한 대가 두 명의 신부를 태우고 완만한 비탈길을 미끄러지듯 내려오고 있었다. 차는 멀리 우측으로 도나우 강의 줄기를 따라 서진했는데, 차 안의 두 사람은 수녀원을 출발한 이후 약속이라도 한 듯 한마디 대화도 없었다. 핸들을 잡은 서양인은 앞만 주시하며 이따금 가벼운 탄식을 흘렸고, 옆자리의 연붉은 색안경을 낀 동양인은 명상을 하듯 눈을 감았다간 단속적으로 수첩을 꺼내 메모를 했다.

"이번 노벨 물리학상은 참으로 안됐습니다."

동양인이 먼저 말문을 연 것은 차가 독 · 오 국경을 지나 독일 지역에 들어선 직후였다.

"허 선생도 알고 계시군요?"

"예, 어제 수녀원 응접실에서 TV 뉴스를 보고 알았습니다. 역시 올해도 수상의 영예가 미국과 독일에 돌아갔더군요."

허국은 '상례(常例)가 아니냐.' 는 투로 말하곤 덧붙였다. "아녜스 수녀님이 여간 아쉬워하지 않았어요. 신부님께서 무척이나 애석해하실 거라면서."

"여느 때 같았으면야 그럴 만도 하겠지요. 하지만 지금의 상황은 그보다도 신변 문제가 최우선 아닙니까!"

스테파노 신부는 담담한 표정으로 안타까운 심정을 드러냈다. "노벨상이야 올해가 아니면 다음번에도 기회가 있지만, 닥터 강의 피랍 건은 생명과 직결되는 문제가 아니겠어요?"

"제가 보기에 저들이 강 박사님의 연구 분야를 알고 있는 상황에서—분명 그걸 목표로 납치를 시도했겠지만—호락호락 박사님의 목숨을 해치지는 못할 겁니다. 물론 그들이 박사님을 어떤 방법으로 대할 것이며, 또 이에 박사님이 어떻게 대응하느냐에 달린 문젭니다만."

"하지만 그게 죽기보다 더 어려운 일이지요."

신부가 허국의 말을 자르듯이 받았다. "가령 저들이 닥터 강을 고스란히 평양으로 데려갈 경우, 표면상으로 최고의 처우를 아끼지 않겠지요. 하지만 그건 진정한 인격적인 차원에서가 아니라, '육백만불의 사나이' 처럼 일개 최첨단 인간 무기로서 애지중지할 뿐, 그 이상도 이하도 아닐 거예요. 게다가 철두철미 당으로부터 강요받고 감시당하면서 하루하루를 살아가야 할 터인즉, 이런 생명은 유기호흡은 하면서도 죽은 삶이나 다름없는 게 아니겠어요?"

"그야 강 박사님의 의지나 각오에 따라 좌우되겠지요. 그보다도 전……."

허국은 일순 말을 끊었다가 다시 이었다. "저들이 약물이나 물리적 작용으로 박사님을 세뇌시켜 버리지 않을까, 그게 심히 우려됩니다. 조국 대한민국을 서서히, 또는 어느 한 순간에 적국으로 믿게끔 말입니다."

"생각만 해도 끔찍스러운 일입니다. 더없는 비극이에요!"

신부가 갑자기 격앙된 목소리로 외치며 허국에게로 고개를 돌렸다. "한국정부에선 뭐 하는 겁니까? 언필칭 햇볕정책이다, 남북 교류 확대다 하고 외쳐대면서 테러, 납치 따위의 인간 기본권에 대해선 꿀 먹은 벙어리가 되는 겁니까? 왜 당당하게 제 목소리를 내지 못하는 거죠? 행여나 6 · 15 남북 공동선언 이후 남북 화해 협력 추진 과정에서 저들의 비위를 상하게 하는 일이라도 일어날까 봐 전전긍긍하는 건가요?"

"그런 점도 없진 않습니다만, 그보다도 저들의 협상 태도가 문제지요. 두 손뼉이 맞아야 소리가 나듯이 서로 대화가 통해야 말이죠. 자기들 쪽에 불리한 말은 마이동풍이에요. 돌아오는 건 상투적인 생떼뿐이지요. 제가 강 박사님 문제의 협상 여부에 대해 우려하는 것도 바로 그 점입니다.

"그렇다면 우리 외교 · 통일부 차원에선 닥터 강에 대한 구출 방법은 이제 없는 겁니까?"

"……."

"국제기구 채널이라도 가동해야 하지 않을까요?"

"제가 아는 한 저들이 그런 방법으론 결코 승복하지 않을뿐더러 협상에 응하지도 않을 겁니다. 아니할 말로……."

허국은 신부에게 눈길을 주며 덧붙였다. "이쪽에서도 김정일의 아들을 납치해 놓고 맞교환을 요구하면 모를까!"

"이에는 이, 눈에는 눈이란 말인가요?"

"저들의 버르장머리를 고치는 방법은 그게 제일입니다. 유감스럽게도 번번이 당하면서도 제때에 실력행사를 못하는 게 문제지요. 미국도 마찬가지입니다만. 가령 '판문점 도끼 만행 사건' 때나 '아웅산 사건', 'KAL 858기 폭파 사건' 등이 일어났을 때, 단 한 번만이라도 단호한 행동으로 본때를 보여줬다면 저들이 천방지축 우릴 얕잡아보는 그따위 만행을 감히 저지르지 못했을 겁니다."

"참으로 안타깝습니다. 물론 미 당국으로선 실력행사가 신속한 해결 방법이 되긴 하겠지요. 하지만 거기엔 피차간 '출혈'이라는 희생이 따르는 만큼, 오히려 힘 있는 쪽에서 희생을 피하고 평화적인 방법을 모색하려는 의도에서겠지요. 바라건대, 우리 닥터 강도 '솔로몬의 재판'에서의 아기처럼, 전지전능하신 신의 가호로 진짜 어머니(한국)의 품으로 돌아왔으면 합니다."

신부의 깊은 마음씀에 허국은 새삼 감동을 받았다.

"이걸 빌려주셔서 고맙습니다만 또 한 번 이 옷 신세를 지게 될지도 모르겠습니다."

스테파노 신부의 거처로 돌아오자, 허국이 검은 수단을 벗으며 말했다.

"한 번이 아니라 열 번이라도…… 아니, 아주 가지셔도 됩니다."

신부는 수단을 받아 옷걸이에 걸고는, 점심때가 됐다면서 몇 가지 패스트푸드와 맥주를 탁자 위로 날라왔다. "그게 다 아네스 수녀의 기지예요. 주변에 낯선 남자들이 배회한다면서 내게 부탁했지 뭡니까. 참으로 주도면밀하지요?"
"저도 수녀님이 신부님께 전화하시고 나서 수단을 부탁했다는 소리를 듣고 정말 놀랐습니다."
"과연 그 정도로 본국 정보원들의 감시가 심한 건가요?"
허국과 소파에 마주 앉은 신부가 맥주를 마시며 물었다.
"수녀원에서 얘기하려다 말았습니다만, 그들이 결국 저의 행적을 추적한 끝에 빈의 SPG까지 찾아갔지 뭡니까!"
허국은 그라츠의 북한 모란봉 무역상사 아지트에서 밝혀낸 정황에서부터 자기 거소에 동료 요원들이 불시에 침입했던 일이며, 위기일발의 순간에 푸슈카의 도움으로 구출된 사실에 이르기까지 상세히 설명하곤 하소연하듯 덧붙였다. "이제 저로선 막다른 골목에 이른 것 같아요. 설 자리가 없어요. 강박사님을 위해 할 수 있는 일이 아무것도 없습니다."
"차라리 과감히 터뜨리세요!"
"예?"
"말하자면 양심선언이랄까, 아니 내부고발을 하는 겁니다. 그러고 미국으로……."
"그럼 저더러 망명을……?"
"그래요. 휘슬 블로어(내부 고발자) 신분으로 미국에 정치적 망명을 신청하는 거예요. 그에 대한 주선은 전적으로 내가 맡지요. 어차피 저 수단을 허 선생이 다시 사용하게 될 것 같군요."
허국의 긴장과는 대조적이리만큼 신부의 태도는 여유로웠다.
"이제부터 허 선생은 우리 마인츠 교구의 성직자라 생각하세요. 여권도 그리 준비할 테니."
"정말입니까, 신부님? 너무 뜻밖의 말씀이라 저로선 몸둘 바를 모르겠습니다."
허국은 얼떨떨한 기분이면서도 스테파노 신부의 선견지명과 후의에 마치 죽음의 문턱에서 메시아를 만난 듯 용기백배하며 새로운 삶에 대한 의지와 각오가 마음 한구석에서 용솟음쳤다.

"제 망명이 무난히 받아들여진다면 남은 생을 그걸 보답하는 데 다 바치겠습니다."

허국은 감격에 겨워 신부의 큼지막한 손을 두 손으로 덥석 잡았다. 그리고 오랜만에 허심탄회하게 시국담을 토로하며 시간 가는 줄 모르도록 통음을 했다.

그로부터 이틀 뒤—그러니까 원예림 기자가 스테파노 신부와 허국과 작별을 하고 한국으로 돌아간 다음날.

베를린 주재 한국 대사관을 비롯하여 독일 주재 한국 공관 및 언론사 홈페이지와 개인 블로그에 장문의 글이 올라오기 시작했다. 동시에 독일과 오스트리아의 주요 정보기관 및 언론사에도 같은 내용이 독문(獨文)으로 떠올랐다. 신부로 변장한 허국이 프랑크푸르트 공항에서 스테파노 신부의 전송을 받으며 몸을 실은 뉴욕행 노스웨스트 827기가 이륙한 지 한 시간쯤 경과한 무렵이었다.

'평화를 사랑하는 전 세계 국민 여러분!'

글월은 이렇게 시작하고 있었다.

나는 대한민국 국가정보원(NIS) 직원 허국입니다.
먼저, 보안을 생명으로 하는 국정원 요원으로서 이런 글월을 만천하에 띄우게 된 것을 심히 유감스럽게 생각하며, 아울러 그 피치 못할 사정 또한 안타깝기 그지없습니다.
주지하시는 바와 같이, 작금에 일어난 '세계적 핵물리학자인 한국 출신 강현교 박사 피랍 사건'에 즈음하여, 우리 대한민국 국민은 물론 평화를 사랑하는 세계 모든 이들은 경악과 함께 공분을 느끼고 있습니다. 그럼에도 여태껏 피랍자의 행방이 오리무중인 가운데 현지(독일, 오스트리아) 수사 상황 역시 답보 상태를 면치 못하고 있습니다.
이에, 나는 정보원이기에 앞서 대한민국 국민의 한 사람으로서 내 힘이 미치는 데까지 사건의 진상을 밝혀내고자 현지에 뛰어들었던 것입니다. 2차장실 직속(국내 정보 수집 분석, 대공 수사)인 내가 본원의 허락도 받지 않은 채 무단으로 말입니다.
이렇듯 국정원법을 위반하면서 독단적인 행동을 무릅쓴 것도 나의 그런 의지의 발로였습니다. 현지 정보영사로부터 강현교 박사의 피랍 사건을 보고받고도 진상 조사는 고사하고 오히려 관망, 아니 직접적인 수사 개입 불가라는 지시를 내렸으니까요. 이유인즉, 섣불리 북한을 자극할 경우 '6·15 남북 공동 선언' 이후 모처럼 원활해지는 '햇볕정책' 추진에 걸림돌로 작용할 수 있다는 거지요. 참으로 개탄스러운 일이 아닐 수 없습니다.
일찍이 중국 춘추시대의 병법의 대가 손무도 《손자병법》 〈용간편(用間篇)〉에서 정보 활동의 중요성을 이렇게 설파하고 있습니다. ―'이길 수 있는 전쟁을 하기 위해서는 적정(적의 정보)을 제대로 파악하고 있어야 한다. 적정은 귀신의 도움을 받거나 점을 쳐서 얻어지는 것이 아니며, 과거의 유사한 사례 분석을 통한 경험으로 추측할 수 있는 것도 아니다. 적정은 오직 적정을 아는 사람(간자)을 통해서만 수집할 수 있다.'
그러니까 손무는 이미 2600여 년 전에 오늘날의 이른바 휴민트(인적 정보)의 중요성을 꿰뚫고 있었던 것이지요. 그런데 지금 우리 대한민국의 현실은 어떻습니까?
새 정부 들어 한 달여 만인 1998년 4월 1일에 구조 조정이란 명분으로 국정원 직원 581명을 포함한 3500여 명의 대북 정보기관원이 강제 해직당했으며, 남은 인원도 '간첩 잡는 기관'으로서의 본업은 제쳐놓고 '햇볕정책 지원 조직'

으로 전락하면서 어느새 공안부서는 좌천 또는 기피 부서가 되고 말았지요. 게다가 6 · 15 남북 정상회담에 즈음해서는 정보기관으로서의 정체성을 잃어버렸다고 해서 '골다공증 환자' 라는 말까지 듣기에 이르렀습니다.
그런데 더욱 경악할 일은, '남북 교류를 확대하는 상황에서 정보원(스파이)을 가동하면 쌍방 간 큰 문제가 발생한다.' 는 논리로 우리의 휴민트 능력을 약화 내지는 무력화시키다 못해, 종내는 국정원이 북쪽에서 활동하는 우리 고첩들에 대한 정보 파일을 북한 보위부에 넘겨 주는 상황에까지 이르렀다는 사실입니다. 그것도 지난 4월 우리 대북 정보기관들이 강제 해직된 지 6개월 만에 말입니다. 평범한 국민으로선 좀처럼 믿기지 않는 일 아닙니까!
하지만 사실이었습니다. 올해에 탈북한 북한군 상좌(124부대 후신인 711부대 출신)의 말에 의하면, 1968년 '1 · 21 사태(북한 무장 간첩단 124군 특수 부대가 청와대를 습격한 사건)' 가 발생했을 때 침투한 게릴라는 당시 공식 발표된 31명이 아닌 33명이었다고 합니다.
그런데 이들 중 두 명(림태영, 우명훈)이 우리 보안사 요원의 작두에 의한 조장 참수 광경에 질겁을 한 나머지 '대한민국에 충성한다.' 는 서약서를 씀과 동시에 '인민군 최고 지위로 출세하라.' 는 지령을 받고 북으로 돌아간 후, 인민군 영웅 대접을 받으며 진급을 거듭해 각각 인민군 경보병 훈련지도총국장(상장)과 총참모부 2전투훈련국장(소장)까지 올라갔습니다.
하지만 1998년 10월, 느닷없이 이들의 신분이 탄로나면서 두 사람 외에 기백명(장성 100여 명, 영관 50여 명, 사회 안전부 및 당 고위급 100여명 등)이 간첩 혐의로 체포되어 전원 사형을 당하고 말았지요.
한데, 탈북한 상좌의 입을 빌리면, 1998년 당시 이 사건을 취조한 사람들이 "이 자료들은 남조선 정보기관에서 올라온 거이야."라고 서슴없이 말하더라는 겁니다.
참으로 어안이 벙벙, 기가 찰 노릇 아닙니까? 이게 적과의 내통, 이적행위가 아니고 뭡니까! 이런 판국에 우리 정보 요원이 어찌 강현교 박사 피랍 수사에 발벗고 나설 수 있겠습니까? 만에 하나 북한 공작원 내부에 제2의 림태영과 우명훈이 있어 강 박사 구출이 가능하다 한들 어찌 이쪽을 믿고 맘 놓고, 아니 목숨 걸고 접촉을 시도하려 들겠습니까!

한심스럽게도, 이 같은 목숨걸기는커녕 오히려 우리 정부는 강 박사가 독일 영주권을 취득했다는 구실로 한발 비켜서서 미온적이거나 수수방관적인 태도를 취하고 있습니다. 하지만 이거야말로 안이하기 짝이 없는 위험천만한 애티튜드(태도)가 아닐 수 없습니다. 강 박사는 일개 유명 연예인이나 거물급 정치가, 사상범이 아닙니다. 그는 세계적인 물리학자, 세계 유수의 핵물리학자입니다.

오늘날 세계 최빈국 중 하나로 '실패한 국가'로 조롱받는 북한이 '악의 축'으로 찍힐 만큼 세계 질서에 반하는 행동(NPT 탈퇴, 각종 테러 등)을 서슴없이 저지르면서도 세계 최강국인 미국을 상대로 마치 정당한 것인 양—주눅 하나 들지 않고 뻔뻔스럽게— 자기네가 원하는 것들을 야금야금 관철하는 그 카드가 무엇이겠습니까?

바로 핵입니다! 핵무기를 '수령 절대주의 독재체제' 유지를 위한 최후 수단으로 여기고 있는 북한 정권으로선 핵무기를 개발하거나 핵기술을 장악할 능력을 갖는 걸 미국을 비롯한 국제기구와의 긴박한 협상에서 최상이자 유일한 카드라 생각합니다. 또한 핵 보유가 대남 전략상으로도 양보할 수 없는 목표이기도 하고요.

핵 없는 북한은 그 위력이 남한의 30분의 1에 불과한 존재라는 사실을 김정일은 잘 알고 있기에, 그 정권 내부의 강경파는 '핵을 군사적으로 사용하면 대외적 위상을 높이고 대국이 될 수 있을 것'이라는 착각을 철석같이 믿고 있는 것이지요. 그러니 미국 국무부의 크리스토퍼 힐 차관보가 협상 테이블에서 제아무리 북한의 '비핵화', '핵 포기', '핵 불용', '핵 동결'을 외쳐 본들 북한의 강석주 외무성 부상은 콧방귀를 뀌며 내심 조소할 겁니다. '우리가 골이 비었나, 그 고생 하며 만든 핵무기를 이제 와서 포기하게?'

평화를 사랑하는 대한민국 및 전 세계 국민 여러분!
이렇듯 저들이 오로지 핵무기에 목을 매고 있는 판국에 강현교 박사가 북한으로 끌려가, 그의 핵융합폭탄 제조 기술이 자의든, 강요에 의하든 고스란히 그들의 수중에 들어간다고 상상해 보십시오. 이 얼마나 가공스러운 일입니까!
노동절 경축 카드 섹션에서 총을 든 수천 명의 군인들이 '우리를 건드리는 자, 이 행성 위에서 살아남을 자 없다.' 라는 글자를 연출하는—그것도 미국 국무장관 올브라이트를 비롯한 수많은 국빈들이 참석한 자리에서— 저들일진대, 이제까지 취해 온 '나쁜 행동(비밀 핵개발)' 을 앞으로는 여봐란 듯이 공공연히 감행하면서 미국과의 전면전도 불사하겠다며 엄포를 놓을 건 불 보듯 뻔한 일입니다.
이쯤 되면 한국은 '고양이 앞에 쥐' 신세로 전락할 것이고, 남북 고위급 회담에서 저들이 걸핏하면 내뱉는 '서울 불바다' 운운도 '우리가 스위치 하나만 누르면 남조선 전체를 날려 버리고 말 거요!' 로 무시무시하게 바뀔 겁니다. 그나마도 갈수록 우리(한국)는 싹 제쳐놓고 미국하고만 상대하면서(통미봉남) 그 가공할 무기를 수시로 협상용이 아니라 협박용으로 쓸 것입니다. 예컨대, 핵폐기의 반대급부인 몇 기의 경수로형 원자로나 쌀과 중유 몇 백만 톤은 '저리 가라' 고, 남한의 주요 시설이나 기지의 활용을 거침없이 요구하고 나설 테지요. 그러니까 결국, 우리가 반세기 가까이 피땀 흘려 이루어 놓은 한국의 산업 자원을 털도 안 뽑고 통째로 삼키려 들 수도 있다는 말입니다.
이건 결코 단순한 가상의 시나리오가 아닙니다. IAEA(국제원자력기구) 핵 사찰 활동에 정통한 외교 소식통에 의하면, 북한은 제네바 합의(1994년 북한의 핵개발 동결 대가로 미국이 경수로형 원자로 2기와 연간 중유 50만 톤씩을 지원한다는 내용)에 서명한 지 잉크도 채 마르기 전인 90년대 중반에 그 합의를 깨고, 파키스탄으로부터 우라늄 농축용 원심분리기를 수입한 것을 시작으로 그후 핵무기 제조 기술을 도입하여 98년도부터 우라늄 농축을 재개했음이 밝혀졌습니다.

그 바로 전해 8월에 경수로형 원자로 공사를 착수한 상태에서 말입니다. 가히 핵무기 개발에 대한 집착의 극치가 아니고 뭐겠습니까!

그런데 놀랍게도, 우리 정부 관계자들 중엔 북한의 이런 핵무기 개발 사실을 알면서도 '미국 네오콘(신보수주의자)들이 조작한 것' 이라며 오히려 북쪽의 편을 드는 자도 있습니다. 더욱 경악스러운 건 우리 대통령의 허구적인 발언입니다. 김대중 대통령은 6 · 15 남북 정상회담의 대가로 15억 달러라는 천문학적인 거액을 김정일 국방위원장에게 보내주면서 "북한은 핵무기를 개발할 의도도 없고 능력도 없다, 북한이 핵을 개발하면 내가 책임을 지겠다."며 호언했습니다. 또한, 김대통령은 김정일을 만나고 돌아와서 "김 국방위원장은 주한 미군이 통일 후까지 남아 있기를 바란다."는 주장을 했다고 선전했는데, 이는 거짓임이 판명났으며, 여기에는 김정일을 평화주의자로 둔갑시켜 노벨 평화상을 공동 수상하려고 꾸민 듯한 뉘앙스가 짙게 풍기기도 합니다.

노르웨이 노벨 평화상 위원회는, 김 대통령이 한반도의 민주화와 평화 통일을 위해 남북 화해를 진전시킨 점을 높이 평가하여 상을 수여했지만, 이는 진실이 가려진 왜곡된 판단입니다. 남북 정상회담의 피상만을 보면, 두 사람은 화기애애한 가운데 술잔을 앞에 두고 기름진 웃음을 흘리고 있으나, 김 위원장의 그 웃음 뒤에는 핵개발을 위한 농축 우라늄이 하나 둘 차곡차곡 쌓여가고 있다는 사실을 간과 내지는 도외시하고 있으니까요. 이는 온전히 한낱 '연출된 남북 화해', '위장된 평화' 에 다름아닙니다. 그 반증으로 우리 대한민국 헌법과 북한 헌법(김일성 헌법)만 보아도 여실히 드러납니다. 즉, 우리 헌법은 '대한민국의 주권은 국민에게 있으며, 모든 권력은 국민으로부터 나온다.(제2조).' 라고 명시되어 있는 데 반해, 북한 헌법은 '……조선민주주의인민공화국 사회주의 헌법은 위대한 수령 김일성 동지의 주체적인 국가 건설 사상과 국가 건설 업적을 법화한 김일성 헌법이다(서문).' 라고 못박고 있습니다. 부연컨대, 남북 정상회담은 해야 하며, '우리 민족끼리' 의 자주적 평화 통일도 좋지만, 여기에는 필수적인 조건이 전제되어야 합니다. 이른바 '연합제' 통일이든 '낮은 단계의 연방제' 통일이든 한반도 평화의 대전제는 오직 '비핵화' 뿐입니다. 이 원칙에서 벗어난 평화—5천만 한국 국민들이 북핵의 인질이 된 상태에서 끊임없는 불안과 공포를 떠안고 살아가는 비대칭 평화—는 진정한 평화가 아닙니다.

평화를 사랑하는 전 세계 국민 여러분!

이에, 나는 재차 강현교 박사 피랍의 심각성과 구출의 절박함을 간곡히 호소하고자 합니다. 여기에 함께 실은 '좌변기 사진' 에 새겨진 글자에서 보는 바와 같이, 강 박사는 북한 공작원에 납치되어 구출을 요청하고 있습니다. 내가 관계 당국의 정보 요원과 함께 그곳(오스트리아 그라츠)의 북한 공작원 아지트를 직접 사찰하였기에 망정이지, 자칫 누구의 소행인지조차 모른 채 깨끗이 파묻혀 버릴 뻔했습니다.

하지만 이것도 북한을 상대로 하는 한, 변기에 써 놓은 한낱 '낙서' 일 뿐 스모킹 건(확실한 증거)이 될 수는 없습니다. 북한으로 말하면, 자국 인민 통제용으로는 물론 대외적 협상(특히 대남)에 있어서도 '거짓(허위)' 이란 낱말이 국가 전략처럼 되어 있기 때문입니다. 그 일례로 판문점 정전회담에 참여했던 통역 담당관의 증언(회고담)에 의하면, 그동안 북한은 열거하기조차 어려울 만큼 숱한 정전협정 위반을 하고도 단 한 건도 시인한 게 없고, 오직 '허위 날조' 라고만 잡아뗐는데, 40여 년을 통역하면서 이 허위 날조란 말을 가장 많이(수천 번) 들었다고 합니다. 하긴 1968년 북한 124군 특수부대가 청와대를 습격한 '1·21 사태' 도 남측의 허위 날조라고 주장했으니 더 할 말이 없지요.

이러한 북한의 주장은 세계인의 눈으로 보면 터무니없는 억지지만, 협상에 임하는 북한의 외교관이나 군부 당국자들은 그것을 애국·충성으로 맹신할 뿐 아니라, 목표를 위해 막무가내식 '벼랑끝 외교(전술)' 도 서슴지 않습니다. 살아남기 위해서, 그리고 일신의 영달을 위해서 그들은 애당초 그렇게 순치되고 훈련되었으니까요.

북한의 협상 DNA가 그러한즉, 아무리 그라츠의 현장을 만천하에 공개하고 좌변기의 글자를 들이댄들 그 '허위 날조'라는 상투적 대응엔 변함이 없을 것입니다. 더욱이 한국하고는 숫제 상대조차 하려 들지 않을 건 보나마나입니다.
평화를 사랑하는 전 세계 국민, 그리고 국제 평화기구, 인권 단체 관련자 여러분!
이제 강현교 박사 구출을 위해, 그의 북송 저지를 위해 분연히 일어나 주십시오. 이를 미연에 방지 못하고 강 박사를 고스란히 북으로 넘길 경우, 일개 정보원으로서 감히 예언합니다만, 핵시계의 바늘이 걷잡을 수 없이 치달아 머지않은 장래에 한반도뿐 아니라 지구 전체에 대재앙을 불러올 것이기 때문입니다. 아이들의 불장난이 집 한 채를 다 태우듯 말입니다.
아울러, 대한민국 국민에게 부르짖습니다.
앞에서 언급한 바와 같이, 현재 우리 정부의 외교력(대북 협상 능력)으로는 강 박사를 구출할 수 없습니다. 북한측은 '허위 날조'라고 콧방귀를 뀌며 아예 협상 테이블에 나서지조차 않을 테니까요. 그러니 세계인의 힘을 빌릴 수밖에 없습니다. 국민 모두가 한마음 한뜻이 되어 강 박사 구출을 촉구하는 국제 여론을 줄기차게 불러일으켜야 합니다. 우선 강 박사 구출을 위한 범국민 서명 운동을 벌이는 한편, 세계 주요 관련 기관의 홈페이지에 강 박사 구출 호소문을 게재하고, 이를 SNS를 활용해 전 세계에 릴레이로 전파하는 캠페인도 적극적으로 펼쳐 나가야 합니다.
이는 협의로는 강 박사의 인권과 자유를 지켜 주고, 양심의 가책과 고통—자기가 개발한 핵무기로 조국을 파괴할지도 모르는—을 덜어 주기 위한 것이지만, 궁극적인 목적은 우리 삼천리 강산과 7천만 국민을 핵의 위험으로부터 지켜 내는 데 있습니다. 물론, 나아가서는 세계 인류의 평화와 안전을 유지하는 데에도 영향을 주겠지만.
친애하는 대한민국 국민 여러분!

눈을 들어 우리의 강토를 한번 돌아다보십시오. 다들 초등학교 때부터 배운 바와 같이, 반만년 전 단군왕검이 터잡은 우리나라는 북반구 중위도에 위치한 온대지역이자, 해양과 대륙으로의 진출이 유리한 반도국입니다. 비록 땅덩어리로만 보면 미국의 유타 주, 중국의 산시(陝西) 성 정도의 면적에 지나지 않지만, 사계절이 뚜렷한 데다 계절에 따른 산천 경관이 수려하여 예부터 세계인들이 '금수강산' 이라 상찬하며 선망해 마지않았습니다.

더욱이 세계적인 화산대나 지진대에서 멀리 떨어져 있는 한반도는 10세기에 백두산의 대규모 화산 폭발 기록이 있긴 하지만, 아직껏 이렇다 할 대자연재해를 받지 않은 안전지대입니다. 물론 그로부터 금세기에 이르기까지 몇 차례의 미진을 비롯해 한발이나 홍수, 태풍 등의 자연재해를 겪었으나, 종종 해외에서 발생하는, 수천 수만 명의 생명을 한꺼번에 앗아가는 화산 폭발이나 대지진, 허리케인이나 토네이도 같은 엄청난 자연재해는 한반도에선 일어나지 않았습니다. 이 얼마나 하늘의 축복을 받은 천혜의 땅입니까! 세계가 부러워하는 복받은 나라입니까! 이러한 천혜의 땅, 복받은 땅이 인공 에너지—그것도 우리 민족의 손으로 만든—에 의해 초토화되어서야 되겠습니까! 그토록 세계인들이 칭송해 마지않는 아름다운 금수강산이 한순간에 '영원한 동토(핵겨울)' 속으로 빠져드는 것을 보고만 있을 수는 없잖습니까!

친애하는 대한민국 국민 여러분!

내가 여러분에게, 그리고 세계 만방에 강현교 박사의 구출(북송 저지)을 호소하는 까닭도 바로 여기에 있습니다. 일언이폐지하고, 우리는 모든 수단을 동원하여 북한의 '핵개발' 을 결단코 막아야 합니다. 그리하여 1밀리시버트(연간)의 방사선도 허용치 않는 청정한 땅과 바다와 하늘을 우리의 자손 만대에 고스란히 물려주어야 합니다.

친애하는 한국 국민 , 그리고 평화를 사랑하는 세계 국민들이여!

부디 여러분의 성원과 건투를 빕니다.

2001년 10월 일

대한민국 국가정보원
허 국 삼가 드림

허국의 호소문은 날개라도 돋친 듯 곧바로 전파와 지면을 타고 지구촌 곳곳으로 퍼져 나가기 시작했다. 독일과 오스트리아 언론은 일제히 그라츠의 모란봉 무역상사 아지트를 공개하며 관련 뉴스를 보도했고, 유럽을 비롯한 세계 각 언론사 특파원들도 속속 현지 발 스팟 뉴스로 자사에 송신했다.

북한 공작원의 아지트가 공개되면서 바짝 긴장해진 건 현지 관계 당국의 정보기관이었다. 그런데 애당초 허국의 개입을 허용, 공조 수사까지 한 오스트리아의 SPG 측은 느긋한 편이었으나, 일단 선수를 뺏긴 독일의 BND 쪽으로선 영 뒷맛이 개운치 않았다. 하릴없이 화살을 북한 공관 쪽으로 겨냥할 수밖에 없었다.

하지만 그런 시도는 통하지 않았다. 북한의 '샘표간장 맛(맛을 봐야 맛을 아는)' 에 대한 경시 내지는 무지의 소치였다. BND 요원이 그라츠 아지트에서 직접 촬영한 좌변기 사진(DPRK 글자가 새겨진 것)을 들고 베를린 주재 북한 대사관을 찾아가 관련 여부를 추궁했으나 제대로 먹혀들 리 만무했다. 불과 반세기 남짓 전 유대인들을 마구 주무르던 나치의 서슬이 편린이나마 남아 있을 만도 하련만, 역시 허국의 예견대로 저들의 '허위 날조' 니 '모략극' 이니 하고 쏘아붙이는 덴 맥을 출 수가 없었다.

이 같은 막무가내식 대응은 상대가 국제기구나 사회단체라 해서 다를 바가 없었다.—유엔인권위원회, 국제사면위원회, 유엔난민기구 및 재독 한인총연합회, 유럽한인총회 등이 북한 적십자사와 현지 북한 공관에 탄원서를 밀어 넣었는데도 마이동풍이요, 우이독경이었다.

하지만 날로 국제 여론이 북측에 불리해지자, 외무성 부상을 대표로 한 북한 고위급 외교관들이 고려항공편으로 스위스 제네바에 도착한 후, 국제기구를 비롯하여 독일, 오스트리아의 주요 공관들을 상대로 저들 외교의 전매특

허라고도 할 수 있는 막무가내식 잡아떼기 수법을, 하나같이 낯빛 하나 안 바꾸고 구사해댔다.

이런 와중에 바로 다음날, 야음을 타 오스트리아 인스부르크의 한 건물을 빠져나온 한 대의 리무진이 알프스의 북록을 따라 서쪽으로 질주, 스위스 국경을 통과했는데, 이때 탑승자들은 더 높은 고도의 산록에서 적외선 카메라로 자신들의 움직임을 감시하고 있는 것을 눈치채지 못했다.

한편, 국제사회의 이 같은 들끓는 여론과는 달리, 독일과 오스트리아 주재 한국 공관에는 당장 삼룩 A를 색출, 체포하라는 불호령이 떨어졌고, 한국 국내에선 외교 안보를 명목으로 허국의 호소문 보도를 금지하는 언론 통제가 실시되었다.

"아직도 그 자식의 행적을 못 찾았어?"

본원에서 급거 날아온 해외공작국장이 베를린의 국정원 안가에 독일과 오스트리아 주재 정보 요원들을 모아 놓고 갈라진 목소리로 책문했다. "다들 커리어가 얼만데 그놈 하나를 못 잡아?"

"그게…… SPG 정보 당국의 비협조로, 아니 우리의 작전을 방해하는 바람에 다 잡은 놈을 놓치고 말았지 뭐예요."

C참사관이 허국에 대한 미행에서 체포, SPG 요원에게 넘겨주기까지의 전말을 국장에게 보고했다.

"어찌 그럴 수가! 내 당장 가서 그 브란트 놈하고 따져야겠군!"

국장은 노발대발하며 주먹으로 탁자를 내리치곤 벌떡 일어섰다.

"하지만 참으십시오, 국장님."

그의 앞으로 나선 건 C참사관과 함께 갔던 P정보영사였다. "지금 만나셔도 우리에게 득될 게 없습니다. 오히려 저쪽에선 우리더러 수사를 방해했다며 불만입니다."

그는 휘하 요원들이 SPG에서 풀려나던 날 브란트 국장으로부터 면박당한 일을 상기하며 상관을 진정시켰다. 그때 브란트 국장은 "당신들이 이번 사건 수사에 한 일이 뭐요? 미스터 허는 신변의 위험을 무릅쓰고 고군분투하는데 족쇄나 채우려 들고. 우리로선 모처럼 협력자를 만나 수사의 진전을 보나 싶었는데, 당신들이 설치는 바람에 잠적해 버렸지 않소?" 하고 논박했었다.

"그럼 그 자식은 어디로 꺼진 거야? 설마 해외로 날른 건 아니겠지?"

국장은 여전히 애성이를 삭이지 못하고 부하들을 쏘아보았다.

"근간의 독일과 오스트리아 주요 공항의 탑승자 명단을 확인한 바론 그자가 출국한 기록은 없습니다만……."

C참사관의 말에 국장이 고개를 가로저었다.

"이름만 가지곤 믿을 수 없지."

"그보다도……."

P정보영사가 조심스레 입을 열었다. "누군가가 은신처를 제공해 주고 있는 건 아닌가 하는 생각이 듭니다. 가령 강현교 박사의 후견인이라는 신부나 또는 린츠 근교 N수녀원의 그 한국인 수녀 말입니다."

"그런 자들이 있었어?"

국장이 눈을 부릅뜨며 물었다. 순간 그 옆에 있던 다른 한 요원은 가슴이 철렁 내려앉는 듯했다. 얼마 전 린츠 일원을 감시할 때, N수녀원에서 내려오는 승용차 안의 두 신부를 보았었기 때문이었다. '아앗! 그 동양인 신부가 허국……?'

간이 콩알만 해진 그는 긴장의 끈을 바짝 죄었다. "그건 사건 당시 이곳 언론에 보도된 내용들입니다."

"그래? 그놈이 해외로 날르지 않았으면 그들에게 의지해 있을 가능성이 농후해. 앞으론 공항도 공항이지만 그들의 거처는 물론 기타 동선을 정확히 파악하고 감시를 철저히 하도록 해. 갖은 수단 방법을 총동원해 하루속히 잡아들여야지, 앞으로 또 무슨 짓을 저지를지 모른단 말이야."

11

그 무렵, 스테파노 신부는 강현교 박사의 집 거실 소파에 인경과 마주 앉아 있었다. 그가 허국으로부터 받은 e메일을 관계 기관에 띄우고 나서 금명간 찾아가겠노라고 연락을 해둔 터였다.

"언론 보도를 잘 봤지요?"

신부는 커피 잔을 들면서 그동안 더욱 핼쑥해진 인경의 얼굴을 바라보았다.

"그 허국이라는 분, 참으로 대단한 사람이더군요. 어떻게 변기까지 들추어 낼 생각을 다 하고."

인경은 당사자를 직접 대하듯 감탄했다.

"나도 그의 우국충정과 결연함을 보고 놀랐어요."

그러면서 신부는 허국을 만나게 된 사연과 떠나보낸 경위를 설명하곤 덧붙여 말했다. "지금까지의 보도로는 닥터 강의 신변에 위해는 없는 것 같아요."

"무사히 구출될 수 있을까요?"

초조하게 묻는 인경의 눈시울이 붉어졌다. "그렇게만 된다면 전 남은 생을 불행을 겪는 인류의 구원을 위해 바칠 거예요."

"그건 오직 전지전능하신 하느님만이 가능한 일. 한결같은 마음으로 희망을 잃지 말고 기도를 드리세요. 지성이면 감천이라고, 우리의 쌓인 기도와 들끓는 호소가 하늘에 닿아 주님께서 응답을 해 주시잖겠어요?"

"알았어요, 신부님. 이제부터 기도와 함께 제 힘이 닿는 곳이면 어디든 발 벗고 탄원과 호소에 나서겠어요."

"좋아요! 그런 나 교수의 대열에 항상 내가 함께 있다는 걸 잊지 말아요."

신부는 인경을 한껏 격려하며 일어섰다. "지금부터 난 행동 개시요."

그길로 스테파노 신부가 찾아간 곳은 괴팅겐 시에 있는 전(前) BND 부장 슈미트의 저택이었다. 향후 자신의 활동(강 박사 구명 운동) 방법을 상의할 겸 정보 당국의 현황을 알아보기 위해서였다.

그가 거실에 들어섰을 때, 마침 슈미트 부장은 휴대전화 통화를 마치고 폴더를 막 접는 중이었다. "드디어 D데이가 도래했군!"

슈미트 부장은 혼잣말로 중얼거리며 심각한 표정으로 스테파노 신부를 보았다. "역시 내 예측이 빗나가지 않았어."

"무슨 소리요, 지금?"

신부가 멈칫하고 부장의 시선을 받았다. 부장은 말없이 손짓으로 신부를 부르곤 자기 옆의 안락의자에 앉게 했다. "북한의 고려항공 여객기가 오늘 야간에 뜬다 하오."

부장의 속삭이는 듯한 낮은 소리에 신부는 얼른 알아채지 못하고 두 눈만 크게 깜박일 뿐이었다.

"오늘 밤이 저들의 발빼을 낚아챌 마지막 기회요! 작전명은 '노아의 방주', H아워는 이륙 10분 전, 20시 50분!"

"우리 닥터 강이 그 여객기에……?"

신부의 얼굴이 한순간에 긴장되며 상반신이 용수철처럼 튕겨졌다.

"우리 요원들이 감시 카메라와 망원렌즈로 확인했다오."

부장의 목소리는 여전히 속삭임이었다. "방금 빈의 브란트 국장과 통화했는데, 그쪽 요원들도 이미 제네바 공항 일대에 도착했다 하오. 그러니까 이번 '노아의 방주'는 독일-오스트리아 합동 작전이오."

"오, 갓 올마이티(전능하신 하느님)!"

신부는 체면을 무릅쓰고 거실 바닥에 무릎을 꿇고 두 손 모아 기도를 올리고 성호를 그었다. "주님의 기적이 다시 이루어지이다!"

"결국 여호와(야훼)께서 의로운 닥터 강에게 은총을 내리신 거라오. 노아에게처럼 말이오."

"역시 이번 작전은 당신이 짜낸 것이었군요!"

스테파노 신부는 다시 용수철처럼 튀어오르더니 어린애인 양 두 손으로 부장의 머리를 잡고 양 볼에 키스를 퍼부었다. "분더바! 당케! 당케! 당케……!"

"어이쿠~! 이러다 내 뺨이 남아나지 않겠소. 허허허."

부장은 소탈하게 함박웃음을 터뜨렸다. "이제 가서 내일 새벽에 터질 메가톤급 뉴스나 기다리시오."

"알았소. 내 기꺼이 돌아가리다."

부장의 집을 나온 신부는 마냥 부풀어오르는 가슴을 안고 승용차의 운전석에 몸을 의지했다. '이 희소식을 얼른 알려줘야지!'

그는 시동을 걸면서 핸들을 잡은 채 생각했다. '나 교수, 아녜스 수녀, 허국 정보원, 그리고 또…….'

그는 원예림 기자를 떠올리며 천천히 가속 페달을 밟았다.

이튿날 아침, 스테파노 신부가 슈미트로부터 '노아의 방주' 작전이 성공리에 완료됐다는 전화를 받고 나서 반나절쯤 지났을 때.

휴대전화의 문자 메시지 신호가 울리며 짤막하지만 반가운 문자가 떴다.

—신부님 작품 계약합시다.
뉴밀레니엄 저널
원예림

— 大尾 —